KB102707

# 살아 있는 미로

THE LIVING LABYRINTH

살아 있는 미로
: 신화 · 꿈 · 상징의 원형을 통한 삶의 탐색

2009년 10월 15일 초판 1쇄 인쇄
2020년 3월 15일 초판 3쇄 발행

지은이 | 제레미 테일러
옮긴이 | 이정규
감 수 | 고혜경
펴낸이 | 김영호
펴낸곳 | 도서출판 동연
등 록 | 제1-1383호(1992. 6. 12)
주 소 | 서울시 마포구 월드컵로 163-3
전 화 | (02)335-2630
전 송 | (02)335-2640
이메일 | h-4321@daum.net / yh4321@gmail.com
블로그 | https//blog.naver.com/dong-yeon-press



ISBN 978-89-85467-86-5 03810

# 살아 있는 미로

## THE LIVING LABYRINTH

신화·꿈·상징의 원형을 통한 삶의 탐색

**제레미 테일러 지음** | 이정규 옮김 | 고혜경 감수

동연

제게 처음 옛이야기를 들려주시고

또 이해할 수 있도록 도와주신

어머니께 이 책을 바칩니다.

■ 한국어판을 내며

한국은 경제적으로도 문화적으로도 엄청난 변화를 겪고 있습니다. 한국인이 아침에 일어나 기억하는 꿈에서만큼 그런 변화가 분명하게 드러나는 곳도 없습니다. 저는 지난 몇 년 동안 여름이면 한국에 와 "이게 내 꿈이라면……"이란 방식의 꿈 작업 세미나와 프로그램을 진행해 오고 있습니다.(프로그램 통역은 제 책을 번역한 사람들이 맡기도 했습니다.) 이 책이 번역 출간됨으로 이제 제가 쓴 책 전부를 한국어로 읽으실 수 있게 되었습니다.

한국에서 꿈 작업을 하게 된 것에 특별히 감사하게 생각합니다. 친구를 사귀고 우정을 쌓는 계기가 되었을 뿐만 아니라 꿈이 구사하는 상징과 은유의 언어가 정말로 인류 보편적임을 새삼 확인할 수 있었기 때문입니다. 꿈의 다양한 의미들 중에는 완전히 개인적인 부분이 있고 언어나 문화적인 특성을 드러내는 부분들도 있습니다. 그리고 또 이런 개인적이고 문화적인 부분들을 둘러싸고 지탱해 주는, 깨어 있을 때나 잠들었을 때나 세계의 전 인류를 하나로 묶어 주는 근본적이고/원형적인 의미도 있습니다.

한국인 개개인이나 나라 전체는 이 포스트모던 사회에서 보다 중요한 자리를 차지하기 위해 노력하고 있습니다. 동시에 한국은 중단되지 않고 선사시대부터 내려오는 오랜 전통 문화와 고유한 역사와도 깊이 연결되어 있습니다. 세계 어디서나 전통과 변화라는 인류 보편적인 양상에 고심하고 있지만, 한국에서만큼 그 긴장감이 첨예하게 드러나는 경우는 흔치 않습니다. 성장과 변화라는 이 갈등의 한가운데에서, 우리가 꾸는 꿈은 인간 본연의 심리영성적인 온전함을 회복할 수 있는 믿을 만하고 흥미로운 방법을 제공할 뿐만 아니라 미래로 나아갈 새로운 비전도 보여 줍니다.

이 책을 한국인만의 고유한 정신을 위해 헌정합니다. 그리고 거대한 미지의 대양에 떠 있는 배처럼 모든 것을 보듬는 집단 무의식을 위해서도 바칩니다. 유행이나 패션이 왔다가 사라지듯 우리의 꿈도 변화의 물결과 채색된 양상을 일시적으로 드러냅니다. 그러는 와중에도 꿈 세계의 심오한 차원에서는 우리 각자의 운명과 인류 집단의 숙명이 전개되고 있습니다. 우리 각자가 영위하는 삶의 기저에는 은유와 상징으로 구성된 인류 보편의 언어가 펼쳐집니다. 이 언어에 대해 깊이 자각하면 할수록 깨어 있을 때나 잠을 잘 때나, 삶을 훨씬 충만하게 영위할 수 있습니다. 그리고 또 인류의 미래를 결정하게 될 창의적인 에너지나 아이디어를 보다 분명하고 효과적으로 이해하게 되고 이를 표현할 수 있게 됩니다. 모든 독자들이 보다 행복하고 창의적이며 영성적으로 충만한 삶을 사시는 데 이 책이 도움이 되기를 진심으로 희망합니다.

2009년 여름, 서울에서 Jeremy Taylor

# 차 례

■ 꿈 작업에서 지켜야 할 것

# 익명성과 비밀 보장

꿈은 우리 삶의 전반을 반영하며 길잡이 역할을 합니다. 중요한 결정을 내릴 때 영향을 미치는 마음 깊은 곳의 감정과 신념, 삶의 행동 유형들도 드러내 보여 줍니다. 꿈은 이처럼 아주 깊은 곳에 자리 잡고서 우리가 깨어 있을 때 경험하는 것들의 바탕이 됩니다. 삶의 의미와 중요성을 의식에서 보다 잘 이해하는 데 꿈은 더할 수 없이 좋은 통로입니다. 꿈을 더 재미있게 만나고 즐겁게 나누기 위해 우리는 정기적으로 다른 사람들과 꿈을 나누고 탐색하는 것 같습니다.(이런 꿈 작업 모임을 시작하고 운영하는 데 도움이 될 만한 내용은 9장에서 간략하게 소개하겠습니다.)

꿈 작업 모임에선 무엇보다 서로가 안전하다고 느낄 수 있어야 합니다. 서로 내밀한 이야기를 나누기 때문입니다. 아직 성장 중인 인격과 창의성을 탐색하다 보면 각자가 가진 비밀과 아직 무르익지 않은 감정을 나누게 되는데 그러려면 기본적으로 서로를 믿고 신뢰할 수 있어야 합니다. 꿈은 가장 내밀하고 창피한 비밀, 특히 깨어 있을 때 우리 자신의 의식으로부터도 숨기고 있는 비밀을 상징의 형태로 드러내기 때문입니다.

그래서 꿈을 나누다 보면 평소보다 우리 자신을 더 많이 드러내게 됩니다. 이런 위험을 감수하면서도 자신을 드러내려면 아무래도 모임이 안전하다고 믿고 안심할 수 있어야겠지요. 적어도 참석자들이 자신들 삶의 내밀한 이야기를 예상치 못한 곳에서 소문의 형태로 만나게 되는 일은 없을 거란 신뢰가 있어야 합니다.

그러기 위한 한 가지 방법은 모임에서 나누는 꿈과 사적인 이야기들을 모임 밖에선 절대로 하지 않기로 처음부터 약속하고 시작하는 것입니다. 하지만 이렇게 하면 여린 감정들과 혼란스런 기억을 보호할 순 있겠지만 꿈 모임 바깥에서 자유롭고 즉흥적으로 대화하며 정서적으로 공감할 기회가 심하게 제약받게 됩니다. 그래서 저는 저와 함께 꿈작업을 하는 분들에게 익명성을 지켜 줄 것을 당부합니다. 물론 누구든 필요하면 언제든 당연히 비밀을 유지해 달라고 요구할 수 있습니다. 그리고 그런 요청이 있으면 참석한 다른 사람들은 아무런 질문이나 주저함도 없이 그렇게 하기로 사전에 동의하고 시작합니다.

익명성을 지키면 비밀을 지켜 달라는 요구가 따로 없어도 이야기의 주인공이 누구인지 알 수 없습니다. 서로 편하게 꿈으로 작업하면서 얻은 통찰을 아주 자유롭게 나누고 토론할 수 있게 되는 거죠.

이 책이 나오게 되기까지 지난 25여 년* 동안 엄격한 비밀 유지가 아니라 익명성에 동의해 준 모든 분께 특별히 감사드립니다. 이 분들의 너그러움과 신뢰가 없다면 꿈에 대한 이야기는 생기 없는 추상적인 이야기로 전락될 수밖에 없을 것입니다. 정말 고맙습니다.

설명하려는 바를 생생하게 전달하려고 실제 꿈을 예로 들 때 제 꿈 외에 다른 분들의 꿈은 모두 익명으로 소개했습니다. 자기 꿈이 소개된 친구와 학생들, 내담자, 동료에게 당부합니다. 뒤에 가서 원치 않는 내용이 나올 수도 있으니 책을 다 읽기 전에 공개적으로 자신을 드러내지 않도록 하십시오.(사실 앞으로 쓸 책에서 이 책에 나온 꿈을 다시 인용하고 싶어질지도 모르겠습니다. 그러니 책을 다 읽은 뒤에라도 익명성을 계속 지키시라고 말씀드리고 싶습니다.)

* 책을 쓴 시점을 기준으로 한 것으로 현재는 꿈을 다룬 지 40년이 넘었다. - 옮긴이 주.

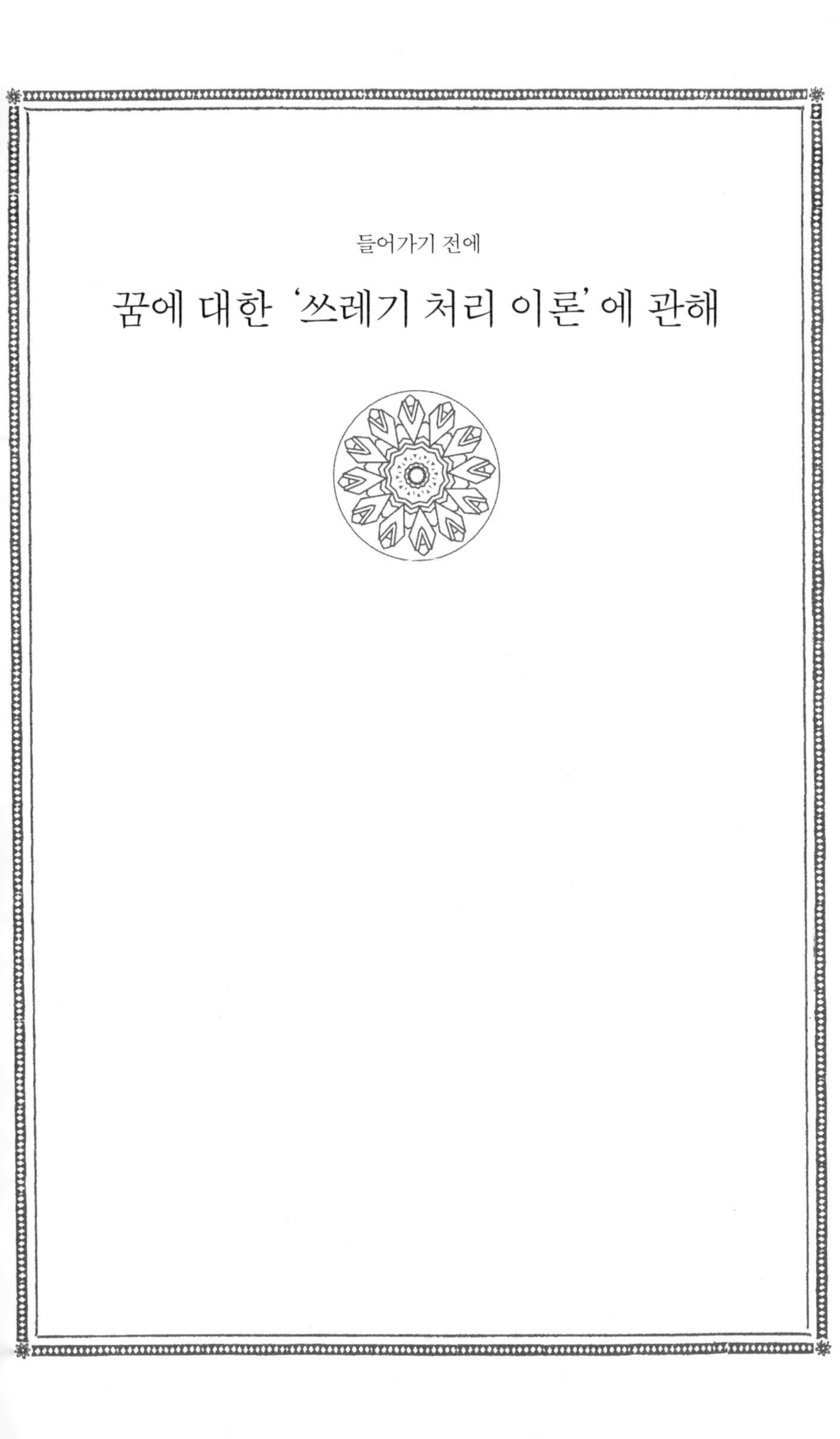

들어가기 전에

# 꿈에 대한 '쓰레기 처리 이론'에 관해

우리는 잊기 위해 꿈을 꾼다.

_크릭과 미치슨

인류라는 종種은 심각한 문제에 직면해 있다. 복잡하게 얽혀 서로 의존하며 살아가는 생명체들을 부양하는 지구의 능력을 비정하게 파괴해 왔기 때문이다. 이 위기는 인간이 과학이란 마술의 도제로서 당장의 만족을 위해 자연을 무정하게 조작하면서 가속되어 왔다. 짧은 시간에 과학이 놀라운 성공을 거두고 기술이 바로 산업화하면서 (과학기술이 전문화하고 작은 목표에 집중해 논리적, 이성적, 선형직인 사고력으로 정서에 영향을 받지 않는 것처럼 보인 덕분에) 우리는 보다 깊은 곳의 무의식과 보다 참되고 자발적인 자아로부터 소외되는 부차적인 결과를 겪고 있다. 또 오래되긴 했지만 진화하는 스스로를 인식하고 균형과 제정신을 유지하는 데 가장 믿을 만한 신화와 꿈이라는 두 가지 원천으로부터 멀어지게 되었다.

내가 신화라는 단어를 '신성한 서사'라는 가장 포괄적인 의미에서 사용한다는 점을 처음부터 분명히 하고 싶다. 인도유럽어에서 신화는 '입'과 어원이 같고, '의미 있는 말'이라는 뜻을 담고 있다. 이렇게 보면 깊이 믿고 있는 신념이나 깊이 느낀 심리 영성적인 체험에 어떤 구체적인 모양을 부여하는 전통적인 이야기는 모두 신화라 할 수 있다. 마찬가지로 깊은 신념과 체험을 바탕으로 설득력이 있으면서도 상징적인 모양을 줄 수 있는 모든 지어낸 이야기 또한 그것이 오랫동안 이름 없이 전해진 구전 전통이더라도 '신화적'이다. 하지만 나는 이 단어가 흔히 쓰이는 두 가지 방식으로는 사용하지 않았다. 사실처럼 통용되는 거칠고 근거 없는 환상을 얕보거나 ("네가 모르는 걸로 상처 안 입는다는 건 신화야.") 다른 사람의 종교적인 신념을 폄하하기 위해 사용하는 것이다.("선교사들이 도착하기 전에 있었던 흰 버팔로 신화는 평원 인디언들에게 큰 영향을 주었다.") 내가 신화라는 표현을 쓰는 예를 들면 신약과 구약은 공식적인 '그리스도교 신화'의 서사적 기반이라고 할 때다.

17세기를 거쳐 이른바 계몽기 이후에 비교적 교육을 잘 받은 지적인 사람들이 갈수록 신화를 무시하는 경향이 있다. 신화를 단순히 기이하고 비현실적인 것 그러니까 '잠자기 전에 듣는 동화' 정도로 보는 것이다. 보다 이성적이고 과학적인 정신 과정으로 사회 조직 또는 '진짜 종교'로 진화해 가는 과정에 있는 것쯤으로 본다. 오늘날 일부 신경생물학 연구자들은 이 '비신화화'를 더 진행시켜 꿈에 고유한 상징적 의미가 있다는 고대의 믿음까지도 의심하고 도전하기 시작했다. 일부 과학계에서는 꿈이 '신진대사상의 혼란에 따른 부수 현상'에 불과하다거나 "잠자는 동안 뉴런이 무작위로 발화"하는 것이라는 주장이 나돌고 있다. 꿈 내용에 구체적으로 관심 갖는 것을 얕보면서 그 근거로 역사상 그런 관심을 보인 사람들이 우스꽝스런 자기기만에나 이용할 뿐이었다고 주장한다.

꿈에 지혜와 통찰, 계시, 창의적인 영감이란 선물이 담겨 있다는 고대의 믿음을 공들여 일관되게 공격한 것은 아마도 프란시스 크릭 Francis Crick과 그래엠 미치슨Graeme Mitchison이 발표한 논문일 것이다. 이 논문으로 꿈의 궁극적인 의미와 목적을 밝혔다고 주장하는 저자들은 꿈의 기능이 단순히 뇌의 '회로를 청소'하고 '쓸모없고 무관한 자료'를 내다 버리기 위한 것이라고, 그러니까 일종의 정신적인 배설이라 주장했다. 1986년 영국의 과학 저널 〈네이처Nature〉에 발표한 이 논문에서 그들은 "꿈을 기억하려 하지 않는 게 좋을지 모른다. 잊는 게 더 나을지 모르는 사고 유형을 지속시키게 될지 모르기 때문이다"라고 주장했다.(부록 2)

이 논문은 영어권에서 막 싹트던 꿈 작업 운동에 찬물을 끼얹었다. '잊기 위해 꿈을 꾼다'는 목적을 거스르면 해가 될지 모른다는 주장은 이제 막 새롭게 꿈에 관심을 보이기 시작하던 많은 사람들의 기를 꺾어 놓기에 충분했다. 크릭과 미치슨은 기묘한 밤의 모험을 기록해 더 잘 이해하려는 노력이 '잉여 이미지'를 내다 버리는 뇌에 실제로 해를 입히는 것이라고 주장하는 것 같았다.

사실 이들이 인용한 연구들은 꽤 설득력이 있는 것이었다. 꿈을 90여 분 간격으로 주기적으로 꾸게 되는데, 이 주기는 주의 깊게 관찰·증명된 깨어 있을 때의 '최대 집중 기간'과 일치했다. 이 주기는 단기 기억을 더 깊은 곳에 넣어 접근이 덜 쉬운 장기 기억으로 바꾸는 것과 밀접하게 관련 있다. 이 과정에서 불필요한 기억은 '잃어버리'거나 잊게 된다.(아니면 적어도 그렇게 보인다.) 크릭과 미치슨은 꿈이 단순히 뇌가 '쓸모없는' 기억 자료를 제거하는 '쓰레기 처리' 과정을 반영하는 것에 불과하며, 그 이상은 아니라고 결론 내렸다.

꿈이 기본적으로 상징임을 언급하지 않은 것은 차치하고도 이들의 연구에는 몇 가지 문제가 있다. 제대로 된 상징은 늘 다중의 목적을 가지며 동시에 다양한 층위에서 의미와 중요성을 전한다. 이 점이 바로 단순한 기호sign와 상징이 구별되는 것인데, 기호는 하나의 메시지를 모호하지 않고 분명하게 전달하고자 한다. 상징을 지닌 형태에 대해 그저 한 층위의 의미만을 보여 주는 분석은 그 정의상 불완전하고 부적절할 수밖에 없다.

꿈에 대한 '쓰레기 처리' 가설을 뒷받침하는 증거들은 꽤 설득력이 있다. 하지만 크릭과 미치슨은 이들 증거를 제시하면서 꿈 이미지에 담긴 모호하고 다층적인 '다원결정적인overdetermnined' 성질을 언급하지 않았다. 그들은 무작위하게 보이는 인상들이 정기적으로 '잊혀지는' 과정에 꿈이 기여하고 그 과정을 꿈이 반영하고 있기 때문에 다른 가능성은 모두 거짓이라고 믿는 것 같다. 마치 마술처럼 말이다. 표면적으로도 단기 기억의 인상들이 무작위적이라는 이들의 주장은 분명 오류이다. 우리 모두는 언어적·역사적·사회적·심리적인 환경에 완전히 잠겨서 살아가고, 이 환경을 무작위적이라 보기는 힘들다. 깨어 있는 동안 우리의 삶은 개인사에 의해, 우리가 말하는 언어의 개념적인 카테고리에 의해, 우리가 속한 특정 사회의 정치·문화·경제 체계 등에 의해 깊이 구조화되어 있다. 이런 중요한 의미에서 주관적으론 아무리 무작위적이고 혼란스러워 보여도 우리가 경험한 것과 단기 기억 중에 정말로 무작위인 것은 없다. 꿈이 꿈꾼 이의 '일상의 잔영'을 정기적으로 반영하는 것인 만큼, 또 더 큰 사회에서의 언어학적 경험을 반영한다는 점에서 의미가 있다. 꿈이 '의미가 없다'는 주장은 여러

모로 내가 어느 외국어를 모른다는 이유로 그 언어로 하는 얘기는 횡설수설이며 이해하려는 건 시간 낭비라고 (아니면 잠재적으로 '해를 입힌다' 고까지) 하는 것에 다름없다.

잠깐 다음과 같은 상상을 해 보자. 미래에 외계의 고고학자가 지구에 도착해 벽난로가 있고 사방이 책으로 둘러싸인 쾌적한 개인 도서실을 발굴한다. 야만적인 지구의 '책' 에서 발견된 잉크 표식은 별 의미가 없다는 게 당대 외계 고고학계에 유행하는 가정이다. 아무튼 (이 고대의 장서가가 불을 피우는 데 신문지를 사용했기 때문에) 벽난로에서 타다 남은 신문 조각을 발견해 조사하던 학자는 신문에 있는 것과 똑같은 표시가 벽을 둘러싼 책에도 있음을 발견한다.

이 발견을 근거로 이 학자는 고대 도서관의 벽을 채운 책들이 불쏘시개에 불과하다는 증거이며, 쉽게 불에 던져 넣을 수 있도록 책을 그렇게 쌓아 둔 것이라는 논문을 발표한다. 다른 고고학자는 더 나아가 도서관의 책 몇 권을 태워 그 주장을 '실험적으로' 증명해 보인다. 아니나 다를까, 책은 정말 불에 타고 원래 발견된 신문 조각과 비슷한 재를 남긴다.

다음 번 미개 생활상 연구 고고학회의 총회에서 이 두 고고학자는 최근의 발견과 실험으로 지구의 '책' 은 미개한 지구인들이 불쏘시개로 쓴 것에 불과하며, 지구에서 사라진 문명에 대한 실마리로 해독하려는 '낭만적인' 학자들의 노력은 엄청난 착각이라고 발표한다.

책이 불에 타는 것은 사실이다. 그리고 꿈이 단기 기억을 장기 기억으로 전환할 때 기억을 분류하고 우선순위를 매기는 역할을 하는 것도 사실이다. 하지만 책이나 꿈을 온전하게 그리고 제대로 이해하려는 것을 두고 그 이상은 '아무것도 아니다' 라고 주장하는 것은 심각한 오류다.

스탠리 크리프너Stanley Krippner가 자신의 책 《꿈꾸는 시간과 꿈 작업Dreamtime and Dreamwork》에서 이 문제를 언급한다. "만약 꿈의 내용에 의미가 없다면, 서로 다른 집단을 대상으로 한 연구에서 '꿈 내용상에' 차이를 발견하게 되는 이유는 무엇일까?" 그는 더 나아가 다른 집단들의 꿈을 비교하면 일관성 있고 예측할 수 있는 어떤 유형들이 발견된다고 했다.

예를 들어 사람들이 어떤 꿈을 꾸는지 통계적으로 연구한 것을 보면 어린아이가 성인보다 동물이 등장하는 꿈을 더 많이 꾼다는 결과가 반복해 나온다. 여성이 남성보다 악몽을 더 많이 꾸고 꿈에 나타난 색깔을 더 잘 기억한다. 또 사람과 상호작용하며 말을 하는 꿈을 꾸는 빈도는 여성에게서 더 높게 나타난다. 반면 남성들은 기계를 조작하거나 다른 인물들과 몸싸움을 하는 꿈을 더 많이 꾼다. 사실 이런 예는 통계 분석 연구에서 자주 나오는 몇 가지 유형에 불과하다.(부록 2)

크리프너는 이런 연구들이 "일반적으로 깨어 있을 때의 활동에 비추어 볼 때 꿈꾼 사람의 나이와 성, 문화적 배경에 따라 눈에 띌 만한 차이가 꿈에 반영되어 있음을 가리킨다"라고 결론지었다. 꿈이 아무 의미가 없다면 당연히 이렇게 반복되는 유형들이 꿈에 나타나지도 않았을 것이다. 상징이란 수준에서 볼 때 놀랍고 심오한 진실을 드러내 보이는 것은 말할 나위 없다. 1995년 밀튼 크레이머Milton Kramer 박사가 내게 이렇게 말했듯이 말이다. "근본적인 질문은 꿈이 '신호signal' 인가 아니면 '잡음' 인가 하는 것이다. 꿈이 '신호' 라는 것은 지난 40여 년 동안 모인 증거로 의심할 여지가 없다."

꿈이 무의미한 '쓰레기' 라고 주장하는 크릭과 미치슨 그리고 다른 이들의 연구에서 가장 심각한 문제는 이들이 그토록 강조하는, 분류하고 '잊어버리는' 그 과정 자체가 인간의 의식에서 의미가 생성되는 과정의 모델임을 알아차리지 못했다는 점이다.

사실 인간의 체험 중에 완전히 잊히는 것은 아무것도 없다. 통제된 환경에서 실험을 해 보면 되풀이해 드러나는 것은 적절한 자극과 동기와 환경이 주어지면 아주 어린 유아기의 기억도 모두 의식으로 불러올 수 있다는 것이다. 우리에게 일어났던 일은 그게 무엇이든 장기 기억 어딘가에 저장되어 있고, 적절한 환경하에서 거의 모든 기억을 깨어 있는 의식으로 불러올 수 있다. 이 이유 하나만으로도 크릭과 다른 이들이 너무나 강조하는 '잊어버린다' 는 생각은 조심스레 다시 조사하고 재평가할 필요가 있다. 완전히 잊히는 것은 없으며, 그래서 '잊어버린다' 는 것만으로 꿈이 무의미하다는 증거가 될 수 없다는 말이다.

더 중요하게는 단기 기억의 흔적들이 장기 기억으로 저장될 때 물리적·정서적·상징적 유사성에 따라 목록별로 분류되고 우선순위가 매겨지는데, 바로 이 목록이 의미의 기본 구조를 결정한다는 점이다. 장기 기억은 인간이 인식하고 깨달은 의미와 중요성을 조직하는 기본 원리이다. 단기와 장기적인 물리적 생존에 따라 경험을 분류하고 정리하면서, 즐거움은 끌어안고 고통은 피하고 지위와 자기가치, 개인적이고 집단적인 정체성 등의 기본적인 욕구들을 충족시킨다.

따라서 크릭과 다른 사람들이 내놓은 꿈이 무의미하다는 '증거'는 실은 꿈꾸는 것 자체가 인류 보편적인 모델로 의미를 만들어 내는 원형적인 prototypical 체험임을 증명한다.

사건과 생각, 감정, 경험 등에 의미가 부여되는 때는 이들이 장기 기억에서 기본 목록으로 분류되면서부터이다. 크릭과 미치슨 등의 주장처럼 꿈꾸기는 단기 기억이 장기 기억으로 분류 저장되는 과정에 본질적으로 깊이 관여하고 있다. 그래서 어떤 특정한 인상이 이 과정에서 잠시 '잊히는' 것처럼 보이냐 아니냐에 상관없이, 꿈꾸기가 의미 생성 과정에까지 깊이 관여하는 것도 당연한 일일 것이다.

같은 이유에서 신화나 다른 감정과 상징으로 가득 찬 신성한 서사와 공연을 단순히 '실패한 과학'이라고 하는 것도 마찬가지로 순진하고 근시안적이다. 신화는 단순히 현대과학이 보다 적절하게 분석해 낸 자연현상을 환상적으로 설명하는 '잠자리 동화'가 아니다. 물론 상상에 기대 자연현상을 과학적으로 보면 '틀리게' 설명하는 신화들도 있다. 하지만 꿈과 마찬가지로 신화들도 상징의 형태를 띠고 있고, 하나의 의미만 지닌 신화는 없다. 왜 세상이 이런 모습인지를 (왜 계절이 바뀌는지, 왜 식물이 주기적으로 자라고 죽는지, 남녀의 차이가 생기게 된 '첫 번째 원인'이 무엇인지, 뒷산은 왜 저런 모양이 되었는지를) 설명하려는 신화들은 인간 심리 깊은 곳에 자리 잡은 구조와 그곳에서 반복되는 유형에 대한 심오한 상징적인 형태도 부여한다. 사실 애초에 이런 신화가 생겨난 곳도 바로 그곳이다.

일부 신화와 민담이 물리적으로 일어난 사건의 원인을 밝히는 이야기가 '비과학적'이라는 말이 있다. 하지만 이러한 사실보다 훨씬 더 중요한 것은 신화가 인간으로서 우리가 경험하게 되는 내면의 정서적·영성적인 체험을 심오하고 극적으로 묘사해 준다는 점이다. 신화에 대한 연구를 단순히 역사에 대한 관심과 '실패한 자연과학'으로만 분류한다면 정말 중요한 점을 놓치는 것이다. 신화 연구는 개인과 집단의 심리와 문화를 아주 고차원적으로 이해할 수 있는 가능성이 잠재된 원천이기 때문이다.

꿈의 세계를 진지하고 진솔하게 들여다보면 쉽게 '의미 없다'고 할 수 없고, 마찬가지로 신화의 세계도 그저 '순진한 공상'이라고 치부할 수 없게 된다. 이 두 영역을 같이 조사해 보면 내면 깊은 곳에 우리 모두가 인간으로서 공유하고 있는 무의식의 유산이 드러나기 시작한다. 꿈과 신화는 늘 변화하고 진화하는 지구의 문화·생태·환경에서 우리가 삶의 의미를 발견하고 재생하는 과정에 대한 살아 있는 예들이기 때문이다.

꿈과 신화는 우리가 개인으로나 사회 집단으로 발전하는 모양을 만들어 온 타고난 무의식적인 경향(원형들archetypes)을 드러낸다. 바로 이 깊은 곳에 우리가 공유한 집단적이고 무의식적인 원형적 유형들과 에너지가 있는데, 이 유산은 여전히도 우리가 최선의 노력으로 혼자 또는 같이 뛰어난 업적을 만들어 내게 하는 근간이 된다.

우리가 심연의 슬픔과 뼈아픈 실패를 경험하게 되는 맥락도 바로 이 집단적인 유산에서 나온다. 태초부터 그래 온 것처럼 오늘날 우리 개인 또는 집단의 삶에 구체적인 모양을 부여하는 것은 원형적인 형태와 관계를 향한 원형적인 경향이다. 이를 이해하지 못하면 이들 원형적인 에너지들은 아이러니하고 비생산적이며 무의식적인 행동들로 스스로를 드러내 우리의 삶을 혼돈과 불행에 빠뜨린다.

나는 스스로에 대한 깨달음과 이해라는 의식의 빛만이 점점 더 긴박해져 가는 우리가 처한 상황을 비추고 변환시킬 수 있다고 믿는다. 이들 원형적인 힘들을 보다 분명하게 또 의식적으로 바라보고 이해할 때 이들 에너지의 도움으로 우리가 지닌 최고와 최상의 창의적인 노력을 발휘할 수 있고, 그렇게 되었을 때 개인으로나 집단으로서의 우리 삶을 상상할 수 있는 최선으로 이끌어 나갈 가능성도 커지게 된다.

이 책은 개인과 집단이 가진 최고의 창의력을 북돋우고 양분을 줘 현대인의 삶에서 가장 시급한 질문과 요구에 대응하게 하려는 노력의 일환이다. 우리의 문제는 사람 사이의 예의와 상호존중이 쇠퇴하고, 계속되는 전쟁과 생태계의 위기, 개인이나 집단으로서의 삶에서 의미와 목적, 창의적인 기쁨의 상실로 야기되고 성격 지워진다. 30여 년 동안 이런 원형적인 드라마를 다뤄 온 내 경험에서 볼 때 꿈과 신화를 보다 깊이 이해하게 되면 개인적인 차원과 집단적인 차원 모두에서 직접적이고 긍정적인 효과를 가질 수 있다고 확신한다. 꿈과 신화를 보다 의식적으로 만나면 다른 어떤 노력으로도 얻을 수 없는 창의적인 상상력과 자기실현, 자기표현, 자비심, 용기를 기를 수 있다. 늘 그래 왔듯이 바로 이런 특질들이 우리 인간이 처한 곤경을 직면하고 변환시키는 데 필요한 에너지이다.

이 책에서는 각 장의 도입부에서 중요한 신화 이야기를 일부 들려주고 그에 담긴 다층적인 상징과 중요성을 다룬다. 이어서 소개한 신화와 기본적으로는 동일한 원형적 에너지와 유형을 보여 주는 현대인의 꿈을 다룬다. 신화를 다루는 것은 꿈을 조명하기 위해서이다. 꿈 이야기를 탐색하는 것은 신화를 의식적으로 이해하고 정서적으로 참여하는 것과 같다. 이 모두는 독자들을 보다 자유롭게 자극해 자신의 꿈과 좀 더 의식적으로 관계를 맺도록 하고, 또 꿈 작업가들에게는 여러모로 중요한 집단적이고 원형적인 이해의 영역, 신화적 이해의 영역에까지 관심을 확대해 보라고 부추기기 위한 것이다.

# 1장

# 원형이란 무엇인가?

## 마법에 걸린 개구리, 등산, 성에 관한 신화와 꿈 탐색

신화는 대중의 꿈이고 꿈은 대중의 신화이다.

_조셉 캠벨Joseph Campbell

이 책은 많은 사람들이 원형적인 상징과 '집단 무의식'에 대해 갖고 있는 의구심과 불안을 다루고 극복하려는 노력의 산물이다. 이미 꿈 작업을 하고 있는 사람들에겐 보다 깊은 집단적인 층위에 공유되어 있는 중요한 의미들을 탐색해 보라고 권하고 싶다. 세계 신화와 신성한 의례에 매료된 사람들에겐 저절로 생겨나는 밤 시간의 꿈에도 관심을 가져 보라는 나의 끈질긴 초대이기도 하다.

원형적인 상징 드라마는 한편으로는 세계 신화에, 다른 한편으로는 개인의 꿈에 가장 자주 또 분명하게 드러난다. 신화와 꿈은 상징과 은유라는 기본적으로 동일한 방식으로 우리에게 말을 건다.

개인의 꿈과 전 세계적으로 공인된 신성한 서사와 다른 신화에 나타나는 상징과 구조에는 근본적인 유사점들이 보인다. 이는 우리 개개인이 지닌 부인할 수 없는 고유성과 문화적인 다양성에도 불구하고 우리 인류가 집단적으로 공유한 무의식에 대한 설득력 있는 증거이다.

최근 들어 꿈에 관심을 갖는 것이 흥미로우면서도 자기 계발과 성장에 도움이 되는 것은 물론 즐기기까지 할 수 있는 활동임을 알아 가는 사람들이 점점 늘고 있다. 일부는 여러 사람이 함께 모여 꿈을 나누는 것이 혼돈스런 밤의 모험에 담긴 진가를 발견하고 이해하는 데 크게 도움이 된다는 것을 알게 됐다.(혼자서 또는 그룹으로 꿈 작업하는 데 도움이 될 기초적인 내용은 9장에 요약해 두었다.) 이런 발견의 과정에서 많은 이들이 카를 융의 저작들과 '집단 무의식의 원형'이라는 개념을 만나게 된다. 정신의 기본 구조인 원형들은 우리 각자가 꾸는 꿈뿐 아니라 모든 시대에 걸친 민담과 신화, 전설, 성스러운 서사의 가장 깊은 원천이다.

그런데 때로 사람들은 여기까지 와서 멈칫하게 된다. 꿈에 나오는 흥미진진한 집단적인 상징들을 터득하고 더 잘 이해하려면 이제 '학교로 되돌아가'거나 아니면 먼지만 쌓인 채 정리되지 않은 신화와 종교 그리고 신비주의의 광대한 서류 더미를 뒤적여야 한다고 생각하기 때문이다. 그건 정말, 최상의 경우에라도, 가망 없이 기가 질리는 일이다.

이 책에선 그런 질리는 느낌을 헤치고 집단적인 상징의 유형과 에너지 중에서 보다 두드러지는 것 몇 가지를 편하고 쉽게 안내하고자 한다. 또 신성한 서사와 신화 전통에 대한 아주 기본적인 이해만으로 개인의 꿈과 심리 영성적인 문제들을 조망하고, 우리에게 가장 시급한 집단적이며 사회·정치·경제·문화적인 딜레마들에 실용적인 통찰을 제공하기를 바란다.

### '아하'로 느끼는 통찰

어린 시절 경험이 떠오르는 꿈을 꾸면 우리는 이미 무의식적으로 그 기억이 뭘 의미하는지 '알고' 있다. 그 순간에 그 의미를 정확하게 표현하지는 못해도 이 무의식의 지식은 깨어 있을 때 의식의 표면 바로 아래에 있다. 누군가 그런 이미지에 대한 해석을 말할 때 꿈꾼 이는 '아하'라고 알아차리게 된다. 이 '아하'는 무의식 상태에 있던 기억을 보여 주는 것으로 꿈을 탐색하고 상징을 분석하는 데 믿을 수 있는 유일한 시금석이다.

이들 개인적인 기억과 연상들에서처럼 원형적인 상징에 담긴 큰 울림의 의미(들)와 중요성을 우리는 무의식에서 이미 알고 있다. 같은 이미지를 사용하는 잘 알려지지 않은 신화를 우리가 의식 상태에서 모르고 있더라도 마찬가지이다. 일상적이고 '사소한' 모습으로 나타나긴 하지만 꿈에도 늘 원형적인 이미지와 에너지가 등장하기 때문이다. 그럴 때 어떤 면에서 우리는 그 의미를 이미 알고 있다. 이런 집단 무의식 차원에서의 깨달음도 우리가 느끼는 '아하'를 통해 확인할 수 있다는 것이다.

원형적인 상징들에 관해 우리가 할 일은 이 선의식에 머무르고 있는 지식에 접근해 깨어 있을 때의 의식 표면으로 가져와 '말로 표현될 수 있을 만큼 무르익게' 하는 것이다. 깊은 곳의 집단적이고 원형적인 수준에서 이해하고 있는 것을 깨어 있을 때 의식의 표면으로 끌어오는 것은 개인적인 차원에서와 똑같은 방식으로 일어난다. 개인적인 상징과 의미를 다룰 때처럼 '아하' 인식은 이 미묘하고 내면 깊은 곳에 자리 잡은 진리를 가리키는 가장 믿을 수 있는 척도이다.

단순하게 말하면 세계의 신화와 종교 경전에 친숙한 것이 꿈을 보다 충분하게 이해하는 데 흥미롭고 값진 것이긴 하지만 꼭 필요한 것은 아니다. 원형적인 이미지에 담긴 근본적인 상징들은 꿈꾼 이의 직관과 연상을 통해 주로 내면을 들여다보면서 또 다른 사람과의 대화를 통해 더 쉽게 알아보고 의식화할 수 있다.

### 마법에 걸린 개구리

마법에 걸려 개구리로 변한 왕자나 공주가 나오는 고전 동화는 집단적이고 원형적인 상징 드라마가 구체적으로 펼쳐진 예이다. 이 이야기는 그런 드라마가 어떻게 다양한 층위의 의미와 창의적인 에너지, 관계의 가능성을 전달하는지 보여 준다. 이 같은 신화적인 서사가 꽤 많이 지속되는 이유는 이들이 인간 발달에 대해 또 우리가 살고 있는 사회의 본질에 대해 깊은 곳의 상징적인 진실을 구현하고 전하는 방식 때문이다.

'개구리 왕자(공주)' 이야기는 전 세계에 서로 다른 버전이 수두룩하다. 문화에 따라 세세한 부분은 많이 다르지만 기본 줄거리는 문화권에 상관없이 모든 이에게 친숙하고, 근본적으로 비슷한 심리 영성적 메시지를 담고 있다.

요즘 사람들도 마술에 걸린 양서류의 꿈을 꾸는데, 신화와 민담에 나오는 마법에 걸린 개구리와 같은 상징적인 성격과 성질을 지닌다. '마법에 걸린 개구리'와 비슷한 이미지가 꿈에 나오면 이 집단적 신화에 조응하는 연상과 상징적인 함의가 함께 등장한다. 그리고 꿈꾼 이가 깨어 있을 때 이 이야기에 등장하는 개구리와 연관된 사회적인 문제와 딜레마를 개인적으로 또 집단적으로 다루고 있음을 의미한다.

영어권 사람들은 이 유명한 이야기의 다른 버전들이 다른 나라에도 있는 걸 모르고 영국 제도에 전해 오는 '개구리 왕자' 이야기를 '정통'으로 알고 있다. 마법에 걸린 개구리와 같이 전 세계 이야기에 보편적으로 반복해서 등장하는 상징적인 모티프들은 인간 정신 깊은 곳에 모두가 공유하는 층위가 있다는 설득력 있는 증거들 중 하나이다.

많은 사람들에게 익숙한 영국판 이야기는 다음과 같다. 아름답지만 도도한 공주가 귀한 물건—반지나 보석이 달린 귀걸이나 공—을 우물이나 깊은 연못에 빠뜨린다. 그러자 말하는 개구리가 나타나 공주가 부주의하게 잃어버린 보물을 되찾아 주겠다고 한다. 그러면서 수고에 대한 대가로 키스해 주겠다고 약속해 달라고 한다. 생각만 해도 역겹지만 잃어버린 보물을 너무나 되찾고 싶은 공주는 그렇게 하기로 한다. 개구리는 물로 뛰어들어 잃어버린 보물을 되찾아 오고, 공주는 결국 개구리에게 키스한다.(어떤 이야기에선 다른 값지고 끌릴 만한 보상으로 개구리를 설득하려다 실패한다.) 공주가 키스하자 개구리는 잘생긴 왕자로 변한다. 왕자는 자신이 마법에 걸려 개구리가 되었으며 어느 공주가 키스해 주어야 본래 모습으로 돌아갈 수 있었던 것이라고 밝힌다. 개구리에

**그림 1** (영국 제도) 마법에 걸린 개구리가 나타나 공주가 잃어버린 보물을 찾아주겠다고 한다.

서 사람으로 변한 왕자와 조금 누그러지고 덜 도도한 공주가 결혼해 영원히 '행복하게 살게' 된다.(그림 1)

언어와 문화에 따라 세부 사항이 다를 때도 있지만 전 세계에 나타난 이 이야기의 기본적인 줄거리 혹은 원형적인 유형은 본질적으로 똑같다. 예를 들어 독일어판에서는 개구리가 다시 사람으로 돌아오는 방식이 영국의 '키스'와는 완연히 다르다. 거기서는 부주의하고 도도한 공주가 키스해 달라는 개구리의 성가신 요구에 화를 내며 역겨워한다. 다른 버전에서는 개구리가 '세 가지 소원'을 들어달라고 하는데, 소원마다 공주와 신체 접촉이 점점 더 진해진다. 공주는 이들 조건에 동의하면서 속으론 몰래 값을 치러야 할 때가 오면 약속을 깰 생각을 한다. 개구리가 자기가 약속한 몫을 하고 난 뒤 보상을 요구하자, 공주는 키스할 것처럼 개구리를 들어 올려선 개구리를 죽일 요량으로 있는 힘을 다해 벽에 내던져 버린다. 이 원형적인 이야기의 독일어 버전에서 개구리는 이렇게 키스가 아니라 벽에 부딪치는 충격 때문에 인간으로 변한다. 이런 배신에도 개구리 왕자와 도도한 공주는 결혼하게 된다.(이들이 결혼 후 행복하게 살았는지 어땠는지는 언급이 없다.)

이 한 가지 차이에서 여러 가지를 추론해 볼 수 있다. 먼저 영국과 독일 문화에서 지배적이던 로맨틱한 사랑에 대한 기본적인 태도에 관한 것이다. 앵글로색슨의 문화 전통에서 로맨틱한 만남에 전제된 무언의 가정은 연인 사이에선 아무리 터무니없는 약속이라도 최소한 지키려고 노력한다는 것이다. 독일 문화권에서 로맨틱한 사랑에 빠진 연인 사이에서 특히 여자에게서 일관성 없음은 어느 정도 예상되는 일이고,

로맨틱한 끌림은 일종의 광기로 이해되었음을 알 수 있다. 따라서 열정에 휩싸여 한 터무니없는 약속은 제정신으로 한 약속만큼 진지하게 취급되지 않는다. 이런 태도 때문에 중매결혼은 정당화되고 헌신하는 관계에서 로맨틱한 사랑을 집단적으로 별로 중요하지 않게 여기는 이유가 되기도 한다. 동시에 중매결혼은 계급과 가족의 부를 영속시키는 데 아주 중요한 전통이다.

이런 첫 번째 태도 바로 뒤에 숨어 있는 것은 원형적인 여성성에 대해 집단이 지닌 무의식적인 문화적 태도에 있는 보다 깊고 근본적인 차이점들이다. 두 버전 모두에서 공주의 행동은 그 집단의 문화가 '여성적인' 정서적 체험 자체에 대해 지닌 견해를 반영한다.(그리고 부분적으로는 그런 성향을 지속시킨다.) 각 버전에는 '여성적인' 정서와 내면세계를 표현하는 게 일반적으로 어느 정도까지 받아들여질 수 있는지 그 사회가 지닌 기대와 한계가 나타나 있다. 영어판에서는 정서적인 체험이라는 주관적인 세계가 기본적으로 신뢰할 만한 것으로 그려진다. 반면 독일어판에서는 주관적인 정서적 체험은 냉소적인 의혹을 받는다. 양쪽 버전 모두에서 공주는 천성적으로 '부주의' 하고 '도도' 하다는 전제가 깔려 있다.(이는 정신의 여성적인 측면에 대한, 또 다르게는 '여성의 기본 천성' 이라는 상징을 담고 있다.)

양쪽 버전 모두 영국 제도와 독일 사회에서 경제적으로 혹은 정서적으로 종속되어 있는 실제 여성의 지위를 암시한다. 어느 버전에도 공주 자신이 옷을 벗고 잃어버린 보물을 되찾는 가능성은 언급되어 있지 않다.

일반적으로 어떤 사회에서건 남성과 비교한 여성의 지위를 보면 그 문화에서 심리적으로 (남성과 여성 양쪽 모두가 경험하는) 여성적인 (내면적, 관계적, 창의적, 감각적, 직관적, 순환적, 반복적, 정서적) 체험에 어떤 가치를 부여하는지를 정확하게 예측할 수 있다. 여성이 재물을 소유하고 자치권을 갖고 있는 사회에서는 여성적인 형태의 체험과 행동을 신뢰할 수 있고 실재하는 것으로 받아들이는 경향이 높다. 반대로 여성이 소유물로 취급되고 상대적으로 자치권이 적은 사회에서는 강한 정서의 표현을 의례화하고 자발적이면서도 여성적인 감정과 직관이 지닌 타당성과 중요성을 부인하는 성향이 강하다.

이야기의 상징적인 구조에 있는 이 한 가지 차이로 앵글로색슨과 독일 문화 전통에서 사회 계층 저변에 깔린 무언의 가정들에 숨어 있는 집단 차원에서의 문화적 차이를 알 수 있다. 영어권에서 발견되는 모든 판본에서는 공주가 약속한 대로 개구리에게 키스할 것인지 말 것인지 갈등하는 부분은 어디에도 없다. 공주가 내놓은 대체물에 개구리가 마음을 바꾸지 않는 한 공주가 결국 개구리에게 키스할 것이라는 걸 우리는 알고 있다. 하지만 다양한 독일어판에는 꽤나 다른 사회적 합의가 드러난다. 자신의 사회적 '지위가 높기' 때문에 공주는 자기 말을 정말 지킬 필요가 없다. 그리고 자신에게 은혜를 베푼 개구리를 죽이려는 공주의 뒤이은 행동도 용납되는 것으로 보인다. 그건 공주가 원래 모습을 회복한 왕자와 결국 결혼하게 되는 것에서 알 수 있다. 공주가 개구리를 배반하는 것이 용납되는 것은 개구리가 동물에 불과하기 때문이다. 이런 의미에서 동물 모양은 사회적 지위가 낮은 신분에 대한 상징적인 표현이다. 마법에 걸린 개구리 왕자 자신도 이런 사회적인 합의를 완벽하게 이해하고 있다. 공주가 약속을 지킬 것이라 예상하지 않고, 어떻게 보면 약속을 깰 것이라 믿고 있다. 그렇게 되면 벽에 던져져 저주받은 개구리 모양에서 벗어날 수 있다는 것을 알고 있었다. 왕자는 자기 같은 계급의 여자가 미천한 계급의 말하는 개구리와 한 약속을 지킬 것이라 기대하지도 않는다.

독일어판 이야기에서 일구이언하는 공주의 태도는 정서적으로 여성들을 믿을 가치가 없다는, 나아가 내면에서 일어나는 여성적이며 심리 영성적인 체험을 믿을 가치가 없다는 집단이 지닌 남성중심주의 문화에 깔린 가정들을 반영한다. 거기다 계층 간의 투쟁이 겉으로는 '공손하게'(암암리에) 일어난 영어권보다 훨씬 더 공공연하고 격렬하게 일어난 독일어권에서의 태도도 드러낸다.

마법에 걸린 개구리라는 원형적인 모습이 집단적인 민담이나 환상과 꿈이라는 내면세계에 등장할 때마다 거기에는 이런 다양한 층위의 상징적인 의미와 내재된 사회 질서가 공명하고 있다.

청소년기의 왕족이 상황에 의해 강제로 마법에 걸린 개구리에게 키스하는 혹은 결혼하게 되는 원형적인 주제 또는 신화소*mythologem*를 따라 동쪽으로 이동하다 보면 러시아에서 공주와 왕자의 역할이 바뀐 이야기를 발견하게 된다. 러시아와 다른 슬라브어권에선 왕자가 마법에 걸린 개구리 공주와 강제로 결혼하게 된다.

대부분의 슬라브어권 버전에서 젊은 왕자와 형들은 모두 아버지로부터 공을 굴리거나 화살을 쏘아 아내를 고르라는 명을 받는다. 왕자들은 각자 '마법의 물건'이 이끄는 대로 만난 사람과 결혼해야만 한다.

이 마법의 물건은 상징적으로 보면 영국이나 독일 전통에서 공주의 잃어버린 귀중한 장난감과 유사하다. 한 층위에서 러시아 왕자의 화살과 영국과 독일 공주의 반지나 공은 모두 프로이트적으로, 즉 성에 따라 정해진 상징적인 이미지들로 몸이 성숙해지면서 성적 욕구에 눈뜨게 되는 것을 상징한다. 원형적으로 중요한 다른 층위에서 이들 이미지는 내면의 온전함과 조화를 구현하는데, 이는 타고난 권리이자 자연스럽게 몸이 성장하고 사회적으로 발달하는 데 동반하는 정서적이고 영성적인 성숙의 결과이기도 하다.

러시아에 전하는 이야기에서 형들의 '마법의 물건'을 되찾는 것은 모두 아름다운 공주들인데, 막내 왕자는 말하는 개구리의 인도를 받는다.(그림 2) 처음에는 역겨웠지만 왕자는 아버지에게 한 맹세를 지켜 개구리와 결혼한다. 개구리는 결혼하고도 한참 동안 인간의 모습으로 바뀌지 않는데, 왕과 시기에 찬 형들이 고안해 낸 정말 불가능해 보이는 시험과 경쟁에 남편이 성공하도록 여러 차례 도운 후에야 인간으로 돌아온다. 많은 버전에서 그녀는 자신을 불쌍히 여기는, 살림 실력이 뛰어난 동서들과 겨뤄야 한다.

코카서스 산맥 반대편에 전해지는 개구리 이야기에 담긴 의미 한 가지는 이렇다. 슬라브어권에서는 독일이나 앵글로색슨 문화권과 대비되게 남편과 아내가 진짜 감정과 성적인 따뜻함을 서로에게 드러내지 (즉, 진정한 인간적인 모습으로 돌아가지) 않는다. 양쪽이 모두 (남자는)

**그림 2** (러시아) 마법에 걸린 개구리가 왕자의 화살을 되찾아 준다.

부양하는 사람이자 보호하는 사람으로서, (여자는) 도와주고 양육하는 사람으로서 사회적으로 각자에게 부여된 능력들을 분명하게 증명하기 전까지는 말이다. 당연히 그런 애정과 친밀감을 '얻는' 데는 공식적으로 결혼한 후에도 한참 시간이 걸린다.

사회 신분 관계를 묘사하는 층위에서 보면 러시아판 이야기는 개구리 공주의 신분이 낮아서 온갖 가혹하고 잔인한 시험을 겪게 됨을 암시한다.

이 슬라브어권 버전들도 사회적이고 심리적인 질서를 반영한다.

나라와 민족 배경이 다르지만 이 이야기들은 모두 그 특정 사회의 기본적인 사회 계급과 성 역할에 대한 합의를 받아들이고 지속시키도록 준비하는 도구 역할을 한다.

### 마법에 걸린 개구리가 영적 안내자로 나오는 경우

다양한 문화권에서 나타난 이 이야기의 모든 버전에는 좀 더 깊은 수준에서 개인이 자신의 고유한 인격을 발견하고 표현하려면 그저 생각 없이 인습적인 태도를 받아들이는 것을 피하고 저항할 것을 암시한다. 젊은이라면 누구나 전통적으로 또 사회적으로 성에 따라 정해진 역할과 임무를 적절하게 받아들이는 동시에 자신의 고유하고 진정한 면을 발견해야 한다.

어떤 사회에 사느냐와 무관하게 한 사회가 지속되려면 개인은 전통적인 사회 질서와 성 역할을 별다른 저항 없이 받아들이도록 훈련받게 된다. 동시에 개인은 반드시 자신만의 고유하고 진정한 인격과 재능, 에너지를 발견하고 표현해야만 한다. 그리고 그 에너지를 통해 신성의 초월적인 직관과 진실하고 고유한 관계를 발견해야만 한다. 만약 다수가 이렇게 사회적인 역할과 가치를 받아들이지 못하거나 자신의 진정한 정체성과 재능을 발견하지 못한다면, 그 사회는 산산이 흩어져 붕괴할 것이다. 신화와 신성한 서사와 민담은—그리고 무엇보다 꿈은—모두 개인을 '지도'하거나 '이끌어' 스스로를 보다 잘 인식하게 하고 또 사회적으로 받아들여질 수 있는 역할과 지위를 받아들이도록 한다.

이 유형의 전래 동화는 보편적으로 여러 문화에 걸친 그 사회의 틀 안에서 일어나야만 하는 개인적/심리적 자기발견의 과정과 영성적 인식이 성장하는 과정을 반영하고 또 거기에 영향을 미친다. 이는 보편적인 심리 영성적인 발달 과정으로 융은 이를 '개성화' 과정이라 불렀다.

전 세계에 퍼져 있는 다양한 버전 모두에서 마법에 걸린 왕자/공주

이야기는 개인적이고 내면적인 정서적·심리적·영성적인 이슈들과 사회-문화적인 성과 계급 질서라는 다층적이고 상징적인 문제들을 동시에 가리킨다. 정신psyche과 사회라는 두 가지 질서는 영원히 서로를 반영하고 서로의 형성을 돕는다. 이들 사회의 신화와 그 구성원들이 꾸는 꿈에는 사회적이고 심리적인 실재라는 두 가지 측면이 반영된다. 그리고 이는 늘 이들 다양한 층위에서의 경험에서 조화를 이루고 하나의 개성화된 전체로 통합함으로써 의미를 찾으려는 개인의 노력이라는 맥락에서 일어난다.

마법에 걸린 개구리 왕자/공주라는 원형적인 이야기의 다양한 버전들은 모두 한편으로는 자기를 발견하고 표현하려는 보편적인 인간 본능을, 다른 한편으로는 자기표현과 관계맺기를 제한하는 특정한 사회문화적 환경과 기대를 동시에 가리킨다. 이런 모티프가 등장하는 꿈에 대해서도 같은 얘기를 할 수 있다. 꿈에서 마법에 걸린 개구리와 같은 원형적인 이미지가 등장하면 꿈꾼 이가 사회와 맺은 관계 그리고 고유한 인격과 성격을 개발하는 것과 관련이 있다.

### 동남아시아에 나타난 마법에 걸린 개구리

왕족과 결혼해 원래 모습을 되찾는 마법에 걸린 개구리 왕자/공주의 이야기를 따라 더 동쪽으로 가 보면, 몽고와 중국, 히말라야 지역, 동남아시아, 인도 대륙에서도 마찬가지 이야기를 발견할 수 있다. 이들 사회에서는 공주가 마법에 걸린 개구리와 결혼한다.(부록 2)

예를 들어 태국에서는 공주가 마법에 걸려 자그만 '니그리토Negrito'*

로 변한 왕자와 결혼한다. 왕자는 큰 입에 작은 키, 통통한 다리, 물과 가까이 관련된 까닭에 끊임없이 개구리와 비교된다.

실제로는 왕의 진짜 장남인 왕자는 마법에 걸려 자그만 개구리 크기의 니그리토로 변해 조가비 안에서 태어나게 된다. 자기 아들이 왕위를 물려받기를 원한 왕의 다른 아내가 나쁜 마법사의 힘을 빌려 마법을 건 것이다. 왕자가 마법에 걸려 자그맣게 조가비에 숨겨져 (어머니조차도 모르게) 기괴하게 태어나자 왕이 총애하던 아내는 망신을 당하게 된다. 마법에 걸린 아들은 어머니와 함께 불명예스럽게 외국으로 쫓겨난다.

나라를 벗어나자 왕자는 조가비에서 나와 어머니에게 자기 모습을 드러낸다. 둘은 도망간 나라에서도 추방자 취급을 받는다. 니그리토 개구리 왕자는 자연 속에서 뛰어난 낚시 솜씨로 어머니를 부양하며 외롭게 자라난다.

이야기 중간에 이르면 마법에 걸린 개구리 왕자는 모든 왕족 구혼자들을 거부한 도도한 공주에 대해 듣게 된다. 왕자는 공주를 만나러 가 '아무도 보지 않을 때 그녀에게 자신의 진짜 모습을 보게 한다.' 공주는 그와 결혼하고 그렇게 부적절한 남편을 맞았단 이유로 왕궁에서 쫓겨난다. 시간이 지나면서 공주는 시어머니를 존경하게 되고 자기 나라의 하층민들의 삶에 대해 직접 배우게 된다. 그 과정에서 스스로에 대해 더 잘 알게 되고 자비심을 갖게 된다.(그림 3)

* 동남아, 오세아니아 등에 사는 키 작은 흑인 – 옮긴이 주.

**그림 3** (태국) 마법에 걸린 왕자가 공주에게 자신의 진짜 모습을 드러내고, 시바 신이 구름 속에서 그 모습을 지켜본다.

이 이야기에 영국과 독일의 공주들과 러시아 왕자처럼 '도도함을 극복' 해야 한다는 원형적인 임무가 나온다. 그리고 태국의 공주가 불명예로 국외 추방까지 당하는 것도 '개구리에게 키스하고 결혼하는 것'으로 압축된 북유럽과 러시아의 이야기보다 더 정교하게 펼쳐진 것으로 볼 수 있다.

'추방당하고' '하층민들의 삶을 배우는' 과정에서 공주는 점점 더 자신의 진정한 모습을, 그리고 공주인 자신이 다른 사람들과 공유하고 있는 인간성에 대해 알아가게 된다. 사회적으로 규정된 역할과 지위와는 별개인 이런 인간으로서 근본적인 자기인식은 마법에 걸린 개구리의 짝이 되는 인간이 발견해야만 하는 것이다. 이런 발견이 이뤄진 후에야 '계몽된' 인간은 '결혼'을 통해 개구리와의 관계를 공개적으로 인정하고, 이런 수준의 자기실현에 미치지 못한 대다수의 사람으로부터 받는 불명예를 감수해야만 한다.

그건 늘 그래 왔다.

결국 추방당했던 공주는 자신의 진정한 감정과 생각을 발견하여 분명하게 표현할 줄 알게 된다. 공주는 마법에 걸린 니그리토 개구리 왕자를 향한 자신의 사랑을 증명하고 왕자를 설득해 '가면'을 벗어던지고 침략자로부터 아버지의 왕국을 구해 내도록 한다. (당연히) 왕자는 기꺼이 그렇게 하고, 자신의 진정한 정체성이라는 '잃어버린 보물'과 위험에 처한 왕국을 되찾는다.

이 이야기는 수세기 동안 태국의 전통적인 춤극에서 중요한 소재로 사용되었고, 그중에 전통적인 춤과 노래가 어우러진 '상통*Sang Thong*'이라는 작품이 인기가 많다. 이 이야기의 모든 버전에 내재되어 있는 인종과 계급 간의 긴장은 태국 사회에서 가장 두드러진다. 그 점은 태국의 라마 5세가 왕실 후원하에 이 연극을 제작하려 했을 때 일어난 사건에서 잘 드러난다.

1956년 라마 5세는 태국의 새로운 세대들을 위해 이 오래된 이야기를 연극으로 되살려 무료 공연하겠다고 결정했다. 조상이기도 한 라마 2세가 쓴 판본을 되살리고, 마법에 걸린 왕자 역을 케낭이라는 이름의 실제 니그리토 족 왕실 배우/무용가에게 맡기려 했다. 타이 본토인 대다수는 전통적으로 이웃인 니그리토에게 깊은 편견을 갖고 이들을 인간 이하로 보았다. 태국인들이 지닌 이 오랜 편견은 라마 5세가 '상통'

을 제작할 당시에도 여전히 강하고 뿌리 깊었다. 그래서 이 이야기가 모두에게 익숙하고 최고위 왕실의 후원으로 제작된 연극이었지만 공연이 벌어진 곳마다 귀족과 하층민 양쪽에서 큰 소요가 일어났다. 단지 니그리토 배우/무용수가 무대에 섰다는 이유 때문이었다.

'진보적인' 왕실 극단의 공연 때문에 일어난 소요는 아이러니하게도 이 이야기에 담긴 원형적인 중요성을 그대로 보여 주었다. 관중들이 집단적으로 마법에 걸린 개구리 역을 한 실제 니그리토인을 거부한 것은 이 이야기에서 개구리 왕자와 결혼하자 공주를 거부한 원형적인 행동과 똑같은 것이기 때문이다.

고대의 마법에 걸린 개구리 왕자/공주의 이야기는 자기자신이 진정한 행복과 영적인 충족감을 찾으려면 개인적으로나 집단적으로 내면 깊은 곳에 있는 자기의 진정한 에너지를 창조적으로 표현해야만 한다는 것을 말하고 있다. 그 에너지가 흔히 처음에는 가장 저급하고 혐오스런 '비인간적인' 요소의 형태로 나타난다고 하더라도 (내면에서건 외부에서건) 습관적으로 생각 없이 사회적으로 정해진 '멸시받는 것들'을 거부하는 것은 극복되어야만 한다. 왜냐하면 오래도록 거부되던 요소들(융이 그림자라고 불렀던 원형)을 의식에서 인정하고 통합할 때에야 비로소 인격과 사회가 건강한 균형을 찾고 창의적으로 온전해질 수 있기 때문이다.

이들 '마법에 걸린 개구리' 이야기들은 꿈에 나타났건 동화로 들려지건, 각자가 사회적 · 정서적으로, 지적 · 영성적으로 성숙한 성인이 되는 인류 보편의 임무를 이룰 수 있도록 준비하고 돕는 역할을 한다. 문화적으로 다양한 변종에도 불구하고 이야기에 담긴 기본적인 원형적 방향과 '요점'은 항상 같다. 그것은 바로 우리 각자가 건강하고 온전해지려면 정신과 사회 모두에서 가장 저급하다고 여기고 혐오하는 요소들에 담긴 뛰어나고 숨겨진 가치를 인식해야만 한다는 것이다. 이 이야기의 다양한 버전 모두는 개개인이 용기를 내어 진심을 다해 인습적으로 거부된 것들을 받아들여야 할 필요를 상징적으로 가리키고 있다. 이 원형적인 이야기는 또 그런 용기 있는 행동과 수용이 진실하다면 '잃어버린 보물'을 되찾아 놀랄 만큼 행복하고 생산적인 삶을 살게 된다고 약속한다.

하나의 원형적인 유형으로서의 이 이야기는 사람들에게 각자가 어떤 사회 질서와 시기에 살고 있든 억압하고 부인하는 에너지들은 항상 진정한 건강과 온전함을 회복하는 데 요구되는 바로 그 에너지들임을 상기시켜 준다. 심리적으로 또 영성적으로 말하자면, 모든 사람은 통합된 인격이라는 잃어버린 보물을 되찾고 의미 있는 삶을 경험하기 위해서 자기인격에서 최악의, 가장 억압되고 무시된 측면인 '개구리에게 키스를' 해야만 한다는 것이다.

이렇듯 중요한 원형적 상징이라는 층위에서 볼 때 마법에 걸린 개구리는 항상 그게 뭐가 됐건 개인이나 사회 안에서 그동안 분리되고 억압되고 거부당하고 무시당한 측면을 제시한다. 다양한 인격과 문화에 걸쳐 보편적으로 적용할 수 있는 바로 이런 측면으로 인해 이 이야기(들)를 진정으로 원형적이게 한다.

### 우주 보편적인 '잃어버린 보물'

같은 층위에서 '잃어버린 보물'(또는 '마법의 물체')은 아무런 자기 탐색이나 발견 없이 인습적인 태도를 받아들이느라 '잃어버린' 조화로운 균형과 온전함의 체험을 가리킨다. 그렇게 보면 마법에 걸린 개구리 이야기는 관계 안에서 단순히 사회의 인습을 반영하는 것이 아니라 진정으로 자기를 인식하고 표현하려는 노력을 그리고 있다.

너무도 많은 사회에서 마법에 걸린 이야기가 지속되는 것은 자기인식과 통합이라는 심리 영성적인 행위가 사회 문화적인 맥락 안에서 실제 이뤄질 수 있는 것임을 분명히 암시한다. 세계의 문화는 개성화라는 인류 보편적인 임무에 필요한 다양한 맥락을 제공한다. 하지만 그 임무는 어디서나 본질적으로 똑같이 남아 있고 개인의 '구원' 만큼이나 한 사회 전체가 건강하게 보존, 지속되는 데 중요하다.

좀 드러나게 영성적인 용어를 쓰자면 이 이야기는 모든 것 안에 있는, 특히 가장 무시당하고 경멸받고 억눌려 있는 생물체나 상황, 내면의 에너지 안에 있는 신성의 존재를 가리킨다. 신이 존재하지 않는 곳은 없다. 아무리 독실하고 경건한 신자라 해도 꿈에 나타난 저급하고 경멸하는 형상에서 신성을 발견하고 포용하지 못할 위험은 있다. 사회의 가장 낮은 곳에 있는 이들에게 경건하게 선행을 베푼다 해도 그런 자선 행위를 '사랑 없이'(다시 말해, 주는 사람이나 받는 사람이나 근본적으로 비슷한 인간적인 면이 있음을 깨닫지 않고) 한다면, 이들 행위는 '의미 없는 소음일 뿐 아무것도 아니다.'

모든 버전의 마법에 걸린 개구리 이야기는 우리에게 심리 영성적인 깨달음을 넓히고 스스로를 더 깊이 받아들이며 신성의 현존을 깨닫도록 해 준다. 나아가 자신에게 맞는 삶과 위치를, 그러니까 잃어버린 보물을 '되찾으려면' (즉 의식적으로 다시 체험하려면) 내면에 우리가 경멸하는 요소들을 인식하고 다가가 포용하는 것이 필요함을 확인해 준다.

보다 심리적인 용어로 표현하자면, 누구도 (끔찍하고 지저분하고 문제 있고 개구리 같은 그림자 요소를 모두 잘라내) 부분적인 '가짜' 인격을 만들어 진정성 없이 부분적인 가상의 성격으로 깊은 의미와 온전함 혹은 목적의식이나 신비감, 삶의 창의적인 가능성을 경험하리라 기대할 수는 없다. 진정성 없는 '착하고' 자기기만적인 인격으로는 삶의 의미와 재미, 목적을 서서히 잃어버리게 될 게 분명하기 때문이다. 그런 경우에 가장 비참한 꿈, '어둡고 무서운' 꿈을 꾸게 될 가능성이 크다. 이런 꿈들은 꿈꾼 이의 페르소나(의식적이고 사회적인 '가면')에 얼마나 진정성이 부족한지 비판하고, 보다 깊은 의미를 되찾고 창의적인 생명력을 회복시켜 주려 할 것이다.

그렇게 속으로 겁에 질리고 억압되고 고뇌에 차 있는, 상처 입은 사람들이 그리스도인들이 '은총'이라고 부르는—이슬람 전통의 바라카 baraka와 비슷한—신비 체험을 하지 않는다는 말은 아니다. 하지만 예측할 수 없는 은총의 작용에 못 미치기도 하고, 자기자신에게도 비위가 상하는 그런 마법에 걸린 개구리 같은 부분을 감싸 안지 못할 때 신성, 즉 잃어버린 보물의 현존을 느끼지 못해 아파하며 희망 없이 무의미하게 살아가게 되는 것이다.

마법에 걸린 개구리 왕자/공주라는 원형은 아프리카와 태평양의 섬들과 북미 전통을 포함한 전 세계에 수도 없이 많은 다른 버전들과 변종들이 있다. 각 버전은 그 사회에 특정하고 고유한 사회적·성적·계급적 질서를 반영한다. 동시에 문화를 넘어 어디에서나 보편적인 진실, 즉 자기인식을 증가시키고 이전에 정신에서 부인하던 그런 요소들을 받아들여야만 진정한 자기와 신성과의 조화로운 깨달음을 얻을 수 있음을 가리킨다. 이 이야기는 융이 '원형적인 드라마'라 부른 심리 영성적인 발달에 있어 진정으로 보편적인 과정을 묘사하고 있다.

전 세계에는 셀 수 없이 다양한 민담이나 신화, 신성한 서사가 있다. 이런 이야기들은 본질적으로 똑같은 심리적이고 영성적인 진리를 제시한다. 마법에 걸린 개구리 이야기도 그중 하나로 다루기 쉽고 작고 구체적인 예에 불과하다. 이들 이야기는 늘 특정한 문화의 외피를 입고 나타나지만, 본질적으론 똑같으면서도 원형적인 인간 내면의 집단적인 이야기를 들려준다.

거의 모든 문화권에서 다양한 형태로 끝없이 반복되어 나타나는 수없이 많은 원형적인 이야기들은 이 모든 다양한 문화권에 사는 사람들의 마음과 가슴 속에 기본적으로 비슷한 부분이 있음을 증명한다. 이들 동일한 이미지와 주제가 현대인의 꿈에도 등장한다. 그건 개개인의 인격과 사회마다 구체적이고 특정한 차이가 많음에도, 이들 이미지와 주제들이 언어와 문화, 전통, 종교, 성의 경계를 넘어 마음을 끌기 때문이다. 바로 여기에서 우리는 깊은 층위의 보편적인 인간성이 있음을 알 수 있다.

### 마법에 걸린 개구리, 꿈에 나타나다

최근에 내가 이끄는 꿈 모임에 '존'이라는 남자가 있었다. 마법에 걸린 개구리 이야기가 개인의 꿈에 나타나 균형을 맞추는 적절한 예가 될 것 같아 그의 꿈을 하나 소개한다.

> 꿈에서 뭔가 불길하고 창피스러운, 아마도 부끄러운 상황도 있는 일련의 성관계에서 도망친 존은 산길에서 개구리를 만난다. 개구리를 만나면서 꿈의 톤이 갑자기 바뀐다. 불안하고 위협적인 분위기가 아주 여유롭고 발랄해지면서 자신감이 생긴다. 개구리를 따라 산길을 따라 오르면서 해방감과 자유로움, 환희를 느낀다. "개구리가 계속 어깨너머로 날 쳐다보면서 사람 같은 눈길로 계속 가라고 격려했어요."

존은 최근 경제적으로나 사회적으론 풍요롭지만 정서적으로나 영성적으론 너무나 메마른 대기업의 변호사직을 그만뒀다. 이 꿈을 꾼 당시 존은 직장을 그만두고 뭔가 분명하진 않지만 전보다 더 만족스러운 일을 찾고 있었다. 꿈 작업 모임에서 사람들은 마치 자신들이 그 꿈을 꾼 것처럼 질문을 하고 자신들이 느낀 감정과 생각들을 투사했고, 그 과정에서 존은 많은 '아하'를 느꼈다.

존의 꿈에 나타난 개구리에 담긴 원형적인 상징은, 세상의 다양한 마법에 걸린 개구리 이야기에서와 마찬가지로, 자연에서 개구리의 삶의 주기를 관찰한 데서 직접 나온 것이다. 개구리는 성장 과정에서 극적인 변태와 변화를 겪는다. 그래서 자연스럽게 삶이 뒤바뀌는 심오한 심리 영성적인 성장과 변환, 인간의 원형적인 직관에 대한 은유가 된다. 개구리는 처음에 물속에서 팔다리 없이 물고기 같은 모양으로 태어난다. 나중에 극적인 변화를 거쳐 팔다리와 손가락, 발가락이 생기고 물고기 같은 꼬리를 잃어버린다. 그러곤 물 밖으로 나와 태양 아래 마른 땅으로 기어오른다. 개구리가 왕자로 변하는 이야기 속의 변형은 올챙이에서 개구리로 변하는 자연스런 변형을 상징적으로 확장하고 인간화한 것이다.

이같이 자연스럽고 원형적인 상징에서 물과 '아래' 방향, 서늘하고 비옥하고 침침한 것에 무의식의 상징 에너지가 모여 상대적으로 자기인식을 덜 하는 것으로 비유된다. 마찬가지로 자연스럽게 이런 에너지의 모임과 대극이 되는 것들—밝음, 따뜻함, 건조함, '위' 라는 방향—은 상징적인 비유를 통해 의식과 자기인식의 증가라는 원형적 은유들의 콤플렉스가 된다. 그래서 개구리의 자연스런 삶의 주기에서 보듯 원래 태어난 물과의 인연을 잃어버리지 않고 물에서 나와 마른 땅으로, 물고기에서 육상 생물로 이동하는 것은 인간이 경험하는 모든 형태의 심리 영성적인 발달에 대한 너무도 적절한 자연스럽고 원형적인 비유이다. 삶에서 상대적으로 무의식적이고 미숙하다가 점차 의식화되고 자기인식이 늘어나는 건 마치 우리가 올챙이처럼 물 같은 무의식에서 출발해 자기인식이 늘어남에 따라 변화하는 것과 마찬가지라고 할 수 있다. 그래서 성숙해 감에 따라 우리는 '물에서 나와 햇빛 속으로 기어오르게' 된다.

개구리의 이미지에 담긴 원형적인 울림을 지닌 또 다른 층위는 물과 비와 깊이 관련되어 있다. 비기술 사회에서 (그리고 가장 세련된 도시인들의 무의식 깊숙이에도) 개구리는 비에 의해 변화되는 자연 세계와 연관되어 있다. 호모사피엔스로 진화해 오는 내내 우리는 개구리가 '비를 부른다'고 듣고, 또 비가 내리는 것을 보아 왔다. 하나의 종種으로서 인류는 '비를 부르는' 개구리를 잇따르는 비를 통해, 살고 있는 땅이 변화하는 것을, 말라 있다가 촉촉하게 황폐하다가 비옥하게 누렇다가 푸르게 변하는 것을 보아 왔다. 이런 고대에 자연스럽게 생겨난 연관을 통해 원형적인 개구리의 이미지는 다시 한 번 개인뿐만 아니라 사회와 자연 세계 전반의 구조를 뒤바꿔 놓는, 심오한 변형이라는 우주적인 드라마의 중심에 놓이게 된다.

특히 열대 문화권에서 개구리 신들은 비와 땅의 비옥함과 많이 연관되어 있는데, 비와 풍작을 기원하고 또 영성적인 발달과 진보를 인도하고 보호하는 존재로 개구리 신과 여신들을 숭배하고 그 비위를 거스르지 않으려 애썼다. 왜냐하면 이들이 살고 있는 물은 살아가는 데 필요한 실제 물일 뿐 아니라 무의식과 정서적으로 또 영성적으로 성숙하고 생기를 주는 상징적인 '생명의 물'이기도 하기 때문이다.

존의 꿈에 등장한 개구리는 위에 언급한 원형적인 이미지 모두와 밀접하게 연관되어 있다. 특히 개구리의 '거의 사람 같은 눈'에서 마법에 걸린 개구리와 연관되어 있음을 알 수 있다. 개구리의 등장으로 꿈의 분위기와 느낌이 완전히 바뀌게 되는 것도 이를 확인해 준다. 아직 개구리의 형태로 있다는 사실에서 새로운 삶과 그에 따르는 새로운 가치들을 내면화하는 존의 변화가 완성되었다고 보긴 어렵지만 그런 변화가 잘 진행되고 있음을 분명하게 볼 수 있다.

마법에 걸린 개구리라는 변형의 원형은 늘 심리적일 뿐만 아니라 영성적인 함의도 갖고 있다. 그런 측면에서 보면 존의 꿈은 또 다른 의미를 띠게 된다. '산길' 은 그 자체로 영성적인 갈구에 대한 원형적인 은유이다. '산꼭대기로 가는 것' 은 항상 '저 높은 곳의' 신성과 교감하기 위해 많은 영성적인 구도자들, 특히 남성 위주의 구도자들이 간 길이다. 꿈꾼 사람을 개구리가 '산길 위로' 인도한 것은 존의 삶 속에 작용하고 있는 원형적인 힘을 가리키는 또 다른 요소이다. 존은 경제적으로 성공적이지만 정서적으론 메마르고 도덕적으로 모호한 '고속도로' 를 달리는 삶을 살면서 전에는 경멸하고 억압했던 많은 요소들의 진정한 가치를 깨닫게 되었다. 이런 어색하고 시대에 뒤처지고 예전에 무시하던 정서적이며 영성적인 직관들이 이제 더 큰 자기인식이라는 '위로' 또 '산꼭대기의' 초월적인 체험으로 그를 이끌고 있다.

원형이라는 관점에서 보면 마법에 걸린 개구리는 이 여정에서 안내자로 적절해 보인다. 이전에 무시하고 억압했던 정서적이고 영성적인 요소들의 진정한 가치를 구현하는 개구리 눈에 뜨이지 않고 더 큰 자기인식과 영성적인 깨달음이라는 산정에 오를 수는 없기 때문이다.

따라서 상대적으로 온전한 사람만이, 자신의 인격 중에 문제가 되고 부정적인 측면들을 의식적으로 탐색하고 받아들인 사람만이 산꼭대기에 도달할 수 있다. 누구도 이런 종류의 자신에 대한 인식과 수용 없이 온전해질 수는 없다. 은유적으로 말하자면, 우리 각자는 우리 자신에게 '마법에 걸린' (즉 무의식적인) 그리고 겉으로 보기엔 가장 역겹고 미발달된 개구리 같은 이런 부분을 신뢰하고, 궁극적으로는 '키스하고 결혼' 해야만 한다.

존의 꿈에 나온 '사람 눈을 한 개구리' 와 관련한 개인적이고 원형적인 연상에 쌓인 함의는 이 꿈이 심리 정서적인 면뿐 아니라 영성적인 면에서도 중요함을 가리킨다. 개구리가 등장하기 전에 나타난 좀 사악하고 에로틱하게 보인 이미지에 담긴 원형적인 함의 또한 비슷하다.

## 꿈에 나타난 노골적인 성적 접촉

존의 꿈에서 산꼭대기로 가는 길에서 개구리를 만나기 전에 맞닥뜨리는 위협적이고 모호한 성적 만남은, 적어도 한 수준에서는, 그가 '고속도로' 를 달리는 삶을 살 때 일상적으로 일어났던 다양하고 깊이 없는, 크게 만족스럽지 않았던 그저그런 성적 만남들을 보여 준다. 다른 층위에서 보면 겉보기에 성공한 그의 삶 전반이 침울하며 참된 즐거움과 의미가 없는 위험한 상황이었음을 보여 주는 은유이다.

신화와 꿈에서 드러나는 성적인 만남들은 원형적인 관점에서 볼 때 아주 중요하다. 특히 꿈꾼 이가 (그리고 다른 층위에서는 사회가) 전반적으로 얼마나 통합되고 온전한 상태인가를 반영하고 보여 주기 때문이다. 꿈에서 성욕이나 성적인 만남이 가려지지 않고 거침없이 드러날 때는 늘 영적인 삶에 대해 언급하는 층위가 있다. 성적인 상징이 드러나는 이런 원형적 층위는 기본적으로 인간의 성적 체험 그 자체에서 나오는 것 같다.

모든 성적 만남은 활기를 주고 강한 정서를 불러일으킨다. 성적인 만남이 불쾌하고 억압적이거나 불만스러운 경우에도 대뇌에 있는 번연계를 활성화시키고 에너지를 준다. 그건 만남 자체가 전반적으로 실망스럽거나 충격적인 경우에도 마찬가지이다. 행복하고 만족스러운 오르가슴에 이르는 성적 결합은 인간이 경험할 수 있는 정말 강렬하고 만족스러운 변형의 체험들 중 하나이다. 이런 이유 때문에 꿈에서 (그리고 신화에서) 성적인 행위는 직관적이고 변형적이며 영성적인 체험의 다음 '단계' 로 나아가는 것을 상징한다.

진정으로 영적인 체험에는 에너지를 자연스럽게 모두 내어 주며 참여하도록 만드는 특질이 있다. 이런 자연스런 상징 때문에 영성적인 만남을 섹스와 같다고 할 수 있다. 개구리와 나비의 몸이 변하는 것이 인간의 심리 영성적인 직관과 변형에 대한 자연스런 상징이 되는 것처럼 이런 비유는 '자연스럽다.'

신화와 꿈에서 자주 상징적으로 등장하는 또 다른 종류의 '가면을 쓴' 성적인 에너지도 있다. 프로이트가 그토록 많은 시간을 들여 탐색하고 이름 붙이려 한 섹슈얼리티가 그것인데, 거기선 거의 모든 이미지와 행위가 상징적으로 성기 결합을 가리킨다. 신화와 민담이나 꿈에서 문을 지나가는 것도 성적인 함의를 지닌다. 문을 통과하지 않는 것에도 성적인 함의가 있다. 상징적인 경험의 요소 하나하나에 꿈꾼 이의 삶에서 성기의/성적/정서적/관계적인 측면 혹은 그런 면이 부족한 것과 연관되어 있다.

모든 신화와 꿈에 나오는 상징을 본질적으로 성적이고/에로틱하다고 본 프로이트의 직관은 현대인들의 꿈으로 작업하면서도 확인할 수 있다. 프로이트가 살았던 때에 비해 성과 성의 표현에 상대적으로 자유로운 우리 시대에도 꿈의 기본적인 유형은 변하지 않았다.

프로이트가 저지른 큰 실수는 모든 꿈 경험을 억압된 성적 욕구에 대한 상징으로 격하시키고, 꿈에 짜여 들어가 있는 다른 다양한 의미와 중요성을 무시한 것이다. 하지만 그가 섹스에 대해서 틀린 건 아니다. 우리는 본질적으로 성적인 존재들이다. 깨어 있을 때건 잠잘 때건 우리가 하는 모든 행위에는 성적 동기와 의미가 무의식적으로 또 상징적으로 숨겨져 있다.

프로이트가 볼 때 모든 인간 활동은 궁극적으로 성적 욕구에 의해 동기 부여된 것이다. 일생 동안의 연구를 통해 그는 성적인/ '생명 에너지'의 욕구의 스펙트럼을 표현하기 위해 리비도libido라는 용어를 사용하게 된다. 모든 것을 포함하는 리비도라는 용어는 마침내 철학적 · 종교적 · 영성적인 용어로까지 높여진다. (프로이트 자신은 그런 것에 경악했을지 모르지만) 누군가의 삶에서 깊이 느껴진 의미와 동기를 표상하는 용어는 어떤 것이든 종교적이고 영성적일 수밖에 없고 아니면 적어도 포괄적으로 철학적일 수밖에 없다.

프로이트는 꿈의 주 기능이 '잠을 보호하기' 위한 것이라고 시사했다. 꿈은 잠자는 동안 의식의 표면으로 떠오르며 자연스럽게 일어나는 '날것의' 억제되지 않고 의식에서 받아들일 수 없는 성적 '바람들'을 보다 받아들이기 쉬운 이미지로 바꾸는 가면으로 또는 그런 왜곡과의 자리 바꾸기로 보았다. 꿈꾼 이가 자신의 탐욕스런 욕구를 알아차리고 끔찍해 하며 깨어나는 일이 없도록 하기 위한 보호 기능이라 본 것이다. 프로이트가 옳다면 두드러지게 성적인 이미지가 아무런 위장도 없이 꿈에 나타나는 일은 없을 것이라 쉽게 예상할 수 있다. 하지만 실제는 다르다. 존과 수없이 많은 다른 사람의 꿈이 그 예이다. 사람들은 두드러지게 성적이거나 별로 상징적인 의미가 없어 보이는 성적인 만남들을 그리는 꿈을 자주 꾸고, 그런 꿈을 꾸었다고 공포에 질려 잠에서 깨는 일은 거의 없다.

이 층위에서 보면 존의 꿈 시작 부분에 나오는 불쾌하고 모호한 성적인 만남은 그가 자신의 영성적으로 메마른 삶에 점점 너 불만스러워한다는 것을 나타내고 있다. 불길하고 불만스런 성적 만남은 만족스런 섹스 이상의 것을 원하는 자신의 욕망이 깊이 좌절된 것을 반영한다. 이처럼 두드러지게 성적인 이미지에 담긴 뭔가가 좌절된 느낌은 처음에는 정서적이며 영성적인 만족을 약속했던 삶에 스스로 걸어 들어가는 '실수를 저지른' 것에 대해 그가 느끼고 있던 좌절감을 반영한다. 하지만 그 일로 인해 그의 진정한 인격의 많은 부분이 억압되었고, 그래서 그런 영적인 갈망이 충족되기란 거의 불가능했다. 마찬가지로 이 꿈에서 (그리고 고속 행진을 계속하던 이전의 그의 삶에서) 성적인 만남들은 제대로 된 사랑과 정서적/영적 만족에 대한 환상만을 제공할 뿐이었다.

존의 꿈에서 이 그림자 같고 이해되지 않고 궁극적으로 불만족스러운 성적 만남에 담긴 함의 중 하나는 적어도 처음에는 그의 예전 직장생활에서 보다 깊은 정서적이며 영성적인 충족이 가능해 보였던 것 같다. 하지만 그 약속이 지켜지지 않았다. 이 만남에서 존이 그의 이상주의와 영적인 갈망을 직업 활동에 맞추려 했음을 알 수 있다. 그건 마치 실제론 그렇지 않음에도 '신에게 더 가까이 가는 느낌'을 바라며 교회에 가는 것과 마찬가지인 셈이다.

대중들이 전통적으로 의학, 법, 건축, 행정과 같은 전문 기술직에 가지고 있는 이상적인 이미지를 생각해 볼 때, 모호하고 실패한 성적인 만남은 오늘날 많은 전문 직업인이 보편적으로 느끼며 공감하는 부분이다. 존이 이 꿈을 꾸었을 당시 처한 상황은 많은 전문 직업인에게 너무나 흔한 경험이다. 이상이 충족되지 않고 영적인 무언가를 갈망하는 것은 현대의 많은 사람이 체험하는 원형적인 드라마이다.

### 성과 영혼 - 하나가 되려는 갈망

인간은 본능적이고 원형적으로 온전한 정서적·영성적 체험을 갈망한다. 그런 체험을 통해 깨어 있는 자아에 만족스러울 뿐 아니라 개인의 소소한 환경과 사적인 삶의 시작과 끝을 넘어 보다 넓은 의미와 중요성의 드라마에 참가하는 진정한 의미를 체화하게 된다. 모든 것을 포함하는 초월적인 의미를 향한 이런 본능과 욕구는 언어나 도구 사용보다 훨씬 더 중요한 인간 본능의 정수인 듯하다. 이를 향한 욕구는 너무나 깊어서 현대 서구 사회의 많은 사람들은 자신들이 가진 그런 욕망을 인정하기도 두려워한다. 왜냐하면 그걸 인정하고 난 후에 찾지 못하면 더 이상 자신들의 삶을 계속할 수 없을까 두렵기 때문이다.

초월적인 의미를 추구하는 이런 원형적인 욕구는 인류에게 깊이 새겨져 있고, 성적인 관계의 욕구만큼이나 무수히 다양하게 표현된다. 인간의 성 경험에 대한 자연의 상징은 인간 본능의 다음 단계에 대한 원형적인 은유이다. 우리가 꿈에서 체험하는 성적인 야한 상황들과 정황들은 이런 보편적인 드라마가 우리 개인의 삶에서 어떤 구체적인 발달 단계에 있는지 상징적으로 보여 준다.

공공연한 성적인 관심과 영적인 갈구 사이의 연관은 깊고 이미 집단 무의식에 새겨진 것이다. 한편으로는 세상의 많은 인습적인 종교 전통에, 다른 한편으로는 성적인 표현을 강조하는 탄트라와 영지주의와 티베트 불교 전통 등에 나타나 있다. 성적인 표현과 영성적인 갈구라는 대립적으로 보이는 표면 아래에 숨은 하나의 원형적인 가정이 있다. 그건 성적인 에너지와 욕구는 신성의 현존을 보다 의식적으로 느끼고자 하는 심리적이고 정서적인 에너지와 깊이 연결되어 있다는 것이다.

전 세계 모든 전통의 신비주의자들은 신성과의 신비로운 만남을, 그런 체험을 하지 않은 사람들이 이해할 수 있게 전달하려고 성적인/감각적인/야한 은유들에 의존해 왔다. 성적인 사랑의 절정에서 느끼는 희열이 영성적인 교감에서 오는 엑스터시에 가장 가까운 자연스런 비유이기 때문이다. 고대 이집트와 메소포타미아, 그리스, 로마, 켈트 문화권에서, 북미와 남미 대륙, 아시아, 아프리카에서, 역사상 모든 시대에 걸쳐 신비가들은 증언한다. "나는 신을 만났네. 마치 연인을 만나는 것 같았어. 나는 사랑하는 이를 만나듯 준비를 했지. 합일의 기쁨은 자유롭고 만족스런 성교와 같았고 이별은 사랑하는 사람과 헤어지는 것처럼 아팠어."

선사시대의 모계 종교 전통에서 공공연한 성적 표현과 야한 만남들은 여신과의 교감으로 가는 의례적인 통로로 인지되고 받아들여졌다. 예레미야와 다른 구약의 예언자들이 그토록 통렬하게 욕설을 퍼붓는 신전의 창녀들은 분명 신성의 여성적인 면에 대해 명상하고 또 직접 교감하는 수단으로써 성적인 표현에 헌신한 여사제들이었다. 이런 관계는 집단 무의식에 깊이 새겨져 있는 것이다. 그리고 모계 중심 사회의 종교 관습에서 꿈꾸거나 명상할 때 공공연하게 야하고 성적인 이미지가 떠오르는 것은 '여신의 선물'로, 개인의 영적인 노력이 보상을 받는 걸 확인해 주는 것으로 이해되었다.

정말 모순적이게도 성과 영적인 '성공' 사이의 이런 원형적인 관점에서 보면 초기 그리스도교 시대 사막에 은둔한 이들이 남긴 증언을 다른 각도에서 볼 수 있게 된다. 사이먼과 안토니, 제롬과 같은 사막 교부들은 모두 마을의 번화한 삶에서 도망쳤다. 마을에서 끊임없이 일어나는 부산한 만남들과 거래가 영적인 노력에 방해가 되었기 때문이다. 보다 조용한 시골도 쉬지 않고 자라고 꽃피우는 식물들과 창피한 줄 모르는 동물들로 가득했다. 그래서 영적인 구도자들은 질퍽하고 축축하며 지저분한 생물들의 삶을 피해 건조하고 나뭇잎 하나 없는 사막의 고독 속으로 더 멀리 도망갔다. 하지만 메마른 불모의 사막에서도 이들은 꿈에 나타난 야한 성적인 이미지와 비전들로 괴로웠다. 자신들이 본 비전과 성적인 욕망과 비전들을 완전히 뿌리 뽑아 '새로운 사람'이 되고자 한 열정에 대해 기록을 남겼는데 그 내용이 상당히 야했다.(이들이 남긴 기록은 중세의 아주 도색적인 그리스도교성화의 인기 있는 주제였다.)

하지만 집단 무의식의 관점에서 그리고 심리 영성적인 발달에 따르는 남성성과 여성성의 에너지 사이의 보다 조화로운 균형이라는 관점에서 보면, 이들이 본 비전들에서 이들의 영성적인 갈구가 얼마나 진지하고 깊었는지 확인할 수 있다. 그 비전들이 초기 모계 중심의 종교전통에서 금욕하며 자기를 희생하는 비슷한 환경하에서 구도자들이 보았던 것과 같은 것이었다. 하지만 아이러니는 초기 전통에서 그런 비전을 영적인 발달을 객관적으로 확인해 주는 신성한 것이라 받아들이고 포용한 반면, 사막 교부들은 자신들의 경험을 회개하지 않는 '죄악'이며 영적인 실패를 가리키는 것이라 이해했다는 점이다.

'새로운 사람'을 창조하고자 하는 그리스도교의 갈망을 자발적인 상징에 담긴 원형적인 유형이란 관점에서 다시 보아야 한다고 나는 믿는다. 이렇게 성과 영적인 갈구가 깊이 자연스럽게 연관되는 것은 예를 들어 마법에 걸린 개구리에 나오는 진리와 비슷하다. 우리가 경멸해 버린 것들이—여기선 성과 물리적인 세상 전반 그리고 특히 여성성—바로 원래는 아름다웠으나 마법에 걸려 역겨운 개구리가 된 것들이다. 이들이 없이는 신성과의 온전하고 진정한, 만족스럽고 의미 있는 교감은 이뤄질 수 없다.

존이 그 이전의 삶을 지탱하는 건 더 이상 불가능해졌다. 예전에 진정성과 진정한 정서, 약점, 영적인 추구, 타인을 위한 봉사라는 요소들은 '순진하고' '약한' 것으로 경멸되어 온 것들이었다. 하지만 이제는 만족스럽고 의미 있는 삶이라는 잃어버린 보물을 되찾기 위해 입 맞추어야 하는 개구리이다. 그리스도교가 일반적으로, 특히 사막의 교부들이 '타락하고' '죄에 찬' 것으로 거부하고 경멸한 것은 물리적인 세계, 자연, 몸, 성적인 표현, 특히 원형적인 여성성이었다. 신성의 존재를 느끼기 위해서 받아들여야만 하는 것들이 바로 이들 '역겨운' (원형적으로 개구리 같으면서 내재적으로 변형적인) 요소들이었다. 이런 드라마의 세세한 부분은 달라지겠지만 본질적인 요소들은 원형적으로 일관성 있게 남는다.

그리스도교에서 '새로운 사람' 이 정말로 덜 깨이고 제멋대로인 '이교도' 보다 내면과 외면에서 자신의 진정한 존재와 신성과 더 조화로운가? 나는 파괴된 생태계와 비인간적인 조직과 인간관계가 대답한다고 생각한다. 개인과 지구촌 전체의 건강과 온전함은 몸을, 성을, 신성의 여성성을 부인하고서는 얻을 수 없다. 우리가 당면한 전 지구적인 생태계와 문화의 위기는 집단 무의식의 깊은 샘물로부터 우리가 단절된 직접적인 결과로 볼 수 있다. 이 꿈과 전 세계의 신화와 민담이라는 신성하고 원형적인 이야기 전통도 이 집단 무의식에서 발현한 것이다.

개구리나 다른 말하는 여러 동물과의 만남은 원형적으로 진실하고 조화로운 영성 생활을 나타내는 편이다. 〈미녀와 야수〉, 〈백설 공주〉, 〈백조의 호수〉 등등에 등장하는 말을 하는 동물들처럼 마법에 걸린 개구리는 여러 층위의 의미를 갖고 있다. 하지만 이들 신기한 동물들이 체현하고 상징하는 가장 중요하고 일관된 층위는 보다 정서적으로 진실하고 온전하게 표현하며 창의적인 삶을 살 때가 되었다는 깊은 무의식의, 내면의 본능적이고 자연스러운 '동물적인' 감정과 의식의 부추

김이다. 개구리 왕자/공주 이야기의 다양한 판본에서처럼 이런 삶을 살기 시작할 때 흔히 이전의 친구들과 동료들로부터 배척당하고 비웃음을 받게 된다. 하지만 거기서 얻는 이득은 사회적 신분을 잃는 것에 비할 바 아니다.

존의 꿈에서 '산 위로 개구리를 따르는 것'은 이제 예전의 삶을 뒤로 하고 변화할 때가 되었다는, 세태에 맞지 않을지 모르지만 내면의 목소리를 따르는 것에 대한 은유가 분명하다. 그로 인해 수입과 사회적인 지위, 나아가 결혼과 잘나가던 때의 친구들을 잃게 된다 하더라도 말이다. 법률가로서 잘나가던 경력을 포기하는 데서 오는 가장 고통스러운 상실감은 옛 친구들과 동료들의 눈에 남자답지 않게 보이는 것이었다. 하지만 개구리 꿈을 꿀 즈음에 존은 벌써 새롭고, 덜 확실하지만 보다 솔직하게 자신을 표현하는 데서 오는 기쁨과 에너지를 체험하기 시작하고 있었다. 법정에서 검투사처럼 전투에 참여하는 것보다 여러모로 더 '진짜 남자가 되는' 길이 많다는 것도 이해하기 시작했다.

마법에 걸린 개구리 이야기에 담긴 원형적인 약속은—신화와 민담도 마찬가지이지만—위험을 감수하고 세태에 맞지 않는 '개구리'를 삶의 동반자로 포용하고 사랑하면, 스스로의 가치와 영성적인 의미라는 잃어버린 보물을 다시 발견할 수 있고, 이전에 갖고 있던 세계관으로는 상상도 할 수 없던 궁극적인 성공이 보장되어 있다는 것이다.

## 요약

전 세계 신화와 민담에 또 사람들의 꿈에 얼마나 유사한 주제와 모티프, 특정한 이미지들이 반복되어 나오는지 놀랍다. 그건 이들이 담긴 유사함에 상응하는 무의식의 층위를 인류 모두가 공유하고 있음을 증명하는 설득력 있는 증거이다. 카를 융은 유사하게 반복되는 이런 것들을 '집단 무의식의 원형들'이라 불렀다.

마법에 걸린 왕자/공주의 이야기는 전 세계 어디서나 다양하게 변주되어 나타나는 이런 원형적인 서사의 좋은 예이다.

같은 이야기가 전 세계 다른 지역에서 조금씩 다르게 전해 온다. 이런 다양한 버전들을 소개하고 문화권에 따라 조금씩 다르게 소개된 부분이 그 지역의 문화를 어떻게 반영하는지 살펴보고 문화권이 달라도 기본적으로 유사한 부분을 공유하고 있음을 보았다. 전 세계에 퍼진 이 이야기는 그 문화권에서 원형적인 여성성과 성 역할을 어떻게 이해하고 있느냐를 보여 준다. 동시에 한 가지 심리 영성적인 진실, 즉 모든 것이 신성하며 특히나 한 사회나 개인의 정신에서 가장 추악하다고 멸시받는 요소가 신성함을 보여 준다. 나아가 이 원형적인 이야기는 만일 행복하고 영성적으로 충만한 한편 만족스럽고 정의로운 사회적 질서와의 관계라는 '잃어버린 보물'을 발견하려면 거부된 '개구리'의 에너지에 '키스하고 결혼해야'만 한다고, 그 에너지를 포용하고 수용해야 한다고 전한다.

마법에 걸린 사람/개구리의 이미지가 개인의 꿈에 등장하면 마찬가지의 원형적인 메시지가 담겨 있다고 보면 된다. 보다 정서적이고 영성적으로 충만한 삶을 살기 위해 빨리빨리만 추구하던 삶에서 은퇴한 '존'의 꿈을 자세하게 다뤘다.

노골적으로 성적인/관능적인 이미지는 신화와 연결되어 있는 한편 심리적이고 정서적인 문제들과도 연관이 있다. 노골적으로 성적이고 에로틱한 이미지가 꿈에 (그리고 신화에) 등장하는 것도 원형적으로 영성적인 면과 연관이 있다. 우리 인간 정신에는 성적인 체험을 에로틱한 만남과 연관 짓는 경향이 내재되어 있다.

존의 꿈에 나타난 '산을 오르는' 은유에는 오래전부터 위로 향하는 영성적인 갈구와 상관이 있었다. 존의 꿈에서 등산을 하는 이미지가 등장한 것은 꿈꾼 이가 시작한 영성적인 여정의 깊이와 폭을 보여 준다.

마법에 걸린 개구리나 성적인 만남 혹은 산을 오르는 것과 같은 원형적인 이미지들이 개인의 꿈에 등장할 때마다 세계 신화 서사에서 그런 이미지에 담긴 상징적인 의미와 무게에 부응하는 면들을 꿈꾼 이 개인의 삶에서도 찾아보아야 한다.

# 2장

## 집단 무의식의 은유의 예

나비, 외계인 납치, 사라진 문명

오늘날 지식의 흐름이 비기계적인 현실을 향하고 있다는 데 많은 이들이 특히 물리 과학에서는 거의 만장일치로 동의한다. 우주는 거대한 기계라기보다는 차라리 하나의 위대한 생각처럼 보이기 시작한다.…… 우리 개개인과 마찬가지로 우주도 설계하고 통제하는 힘을 가졌다는 증거를 보여줌을 알게 된다.

_ 제임스 진 경Sir James Jean

집단 무의식에서 자기 복제하는 원형에 대한 가장 자연스러운 비유는 신체 구조에서 볼 수 있다. 모든 인간은 (알고 보면 모든 척추동물은) 원형적으로 같은 신체 구조를 공유하고 있다. 각 개인과 피조물은 고유의 유기체이면서 동시에 기본 구조가 똑같은 조직과 장기를 갖고 있다. 이들 장기가 척추동물의 몸 안에서 가지는 관계도 똑같다. 이렇게 보면 우리는 뇌, 심장, 간—피와 콩팥, 골격, 근육, 신경—의 원형뿐만 아니라 이들 장기와 조직 사이의 관계가 갖는 원형적인 유형에 대해서도 얘기할 수 있게 된다. 기본적이고 변하지 않는 이 원형적인 형태들은 끝없이 특정한 형태와 변주를 거듭한다.

신체 구조면에서 모든 인간이 고유하게 분리되어 있으면서 동시에 아주 비슷하다는 것은 어렵지 않게 이해할 수 있다. 우리 몸의 고유한 면들을 강조하거나 보편적인 해부학적 공통점에 집중하는 것은 순전히 주어진 순간 관찰자의 편견과 견해에 대한 문제일 뿐이다.

우리의 정신 구조도 마찬가지이다. 우리 각자는 인류 모두가 공유한 원형적인 형태와 에너지를 재생산하는 동시에 각자의 삶과 체험에서 이를 고유하게 표현한다. 이와 같은 자발적인 원형의 이미지와 드라마들은 중국에서 시카고에 이르기까지, 테라 델 푸에고에서 블라디보스토크에 이르기까지 보편적인 울림을 지니기에 우리가 알아볼 수 있다. 고대 중국의 철학자 곽상郭象이 말했듯이 "우리가 사물을 차이에 따라 구별하면 모든 것은 서로 다르다. 사물의 닮은 점에 따라 보면 닮지 않은 것이 아무것도 없다."

꿈으로 작업할 때 다른 사람들의 꿈에 (혹은 한 사람의 여러 꿈에) 원형적인 주제나 유형이 다양하게 변주되어 나타날 때가 많다. 이럴 때 꿈꾼 이의 삶에서 인류 보편의 주제나 상황이 표현되고 언급되어 있다고 보면 된다. 신화와 민담의 세계에서도 마찬가지이다. (마법에 걸린 개구리나 힘겹게 위로 올라가는 것과 같은) 비슷한 모티프가 같은 이야기의 다양한 버전에서 등장할 때 (혹은 다른 이야기들에서 구조적으로 비슷한 순간에 등장할 때), 이런 이야기들이 다른 문화권에 다른 시간대에 흩어져 있다 해도 우리는 어떤 중요한 수준에서 비슷한 원형적인 사회적·심리적·영성적 문제들이 상징적으로 표현되고 있음을 확신할 수 있다.

모든 문화에서 민담은 원형적인 모티프가 등장하는 도구 노릇을 해왔다. 동화는 무의식적인 형성기에 있는 어린아이들이 기본적인 사회적·심리적인 태도를 형성하는 데 중요한 역할을 한다.

산업화된 오늘날에는 영화와 텔레비전이 전통적인 구술 민간 서사가 하던 이런 기능을 대신하는 것일지도 모른다. 하지만 등장인물들 사이의 기본적인 (원형적인) 줄거리와 정서적인 긴장은 동화와 거의 마찬가지이고 동화에 그려진 것과 비슷한 종류의 성 역할과 계층 구조를 보인다. 그래서 겉보기에 기술적으로 크게 변한 것 같지만 실제로는 많은 현대문화 비평가들이 생각하듯 그리 크게 변한 게 아니다. 줄거리와 이야기들이 눈부시도록 다양해 보여도 기본적인 관계의 유형들은 끊임없이 반복되기 때문이다.

심장이 피를 펌프질하고 위와 장이 음식을 소화하는 것처럼 우리의 관심을 받지 못하는 요소인 '그림자'에는 (개인의 삶이나 집단의 문화에서 어떤 형태로 나타나든) 건강하고 온전해지는 데 필요한 에너지와 경험이 반드시 담겨 있다.

이들 원형의 상징 드라마는 대개 모든 사람이 공유하고 있는 경험에 가까울 때 가장 분명하게 나타난다. 진정한 자기인식과 자기 수용 그리고 개인이 속한 사회의 정형화된 규범과 규칙을 생각 없이 따르라는 압력 사이의 긴장 같은 것처럼 말이다. 집단 무의식의 원형은 인간의 필요와 경험에서 가장 흔하고 보편적이며 자연스럽고 본능적인 그리고 상징적인 선언으로 생각해 볼 수 있다.

### 꿈꾸기라는 원형적 상징

꿈꾸기 자체는 보편적인 체험이다. 꿈이 광범위하게 다른 문화, 다른 시대에 반복되어 나타나는 방식 또한 보편적이다. 이것이 바로 원형적인 에너지가 본질적으로는 같은 양식을 반영하는 동시에 주어진 것을 어떻게 특정하고도 다양한 형태로 나타내는지를 보여 주는 다른 예이다.

꿈을 꾸는 것에 내재된 원형적인 상징 가운데 하나는 우리가 가진 삶에 대해 보다 깊이 있고 중요한 의미를 알려주는 단서가 꿈에 담겨 있다고 생각하는 본능적인 경향이다. 어느 시대건—선사시대에도 마찬가지였다고 생각해도 무방하다—사람들은 깨어 있을 때 자신에게 중요한 욕망과 좌절에 대해 어떤 식으로든 상징적인 의미를 찾으려 하는 본능적이고 원형적인 성향을 보였다.

지구상의 사람들은 보다 깊은 수준의 원형적인 상징과 직관에서, 모든 시대에 걸친 꿈에서 사후에 대해 생각하고 어떤 기대를 갖는 경향을 보였다. 셰익스피어는 여러 차례 잠과 죽음, 꿈과 사후 세계 사이의 이런 원형적인 연관성을 이용했다. "우리의 보잘것없는 인생 잠으로 싸여 있네……." 햄릿이 자살을 생각할 때 잠에 대한 은유로 잠시 멈칫한다. "잠이 들려면—우연히 꿈을 꾸려면. 아, 그것이 문제로다!" 티베트의 불교도들은 막 세상을 떠난 이들을 위한 영가에서 다음과 같이 말한다. "너는 죽었지만, 계속 꿈을 꾸네." 서아프리카에서 '꿈꾸다 drokuku' 라는 단어는 '반쯤 죽은' 이란 뜻이다. 북미의 대평원 인디언들에게는 "죽는 것은 돌아오지 않을 꿈길을 걸어가는 것"이란 속담이 전해 온다. 이런 예는 아주 많다. 셰익스피어, 티베트 불교도, 서아프리카의 무당, 대평원 인디언과 같이 다양한 개인과 문화권에서 기본적으로 같은 은유를 만날 때 원형적인 생각이나 상징을 만난 것이라 확신해도 좋다.

구체적인 표현은 다르지만 죽음=꿈, 꿈=사후의 체험이라는 기본 은유 자체는 문화의 차이를 넘어선다. 그리고 기본적으로 인간이 가진 같은 본능적인 생각, 즉 꿈 체험과 사후의 삶 사이에 심오한 관계가 있다는 원형적인 추론을 보여 준다. 역사상 잠과 꿈, 죽음 간의 유사성이라는 본능적이고 원형적인 직관을 집단적으로 무시하고 억압하려는 조직적인 시도를 한 유일한 문화가 우리 서구 기술 사회라는 것은 주목할 만하다.

전 세계의 신화와 성스러운 서사들은 만장일치로 인간이 그 어떤 의식의 상태에서보다 자주 꿈을 통해 신과 대화한다고 말한다. 이 놀라운 일치를 보면 잠과 꿈꾸기에 관련된 원형적인 상징에 담긴/관련된 보다 더 깊은 의미가 드러난다. 이는 아마도 꿈을 우리 삶의 의미와 중요성에 대해 가장 심오한 질문을 던지는 원형적인 경향으로 보는 가장 극적인 예가 될 것이다. 유대교의 탈무드, 그리스도교의 성경, 회교도들의 코란, 불교 경전, 힌두교의 우파니샤드, 오스트레일리아 원주민들의 드림타임Dreamtime의 노래, 태평양과 아프리카, 북미 인디언들의 창조 이야기 등 그 목록은 거의 끝이 없다. 모든 성스러운 서사는 유일자, 신, 여신, 영, 조상들이 꿈을 통해 인간과 직접 소통한다고 증언한다. 같은 원형적인 생각을 보다 추상적이고 심리적인 언어로 표현할 수도 있다. 즉 우리는 지금 이 순간 개인과 집단이 의식의 진화 발달 단계에서 생각해 내고 경험할 수 있는 가장 심오한 에너지와 아이디어들과 어떻게 관계 맺을 것인지, 그에 대한 실마리를 꿈에서 찾아내는 경향을 타고났다.

세계 모든 종교가 놀랍도록 의견 일치를 보인다는 사실에 건강과 온전함을 증진하는 성질이 꿈에 내재되어 상징적으로 담겨 있다. 꿈이 자아ego에 도움을 주거나 꿈꾼 이의 자기 억압과 부정을 지지해 주러 오지는 않는다. 꿈은 우리가 보다 의식적으로 삶의 가장 깊고 심오한 에너지와 연결할 수 있도록 도와 주러 온다. 꿈은 심리 영성적인 온전함을 반영하고 장려하는데, 그 온전함은 깨어 있을 때 자아가 정의하는 (또는 제한하는) '의식적인 자기' 보다 훨씬 더 완전하고 진정한 것이다.

융은 이런 원형적인 성질에서 성급하게 닫아 버려 제한된 깨어 있을 때의 의식을 꿈이 '보상' 하는 것이라 보았다. 융은 꿈이 꿈꾼 이가 지닌 의식의 태도에서 과대 혹은 과소평가된 것을 '보상한다' 고 반복해서 말했다. 분명 맞는 말이지만 나는 갈수록 '보상' 은 건강과 온전함을 증진하는 꿈의 기본적인 성질에서 생겨난 불가피한 결과로 보는 게 더 정확할 것이란 생각이 든다. 온전함은 불완전함과 성급하게 내린 결론에 대한 보상이 아니라, 그 자체로 긍정적인 힘이자 나름의 가치를 지닌다. 심리 영성적인 온전함을 장려하다 보면 꿈꾼 이가 저지른 어떤 판단상의 실수나 편견도 늘 보상하게 된다. 하지만 그 목적은 어떤 정적인 균형이 아니라 관계와 의미의 은유들 속에서 끊임없이 발전하고 진화하는 삶의 경험이자 상호작용이다.

꿈은 늘 우리가 속한 사회나 문화가 지닌 집단적이고 인습적인 태도와 의견을 반영하는 풍경을 상징적으로 펼쳐 놓고 그 속에 있을 때의 자아를 놓아 둔다. 또 특별한 꿈은 그 사회에서 충족될 수도 충족되지 않을 수도 있는 인간의 좀 더 크고 보편적인 요구를 가리키기도 한다. 따라서 꿈은 성급하게 닫아 버린 태도나 이데올로기를 전복시키는 경향을 지닌다. 제도화된 종교도 처음에는 꿈이 오는 곳과 같은 집단 무의식의 근원에서 시작되었다. 하지만 진정한 영성적 직관이 금방 교의와 도그마로 얼어붙었다. 그러면 꿈은 도그마로 인해 공식화 과정에서 성급하게 닫혀 버린 다음, 그 다음 단계로 진화해 나아가도록 도그마를 비판하고 전복하려 든다.

대부분 주류 종교의 일상 수련에서 꿈 작업이 그토록 얕보이게 된 이유가 이 때문이다. 경전에는 꿈이 신과 개인적으로 교감하는 주된 수단이라고 분명하게 확인되어 있다. 어쩌면 이들 확인이 너무 자주 나오는 건지도 모르겠다. 꿈 작업을 특별히 말리지 않았더라면 너도나도 신을 만났다고 주장하는 신도들 때문에 작은 지방의 일개 성직자가 회합에서 질서를 유지하는 것은 불가능했을 것이다. (다른 종교 전통의 경전은 말할 것도 없고) 성경에 나오는 선례들이 너무나 분명해서 꿈 작업을 '행정적으로' 금지하지 않았더라면 누구나 (초라하고 불평이 많은 사람일수록 더 낫다) 일어나 "어젯밤 꿈에 신께서 내게 이렇게 전하라고 하셨습니다"라고 선언할 수 있었을 것이다.

사회적으로 버림받은 변두리의 '예언자들'이 꿈을 통해 '신의 뜻'을 선포하는 전통은 그 자체로 원형적인 주제이다. 마법에 걸린 개구리 왕자의 주제처럼 모든 것 안에서, 특히 개인의 정신이나 사회에서 가장 무시당하고 집단적으로 부인된 요소에서 신성을 찾으려는 영성적 필요를 상징적으로 가리킨다. 개인과 사회가 보다 온전하고 신성과 조화를 이루는 다음 단계로 변환할 수 있도록 해 주는 에너지가 바로 그런 경멸하는 요소들에 있기 때문이다.

### 시급한 메시지를 전하는 '악몽'

'악몽'은 꿈을 꾸고 깨어나는 이 원형적이고 상징적인 드라마에서 또 다른 층위를 뚜렷하게 드러낸다. 개인이나 집단의 생존은 위협에 즉시 집중하고 주의를 기울이는 데 달려 있다. 우리는 수천 년 동안 위협이나 공격을 받았을 때 모든 슬기와 에너지를 동원해야만 했다. 이 '의식의 비법'을 지킨 동물은 살아남았고 그렇지 못한 동물은 사라져 갔다. 수천 년 동안 자연 선택의 힘들이 종의 모습을 결정해 왔다. 그래서 우리는 어떤 종류의 것이든 놀랍거나 위협적이거나 부정적으로 보이는 자극에 본능적으로 주의를 기울이도록 타고났다.

무의식이, 내면 깊은 곳의 근원이 깨어 있는 의식에 전해야 할 중요한 정보가 있을 때 (습관적으로 꿈을 기억하지 못할 경우에는 특히나) 꿈은 그저 우리의 관심을 끌기 위해 불쾌하고 부정적이며 '악몽 같은' 형태를 띠게 될 가능성이 크다. 아주 중요한 의미에서 악몽 자체는 중요한 원형적 형태의 하나이다. 악몽은 다른 꿈들과 마찬가지로 꿈꾼 이의 건강과 온전함에 이바지하기 위해 온다. 무섭고 거역할 수 없는 악몽이란 형태는 위협에 관심을 가지게 되어 있는 우리 내면에 있는 (원형적인) 경향에서 생겨난 것이다.

이렇게 보면 모든 문화권과 시대에 걸쳐 악몽에 담겨 있는 일반적인 메시지는 본질적으로 같다. 그것은 바로 '일어나!' '주의를 기울여!' '여기 생존이 달린 문제가 있어!' 등이다. 이 '생존의 문제'가 꿈꾼 이의 신체적인 건강과 연관이 있기도 하고 때로는 심리적·정서적·영성적 생존의 문제가 상징적인 형태로 주어지기도 한다.

모든 원형과 원형적인 형태의 본질과 중요성을 파악하는 방법 가운데 하나는 이들이 인류 전체 진화의 역사를 통해 쌓인 특정한 정서적인 상징을 향한 본능적인 진화 경향임을 이해하는 것이다. 본능적으로 위협에 즉시 집중하고 주의를 기울이게끔, 그래서 특히 중요한 무의식의 정보를 부정적으로 보이게 상징화하는 경향은 원형이 본질적으로는 모두 같은 의미를 전달하면서도 다양한 형태와 외양으로 발현하는 한 가지 예에 불과하다.

잠을 자고 꿈을 꾸는 것은 전 지구적으로 또 원형적으로 상징적 울림과 연관성을 가지는 인류 보편의 경험 중 한 예에 불과하다. 진정 보편적인 인간 경험들에서 생겨나는 관계의 드라마에는 놀라우리만치 비슷한 상징 이미지와 정서적인 에너지로 가득하다. 이런 유사성은 개인의 성격과 사회와 시대가 어떠하든 지속된다. 오스트레일리아 원주민 예술가들과 시베리아의 사냥꾼들, 남아프리카의 광부들과 샌프란시스코의 도시인들 모두, 깨어 있을 때나 '악몽'에서 불쾌하고 위협적인 자극에 본능적으로 즉각 집중해 주의를 기울이도록 되어 있다. 그건 지구상 어느 곳 어느 시대나 마찬가지였다. 이런 반응은 전 인류적으로 유형화된 것으로 개인에 따라 다양한 형태로 나타나고, 다양한 문화적 배경에 따라 독특한 개성을 띤다. 하지만 이 원형적인 주제가 어떻게 개인적으로 또 문화적으로 변주되느냐와 상관없이 본질적으로는 명백한 유사 상징 행위이다.

### '민담 모티프'에 따라 원형 분류하기

20세기 중반 무렵, 마법에 걸린 개구리 이야기처럼 반복되는 보편적인 상징 모티프를 가진 원형적인 이야기를 채집하고 분류하는 기본적인 연구는 어느 정도 완성되었다. 핀란드의 안티 아르네Anti Aarne와 미국의 스티스 톰슨Stith Thompson은 이런 분류 연구와 편집에 큰 성과를 남겼다. 이들은 힘을 합쳐 만든 정교한 체계에 따라 반복해서 등장하는 신화와 민담의 모티프들을 분류하고 목록화했는데 이 체계는 오늘날에도 여전히 쓰이고 있다. 예를 들어 개구리 왕자/공주 이야기는 '이야기 유형 #440'으로 분류되어 있고, 'B211.7.2-말하는 개구리', 'B655-인간이 개구리와 결혼', 'D395-변환: 개구리에서 사람으로' 등처럼 하위 항목도 많다.

전 세계에 걸친 신화와 민담에 공통으로 나타나는 줄거리와 상징에서 발견되는 기본적인 유사점들이 일단 이런 기본적인 원형적 모티프에 따라 수집되고 목록화되자, 이를 학계에서 무시하기란 점점 더 어려워진다. 전 세계에 걸쳐 민담과 함께 전해 내려오는 성스러운 서사에 나타나는 전 지구적 유사성들은 집단 무의식의 실재에 관한 가장 강력한 논증이다.

카를 융은 개인의 심리와 민담 양쪽에서 누적된 증거에 논란의 여지가 없다고 결론 내렸다. 즉 모든 인간은 심리적으로 비슷한 '본능적인' 직관이라는 아주 깊은 층위를 공유하고, 인간이 공유한 이들 '원형들'이 바로 세계 신화에 극적으로 유사한 면이 나타나는 원인이라는 것이다. 나아가 그는 문화와 언어라는 모든 인간의 산물이 동시에 말소되고 말하지 못하는 아이들만 살아남더라도 이 아이들이 본질적으로 동일한 이야기들과 신념 체계, 사회 구조들을 한 세대 안에 다시 만들어 낼 것이라고 여러 차례 제안하기까지 했다. 아이들이 그들이 공유한 객관적 정신objective psyche에서 솟아 올라오는 원형적인 직관들을 펼쳐낼 것이기 때문이라고 설명했다.

다른 학자들은 이들 유사성이 기본적으로 동일한 의식의 산물이 아니라 하나의 원천에서 나온 생각과 의례가 '전파' 된 결과라고 주장해 왔다. 선사시대에 등장해 전 지구적으로 영향력을 미친 최초의 '원형 문화UrKultur' 때문에 반복되는 주제들이 생겨났다는 것이다.

많은 사람들이 현재 이라크가 있는 티그리스와 유프라테스 강 유역에서 문화가 생겨나 전 세계로 전파되었다는 설명이 꽤 설득력 있다고 생각한다. 그렇다 하더라도 집단 무의식이 실재하는가 하는 질문은 여전히 유효하다. 전 세계의 신화와 민담에 보이는 놀랄 만한 유사성이 한군데에서 시작되어 전파된 것이라 해도, 이런 특징한 생각들과 이미지들은 원래 어디에서 오는지, 근원이 무엇인가 하는 질문은 여전히 남는다. 그렇기 때문에 현대에 더 중요한 질문은, 왜 이들 이야기와 생각들이 원래의 원형 문화가 먼지로 변하고 거의 잊힌 오늘날에도 여전히 사람들을 매혹시키고 영향력을 미치는가 하는 점이다.

사람을 끄는 이들 원형적인 이야기와 주제의 생명력은 수천 년 동안 지속되어 왔다. 역사적으로 볼 때 문화 전파설이 들어맞는 예가 한둘 있다 하더라도, 인류의 정신에 변함없이 마음을 끄는 이들 이야기들과 상징과 극적인 이미지들을 찾아내는 뭔가가 내재되어 있다는 사실은 여전히 남는다.

문화 전파의 증거를 받아들이더라도 인간이 기본적으로 특정한 종류의 상징과 극적 서사에 끌린다는 점은 여전하다. 이런 이야기는 전 세계의 모든 사람이 공유하기 때문에 오래전에 이런 이야기가 태어난 사회 문화적인 상황이 사라졌지만 지금도 여전히 사람들을 매혹시킨다. 다시 말해, 우리는 여전히 '집단 무의식' 혹은 '객관적 정신'과 같은 실재에 대한 설득력 있는 증거를 보고 있는 것이다. 우리가 비슷한 신체 구조를 가진 것처럼 무의식적으로 기능하는 집단적인 층위를 공유하고 있기도 하다.

### '신들의 전차'로서의 원형

이단적인 학자들과 신비주의자들은 상징에 나타난 이들 유사점들이 고대 근동의 문명이 아니라 선사시대에 지구를 방문한 '우주여행가' 아니면 그보다 더 이전에 있었다는 아틀란티스와 레무리아Lemuria와 같은 '잃어버린 문명' 탓이라고 주장한다. 이는 그 자체로 사라지지 않는 현대의 신화이다. '엄청나게 앞선 잃어버린 문명'이라는 생각은 무엇보다 집단 무의식을 원형적인 상징으로 표현한 것이다. 아틀란티스와 '고대 우주인들'에 대한 이야기와 이론들은 적어도 한 층위에서는 원형적인 상징 드라마가 (신화가 늘 그래 왔듯이) 우리 내면 가장 깊숙한 곳에 있는 자기self에 대한 집단적이고 심리 영성적인 직관을 표현하는 것이다.

정신에 있는 집단적인 층위의 영향은 어디서나 보고 느낄 수 있다. 우리 존재의 자연스런 부분이면서도 우리가 그것을 경험하고 직접 그 증거를 만나게 되면 이상하게 느껴진다. 집단 무의식을 의식에서 만나게 될 때 '기묘하고' '환상적'이며 '외계인 같거나' '저항할 수 없는' 감정을 동시에 느끼는 것은 당연하다. 상징적으로 볼 때 집단 무의식의 영향은 실제로 깨어 있을 때 자아의 세계와는 전혀 '다른 세계'에서 오는 것이다. '외계에서의 여행자'와 '위대한, 잃어버린, 앞선 인종'에 대한 사라지지 않는 신화는 궁극적으로 세계 문화의 상징에서 보이는 소름 끼칠 정도의 유사성 탓이다. 이들 신화는 그 자체로 정서적인 반응을 불러일으키며 상징적으로도 정확하다. 깊은 곳의 집단적이며 '객관적 정신'의 층위를 만나게 되었을 때의 느낌을 원형적으로 표현하는 것이기도 하다. 심리 내면의 이런 측면은 훨씬 더 나이가 들고 현명하고, 또 너무나 멀게 느껴진다. 하지만 동시에 그것은 거의 전능하고, 아직 숨겨져 있지만 깨어 있을 때의 자아라는 우리의 제한된 한계를 밀어붙이는 힘이기도 하다.

아틀란티스와 외계에서 온 방문자라는 신화를 탄생시킨 원형적인 직관에 대해 에머슨이 말했듯이, "내면은 '저 너머'에 있는 것만큼이나 위대하다." '내면'에 있으면서 동시에 '저 너머에' 있는 깊은 무의식의 원형에 대한 이들 직관이 구체적인 서사 구조를 띠고 나타난 것이 바로 '신들의 전차'와 '잃어버린 진화한 인종'에 대한 이야기이다. 이런 관습적이지 않은 이론을 따르는 사람들은 자신들의 견해가 진실하고 정확하다고 열정적으로 주장하는 편이다. 자신들이 무의식에서 그리고 정서적으로 진실이라 경험한 것에 가장 구체적인 의미를 부여하는 것이 그런 생각이기 때문이다.

융이 지적했듯 "실제로 반복해서 보게 되는 것은 알려지지 않은 물체를 오래 몰두해서 보다 보면 그 물체의 알려지지 않은 성질에 스스로를 무의식적으로 투사하고, 그렇게 투사한 것과 거기서 유추한 결론을 객관적인 것처럼 받아들이게 되는 걸 피할 수 없다는 것"이다. 그건 집단 무의식에 대한 불완전한 인식에서도 그렇지만 정신의 집단적인 층위에서 일어나는 특정한 원형적인 형태에 대해서도 마찬가지이다.

이런 의미에서 현대인들이 미확인 비행물체와 외계인 납치에 보이는 관심은 같은 원형적인 유형의 다른 예이다. 집단 무의식의 원형적인 에너지를 직접 체험하는 것은 항상 압도될 것 같고 어떤 목적이 있는 것처럼 느껴진다. 뭔가 원대하고 신비스런 계획과 목적을 가진 것 같은 '외계인'의 행동처럼 그 목적이 근본적으로 알려지지 않고 알 수 없는 것임에도 불구하고 말이다.

하버드의 뛰어난 정신과 의사 존 맥John Mack을 포함한 많은 이들이 외계인 납치 이야기에 반복해 등장하는 요소들에서 '피랍인들'은 깨어 있을 때 실제 세상에서 경험한 실제 체험을 보고하고 있다고 결론 내렸다. 이들이 보고하는 외계인과의 만남이 실제로 일어났든 아니든, 이들은 집단 무의식 자체와의 직접적인 만남과 연관된 원형적인 상징의 유형을 드러낸다.

피랍인들이 보고하는 외계인과 지구인 사이의 번식 실험은 자연 환경의 파괴와 오염이 늘어가는 현실에서 이들이 마음에 품고 있는 인류의 변형에 대한 바람과 연관이 있다. 이들 이야기들은 우리가 잠재적으로 행할 수 있는 악행에 대한 내면 가장 깊은 곳의 두려움을 구체적으로 (상징적으로) 표현한다. 우리 인간은 지구가 가진 생명을 유지하는 능력을 우리가 파괴할 수 있음을 알고 있다. 그리고 늘 그렇듯이 우리는 우리 자신으로부터 '구원'받고 싶어 한다.

본능적으로 우리는 (자기) 파괴라는 타고난 성향을 극복하려면 진화해야만 한다는 것을 깨닫는다. 외계인에게 납치되는 이야기들은 이들이 정확하다 하더라도, 원형적이고 신화적인 충동이 당대의 포스트모던한 모양을 띠는 예로 남는다. 이 이야기들은 새 천년을 맞이하는 이 시점에 우리의 삶을 위협하는 대재앙이 어떻게 가속화되고 있는지, 집단으로서 우리가 앞으로 어떻게 변해 갈지, 그것들이 얼마나 다급하고 실재적인 것인지를 직관적으로 보여 주는 설득력 있는 상징적인 서사 형태이다. 맥 박사도 피랍인들의 이야기가 이런 원형적이고 상징적인 울림을 분명히 가리키고 있다고 결론 내렸다. 즉, "새로운 영역의 존재들에 대한 의식이 열리면서 피랍인들은 우주의 모든 것이 서로 연결되어 있다는 심오한 깨달음을 깨우쳐 주는 삶의 얼개를 만나게 된다"는 것이다.

우리 인간에겐 그런 깊고 심오한 의미와 연결되고 싶어 하고, 그런 더 큰 의미의 유형에 직접 참여하고 교류하고 싶어 하고, 그런 느낌에 상징적인 서사를 부여하고 싶어 하는 경향이 내재되어 있다. 실제로 개인의 불편함을 떠나 보다 크고 의미 있는 유형에 참가하는 느낌을 주는 이야기는 모두 '신성한 서사'이기 때문이다. 그리고 그런 이야기를 곧이곧대로 받아들여 끌리는 신봉자들이 있기 마련이다. 그런 의미에서 외계인 납치 이야기는 '신'이 혹은 '신들'이 직접 개입해 더 크고 신성한 (원형적인) 에너지와의 관계를 변화시켜 인류를 '구원'하는 신성한 서사의 맥을 잇는 최신판이라 볼 수 있다.

인류가 공유한 정신의 깊은 원형적인 에너지와 더욱 의식적으로 만나는 것은 은유적으로 '새로운 잡종을 창조하는' 것이다. 집단적으로 사회 · 문화 · 경제 · 종교가 변화하는 시기에 그래 왔던 것처럼 말이다. 개인이 각자의 삶에서 원형의 에너지를 만날 때 자신의 이해나 통제를 넘어서는 힘들에 '조종당하는' 느낌이 들 것이다. 그 힘은 피랍인들의 보고에 상징적으로 나타났듯이 '외계에서 온 것처럼 이질적이면서' 동시에 '너무나 사적으로' 체험되는 힘이다.

UFO와 납치에 관한 현대의 문헌에는 이런 보고의 얼마나 많은 부분이 꿈에서 비롯되었는가 하는 주석과 논쟁이 가득하다. 이런 류의 이미지와 비유가 나타난 꿈을 기억할 때는 항상 꿈꾼 이가 집단 무의식과 가진 관계가 어떻게 진화하고 있는지, 그 상징적인 연관성에 대해 탐색해 볼 가치가 있다.

《비행접시: 하늘에서 보이는 것에 관한 현대의 신화Flying Saucers: A Modern Myth of Things Seen in the Sky》에서 융은 상담 중인 40대 초반의 여성이 꾼 꿈을 아래와 같이 소개한다.(꿈을 일인칭 현재로 고쳐 썼다.)

> 꿈에서 정원에 서 있는데 갑자기 머리 위에서 웅웅 엔진 소리가 들린다. 무슨 일인지 보려고 담벼락에 걸터 앉는다. 검은 금속성의 물체가 나타나 머리 위를 맴돈다. 금속으로 된 크고 검은 눈을 가진 거대한 날거미다. 둥근 모양의 독특한 비행체다. 거미 몸에서 장중한 목소리가 크고 또렷하게 들리는데, 지구인들뿐 아니라 거미를 타고 있는 사람들 모두에게 훈계나 경고처럼 들리는 기도를 뱉어 낸다. "저희를 아래로 인도하여 (안전한) 낮은 곳에 지켜주소서. 저희를 저 높은 곳으로 데려가소서." 정원 가까운 곳엔 국제적으로 영향을 미치는 중요한 결정을

내리는 커다란 행정부 건물이 있다. 거미는 믿을 수 없을 만치 낮게 날아 그 건물의 창을 지나간다. 건물 안의 사람들에게 영향을 미쳐 평화의 길, 즉 내면의 비밀스런 세계로 향하는 길을 가리키기 위한 것이란 게 뻔히 보인다. 정원에는 다른 구경꾼도 몇 있다. 나는 옷을 제대로 입지 않아서 좀 창피하다…….

이 꿈에 대한 융이나 다른 분석가들의 뛰어난 해석을 다시 펼칠 생각은 없다. 여기선 집단적/원형적 에너지가 꿈꾼 이의 깨어 있는 의식으로 들어온 예로만 제시한다. 꿈이 집단적인 에너지를 전달하는 데 원형적인 UFO의 이미지를 이용하고, 또 아직 제대로 분화되지 않은 무의식의 모든 가능성을 전할 수 있음을 보여 준다. 집단 무의식의 원형적인 에너지가 드러나는 꿈에는 이런 이미지뿐 아니라 '바닥 없는 대양'이라든지 '무한한 하늘', '천사'(그리고/혹은 '악마'), '고대의 잃어버린 대륙과 문명' 등이 떠오르는 이미지들이 자주 나온다.

인용한 꿈은 꿈꾼 이가 두려움을 극복하고 자신이 지닌 창조적 가능성에 대한 제한된 의식을 넘어서도록, 그래서 내면 깊은 곳의 삶의 목표를 세상에서 펼치도록 초대하고 있다. 그렇게 엄청난 집단적인 에너지가 깨어 있는 의식의 표면으로 밀려들 땐 항상 '팽창'의 위험이 있다. 그래서 '제대로 옷을 입지 않은' 것을 인식하는 건강하고 보상하는 성격의 깨달음이 있는 것이다. 융이 이 꿈에 대해 설명했듯이, "무의식에 대한 지식이 증가하면 삶과 의식에 대해 보다 깊이 경험하게 되고, 그래서 도덕적 결단이 필요한 새로운 상황을 만나게 된다."

## 나비의 약속

꿈이나 상징적인 이야기에 혹은 깨어 있는 상황에서 ('비행접시' 나 '대양' 과 같은) 원형적인 이미지가 등장할 때는 그에 담긴 원형적인 의미가 집단이 가지는 무게와 에너지를 환기시킨다. 그런 의미 층이 금방 드러나는지 않는지는 중요하지 않다. 예를 들어 1장에서 다룬 것처럼 (올챙이에서 개구리로 몸이 변하는) 개구리의 생애와 인간이 정서적으로 커가면서 심리적으로 경험하게 되는 상징적인 '변화' 사이에는 근본적으로 자연스러운 (원형적인) 유사함이 있다. 나방/나비의 일생도 마찬가지이다.

모든 원형의 형태들을 성격 짓는 이런 자연스런 상징체계는 이 둘을 비교해 보면 더 분명하게 이해할 수 있다. 나비는 성장하면서 개구리가 겪는 것과 비슷한 극적인 변태를 겪는다. 그래서 나방과 매미, 잠자리 등과 더불어 나비는 인간 내면의 심리 영성적인 변화와 상징적으로 유사한 원형적인 울림을 갖는다. 꿈과 신화와 민담에서 유충과 나비가 등장하는 것은 개구리가 나타날 때와 마찬가지로 신념과 생활 방식, 세계관 등이 급격하게 변한 것과 상관이 있다.

하지만 나비는 변태 과정에서 고치나 번데기 등 '무덤' 또는 '죽음' 과 같은 상태를 거치기 때문에 생명 에너지가 사후에 몸을 갖지 않고 '영혼' 으로 변한다는 영적 직관과 더 밀접하게 연관되어 있다. 기계문명이 도입되지 않은 많은 사회에서는 나방과 나비가 실제로 산 자의 땅을 방문하는 죽은 이들의 영혼이라 믿는다.

일반적으로 나방은 야행성인 성질 때문에 나비와는 다른 칙칙한 상징을 띤다. 또 나방은 기계문명이 도입되지 않은 많은 사회에서는 밤을 떠돌며 어둠을 벗어나려는 불가항력에, 그러니까 빛과 불꽃에 이끌리는 속성 때문에 '저주 받은 영혼'으로 믿는다. 반대로 보다 밝고 쾌적한 색깔에다 환한 대낮에 나타나는 나비는 '구원된' 또는 '해방된' 영혼과 자주 연관된다.

얼마 전 본 만화인데 기어가던 유충의 머리 위에 나비가 날아다니고 있었다. 유충은 나비를 의심스럽게 쳐다보며 혼자 중얼거린다. "내가 저 위에 올라가는 일은 절대 없을 거야." 이 만화는 사후에 약속된 삶에 대해 우리 인간이 지닌 미심쩍음과 양가적인 감정을 잘 포착하고 있다. 겁을 내며 저항하는 사람들 중에는 비행기를 타지 않고 "내가 저 위에 올라가는 일은 절대 없을 거야"라고 말하는 이들도 있다. 여기에는 사후세계를 '보수적이고' 이성적으로 의심하는 태도가 상징적으로 드러나 있다. 이 만화에 나오는 유충이 우스운 이유는 이 이미지가 보여 주는 내면의 원형적인 드라마를 우리가 알아차리기 때문이다. 유충이 자신의 삶이 어떻게 나비와 연결되어 있는지를 모르는 것처럼 우리도 무덤 너머가 실제로 어떤지 알지 못한다. 그래서 만화를 보고 웃게 된다.(그리고 속으로 몰래 궁금해한다…….)

상징적으로 연관된 다른 면은 곤충의 변태라는 드라마가 이생에서의 완전한 영적인 변환, 그러니까 변화가 너무나 극적이고 완전해서 이전의 존재 방식과 삶의 방식이 '완전히 죽은' 것처럼 보이는 그런 변화의 가능성을 가리킨다. 꿈에서 죽음의 이미지는 꿈꾼 이의 정신에 일어난 진정한 변화와 성장을 보여 주는 가장 흔한 원형적인 은유이다.

기원전 2세기의 현자인 장자에 관한 유명한 일화가 있다. 꿈에서 근심 없는 나비가 되어 즐겁게 이 꽃 저 꽃 날아다니다 "갑자기 깨어 보니 나는 분명 거기 있는데, 장자인 내가 나비가 된 꿈을 꿨는지, 나비가 지금 장자가 된 꿈을 꾸고 있는지 알기 어렵구나" 했다는 이야기이다.

장자의 장난스런 수수께끼는 데카르트의 인식에 수 세기나 앞선 것으로 나비가 상징하는 원형적인 울림도 보여 준다. 당대 중국인들이 의식 수준에서 깨닫고 있던 것을 상징적으로 보여 주는 이 이야기에 '숨겨진' 상징적인 층위들 중 하나는 만화에서 투덜거리던 유충이 던지는 것과 같은 농담이다. 장자는 사후에 무슨 일이 일어나는지 모른다는 것을 독자들에게 부드럽게 상기시켜 준다. 조금 여유를 가지고 판단을 미루는 것이 마땅하다. 나비의 일생은 끔찍하게 짧고 덧없다. 장자는 독자들에게 이런 상징적인 유사점을 알아차리고 우리의 삶도 나비의 삶처럼 덧없이 지나가는 것임을 보고 제한된 시간 속에 나비처럼 즐거움을 구하라고 환기시키고 있다.

나비와 달리 개구리는 고치라는 '무덤'으로 은둔하지 않고 변태를 겪는다. 무의식에 잦아드는 동면 없이 몸의 변화를 거치는 것이다. 그래서 개구리는 죽음 뒤의 변화보다는 살아 있는 이의 심리적이고 정서적인 변화와 관련되고, 나비나 변태를 거치는 다른 곤충들처럼 우리에게 사라진 몸을 상기시키는 껍질을 남기지도 않는다. (인간의 기준에서 보면) 살찐 몸이 가볍고 빛나는, 밝은 색의 날개가 달린 무엇으로 변하지도 않는다. 하지만 어떤 극적인 변화가 일어나는 건 사실이어서 인간의 생각이나 감정, 직관이 극적으로 발달하는 것에 대한 '자연스런 상징' 이 된다.

여기서 개구리와 나비의 변태에 담긴 상징에 미묘한 차이를 볼 수 있다. 개구리의 변태는 우리의 관심을 사회와 몸으로 돌리는 경향이 있다. 마법에 걸린 왕자/공주는 사회에서 자신의 역할과 그 역할이 자신의 진정한 정서적·심리적 성격을 적절하게 반영하는지에 의미를 둔다. 반면 나비의 변환은 보다 직접적으로 또 극적으로 영성적인 본성을 띠는 질문과 문제들을 가리키는 편이다.

**원형, 중독, 변환**

이런 이미지들이 꿈에 나타날 때면 인류 진화의 역사 전반에 걸쳐 깊이 연루되고 밀착되어 있는 집단 연상과 울림이 그 전체 그물망과 함께 나타난다. 꿈꾼 이가 삶의 변화를 간절히 바랄수록 이런 종류의 원형적인 울림을 지닌 이미지가 등장할 가능성이 더 높다.

어떤 여성이 꾼 꿈이다.

> 나는 책을 들어 편다. 책을 펼치는 동안 책이 나비 모양을 띤다. 꿈에서 혼자 생각한다. "아, 맞아, 이 책에 있는 글이 나비 모양이야……!"

꿈꾼 이는 작가이며 깨어 있을 때 자신이 쓰는 글이 점점 더 영성적인 색채를 띤다는 것을 느끼고 있었다. 평생 제도화된 종교를 피해 온 자신의 성향을 생각하면 스스로에게도 놀라운 일이었다. 명상하듯 의식을 탐색하는 글쓰기를 통해 너무나 자연스럽게 점차 영성적인 차원으로 열려감을 깨닫고 있다. 무엇보다 이 꿈은 꿈꾼 이가 자신이 지닌 영성적인 갈망과 직관들이 적법한 것임을 점점 더 여유롭게 받아들이는 것을 축하하고 있다.

변화를 바라고 깊은 근원까지 의식적으로 가 닿기를 바라는 것은 알코올이나 다른 중독에 빠진 이들의 삶 한가운데 있는 원형적인 드라마이다. 신성과 연결되고자 하는 갈망이 좌절되어 중독에 빠진 사람은 깊은 무의식의 차원에서 자신의 중독이 '정당'하다고 느낀다. 개인적인 자아 만족을 넘어선 보다 큰 의미를 드러내는 데 실패한 삶에 대한 전적인 혐오를 중독을 통해 표현하는 것이기 때문이다. 우리 시대의 신학자 매튜 폭스Matthew Fox는 "알코올 중독은 우주론의 실패다"라고 말한다. 그보다 50년 전 카를 융도 미국인 알코올 중독자 모임에 대해 알코올 중독은 영성적인 탐색이 실패한 증상이라는 비슷한 말을 했다. 이 모임을 시작한 빌Bill W.과 밥Bob 박사도 중독을 극복하는데 '영적인 힘'을 불러일으키려 했다. 서구 사회에서 '익명의 알코올 중독자 모임'(AA: Alcholic Anonymous)과 같은 '12단계' 프로그램들이 그토록 성공한 이유는 바로 중독에 담긴 이런 영성적인 측면을 강조하기 때문이다.

온전하고 의미 있는 삶을 살고 싶은 마음 깊은 곳의 욕구가 좌절된 것을 우리 내면이 알게 될 때 많은 사람들은 이를 직면하지 않으려 다양한 종류의 중독에 의존하게 된다. 사실 자신이 느끼는 감정과 경험을 온전히 인식하기를 거부하고 외면하기 위해 하게 되는 어떤 종류의 반복적인 활동도 중독이라 부를 수 있다. 여러 곳을 다니면서 만나게 되는 많은 사람들 중엔 기도와 선행에 중독된 이들이 많다. 이들은 알코올이나 약물, 섹스에 중독된 사람들만큼이나 자신 안에서 일어나는 다양한 감정들을 온전히 느끼기를 두려워한다. 무섭고 받아들일 수 없는 생각이나 감정이 표면으로 떠오르려 하면 담배 대신 금방 '누군가 도움이 필요한 사람' 을 찾아 나서는 것이다.

슬프게도 그런 선행 중독은 자신들이 돕고 봉사하려는 노력을 망치고 역효과를 낸다. '착한 일을 하려는' 이런 노력 대부분은 불행하게도 무위로 끝난다. 사실 우리가 해결하고자 하는 문제에 담긴 은유만 더 키울 뿐이다. '선행' 을 중독처럼, 즉 자신의 진정한 내면의 삶을 회피하고 억압하는 핑계로 사용하기 때문이다.

몇 년 동안 내가 알코올 혹은 다른 중독에서 회복 중인 사람들과 일하면서 반복해서 받은 인상이 있다. 그것은 이들의 꿈에 등장하는 '자살' 에 담긴 은유가 얼마나 중요한가이다. 회복기에 있는 중독자들에게 자살은 특히나 긍정적인 의미를 담고 있다. '죽음' 은 심리 영성적인 성장과 변화를 나타내는 가장 흔한 원형적이고 상징적인 이미지이다. 꿈에서 스스로 죽음을 불러온다면 이번에는 중독에서 벗어날 수 있다는 걸 의미한다. 꿈꾼 사람이 자신의 정신과 인격을 다시 창조해 중독을 극복할 가능성이 크다. 자살은 아직 중독에 젖어 있는 인격이 너무도 급진적이고 근본적으로 변화하면서 그에 적절한 은유가 스스로 죽음을 초래하는 것밖에 없는 게 된다.

중독에서 회복하는 상황 외에도 꿈에서 자살은 같은 의미이다. 깨어 있을 때 충동적으로 자기 파괴적인 생각과 환상에 사로잡히는 경우도 내 경험에는 정신 가장 깊은 곳에서 충족되지 못한 욕구를 상징적으로 반영한다. 깨어 있을 때 자살을 시도하는 것도 자신의 삶을 완전히 바꾸고 싶은 욕망이 너무 커서 낡은 인격을 완전히 파괴하고 죽이는 것 외에 거기에 걸맞은 은유가 없을 때의 힘겨운 싸움의 결과이다. 유명한 융 분석가인 로버트 존슨Robert Johnson은 자살 충동으로 도움을 청하는 사람들에게 이렇게 말하곤 했다. "좋아요, 자살하세요……. 대신 몸은 다치지 말고!" 꿈 세계에서 자살은 상징적으로 너무도 중요한 심리 영성적인 임무를 수행한다.

언제고 꿈에서 누군가 죽으면 죽은 이가 누구든 꿈꾼 사람의 인격이 변하고 성격이 진화하는 것과 밀접하게 연관되어 있다. 내 경험으로는 누가 죽는지는 그리 중요한 것 같지 않다. 누구든 혹은 무엇이든 죽음을 겪는다면 꿈꾼 사람의 정신 일부가 생명 에너지를 거둬들이는 것이어서 보다 온전하고 완전하게 제대로 생기 넘친 모습으로 다시 태어날 수 있게 되는 것이다.

꿈 자아가 죽는 건 상징적으로 자살이라 볼 수 있는데, 왜냐하면 꿈 속의 모든 사람과 사물은 꿈꾼 이의 정신의 일면을 은유적으로 보여주는 것이기 때문이다. 꿈 자아의 '죽음'은 꿈꾼 사람이 깨어 있을 때 꿈에서 상징적으로 그려진 상황에서 눈에 띌 만큼 크게 성장하고 변화했다는 것을 의미한다.

자아가 해체되고 다시 세워지는 과정은 여러 꿈에 걸쳐서 일어난다. 어느 꿈에서 '죽음'이 일어나고 다른 날 꿈에서 '재탄생'이 며칠, 몇 주, 몇 달 뒤에 일어난다. 드물지만 전 과정이 한 꿈에 다 나타날 때도 있다. 내 경험에서 보면 원형적인 '죽음/재탄생' 과정이 하나의 꿈에 '압축' 되어 나타날 때는 꿈꾼 이가 심리 영성적인 성장을 위해 온 마음을 다해 집중했을 때이다.

50대 초반의 갱년기 여성이 꾼 꿈이다.

어두운 방에 누워 있다. 문이 열리고 복도에서 비치는 빛에 아이의 실루엣이 보인다. 칼을 든 아이가 달려와 내 가슴 깊숙이 칼을 찔러 넣는다. 나는 그 자리에서 죽는다. 장면이 바뀌고 나는 쇼핑 수레를 밀고 건설 현장을 가로질러 콘크리트 덩어리와 자갈, 버려진 목재 등을 피해 가고 있다. 나를 죽였던 아이가 이제 죽었다는 것을 나는 안다. 나는 수레에 실린 신부 드레스를 '새로운 아이' 에게 가져가는 중인데, 그 아이는 죽은 아이가 환생한 것 같다.

이 꿈에는 모든 원형적인 주제들이 분명하게 드러나 있다. 꿈을 꾼 정황 자체는 집단적/원형적인 동시에 아주 개인적이고 체험적이다. 생식력을 가진 여인이 '죽어야' 만 새로운 자기가 탄생할 '공간' 이 생겨나 다른 방식으로 창의력과 생명을 줄 수 있다. 이 꿈에는 집단적으로 또 생물학적으로 불가피한 면과 동시에 이 모두가 일어나기 위해 요구되는 의식적인 건축 작업도 나타나 있다.

이런 식으로 꿈에 담긴 집단적/원형적 차원들과 깨어 있을 때 경험에 상응하는 무의식적인 상징이 무드와 감정, 사고, 신체 감각 등의 흐름에 계속 영향을 미친다. 우리는 의미와 상징이 담긴 사건과 반응으로 가득한 무의식의 바다에 완전히 잠겨서 살아간다. 집단 무의식에서 오는 원형들의 본질과 구조를 좀 더 의식에서 깨달으면 성장 변화하고 좀 더 삶을 책임지고 사랑하며 창의적으로 표현하며 살아갈 수 있게 된다.

시인 릴케는 정신분석을 두 번 정도 받고 끝내면서 "자신의 악마뿐 아니라 천사도 몰아낼까 두렵다"고 한 것으로 알려져 있다. 그의 말은 (원시적이고 덜 '문명화된' 본능이 '승화'한 것이 예술가적 창의력과 독창적인 영감이라는 프로이트의 이론처럼) 신경증이 창의적인 표현에 주된 에너지 원이라는 일반의 생각을 표현하는 것 같다. 하지만 내가 예술가나 다른 창의적인 사람들과 30년 넘게 일하면서 얻은 결론은 전혀 다르다. 개인이 지닌 신경증을 보다 잘 이해하게 되면 깨어 있을 때 삶에서 보다 나은 선택을 할 수 있고, 무언가에 덜 '몰리게' 된다. 꿈은 보다 더 많은 가능성과 실현을 지닌 광범위하고 만족스러운 세계를 열어 준다. 우울의 '무덤'에 빠져 '죽음'처럼 보이는 시간이 사실 새로운 사고와 감정, 표현, 관계가 날개를 달고 나오는 데 필요한 고치 속에서의 시간이었음을 알게 된다.

## 요약

무의식의 원형에 관한 최상의 비유는 인체 구조이다. 같은 기관들이 서로 같은 관계 속에서 같은 기능을 하며 아기가 잉태되고 때어날 때마다 끊임없이 재생산된다. (일란성 쌍둥이를 제외한) 각자는 신체적으로 고유한 존재인 동시에 다른 사람들과 똑같은 신체 구조라는 원형적인 유형을 갖고 있다. 마찬가지로 모든 원형적인 에너지와 관계의 스펙트럼은 인간 정신에서 재생산되고 끊임없이 반복되지만, 그때마다 나름 고유한 새로운 조합들이 생겨난다.

꿈꾸기 자체는 문화권에 상관없이 누구나 경험하는 보편적인 경험으로 원형적이고 상징적인 중요성을 지닌다. 역사상 모든 시대에 전 세계 어디에서나 꿈꾸기는 (1) 꿈꾸는 사람의 삶과 미래에 대한 깊은 의미와 (2) 꿈꾼 이와 신성과의 관계와 (3) 사후의 영혼이 경험하는 것에 대한 실마리를 전하는 것으로 보아 왔다. 죽음=잠, 꿈=사후의 경험은 보편적으로 통용되는 상징적 비유이다.

꿈과 신화에서 집단 무의식 자체는 '다른 세계에서 오고', '믿을 수 없을 만치 강력'하지만 동시에 '아주 멀고 신비한' 존재로 흔히 묘사된다. UFO나 바다, 잃어버린 고대 문명과 같은 이미지들은 흔히 꿈꾸는 개인이 꿈에서 경험하는 집단 무의식과의 만남을 상징적으로 반영한다.

개구리나 나비처럼 발달과정 중에 자연스럽게 변태를 경험하는 생물체들은 집단적인 차원에서 공통되는 상징을 지닌다. 이들이 나타난 꿈에는 각자의 삶 속에서 성장하고 변화하려는 모든 가능성과 집단적인 경향이 함께 등장한다. 개인과 집단의 구체적인 예들을 제시했다.

# 3장

# 사랑과 두려움에 관한 이야기들

## 원형과 본래의 성

현명한 하늘의 임금님이

손에 침을 흠뻑 뱉어

크게 손뼉을 쳐

하늘과 땅을 만들었어.

키 큰 풀들이 곤충을 만들고,

이야기는 사람과 악마를,

또 남자와 여자를 만들었어.

어떻게 넌 이 이야기를 모르지?

_미아오Miao 족 창조 신화

일본 신화와 민담 전통에서는 모든 인간을 낳은 반신반인의 첫 부모를 '이자나미'와 '이자나기'라고 부른다. 이들은 대개 남매로 나오는데 어떻게 태어났는지에 관한 이야기 없이 둘이 같이 등장하기 때문이거나 아니면 지고의 조물주가 이들을 같은 신성한 물질에서 동시에 만들어 냈기 때문에 그런 것 같다.

전해 오는 이야기에 따르면 창조(여)신이 이자나미와 이자나기를 만들자 이미 우주를 차지하고 있던 다른 신들은 걱정스럽고 두려워졌다. 앞날이 불 보듯 뻔했기 때문이었다. 위대한 조물주가 바라는 대로 이자나기와 이자나미가 결혼해서 아이들을 낳게 되면 아이들이 너무 많아져 통제할 수 없게 되고 지구를 통째로 집어삼킬 것이 뻔해 보였다. (오늘날 인구 폭발이 걱정되는 사람이라면 이 신들이 가진 근심에 동의하지 않을 수 없을 것이다.)

하지만 이자나기와 이자나미가 결혼하고 아이를 낳는 것이 신성한 창조주의 뜻이었기 때문에 언약식 준비는 시작됐다. 두렵고 질투가 치밀었지만 결혼식을 막을 방법은 없었다. 신들은 궁리 끝에 신방에서 결혼이 완성되는 것을 막기로 했다. 편을 나눠 남신들은 이자나기의 준비를 돕고 여신들은 이자나미를 도우러 갔다.

준비를 도우러 간 남신들은 이자나기에게 어떻게 신부와 첫날밤을 보낼지 조언한다. 걱정스런 얼굴로 아주 조심해야 한다며 무슨 일이 있어도 발기된 성기를 이자나미의 배 속으로 밀어 넣으면 안 된다고 경고한다. 입처럼 생긴 성기에는 날카로운 이가 가득하다, 그래서 성기를 넣으면 이자나미가 스스로를 통제할 수 없게 돼 성기를 물어뜯을지도 모른다, 그러면 이자나기는 끔찍하고 고통스럽게 죽게 된다는 것이다.

근심에 찬 얼굴로 이자나미에게 간 여신들도 비슷한 이야기를 한다. 어떤 상황에서도 배를 열어서는 안 된다, 일단 배 속에 들어가면 이자나기가 원하지 않더라도 성기가 끝없이 커져 그녀를 산산조각 내게 된다는 것이었다.

이렇게 신들은 이들 둘이 창조주의 뜻에 따라 결혼한 후에라도 성적으로 결합하고 출산하는 것을 막을 수 있기를 바랐다.**(그림 4)**

결혼식이 끝나고 이자나기와 이자나미는 어두운 신방에 남게 된다. 둘은 두려운 마음을 감추고 아주 조심스럽게 서로에게 접근한다. 너무

**그림 4** (고대 일본) 남신들과 여신들에게서 거짓 조언을 들은 이자나기와 이자나미가 결혼식을 올린다.

겁이 난 이자나미는 두 손을 모아 조심스레 자신의 성기 앞을 막는다. 이자나기의 성기가 얼마나 큰지도 재어 보고 필요하면 쳐낼 심산이다. 한편 이자나기는 이가 달려 있다는 이자나미의 성기가 걱정이다. 욕정에 이끌려 민감하고 상처 입기 쉬운 성기로 다가가기 전에 먼저 무릎으로 그녀의 성기 주변을 살피기로 한다. 어둠 속에서 섬세하게 손질한 이자나미의 긴 손톱이 무릎에 와 닿자 그토록 두려워하던 이로 잘못 생각한다. 이자나미는 '수박처럼 크고 단단한' 긴 근육질의 무릎에 놀란다. 그렇게 크고 단단한 것을 몸 안에 들였다가는 살아남을 수 없으리라.

이렇게 해서 시기에 찬 신들의 계획은 성공한다. 이자나미와 이자나기는 창조주가 시키는 대로 결혼을 했음에도 오랫동안 성교를 두려워한다.

어떤 버전에서는 창조주가 이를 보고 웃고는 때가 무르익기를 기다리며 그냥 지켜보았다 한다. 이자나미와 이자나기는 집을 짓고 불을 피우고 땅을 가는 법을 배웠다. 어느 날 이들이 논에서 함께 일할 때였다. 물에 젖지 않게 옷을 걷어 올려 허리춤에 끼우고 모를 심느라 춤추듯 리듬감 있게 몸을 굽히고 펼 때마다 물에 젖은 다리와 허벅지가 번들거렸다. 바로 이때 창조주가 몰래 이들에게 열정과 욕망을 불어넣었다. 이자나기와 이자나미는 바로 그 자리에서 벌건 대낮에 눈을 뜨고 서로 사랑을 나눴다.

그 후 무슨 일이 일어났는지는 이야기꾼이 즐겨 말하듯이 '또 다른 이야기'인데 그 이야기는 지금도 이어지고 있다.

## 아니무스와 아니마

이자나기와 이자나미의 신혼을 들려주는 이야기에서 저 '높은' 신화상의 신들과 우주의 첫 존재들이 노골적이고 성적인 농담을 하며 '낮은 곳', 상스러운 세상에 있는 존재들과 서로 뒤섞이고 합쳐진다. 그러면서 (학자 계층의 전사들이 힘을 모아 이들을 떨어지게 하려는 데도) 이 두 원형적인 영역이 궁극적으로 합일하게 되는 것을 보여 준다.

선사시대 일본에서 시작된 이야기이지만 이 이야기는 보편적이고 상징적이며 원형적인 신화와 꿈의 언어를 구사한다. 다시 말해 구체적이면서도 극적인 구조를 가지고 있는 이 이야기는 복잡하면서도 모호한 성적 차이 그리고 동시에 인간 종족을 구분하는 성 정체성을 구체화시키고 있는 것이다. 이 이야기를 들은 이는 대부분 신들의 교묘하고 아귀가 맞아떨어지는 속임수에, 또 뒤이은 이자나미와 이자나기의 긴장과 서투름에 웃음 짓게 된다. 이 웃음은 적어도 부분적으로는 우리가 내면 깊숙이 있는 비슷한 선의식적인 에너지와 걱정을 씁쓸하게 알아차리기 때문이다.

이 이야기는 우리가 지닌 두려움의 일부에 상징적으로 이름을 붙여 준다. 아는 게 없고 또 알 수 있을 것 같지도 않은 다른 성을 접하는 불확실성 앞에서 우리가 취하게 되는 방어/보호 전략들도 은유적으로 묘사한다. 무한하게 팽창하는 이자나기의 남근에 대한 이자나미의 두려움에서 우리는 한 층위에서 임신과 출산의 고통에 대한 원형적인 이미지를 보게 된다. 다른 층위에서는 원형적인 남성성에 있는 '성장과 팽창'에 대한 '무한하고 끝없어' 보이는 에너지에 대한 은유이기도 하다. 정치경제 제국을 세우고 팽창시키며 자연 그대로의 하늘을 가리고 압도하는 건축 양식을 발전시킨 것이 바로 이 에너지이다. 남녀 모두의 정신에 이 원형적인 남성성의 에너지가 있다. 특히 서구의 남녀 각 세대를 분투하도록, 앞 세대를 능가하도록 몰아붙이는 것이 바로 이 에너지이다.

마찬가지로 '이빨 달린 성기vagina dentata'에 대한 이자나기의 두려움은 세상 전반의 여성성의 특질들에 대한, 특히 지구 그 자체에 대한 원형적 상징으로 볼 수 있다. 살아 있는 동안 아무리 넘치는 사랑과 성공을 쏟았다 할지라도 엄연하고 불가피한 죽음으로 자식들을 '집어삼키는' 지구 말이다. 이 이미지는 실제의 선택과 사건이 지니는 특수성에 의해 무한해 보이는 가능성들을 '집어삼키고' '잘라내는' 것을 그대로 반영한다. 정서적인 면에서 본 이빨 달린 성기의 원형은 일부일처제에 대해 아니무스가 느끼는 갑갑함이다. 새롭고 이국적이고 정서적이며 에로틱한 관계를 경험하고 싶은 아니무스의 욕구를 채울 수 없다는 것이다. (이 신화에 담겨 있는 '거세 공포'와 '태모the Great Mother' 원형의 관계는 4장에 좀 더 자세한 설명이 나온다.)

이렇게 성으로 규정된 '타자'에 대한 경험은 늘 바깥에서 이성과의 만남을 통해 일어난다. 그럼에도 불구하고 그것은 주로 내면의 실재가 외부로 투사된 것이다. 우리의 인식을 규정하는 것은 원형적인 에너지들로, 그 안에서 우리와 다른 사람들에 대한 실체가 없는 의견들과 정서적인 반응을 투사해 낸다. 차이는 실제로 존재한다. 하지만 이런 차이에 대한 우리의 반응은 우리 자신의 정신에서 남성성과 여성성의 에너지를 어떻게 내적으로 경험하느냐에 따라 그 모양과 색깔이 정해지고 왜곡된다.

개인의 꿈과 세계의 신화에서는 특정한 인물들이 자주 등장해 우리 마음 깊숙이 '타자'가 어떨 것이란 상징적인 모습을 구체적으로 형상화해 준다. 이자나미와 이자나기는 이런 예이다. 이들 원형적인 인물들이 취하는 행동은 내면 깊숙이 있는 이성에 대한 비밀스런 욕망과 표현되지 못한 감정, 경험에 대한 직관과 바람, 두려움과 환상을 상징적으로 보여 준다고 하겠다. 융은 여성의 내면에 있는 남성성, 또 남성의 내면에 있는 여성성이라는 원형적인 인물들을 각각 아니무스와 아니마라 불렀다.

아니무스와 아니마는 성에 따라 다르게 표현된 라틴어로 '영혼'을, 즉 '여성적인 영혼'과 '남성적인 영혼'을 각각 의미한다. 라틴어 어원 '아님anim-'은 활기와 내면에서 동기를 부여하는 에너지를 의미하고, '동물animal'과 '생명을 불어넣다animate'와 같은 영어 단어에도 나타난다. 때로 이것의 여성형 아니마는 '혼soul'으로, 남성형 아니무스는 '영spirit'으로 번역되기도 한다.

### 성gender과 그림자

고대 일본 신화에서 신들은 이자나미와 이자나기에게 '이성'에 대해 터무니없고 부정적인 공상을 하게 만든다. 이성에 대한 원형적인 이런 이미지가 두려움을 일으켜 자연스런 행동을 방해하는 만큼 이들을 융이 그림자라고 부른 원형적인 에너지를 구체화하는 것으로 이해할 수 있다.

그림자 원형은 꿈과 신화에서 외견상으론 부정적인 인물로 나타나는데, 실은 이들 인물에 꿈꾼 이의 (또는 그 문화의) 삶에서 가장 큰 가능성이 숨겨져 있는 경향이 있다. 이 이야기에서 이가 달린 여성의 성기나 무한히 팽창하는 남성의 성기라는 부정적이고 '그림자 같은' 이미지 안에는 사랑과 성적인 일치, 개인과 종족 전체의 진화 발전이라는 환희가 감춰져 있다고 볼 수 있다. 다른 층위에서 보면 끝없이 팽창하는 남성 성기에는 개인과 사회가 새롭게 쇄신하는 데 필요한 창의적인 가능성 또한 숨겨져 있다. 훨씬 더 깊은 층위에서 보면 이자나미와 이자나기의 두려움이 실체가 없는 것이고 궁극적으로 아무런 근거가 없다는 것은 피할 수 없는 죽음에 대한 두려움에도 불구하고 화해의 가능성이 있음을 암시한다.

이자나기와 이자나미가 두려움을 극복하고 그들의 관계에 ('대낮에 사랑을 나누는') 의식의 확장이라는 은유적인 빛을 가져오지 않는 한 그들의/우리의 이야기는 (심리학 서적에서 흔히 '보존'이라 부르는) 관습적인 반복 속에 남아 아무런 성장과 변화의 가능성도 주지 못할 것이다. 그러나 그들이/우리가 '서로를 분명하게 보게 되면' (투사를 거둬들여 의식 수준에서의 자기인식이 증가하는 것에 대한 또 다른 은유), 삶이라는 드라마 전반이 자유롭게 흘러나와 새로운 형태와 표현을 얻게 될 것이다.

사실 이것이 바로 그림자 원형의 가장 큰 아이러니한 비밀이다. 드러내기 무섭고 부정적인 그림자 형상은 늘 내면에 숨겨진 변형에 대한 긍정적인 에너지와 선물의 가치에 대한 믿을 수 있는 척도이다. 그 이미지가 비참할수록, 표면의 추한 모습 아래 감춰진 선물도 더 크다.

융은 아니무스/아니마와 그림자를 성에 따라 엄격하게 정의했다. 그는 여러 차례 남성에겐 아니무스가 없고 여성에겐 아니마가 없다고 했다. 고전적인 융 이론에서 아니마는 항상 남성 내면의 '여성 혼soul' 이고 아니무스는 항상 여성 내면의 '남성 영혼spirit' 이다. 융은 꿈에 등장하는 그림자는 꿈꾼 사람과 같은 성을 지닌다고 했다.

그러나 모든 원형적인 형상들의 근본적인 본질과 그들이 체현하는 에너지들은 다면적이고 모호하다. 진정한 원형과 원형적인 형상들은 궁극적으로 어떤 형태든 지적인 정의나 카테고리의 경직된 틀 속에 가둬지지 않는다. 모든 원형적인 이미지는 형식상의 정의를 넘어서 점점 더 다면적으로 확장하고 나아가 궁극적으로는 다른 원형으로 변화되기도 하는 등 (적어도 논리적인 걸 좋아하는 사람에게는) 참담한 경향을 갖고 있다. 융은 원형들이 가진 이런 보편적인 행동 유형을 관찰하고 외양상 대극으로 보이는 이런 성질들이 가장 대척점에 있는 것처럼 보이는 순간 갑자기 뒤집히는 경향을 설명하기 위해 헤라클레이토스Heraclitus가 사용한 에난티오드로미아enantiodromia(대립물을 향하는 경향의 법칙)라는 용어를 빌려 왔다.

융은 여러 번 모든 원형이 '양극' 을 가지며 그 안에 '긍정적이고 부정적인, 밝고 어두운, 선하고 악한, 남성적이고 여성적인' , 이중적인 성격을 지닌다고 언급했다. 그는 나아가 원형적인 형태들을 '반대되는, 이분법적인 이미지들' 로 '쪼개어' 인식하는 우리의 성향을 심리적인 (또는 영성적인) 발달과 세련됨이 부족한 증후라고 얘기했다. 또 이런 관점을 뒷받침하기 위해 가부장제 사회와 문화에서는 깊은 의미의 여성성 원형을 양립할 수 없는 순결한 성모와 아주 유혹적이지만 잉태할 수 없는 창녀로 '쪼개어' 나누고, 나아가 살아 있는 복합적이고 다면적인 여성을 이렇게 이차원적이고 전형적인 모델을 따라 살도록 강요한다고 자주 예를 들었다. 내 경험에 따르면 그의 말이 맞다. 그런데 가부장제 문화가 가지고 있는 이런 억압적인 경향은 실제로 여성들이 지닌 정서적이고 직관적이며 육체적인 면을 인정하여 그것을 창의적으로 표현하지 못한 직접적인 결과이다.

나는 아니무스와 아니마 그리고 그림자를 성과 결부된 배타적인 카테고리로 엄격하게 나눈 융 자신의 경향이 신경증적인 '쪼개기'와 정확하게 같은 현상이라고 본다. '남성은 아니무스가 없다', '여성은 아니마가 없다'는 융의 주장은 이런 원형적인 경향의 또 다른 예이다. 그건 모호한 원형의 에너지를 해결하지 못해 생긴 불안 앞에서 그 이미지들을 이분법적이고 상호 배타적인 대극으로 임의적이면서도 왜곡되게 '짝을 지운' 결과이다. 꿈과 환상에 등장하는 그림자 원형이 항상 꿈꾼 사람의 성과 같다고 되풀이 해서 주장한 것도 같은 왜곡의 결과이다. 더 신나는 진실은 우리는 하나가 없이 다른 하나만을 가질 수 없다는 것이다. 왜냐하면 이들이 말 그대로 같은 에너지의 다른 얼굴이기 때문이다. 인류가 겁에 질려 보편적으로 보이는 다면적인 원형의 이미지를 '쪼개고' '짝짓는' 경향은 융 심리학자들이 일반적으로 '무의식'에 숫자 2를 붙이는 이유 중 하나이다.

이자나미와 이자나기 둘 다 그리고 성을 지닌 남신과 여신들까지도 아니마와 아니무스 인물들로 볼 수 있다. 이들은 구체적인 상징의 형태로 우리가 내면에서 주관적으로 체험하는 이성에 대한 보편적인 혼란스러움과 직관을 나타낸다. 동시에 조금 다른 각도에서 보면 이들은 그림자와 트릭스터 원형의 예로도 볼 수 있다. 한편으로는 관계와 성적인 만남이라는 선물을 둘러싼 어둡고 비이성적인 두려움과 의심을 나타내면서, 또 한편으로는 우월해 보이는 압도적인 권력과 독단적인 권위에 대한 저항을 장난끼 넘치면서도 놀랄 만한 예상 밖의 효과로 실현하고 있기 때문이다.

## 원형과 고정관념

융이 공식화한 아니무스와 아니마와 그림자는 본질적으로(그리고 내 생각에는 대부분 무의식적으로) 인습적이고 남성 우월적이다. 융은 이들을 전통적으로 이성애자인 남성과 여성이 경험하는 심리 영성적인 실재로 설명하고 있어서, 다른 사람들이—레즈비언이나 남성 동성애자들, 양성애자나 성전환자 등—경험하는 현실은 제대로 설명하지 못한다. 융 자신도 무의식적인 성별 고정관념의 희생자였다. 그의 재능 있고 감수성이 뛰어난 학생들과 후학들 대부분이 여성이었고, 또 그의 사생활을 자세히 들여다보면 그 또한 자신이 살던 시대의 일반적 풍토인 남성 우월주의적인 성차별에 동참한 것 같다. 그러나 동시에 현대인들의 삶에서 여성성을 재평가하고 재건하는 발판을 마련하기도 했다.

훨씬 더 중요한 것은 꿈과 신화에 나오는 복잡한 성에 대한 이미지가 그가 제안한 엄격한 공식과 부합하지 않는다는 사실이다. 이런 이유에서 우리는 이들 원형에 대한 묘사와 정의를 다시 만들어 정상인들이 체험하는 다면적이고 복잡한 성적 관계들을 보다 적절하게 반영하도록 해야 한다.

이성애자 남성들의 꿈 세계에서조차 "남성에겐 아니무스가 없다"는 융의 독단적인 주장은 전혀 들어맞지 않는다. 성숙한 남성 원형 체험의 기본적인 본성은 궁극적으로 이성애자 남성에게도 불가사의한 것이다. 남성들의 꿈에도 "남자가 된다는 게 정말 무슨 의미인지"에 대해 자신들 고유의 깊은 곳에서 아직 실현되지 못한 감정들과 직관들을 체현하는 신비한 남성들이 등장한다. 내가 보기에 이들 인물들은 이성애자 여성의 꿈에 등장하는 남성 인물과 마찬가지로 '아니무스'라 불릴 자격이 충분하다.

원형적인 여성성에 대한 궁극적인 미스터리도 마찬가지이다. 요즘 여성들의 꿈에도 여성성과 '여신'과 맺고 있는 관계가 진화하는 것을 체현하는 여성 인물들이 정기적으로 등장한다. 이 인물들도 남성의 꿈에 등장하는 여성처럼 '아니마'란 이름의 정의에 잘 들어맞고 또 그렇게 불릴 자격이 충분하다.(태모 원형에 대한 설명은 4장에 보다 자세히 나와 있다.)

아니무스와 아니마의 정의에 대한 문제 전반은 전문 용어를 둘러싼, 상대적으로 사소하고 협소한 학계의 논란으로 치부해도 좋을 듯하다. 문제는 원형적인 유형들에 대한 고전적인 융의 용어들이 공공정책을 세우는 데뿐 아니라 심리치료와 법률적으로 제정신인지, 과실 책임이 있는지, 법적 책임을 질 수 있는지 등을 진단하는 도구로 사용되는 경우가 증가하고 있다는 데 있다. 아니무스/아니마 그리고 그림자와 성을 경직되게 연관시키는 비포용적이고 사회적으로 억압적인 이런 개념이 논의의 여지가 없는 권위와 법과 전문가의 증언이라는 무게와 지위를 얻게 되면 개인과 사회 전반에 미치는 부정적인 영향은 크게 증가할 것이기 때문이다.

키나 머리 색깔, 몸무게가 '정상성'과 '제정신'의 기준이 될 수 없는 것과 마찬가지로 전통적인 이성애적 욕망과 행위가 그런 기준이 될 수는 없다. 체형과 지능, 음악적인 재능, 손재주 등의 '정상' 범주가 아주 넓은 것과 마찬가지로 성과 성적 정체성의 범위도 아주 넓다. 인간의 체험은 어떤 평균이나 고정관념으로 포용할 수 있는 것보다 훨씬 더 다양하다. 이런 다양성은 꿈의 현상학과 전 세계 신화와 신성한 이야기에 반복해 나타나는 형태들에서 증명된다. 동시에 이런 반복되는 원형적인 유형들에는 우리가 깊은 차원에서 공유한 인간성도 드러난다.

## 잃어버린 '반쪽'에 대한 갈망

세상의 신화에는 종의 분리에서 오는 뭔가 불완전한 느낌과 갈망을 다양한 성 체험과 표현으로 나타낸 이야기가 넘쳐난다. 플라톤이 전하는 디오니소스 숭배 전통의 고대 그리스 신화에서 인류는 원래 '온전한' 존재였다고 한다. 최초의 온전한 존재는 둥근 몸에 팔다리가 여럿이었다고 한다. 양성인 최초의 존재들이 너무나 완벽하고 강력해서 신들이 질투하고 두려워하게 되어 이들을 반으로 쪼갰다고 한다. 그 결과 모든 인간은 현재 절박한 불완전함과 갈망 속에서 영원히 쪼개진 '다른 반쪽'을 찾으며 살게 되었다.

이 신화에서 잃어버려 찾고 있는 다른 반쪽이 동성이건 이성이건 아니면 잃어버린 (신성과의 합일이라는) 온전함을 갈망하는 무정형의 무엇일지라도, 뭔가 불완전하단 느낌과 합일을 향한 갈망은 기본적으로 똑같다. 그리고 신화와 꿈에서 성적인 갈망과 영성적인 갈망은 상징적인 면에서 동일하다. 가려지지 않고 거침없이 드러나는 성적인 이미지들로 신성과의 보다 의식적인 '합일'에 대한 영성적인 갈망을 가리키는 이 원형적인 경향은 열정적으로 서로를 갈구하는 이 보편적인 은유에서 비롯된 것이다.

정결을 장려하는 영성 전통들과 성적인 결합이나 자위 등 모든 종류의 성적인 환상과 표현 전부를 피해야 할 것으로 보는 생각들도 많다. 하지만 이들도 신체적, 심리 영성적인 에너지를 성적으로 표현하는데, 친밀한 인간관계에 '낭비'하지 말고 다른 데로 돌려 신성과 보다 의식적인 합일에 전념하라고 말하는 것은 마찬가지이다. 따라서 성욕을 억압하고 얕보는 정결 전통도 개발되지 않은 인간의 개인의식이 불완전하다는 것을 말하는 것이며, 보다 높은 수준의 깨달음을 개발하는 데 필요한 에너지가 본질적으로는 성적이라는, 똑같은 원형적이며 상징적인 진리를 반영한다. 1장에서 다룬 에로틱한 요소가 두드러지는 사람의 눈을 한 개구리가 나오는 존의 꿈에서 암시했듯이 에로틱한 이미지가 구체적으로 나오는 신화와 꿈은 그 개인이나 집단의 영성적인 깨달음의 진화 발달 단계와 원형적으로 깊이 연관되어 있다.

### 보가드짐브리 형제의 신화

오스트레일리아 북부의 원주민들에게는 '거목처럼 하늘에 닿는 커다란' 보가드짐브리 형제라는, 신이 내려준 쌍둥이에 관한 신성한 이야기가 전해 내려온다. 원시 창조주인 이들 쌍둥이 형제는 대지 모신 딜가Dilga에게서 남성 에너지의 개입이나 도움 없이 태어났다. 그렇게 태어난 이들은 나아가 최초의 인간을 포함한 세상의 모든 것을 창조했다. 처음 창조된 사람들은 성이 없어 아이를 가질 수 없었기에, '목적 없이 떠돌아다녔다.' 그걸 보고 보가드짐브리 형제는 버섯 두 가지로 남녀 생식기를 만들어 떠도는 사람들에게 붙였다.(이들 버섯은 아직도 오스트레일리아 북부에 존재하는데, 실제로 남근과 여성 음부 모양을 닮았다.) 이로써 사람들은 즐길 것과 목적이 생기게 되었는데 동시에 채워지지 않는 갈망도 갖게 되었다. 대부분 버전에서 인간이 두 성으로

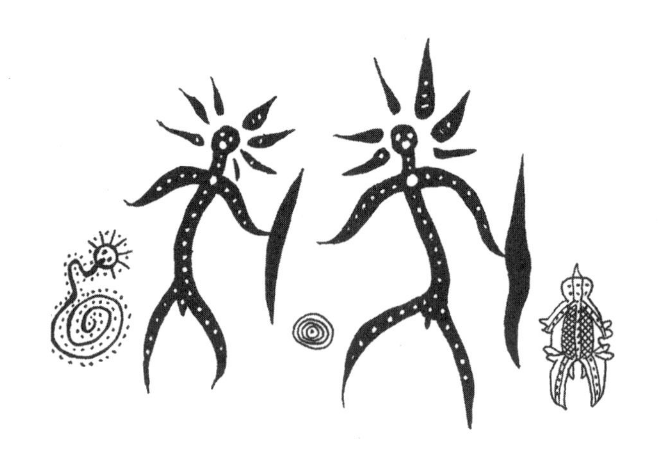

**그림 5** (오스트레일리아) 보가드짐브리 형제가 남자와 여자 사이에 차이를 만든다.(서오스트레일리아 머치슨 강 유역의 와드자리Wadjari 사람들의 스타일)

나눠지면서 처음으로 죽음을 경험하게 된다.(그림 5)

보가드짐브리 형제는 성 에너지와 욕망에 끌린 사람들이 갑자기 허둥대며 부산하게 뛰어다니고 숨고 하는 것을 보고 웃는다. 이들의 웃음소리에 기분이 상한 야생의 고양이 느가리만Ngariman이 발톱을 휘둘러 이들을 베어 버린다. 쌍둥이 아들을 잃은 대지 모신 딜가는 너무 화가 나고 슬퍼서 자신의 젖으로 홍수를 내서 온 땅을 덮어 버리고 모든 고양이 족은 거기에 빠져 죽는다. 이후 딜가는 죽은 두 아들을 살려내어 하나는 거대한 물뱀으로, 다른 하나는 남반구에서 특정한 계절에만 보이는 성운으로 만든다.

## 사랑과 죽음의 원형적인 결혼

성적인 사랑과 죽음 사이의 연결은 아주 뿌리가 깊다. 그건 모든 고등 생물이 성적인 결합을 통해 태어난다는 점에선 아주 당연해 보인다. 임신을 통해 태어난 모든 생명체가 죽는다는 점에서도 그렇다. 이런 의미에서 성과 성적인 표현은 죽음에 대한 '도전'인 동시에 '초대'라고 볼 수 있다. 다른 각도에서 보면 이런 성적인 충동이 일어나는 것과 죽음의 유령 사이의 관계는 그대로 생태적이다. 어떤 종이든 살아남으려면 사망률이 높을수록 더 많이 생산해야 하기 때문이다.(이런 오래된 원형적인 관계에서 보면 전쟁이나 특정한 종류의 끔찍하고 폭력적이며 '병적인' 포르노에 대한 성적인 동기를 이해하는 데 중요한 실마리를 찾을 수 있다.)

지금의 나이지리아에 사는 누페Nupe 사람들은 성과 죽음 사이의 닮은 꼴에 대한 직관을 이렇게 전한다.

누페 사람들이 말하길, 태초에 위대한 신이 거북이와 사람과 돌을 창조하였다. 거북이와 사람과 돌 각각을 남성과 여성으로 만들어 생명을 주었다. 하지만 누구도 자식을 갖지 못했고 대신 늙어도 죽지 않았다. 잠이 들었다 깨어나면 다시 젊어져 있곤 했다.

하지만 거북이는 아이를 낳고 싶었다. 거북이는 위대한 신에게 가서 말했다. "아이가 갖고 싶어요. 아이를 가질 수 있게 해 주세요."

하지만 위대한 신은 말했다. "내가 너희를 창조해 생명을 주었다. 하지만 내가 너희에게 아이를 낳아 나와 같이 되도록 허락하지는 않았다. 아이를 가질 순 없다."

거북이는 풀이 죽고 슬펐지만 말없이 물러났다. 하지만 아이를 갖고 싶은 염원은 사라지지 않았다. 그래서 시간이 얼마 지난 다음 다시 한 번 위대한 신에게 아이를 가질 수 있게 허락해 달라고 청했다. 위대한 신은 다시 한 번 거절했다. 그래도 아이를 갖고 싶은 마음은 사그라지지 않았다. 그래서 한참이 지난 뒤 거북이는 다시 돌아와 세 번째로 신에게 부탁했다. 이번엔 신이 이렇게 말했다.

"너는 늘 이렇게 아이를 갖게 해 달라 조르는구나! 아이를 가지면 얼마 지나지 않아 죽어야 한다는 것을 모르겠느냐?"

"그래도요" 하고 거북이가 대답했다. "그래도 아이를 낳고 그 아이들이 자라는 것을 볼 수 있게 해 주세요. 그러곤 때가 되면 죽을게요." 거북이가 이렇게까지 얘기하자 신은 소원을 들어주었다.**(그림 6)**

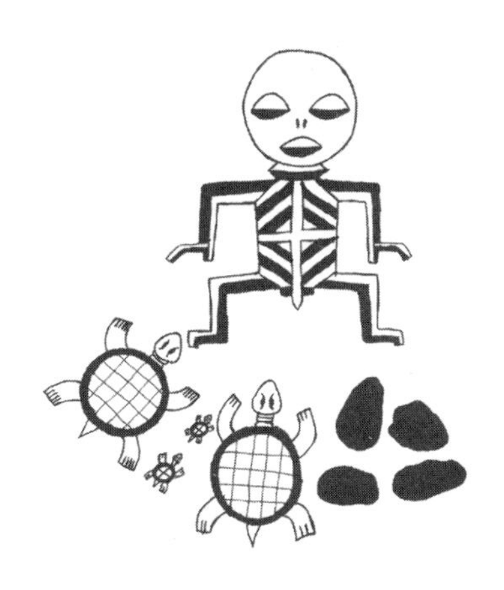

**그림 6** (중앙아프리카) 거북이가 신에게 자식들이 죽게 되더라도 자식을 가질 수 있게 해 달라고 청하고, 돌은 다른 선택을 한다.(나이지리아의 요루바Yoruba 사람들의 양식)

거북이가 자식을 가진 것을 본 사람들도 무리 지어 신에게 자신들도 아이를 가질 수 있게 해 달라고 간청했다.

위대한 신이 다시 말했다. "정말 이해를 못하겠느냐? 아이를 가지면 얼마 있다 너희가 죽어야만 돼. 그 방법밖에 없어!"

하지만 사람들은 굽히지 않았다. "저희도 아이들이 자라는 걸 보게 해 주세요. 그리곤 죽겠습니다!" 그래서 위대한 신이 그들의 소원을 들어주었다.

이렇게 해서 죽음과 어린이들이 세상에 함께 생겨나게 되었다. 돌만이 자식을 원하지 않았고 그래서 결코 죽지 않는다.

캘리포니아의 마이두 족도 성과 죽음이 어떻게 생겨났는가 하는 원형적인 이야기를 비슷하게 전한다. 이들이 오스트레일리아 원주민이

나 아프리카 사람들과 교류한 적은 전혀 없다.

마이두 족의 이야기에선 창조신Earthmaker과 코요테가 태초의 쌍으로 나온다. 창조신은 세상을 돌아다니며 산과 들을 만들고 거기에 온갖 생물과 식물, 영적인 존재들을 살게 하였다. 코요테도 창조신을 흉내 내어 이것저것 만드는데, 창조신의 '완벽한' 작품을 사랑과 죽음이라는 선물/저주의 쌍으로 망쳐 놓을 뿐이다.

처음에 창조신이 말한다. 사람들이 외로워서 아이를 낳으려면 잠잘 때 두 사람 사이에 갈대와 막대기를 놓고 아이가 되라는 명령을 내리면 된다고 한다. 하지만 코요테는 그 방식이 마음에 들지 않는다.

> 잠시 후에 코요테가 입을 열어 그에게 답했다.
> "네가 한 말은 정말 나빠!
> 왜 남자와 여자가 서로 안고 입 맞추도록,
> 서로를 간질여 기분 좋게 해 주지 않는 거지?
> 사람들이 결혼하면, 서로 사랑을 나누고
> 그리고 조금 있다,
> 같이 누워서 기분이 좋아져야지!
> 그리고 사랑 나누기가 끝나면
> 같이 많이 웃고 이야기도 많이 나누어야지.
> 하지만 서로 안지도 입 맞추지도 않고
> 서로에게 화가 난 채 그냥 잠자리에 든다면,
> 그 사람들이 그렇게 한다면, 그건 나쁘지만,

**그림 7** (북미) 코요테와 창조신이 세상이 어떠해야 하는지 논쟁하는 동안 뱀이 지켜본다.

그래도 하는 수 없지!"

창조신은 '여자가 고통받지 않고 아이를 낳을 수 있기 때문에' 자기의 원래 계획이 더 낫다고 말한다. 하지만 코요테는 '여자가 울고 안간힘을 쓰면서 아이를 낳고, 그러다 죽는 아이도 있고 사는 아이도 있는' 자기 방식이 최고라고 물러서지 않는다.(그림 7)

둘은 자기 방식이 더 낫다고 계속 말다툼을 하는데, 코요테의 말이 점점 더 설득력을 얻고 견고해진다. 코요테는 자기 방식이 최고라고 물러서지 않는다. 창조신이 일부일처제를 얘기하면 코요테는 결혼 안에서뿐만 아니라 바깥에서도 여러 사람과 성관계를 할 수 있어야 한다고 맞선다. 성관계에서 오는 생명력과 다시 젊어지는 기분을 옹호하는 것이었다.

코요테가 그렇게 말했다.

"지도자라면 뭐가 좋은지 말해야지!

하지만 창조신 넌

인간의 만족이나 기쁨을 위한 말은 하질 않아.

하지만 난 남자들이 웃을 줄 알고

행복하며 스스로에게서,

또 자기가 아끼는 여자에게서 기쁨을 느낄 수 있는

세상을 얘기하잖아.

그러면 노인도

젊은 여자와 연애도 하고 즐기면서

다시 한 번 젊어지는 기분을 느낄 수가 있지.

여자들도 마찬가지고.

난 정말 위대해

내 생각이 정말 맘에 들어!"

그러자 창조신은 아무 말 없이

속으로 생각했다.

"너 코요테, 내가 하는 일마다 나를 넘어서는구나.

그럼 내가 다른 말을 더 할 필요 없이

세상에 죽음이 있으라!"

창조신은 말없이 떠나며 '개울 양쪽에 속새 두 그루'를 남긴다. 코요테는 자기가 만든 세상을 즐기며 돌아다닌다. 그러다 목이 말라진 코요테는 아들에게 물을 떠오라고 시킨다. 하지만 창조신이 물가에 놔 둔 속새가 방울뱀으로 변해 아이를 죽여 버린다.

그러자 코요테는 울부짖는다.
"내가 다시는 그런 말 안 할게.
돌아와! 세상에 죽음 따윈 없게 해 줘.
아들을 살려 줘.
돌아와! 그런 말 다시는 안 할게.
이제부턴 네가 시키는 대로만 할게."

코요테가 위대한 신을 뒤따라갔지만,
신은 아무런 관심을 보이지 않고 자기 일만 했다.
신을 결코 따라잡을 수가 없어서,
코요테는 등을 돌려 되돌아왔다.

"나는 지금 너무 슬퍼." 그가 말했다.
"그를 이긴 적이 얼마나 많은데
나한테 이런 일을 했네. 내 아이를 죽였어!"

코요테는 가던 길을 멈추고 말했다.
"이제 더는 뒤쫓지 않겠어.
결코 따라잡지 못할 거야."

이런 종류의 이야기는 세계의 신화와 민담에 차고 넘친다. 사랑의 어두운 면은 두려움과 슬픔과 죽음이다. 인간들은 죽음과 죽음의 위협 앞에서 성욕을 더 크게 느끼도록 타고난 것 같다.

### 반대 성향의 '쌍' 들과 인간의 의식

이 이야기들 모두는 앞에서 잠깐 언급한 숫자 2에 담긴 원형적인 특질을 암시한다. 이처럼 숫자 근원과 창조에 관한 숱한 이야기들에서 사랑과 죽음은 함께 만들어졌다. 그리고 만물을 만드는 사람이나 창조신은 둘이다. 한 층위에서는 남과 여라는 이성애의 '쌍' 사이에 있는 창조적인 잠재력을 상징적으로 나타낸다. 또 다른 층에서는 숫자 자체에 담긴 원형적인 상징도 있다.

또 다른 층위에서 '둘' 과 '쌍' 의 등장은 이전엔 완전히 무의식적이던 원형적인 내용물들이 겉보기에는 대극적인 형태로 의식에 등장하고 있는 경향의 예이다. 융은 "2는 무의식의 숫자" 라고 즐겨 말했다. 하지만 예전엔 무의식에 있던 내용물이 의식으로 등장하는 것을 상징하는 숫자라고 얘기할 수도 있다.

위에서 언급했듯이 원형적인 재료가 인식될 때 적어도 처음에는 선/악, 어둠/빛, 위/아래, 뜨겁고/찬, 젖은/마른, 신성한/악마의 등으로 대립되거나 서로 배타적인 정반대의 것으로 인식되는 성향이 있다. 실제로 원형적인 에너지들은 그 자체가 이렇듯 이분법적으로 보이는 인식의 장을 형성한다. 따라서 진정으로 원형적인 에너지들은 결코 '대극 opposites' 으로 나눠지거나 분리될 수 없다. 원형에 관한 뛰어난 낭만

시인이었던 윌리엄 블레이크는 "대극적인 것들이 정말로 상반되는 것은 아니다"라고 했다.

도교의 고전적인 음/양 이미지(☯)도 이런 원형적인 지혜를 보여주는 예이다. 까만색 '올챙이'에는 늘 하얀색 눈이, 하얀색 올챙이에는 까만색 눈이 있다. 그래서 마치 천년왕국을 믿는 이들의 환상에서처럼 선이 악을 완전히 정복하는 식으로 누군가 이 둘을 억지로 떼어내 하나를 버리더라도 남은 반쪽 안에는 상대되는 것을 다시 키울 수 있는 싹을 가지고 있다.

### 영성의 기하학

숫자 2는 무의식적인 태초의 단일함이 (압도적으로 여성적인 0과 압도적으로 남성적인 1로 상징된다) 서로 대극되는 것처럼 보이는 것들 사이의 긴장을 나타내는 둘로 처음의 분리를 상징하는 숫자이기도 하다. 양립할 수 없는 대극에 대한 이런 인식이 잘못된 만큼 2는 무의식의 숫자이다. 하지만 무의식에 있던 자료가 처음 의식에 등장할 때 겉보기에 대극적인 것들 사이의 긴장으로 인식하는 것이라면 그때 2는 자기인식이 등장하고 있음을 가리키는 숫자이다.

2가 지니는 이런 원형적인 성질의 결과 중 하나는 양립 불가능한 것들에 대한 용어와 정의에 의존하는 정치 · 경제 · 사회 · 문화적 논쟁들에 불가피하게 무의식성과 자기기만의 위험이 가득하다는 것이다. 그리고 그런 논쟁들은 편집광적인 열정과 성실함이 따를 때조차 (그리고 특히 그럴 때) 예상치 못한 끔찍한 역효과를 자주 낸다는 것이다. (심리 영성적인 것은 말할 것도 없고) 경제·정치적인 지혜는 문제를 해결하는 데 '미덕'의 승리 이상의 뭔가를 필요로 한다. 신약에 나오는 "악에 저항하지 마라"는 파격적인 설교에 담긴 깊은 의미에 대한 아주 중요한 실마리가 여기에 있다고 나는 믿는다.

동시에 2는 일반적으로 특히 시간을 선형적으로 경험하는 데서 선형성의 숫자이기도 하다. 두 점이 있으면 직선이 만들어진다. 이 '선'은 선형적인 사건들에 대한 상징으로 '얼어붙은 과거'에서 '불가피한 미래'로 꾸준히 움직여 간다. 신화나 꿈에서 2가 등장하면 시간의 실마리라고 믿어도 좋다.

대극으로 인식된 것들 사이의 상호작용에서 모든 경험과 역사의 현상이 만들어진다. 도교와 힌두교와 불교를 믿는 사람들은 이런 대극들의 작용을 줄여서 '만 가지 것'으로 부르는데, 그건 실제로 가능한 모든 현상을 나타낸다. 이런 의미에서 의식이 세상으로 나타나는 것에 대한 공식은 0=1=2=10,000이다. '깨달음'을 얻으려는 동서양의 많은 명상 수련들은 이 공식을 되돌려 10,000=2=1=0임을 경험토록 하는 것으로 구성되어 있다.

전통적이고 비기술 사회에 전해 오는 신성한 이야기에서 세상과 사랑과 죽음의 탄생이 대극적으로 보이는 두 힘이나 신성의 인물들 사이의 상호작용으로 이뤄진다. 이들 이야기와 신성한 에너지는 대개 겉으로 보이는 모습 바로 뒤나 그 너머에 '늘 존재하는' 것으로 믿어진다. 이렇게 이들 이야기는 다양하고 복잡한 현상을 뒤집으면 영원히 하나되는 체험이 있다는 약속을 내놓는다. 코요테는 아이를 잃은 슬픔과 아픔 그리고 창조신을 결코 따라잡을 수 없다는 걸 의식에서 받아들이면서 어떤 영성적인 깨달음을 얻는다. 그것은 불완전하지만 진화하는 의식으로 인해 신과 멀리 있으면서 동시에 가까이 있다는 깨달음이다.

이야기에서 창조신이 물가에 두고 간 갈대가 방울뱀으로 변해 코요테의 아들을 죽인다. 뱀이 창조된 방식이 원래 창조신이 제안한 방법 그대로였음도 주목할 필요가 있다. 코요테의 어떤 '기발함' 도 겉으론 이기는 것 같았지만 창조신의 원래 계획을 바꾸지 못했다.

바로 이 아이러니 속에 창조신이 원래 했넌 불멸의 약속은 이뤄지지만 코요테가 기대한 방식은 아니었다는 것이 내포되어 있다. 창조신이 원래 명령한 대로 갈대는 살아 있는 생명, 방울뱀으로 변한다. 그건 창조신이 원래 애기했던 대로 '갈대와 막대' 로 변해 '아이가 될 것' 이라고 한 것과 맥을 같이한다. 그래서 죽음이라는 현실과 전망 앞에서 두려워하고 슬퍼하는 코요테의 (그리고 우리의) 비극적인 드라마의 중심에 불멸과 재탄생의 약속이 있다.

지혜로운 친구 하나가 즐겨 하는 말이 "우리가 생각하는 우리는 죽지만, 우리는 우리가 생각하는 이가 아니다"이다. '둘-임' 은 끝없이 반복되는 이 드라마 전체를 체현하고 암시하는 원형적인 은유이다.

### 생명수

이 신화들은 자연에 생명을 주는 물 특히 빗물, 강물, 시냇물 등의 신선한 물과 인간의 몸에 필요한 분비물—젖, 침, 피, 정액뿐 아니라 눈물과 땀, 오줌 등—사이에 있는 원형적인 울림을 보여 준다. 또 비와 눈물을 유사하게 보는 원형적인 경향이 강한 편이다. 기계를 쓰지 않는 농경사회에서 다산을 위한 의례를 행할 때 비를 내리게 하려고 '신과 여신들'을 감동시켜 격렬한 섹스를 하게 하고 눈물을 흘리게 한다.

예를 들어 고대 중국의 기우제에 알몸의 남자들과 여자들이 편을 나눠 서로 싸워 신이 '눈물을 흘리도록' 하는 의례가 있었다. 고대 중국의 신탁이라 할 주역에는 "남녀가 정精(문자 그대로 '정액')을 섞으면 만 가지 것이 생겨난다"고 적혀 있다. 위에서 언급했듯이 '만 가지 것'은 모든 물리/현상계를 가리킨다. 겉보기엔 분리된 것처럼 보이지만 대극끼리의 끌림과 상호작용을 통해 삶의 모든 사물과 체험을 만들어 내는 과정을 말하는 것이다.

인간은 원형적으로 대극적이고 분극화된 힘을 힘과 성 사이의 갈등과 긴장으로 상징화하려는 경향을 타고났다. 온전함에 대한 심리 영성적인 직관과 이를 충족하려는 허기는 모두 깊은 곳에서는 성적인 갈망으로 비유된다. 그런 갈망은 성을 지닌 모든 존재에게서 본질적으로 같다. 이 욕망을 충족시키려는 데 대한 가장 흔한 원형적인 은유들 중 하나는 정력적이고 나른하면서도 절정에 달하는 성적 결합이다.

이 같은 기본적이고도 끊임없이 반복되는 은유들은 영성적인 갈구의 색조를 띠든 성적인 욕망이나 거부의 에너지로 가득하든 인간 활동의 모든 면에 영향을 미친다. 누군가 다른 사람과 정서적으로 또 성적으로 아주 친밀한 관계를 맺게 될 때마다 (많은 경우 무의식적으로) 영성적인 충족에 대한 갈망들도 활성화되고 에너지를 받게 된다.

특히 낭만적인 사랑은 육체적이고 낭만적인 관계 안에서 경험하는 모든 욕망을 투사하도록 한다. 왜 그토록 많은 낭만적인 만남이 실망으로 끝나는 비극을 되풀이 할까? 주된 이유 가운데 하나는 이런 영성적인 갈망의 요소가 무의식적으로 남아 개인의 일상에서 충족되지 않아서이다. 낭만적인 사랑에 빠졌다가 격렬한 실망 속에 헤어지는 많은 연인 대부분은 '사랑에서 벗어나게 된' 진짜 원인이 상대가 적절하지 않기 때문이 아니라 신성에 대한 커져 가는 갈망이 순전히 개인적이고 심리 정서적이며 육체적인 관계 안에서 충족되지 못한 때문이라는 것을 깨닫지도 못한다.

개인이 맺는 관계는 신성이 지니고 있는 의식적인 깨달음에 가까이 가려는 각 개인의 탐색을 지탱해 주는 기반이자 그릇이다.(혹은 그렇게 될 수 있다.) 정결을 영적인 수양으로 삼는 데 주된 문제는 사랑의 문제를 점점 더 임의적이고 진정하지 못한 '일반화된' 형태로 만드는 경향이 있다는 점이다. 내가 만나 본 진정한 영적 정결을 지키는 사람들 대부분은 그런 영적인 깨달음을 정결 '때문'이 아니라 정결에도 '불구하고' 얻은 것이었다.(이것이 편향된 표본이라는 걸 인정하지만 말이다.) 내가 볼 때 영적으로 깨어 있는 사람들 다수는 파트너와 정서적으로 또 성적으로 관계가 점점 더 깊이 복잡하고 강렬해지는 데서 깨달음을 얻었다. 자신의 진정한 성을 발견하고 창의적으로 표현하는 과정은 그 자체로 신성에 대한 깨달음을 높이는 초대이다.

여기에 기본 진리가 있다. 자신이 성적으로 어떤 사람인지 조금은 알고 의식에서 성욕을 스스로 통제할 수 있는 게 진정한 심리 영성적 인 발달을 위해서는 절대적으로 필요하다는 것이다. 하지만 이 단순한 진리를 과장해 정결을 지키는 것이 영적인 발달에 필요하거나 더 우월하다고 주장하는 것은 억압적인 남성의 지배를 강화하기 위해 집단에서 이런 진리를 경시하거나 왜곡시키는 것이다. 내 경험으로는 정결이 영적인 행로에서 더 우월하다고 믿을 이유가 하나도 없다. 여성이나 성적 소수자가 신부 등의 성직자로 서품받을 수 없다는 것도 마찬가지이다. 양쪽 모두 본질적으로 억압적이며 불행하게도 자기 자신과 신성에 대해 더 큰 깨달음을 얻으려는 수없이 많은 사람의 진지한 노력을 왜곡하고 있다.

### 꿈속에서의 성gender

꿈속에서 이성은 흔히 정신에서 진화 중인 에너지를 상징하는데, 이 에너지는 성격과 인격이 좀 더 성장하고 발달하는 데 절대적으로 필요한 것이다.

자기 일에서 아주 성공한 50대 초반의 남자가 나눈 꿈이다.

> 놀랍게도 딸의 대학 때 친구인 자그만 중국계 여자가 관광버스를 운전하고 있다. 나는 내가 운전하고 있던 지프에서 내려 버스에 올라탄다. 맨 앞자리에 앉는데, 그 자리는 젊은 여자 운전자와 복도를 사이에 두고 오른쪽이다.
>
> 관광 코스는 대부분 바다가 내려다보이는 절벽을 따라서 간다. 길이

똑바른 곳에서 그 젊은 여자는 나를 보고 웃으며 가볍게 이야기를 나누지만, 커브가 나오면 운전에 집중한다. 버스는 (내가 제일 좋아하는 휴가지인) 그리스와 (지금 살고 있는 곳인) 캘리포니아 북구, 어려서 할아버지 할머니와 살던 뉴욕 주의 시골길을 연이어 빠르게 지나간다. 꿈에서 나는 그녀가 작은 몸집으로 좁고 꼬불꼬불한 길로 버스를 몰아야 하는 데도 재치 있게 농담을 하는 모습에 깊은 인상을 받는다. 얼마나 애를 써서 운전을 하는지 길고 검은 머리카락이 자꾸 얼굴로 떨어지고 또 떨어진다. 검은색 커다란 운전대에서 손을 뗄 수가 없어 머리카락을 입으로 불 수밖에 없다.

이 짧은 꿈에는 몇 가지 원형적인 에너지가 되풀이되고 있다. 그중에서 가장 중요한 것은 젊은 여성의 이미지인데 깨어 있을 때 잘 아는 사람이 아니다. 그 자체로 그녀는 그의 정신에서 새롭게 등장하는 측면들을 투사하고 있는 인물일 가능성이 아주 크다. 깨어 있을 때 잘 모르는 사람들은 일반적으로 꿈에서 꿈꾼 사람의 정신에서 통합되지 못한 에너지를 나타내는 인물들로 등장한다. 아는 게 거의 없어서 투사를 방해하거나 흐릴 정보가 별로 없기 때문이다. 여기서 이 젊은 여성은 진화하는 아니마에 대한 전형적인 이미지처럼 보인다.

중년이 되어 자식들은 다 자라고 꿈꾼 이는 이제 대학을 졸업하고 결혼하고 직장 생활을 시작하면서 '정지시켜 둔' 정서적인 에너지들과 활동의 가능성에 직면하고 있다. 딸이 성장하면서 자신이 거친 발달단계를 다시 경험하고 있는 중이기도 하다. 부모들은 자신들이 아이에서 성인으로 성장 발달하는 동안 겪은 드라마를 자식들이 성장하면서 같은 발달상의 중요한 이정표를 지날 때 다시 경험한다. 발달의 각 지점마다 부모들은 자신들이 겪은 갈등과 선택, 성공의 기쁨과 실망에 대한 의식과 무의식의 기억들을 다시 직면하게 된다.

이 꿈에서 젊은 여성이 어린 시절부터 현재까지 꿈꾼 자신의 삶에서 중요한 몇 군데 장면을 하나의 '여정'으로 묶어 짧은 '관광'을 시켜 준다. 이 관광에 '그리스'가 특별히 포함되는데 그리스는 그에겐 여전히 낭만으로 가득한 곳이다. 그곳에서 그는 미국이라는 습관적이고 익숙한 환경에서 자신을 좀 더 제대로 표현하고 자신의 생각과 감정들을 광범위하면서도 일관성 있게 바라볼 수 있었다.

깨어 있을 때 꿈꾼 이는 세상에 존재하기 위한 자신의 경력과 방식들을 변화시켜야 하는데 이런 변화를 자신이 잘 다룰 수 있을지 완전히 확신하지 못한다. 이런 층위에서 꿈은 자신이 말로 표현하지 못한 질문에 자신의 능력과 정서적인 면에 대한 긍정적인 대답을 준다. 작지만 젊은 아니마/여성은 강하고 단호하고 또 '버스를 운전'하는 힘든 임무를 능숙하게 해낸다.

꿈에서 탈것은 종종 꿈꾼 사람이 가진 삶에서의 관계에 대한 은유이다. '버스'를 타기 위해 꿈꾼 이가 길가에 '버리는' '지프'는, 한 층위에서는 '고된 독립'에만 기대고 관심을 갖던 것이 줄어들고 자발적으로 '집단적인' 상호작용을 받아들였음을 가리킨다. 개인적인 교통수단으로서의 탈것은 개인적인 관계에 대한 은유이다. 반면 집단적이고 많은 사람을 태울 수 있는 탈것은 종종 기업이나 기관과 관련된 활동이

나 관계에 대한 은유이다.

신화와 꿈에서 머리카락은 흔히 머리에서 저절로 자라나는 다른 것, 즉 우리의 생각과 의견들에 대한 은유이다. 숨결이나 바람, (눈에 보이지 않는 숨결과 바람을 보이게 해 주는) 연기는 종종 영spirit을 상징한다. 꿈에서 젊은 여성이 뛰어난 유머 감각을 보이고 '눈에서 머리카락을 불어 내는' 묘한 몸짓을 하는 것은 깨어 있을 때의 진지한 태도와 지적인 능력을 수정할 필요가 있음을 강하게 암시한다. 그것은 쾌활하면서도 결연하게 정서 생활과 영성 생활에 관심을 쏟으면 바뀔 수 있다. "자신의 길고 어두운 (생각으로) '미래'"를 가리도록 내버려둬서는 안 된다.

신화와 꿈에서 물은, 특히 바다는 감정과 정서 세계에 대한 가장 흔한 은유이다. 이 꿈의 배경인 바다로 떨어질 위험이 있는 절벽 위를 버스가 달리고 있다는 것은 꿈꾼 이가 중년을 맞아 새롭게 관심을 기울이게 된 정서에 휩쓸리지 않으려면 어느 정도의 주의가 필요하다는 것을 암시한다. 호수나 다른 작은 규모의 물이 아니라 '바다'라는 사실은 이런 정서와 영성 세계에 대한 관심이 커가는 것이 개인적인 것일 뿐 아니라 원형적이기도 하다는 것을 암시한다. 중년에 대한 영성적인 각성과 이해는 각자 나름의 구체적인 경험들 속에서 달성해야 하는 것이긴 하지만 모든 이가 치러야 하는 임무이다.

꿈에 등장한 젊은 여성이 아시아계라는 것도 꿈꾼 이의 아니마에 무의식의 에너지가 등장하고 있음을 보여 주는 단서이다. 서구에 사는 사람들에게 동양은 태양이 비치고 깨어나는 활발한 사회이다. 반면 서구는 어둠에 뒤덮여 사람들이 잠들어 있는 곳이다. 이 또한 꿈과 무의식의 에너지를 상징적으로 묘사한다. 서양 사람들이 흔히 '동양적인 사고'가 '불가사의' 하다고 하는 것은 많은 부분 꿈에서 또는 깨어 있을 때 다양한 무드와 갑작스럽게 끼어드는 침입의 형태로 무의식을 만나게 되는 '모호' 하고 '이해할 수 없는' 경험을 상징적으로 투사하기 때문이다.

위에서 소개한 꿈은 내면에서 발달하고 진화하는 여성성의 에너지와의 만남이 상대적으로 밝고 우호적인 경우이다. 하지만 이런 만남이 늘 그렇게 밝고 우호적이지만은 않다.

다음은 안식년을 마치고 신학교로 되돌아가는 해군의 군종 목사가 꾼 꿈이다.

> 버클리 통합신학대학원(GTU)에 있는 새로 지은 큰 도서관이다. 근처에 여자 신학생이 앉아 공부에 몰두해 있다. 깨어 있을 때 이 학생에게 마음을 터놓을 수 있는 상대로 또 성적으로 몰래 마음이 끌렸다고 고백했다. 꿈에서 그는 그녀에게 다가가 말을 걸고 싶은 마음도 있지만 거절당하면 어쩌나 갈등하다 용기를 내어 다가간다. 가는 길에 흘깃 책꽂이 저 위 천장 가까이에 있는 창문이 눈에 들어오고 열람실이 지하실에 있어 깜짝 놀란다. 바깥의 잔디에 선 사람들이 방을 내려다보며 자신을 지켜보고 있다. 그 사람들이 '자신을 엿보며 놀리고' 있는 걸 알고 불안하고 동요되어 잠을 깬다.

이 꿈에서 여자 신학생은 원형적인 아니마가 또 다른 독특하고 구체적인 모습으로 형상화된 예이다. 여기서 그녀는 기분 좋은 관계인 이전 꿈에서와는 대조적으로 감질나도록 가까이 있지만 다가갈 수 없는 그런 인물로 그려진다. 꿈 작업을 하면서 이 목사는 '자신을 내려다보던' 사람들이 '예전의 해군 친구들'과 캠퍼스에서 만난 '열혈 페미니스트들'임을 알게 됐다. 그는 강의실이나 다른 모임에서 만난 '페미니스트들'이 늘 자신을 얕보고 위협하는 것 같았다고 고백했다. 그리고 신학대학원에서 공부하는 동안 새롭게 발견한 여성에 대한 이해, 특히 신의 여성적인 측면에 대해 해군의 동료들이 이해하거나 존중하지 않을 것이란 두려움도 인정했다. 깨어 있을 때 자기 내면에 있는 비판적인 판단 에너지를 남들에게 투사하는 것을 점점 더 많이 인식하게 되었다. 다른 사람들이 자신을 평가한다 싶으면 자신이 그 사람 마음에 들면 좋겠다고 생각하고 있는 것도 알게 되었다. 또 자기를 부정적으로 보는 것 같은 그런 사람들을 (말없이) 혹독하게 비판한다는 것도 알게 되었다. 투사라는 것은 늘 이런 식이다.

안식년을 맞아 공부하는 동안 그가 내면에서 체험하는 정서가 더 의식적이고 생생해졌고 여성과 더 깊이 있고 친밀한 관계를 맺고 싶어졌다. 무엇보다 꿈은 이런 내면의 변화와 성장을 반영하고, 이런 변화가 꿈꾼 사람의 바깥 현실에 미치는 영향이 늘어나고 있음을 반영하고 있다. 이 사람 내면의 비판적인 목소리는 남성성과 여성성의 전형적인 모습을 띤다. 이 인물들은 겉으로 보기엔 서로 대립하고 반목하는 것 같지만, 그의 내면에서 새롭게 등장하는 정서 생활을 비난하는 데는 한편이 된다. 이렇게 대조적으로 보이는 마초 성향의 직업 군인인 해군 장교와 여성 신학자와 성직자들은 성적으로 또 사회적으로 극단의 전형들이다.

전형적이고 구태의연한 이미지들은 꿈에서든 깨어 있을 때든 거의 대부분 억압과 투사와 연관되어 있다. 이자나미와 이자나기의 이야기에 나오는 질투에 찬 신들처럼 이들 '해군 동료들'과 '신학대학원의 페미니스트들'은 정신이 변화하는 것에 반대하는 보수적인 성 고정관념을 가지고 있다. 이들이 보이는 적의와 꿈꾼 이 내면에서 두려움을 일으키고 스스로를 의심하게 하는 것으로 보아 이들은 그림자이기도 하다. 그런 의미에서 이 목사가 겪고 있는 정서적인 딜레마는 일본 신화에 구체화된 원형적인 딜레마로도 볼 수 있다. 사실 그의 꿈은 이자나기/이자나미 이야기와 놀라우리만치 닮았다. 꿈에서 그가 좋아하는 여자 신학생에게 주저하며 다가가는 태도는 어두운 신방에서 이자나미를 원하면서도 두려워한 이자나기의 태도와 본질적으로 같다. 배경이나 등장인물들은 완전히 다르지만 이야기 자체는 보편적인 것이다. 누군가를 좋아하고 사귀고 싶은 바깥에서의 가능성은 자기 탐색이라는 내면의 드라마를 반영한다. 신화에서 암시되듯이 이 장면은 (꿈과, 꿈이 반영하고 명료하게 보여 주는 깨어 있을 때의 상황 둘 다에서) 아마도 꿈꾼 사람이 자기 자신과 그 여성의 감정 때문에 상상하게 된 잘못된 가정보다는 훨씬 덜 위협적일 것이다.

다음은 내가 '쥰'이라고 부르는 여성이 꾼 꿈이다.

고릴라맨과 맨 앞줄에 앉아서

나는 까만 드레스를 입고 무대 바로 앞 첫 줄에 앉아 있다. (요새 사귀고 있는) 스탠이 같이 있는 것 같다. (스탠의 아들) 켄트가 조금 왼쪽에 있고 (내 아들) 알렉스도 가까이에 있다. 막이 오르고 무대엔 흰색과 검정색이 많은 무시무시한 장면이 펼쳐져 있다. 덩치가 큰 남자들이 여장을 하고 있다. 흥미진진하기도 하고 무섭기도 하다. 까만 점박이 무늬에 어릿광대 옷처럼 목주름이 잡힌 흰색 공단 옷을 입은 남자가 인상적이다. 초록의 담쟁이 잎사귀가 내 드레스를 뒤덮기 시작하더니 덩굴손과 잎사귀가 관중석을 향해서도 뻗어 나간다.

다음 장면. 연극의 스타 '악당'이 있다. 고릴라 복장을 한 남자도 덩치가 크다. 그 사람이 관중석으로 내려온다. 좀 무섭다. 괜히 첫 줄에 앉았다, 후회가 된다. 켄트가 겁 먹지 않았는지 살짝 왼쪽을 확인한다. 고릴라맨에게서 눈을 떼지 않으려고 몸을 낮춰 청중을 마주보고 앉는다. 이제 그가 내게로 곧장 와선 너무나 쉽게 날 들어올린다. 걱정이 되긴 하지만 겁이 나진 않는다. 그가 나를 무대 위로 데려간다. 이 사람 진짜 크다! 의상 사이로 그 사람 맨 얼굴이 보이는데 눈이 친절하고 사랑스럽게 생겼다. (짧은 검은 수염이 난) 얼굴도 내겐 매력적이다. 그 사람이 내 이마인지 뺨에 아주 잠깐 부드럽게 입을 맞춘다. 남들이 보지 않았으면 하는 게 분명하다. 그 사람이 맡은 역과는 어울리지 않는 짓이었다.

나는 갑자기 아주 편안해지면서 두렵지도 않다. 정말 제대로 보살핌을 받고 있는 느낌이고, 다음 장면이 기다려진다.

아주 평화롭고 기분 좋게 깨어났는데, 아침 내내 그 느낌이 사라지지 않았다.

참고: 그 남자 키가 진짜 크다. 2미터가 넘는 게 프로농구 선수라 해도 될 것 같았다.

여기서는 본질적으로 같은 원형 드라마가 이성애자 여성의 관점에서 펼쳐지고 있다. 제대로 성숙하려면 모든 남자는 자기 정신에서 여성적/정서적/비이성적/관계적/아니마 측면을 창의적으로 받아들여야 한다. 마찬가지로 모든 여성은 각자 자신의 남성적/강한/선형적/과단성 있고/아니무스 측면을 파악하고 수용해야 한다.

꿈의 첫 장면에서 꿈꾼 사람은 '제일 앞줄'에 앉아 있다. '앞줄'은 여러 가지를 가리킨다. 한편으로는 '가장 중요한 주제'를, 다른 한편으로는 (발달의) '바로 다음 단계/무대'를 가리킨다. 계층 간 이동에 대한 준의 태도를 암시하기도 한다. '앞줄의 자리'는 제일 비싸고 좋은 자리이며, 돈이 있는 사람들을 위한 예약석으로 지정되어 있다.

고릴라맨이 그녀를 앞자리에서 '무대'로 옮겼을 때, 꿈꾼 사람이 의식에서는 두려워하고 염려하는, 아니무스 에너지를 이해하고 사람들 앞에서 표현하는 문제가 무의식에서는 준비되어 있었음을 가리킨다.

보다 집단적인 수준에서 보면, 처음 배경은 꿈꾼 이가 내면에서 개인적으로 남성성의 에너지들을 다루고 있는 것이 사회 전반에서 작동하고 있는 더 큰 규모의 '성별 간 전쟁'의 원형적인 힘들과 공명하고 있음을 암시한다. 개인적이면서도 집단적인 수준에서 '무대 위의 드라마'는 '무시무시해—흥미진진하면서 동시에 무섭기도 해' 보인다. '검정색과 흰색 의상'을 입고 등장한 덩치 큰 남자들은, 적어도 한 층위에서는, 남녀 간의 또는 사람들 간의 관계를 제한하고 한정 짓는 성과 사회 계층 문제를 보는 경직된 (인습적인) 흑백 논리에 대한 은유이다. 창의적인 표현에 대한 인습의 태도이자 그것으로 생계를 꾸릴 수 있느냐 하는 모호한 태도에 대한 암시이기도 하다.(배경은 '무대 공연'이다.)

이야기에서 '점박이 어릿광대 깃'이 달린 의상이 특히 두드러지는데, 마치 판탈롱이나 실비오, 상사병에 걸린 할리퀸과 같은 슬픈 어릿광대가 현대화된 것과 같다. 르네상스 연극에서 사랑하는 사람한테 버림받는 원형적이고 양성인 이들 남성 연인은 보다 공격적이고 마초인 남자들에게 사랑하는 사람을 빼앗기고 만다. 그건 사회 인습 때문이기도 하지만 또 한편으로는 이들의 원대한 열정과 섬세한 감수성에도 불구하고 성숙한 이성애적 남성성을 온전하게 얻는 데 필요한 담대함과 강인함이 부족하기 때문이다. 이들 '의상극'들은 신화와 마찬가지로 극장에서 상연되는 단순한 이야기가 아니다. 이들은 매 순간 개인의 정신과 사회에 존재하는 원형적인 힘들과 상황들을 보여 준다.

정서적으로 예민하면서도 현명하고 강한, 협조적이면서 과단성 있는, 온화하면서 단호한 남성성의 에너지에 대한 여성성의 갈망은 남녀 모두에게서 오래되고 깊다. 명쾌함과 힘이 없는 감수성은 정서적인 자기인식이나 표현이 없는, 힘이나 확고부동한 결단력과 마찬가지로 궁극적으로 불완전하고 만족스럽지 않다.

준의 꿈은 구체적이다. 꿈에서 다루는 문제는 그녀 자신과 아들과 연인, 연인의 아들 등 그녀의 삶에서 친밀한 남성 모두를 포함하고 있다. 이름도 얼굴도 없는 마스크를 쓴 또 다른 남자들은 꿈이 다루는 것이 단순히 개인적인 문제가 아니라 보다 크고 일반적이며, 추상적이고 집단적인 수준도 갖고 있음을 가리킨다. 이런 의미에서 이들 등장인물은 군종 목사의 꿈에 나와 집단적인 층위의 의미를 나타냈던 '창가의 구경꾼들'과 비슷하다.

준이 입은 검정색 드레스는 깨어 있을 때 그녀 자신의 일방적이고도 의식적인 자아, 즉 성과 계층에 따른 고착된 역할 게임에 참여하고 있는 그녀 자신의 페르조나persona를 나타낸다. 융은 페르조나란 용어를 모든 사람이 사회적인 상호작용에서 입는 '가면'이라는 원형적인 형태로 사용했다. 우리가 입는 옷과 헤어스타일은, 꿈과 깨어 있을 때 모두, 내면의 생각들과 이상, 자기 자신에 대한 정의 등을 반영한다. 신체의 세부 사항들은 늘 상징적으로 중요한 의미를 지니며 우리 각자가 지닌 페르조나라는 원형의 '빈자리를 채운다.'

깨어 있을 때 꿈꾼 이는 실제로 아주 우아하고 유행에 민감하다. 모임에 따라 옷차림도 편하게 바뀐다. 장소에 '맞는 옷'을 입고 이 모임에서 저 모임으로 갈 때 '겉모습'을 완전히 다르게 하려고 세심하게 신경을 쓴다. 서로 다른 '세계들'이 뒤섞이지 않고 떨어져 있도록 하려는 것이다.

이런 층위에서 '납치되어 무대로 끌려간' 것에는 다른 개인적인 함의가 있다. 깨어 있을 때 준의 연인인 스탠은 다른 누구보다 재능 있는 음악가이자 작곡가이다. 그동안 스탠은 자신이 작곡한 곡을 무대에서 같이 부르자고 그녀를 설득하는 중이었다. 이에 대한 그녀의 양가적인 감정은 다층적이다. 계층에 민감했던 자랄 때의 환경을 의식적으로 뛰어넘으려 하지만 사회적인 지위를 잃는 데 대한 두려움이 깊다. 또 사람들 앞에 서서 무대 공연을 하는 데 대한 불안도 있다. 꿈은 그녀의 정신에 있는, 스스로에게 동기를 부여하는 강한 남성성의 에너지(그녀가 아직 완전히 신뢰하지 못하는 에너지)가 '무대에 올라가' '공연에 동참할' 준비가 되어 있음을 암시한다. 그것이 대중에게 인정받고 성공하고 싶은 '원시적인' 욕구를 가진 내면의 '고릴라'/아니무스를 받아들임으로써 일어나게 되는 구체적인 일들 중 하나가 될 것임을 암시한다.

공연에 등장한 남자들이, 특히 고릴라맨이 크다는 것은 한 층위에서는 우리 사회에서 남성 지배의 '부풀려진' 압력을 반영한다. 이 이미지에 짜여 들어 있는 연관된 다른 층위의 의미는 어린아이의 삶에 미치는 어른들의 부풀려진 크기와 영향이다. 꿈에서 '거인들'은 자주 어린아이들의 삶에서 부모와 다른 성인들이 미치는 영향을 암시하고 가리킨다. 꿈꾼 사람이 거대한 고릴라맨에게 '납치'되는 것은 그녀가 이제 막 받아들이기 시작한 그녀 자신의 아니무스 에너지의 크기일 뿐 아니라 그녀가 어린 소녀였을 때 그녀 아버지의 '커다란' 실제 크기를 암시한다.

어린 소녀들의 정신에서 자연스럽게 등장하는 원형적인 아니무스 에너지에 특정한 모습으로 각인을 남기는 이는 늘 아버지(혹은 아버지 대리인)이다. 반대로 어린 소년들에게 등장하는 아니마/여성성의 에너지에 처음으로 구체적인 이미지를 부여하는 것은 어머니(혹은 부재한

어머니를 대신하는 다른 나이 많은 여성)이다. 어린 시절 부모와의 관계에서 성장 배경이 만들어지고 성인이 되어 다뤄야만 하는 특정한 성적인/관계에 있어서의 문제가 결정된다.

자라나는 아이와 반대 성의 부모 사이에 수용적이고 긍정적인 성적 끌림이 없으면, 성인이 되어 정서적이고 성적인 관계를 맺는 데 필요한 결정적인 잠재력이 제대로 발달되지 못하고 비뚤어지거나 손상을 입게 된다. 끌림이 너무 강하거나 부적절하게 표현되어도 상처를 입긴 마찬가지이다. 성인이 다뤄야 하는 다른 많은 임무와 마찬가지로, 부모로서 자식을 양육하는 데에도 정서적으로나 몸으로나 균형을 잡고 적절하게 표현하는 것이 필요하다.

쥰의 꿈에 나온 고릴라맨에 담긴 구체적인 함의 하나는 그녀가 자랄 때 아버지가 어떤 '마초' 페르조나/'고릴라' 마스크를 썼고, 또 아버지와 다른 어떤 문제가 있었든 간에 건강하고 행복한 정서와 연결되었다는 것이다.

실제로 '가면' 아래의 짧은 수염을 한 아버지와의 관계에서 그녀가 '신세대 남자들' 보다 마초이고 판에 박힌 '겉모습 아래 착한 가슴' 을 지닌 남자들을 선호하는 이유를 꿈은 분명하게 보여 준다. 뉴에이지 남성들은 여성성을 수용하는 것처럼 보이는 대중적/페르조나 '의상' 을 입고 있다. 하지만 그들의 은밀한 정서 세계는 여전히 뉘우치지 않고 억압적인 성차별주의자일지도 모른다.

### 원형적인 납치

꿈꾼 사람을 들어올려 무대로 올리는 고릴라맨의 행동에는 '납치'의 느낌이 있다. 드레스에서 갑자기 '담쟁이덩굴'이 자라나는 재미있는 세부 사항에서 남성성과 여성성 사이의 균형과 상호적인 사랑, 내면의 온전함에 대한 갈망을 담은 이 드라마에 깊고 원형적이며 신화적인 울림이 담겨 있음을 알 수 있다.

고대 그리스에서 주기적으로 계절이 바뀌는 이유를 설명하는 이야기 중에 모든 살아 있는 것의 태모인 데메테르가 연관된 이야기가 있다. 이야기에서 데메테르의 딸은 영원히 젊고 아름다운 페르세포네이고 올림포스 신들의 왕인 제우스가 페르세포네의 아버지로 나온다. 이보다 이른 시기에 나온 모계전통의 신화에서 페르세포네는 어머니의 딸로 남자의 도움 없이 세상에 났다고도 한다.

헤시오드와 다른 이들이 전하는 이야기에서는 아버지 제우스에게 그림자 같은 아우이자 지하세계의 왕인 하데스가 접근한다. 아내가 없는 하데스는 형에게 (타이탄들과의 전쟁에서 제우스의 편을 든) 지난 시절의 빚과 신세를 근거로 페르세포네를 아내로 줄 것을 요구한다. 페르세포네의 어머니이자 자신의 누이인 (어떤 버전에서는 어머니로 나온다) 데메테르가 결코 자기 딸을 누구와도, 하데스와는 더더욱, 혼인시키지 않을 터였다. 그걸 알면서도 제우스는 동의하고 하데스에게 적당한 때를 보아 페르세포네를 그냥 납치해 힘으로 아내로 삼으라 얘기한다.

어느 날 페르세포네가 시종들과 들판에서 춤을 추고 꽃을 따며 놀고

**그림 8** (고대 그리스) 페르세포네가 하데스에게 납치된다.(도자기 그림 양식)

있었다. 갑자기 페르세포네의 발밑에서 땅이 쩍 갈라지더니 하데스가 깊은 곳에서 뛰어올라 그녀를 지하세계로 데려간다. 데메테르는 딸이 납치된 소식을 듣고 거기에 제우스가 공모한 것을 알게 된다. 그녀는 딸을 자신에게서 강제로 떼어놓은 무자비하고 비정한 남편/형제/아들인 제우스에게 격노한다.**(그림 8)**

슬프고 화가 난 데메테르는 올림포스를 떠나 노파로 가장해 신분을 숨기고 세상을 떠돈다. 그녀가 동물이나 사람 누구에게서도 새 생명이 태어나는 것을 허락하지 않자 모든 식물이 시들어 죽는다. 사람들은 곤궁해져 굶게 되었고 다른 신들의 제단에 놓일 제물도 없어졌다. 데메테르의 '파업' 때문에 올림포스 신들의 삶도 위협받게 된 것이다. 신들은 다 함께 모여 제우스에게 마음을 바꾸라고 간청했다. 페르세포네를 다시 데려와야 데메테르가 다시 지상을 푸르고 비옥하고 생기 넘치게 할 것이고, 그래야 자신들도 다시 한 번 희생 제물을 양식으로 받을 수 있을 터였다.

데메테르는 납치된 딸이 돌아와야만 삶과 죽음이 회복될 것이라며 단호하다. 그래서 페르세포네를 지상으로 다시 데려오기 위해 원형적인 메신저/외교관인 헤르메스가 지하세계로 파견된다. 그는 뛰어난 외교술로 끈기 있게 협상을 해서 결국 사계절을 다시 탄생시키는 타협안을 이끌어 낸다. 하데스의 집에 있는 동안 석류 알을 여섯 개 먹었기에 페르세포네는 여섯 달은 지하세계의 여왕으로 지내고, 나머지 여섯 달은 어머니와 함께 공기와 햇볕이 있는 세상에서 지내게 되었다. 자신의 약속에 충실한 데메테르는 딸이 지하세계로 내려간 가을과 겨울 동안은 생명 에너지를 거둬들이고 페르세포네가 돌아온 봄과 가을에는 다시 풀어놓는다.

표면적으로 납치와 강제에 관한 이 이야기는 부분적으론 가부장제의 선전물 역할을 한다. 오래된 모계전통 사회의 신성한 서사에서 힘 있고 중요한 인물은 모두 여성이었다. 그걸 여성의 삶과 운명이 남성의 우월한 힘에 결정된다는 이야기로 바꿔 놓은 것이다.

이제는 사라져 버린 그리스 펠라스기 족의 서사(들)가 묘사하는 것은 계절에 따라 죽고 다시 태어나는 식물 세계의 순환이다. 이것은 중동에 전해 오는 잃어버린 연인을 찾아 죽음의 여왕인 언니 이리시키갈Erishkigal이 있는 지하세계로 내려가는 이나나Innana 여신의 신화와 궤를 같이한다. 시기적으로 한참 뒤인 로마시대에 나온 잃어버린 연인 에로스/큐피드를 찾아 지하세계로 내려가는 프시케Psyche의 이야기도 십중팔구 이 잃어버린 모계전통의 신성한 이야기의 또 다른 버전일 것이다.(이 신화에서 '마음과 영혼의 내면생활에 대한 지식과 연구'인 심리학psychology이라는 단어가 나온 것은 우연이 아니다.)

하지만 또 다른 층위에서 하데스가 페르세포네를 납치하는 가부장제 버전과 그녀를 구출하기 위해 지하세계로 내려간다는 보다 적극적인 모계전통 버전 모두 성숙한 여성이 되기 위해서는 남성/아니무스 에너지를 정신psyche 안으로 통합해야 한다는 것에 관한 상징적인 이야기들이다. 이렇게 보면 원형적인 처녀/아이인 페르세포네가 자신의 심리 영성적인 깊이로 내려가는 것은 정말 중요하다. 자기 내면의 남성적인/아니무스 에너지를 '되찾고' '풀어놓는' 그런 힘겹고 편치 않은 과정을 겪지 않고선 결코 성숙해질 수도 없고 어머니와 같이 정서적으로나 사회적으로 동등한 성인이 될 수 없기 때문이다.

쥰의 꿈에서 나타난, 그녀의 옷에서 뻗어 나온 '덩굴'은 그녀가 깨어 있는 삶에서 데메테르와 페르세포네의 원형적인 에너지들을 다루고 있음을 나타낸다. 그녀의 문제는 심리 영성적인 '다산성'과 생산성에 관한 것으로 아니무스를 포용하지 않고는 충족될 수 없다. 그것은 어머니로서의 역할을 완수한 후에도 삶을 계속해서 새롭고 신선하고 창의적으로 꾸려 가도록 하는 능력이다.

이들 고대의 신화들과 고릴라맨이 등장한 쥰의 꿈에 구체적으로 표현된 것은 거칠고 강압적이며, 냉혹하고 기만적이고 궁극적으로 강하면서 뭔가를 만들어 내는 힘이 있고 과단성 있는 남성의 정신적인 측면과 어떻게 관계를 맺느냐 하는 딜레마이다. 신화와 꿈 양쪽에 정서적·지적으로 마찬가지의 역설들이 본질적으로 같은 상징으로 공명하고 있다.

원형적인 제우스/하데스의 (논리적이고 선형적이며 결단력 있고 상대적으로 냉정하게 분석하고 분별하는) 아니무스 에너지 없이는, 깊은 정서적 연결과 헌신과 상호 의존에서 오는 모호함은 페르세포네가 어머니와 떨어져 자신의 삶을 세우는 데 방해가 된다. 이 층위에서 '유괴'는 여성이 성인으로서 독립적인 삶을 살기 위해 분리하는 데 겪는 정서적인 어려움들을 그려 준다. 그것은 고통스럽고, 마치 '땅 속에서 튀어나오는' 것처럼 보인다. 하지만 이들은 부인할 수 없는 것들로 영원히 어리기만 한 공주를 혼자 힘으로 당당히 진정한 성인 여왕으로 서도록 해 준다.

이런 층위에서 준의 고릴라맨은 현대판 하데스이다. 자기 삶에서 편안하고 수동적으로 '관객' 역할만 하던 젊은 여성을 개인성이라는 새롭고 보다 독립적인 '무대'로 내보낸다. 원형적으로 비슷한 다른 이야기인 〈미녀와 야수〉에 나오는 미녀처럼, 그녀의 임무는 끔찍하고 파괴적일 수 있는 내면의 남성적인/야수적인 힘을 인식하고 그 에너지를 자기 삶 속으로 통합해 그 힘과 자기 자신 모두를 변모시키는 것이다. 그건 아주 영웅적이고 중요한 행위이다. 역사상 모든 시기에 세상 모든 곳에서 자기의 가장 어둡고 무서운 면들을 받아들이는 행위는 진정한 사랑에 필요한 전조로 인식되어 왔다.

여성에게 그건 상징적으로 아니무스의 납치자/야수를 사랑하는 행위이다. 남성에게는 위험하고 갇히는 것 같고 정서적으로 강제적이고 도덕적인 판단을 내리며, 변형을 가져다주는 추녀/아니마와 헌신적인 관계를 받아들이는 임무로 그려진다.

이를 받아들여 변화하지 못하면 남녀 모두 여러 가지 심리 영성적인 문제와 궁지로 내몰리게 된다. 남성이 성숙하게 아니마를 수용하지 못하면 '돈 후앙' 시나리오의 버전들을 만들어 내게 된다. 이럴 때 심리 영성적으로 상처를 입게 되는데 그 상처는 만족스런 헌신적 관계라는 절정에 도달하지 못하고 끊임없이 이런저런 정서적인/성적인 만남들을 계속하는 모습으로 태어난다. 때로는 정반대의 시나리오로 나타나기도 한다. 외견상으로는 전통을 따라 일부일처제 결혼을 유지하지만, 진정한 '활기'나 정서적인 성장 없이 '혼자 있는 것'에 대한 두려움으로 편의에 따라 지속되는 그런 모습 말이다. 어느 경우든 헌신으로 유지되는 관계에서 깊이 만족하지 못하는 원인은 같은 데 있다. 깊은 감정과 정서가 계속해서 의식적으로 깨어 있는 데 (따라서 관계에 정서적으로 깊이 헌신하는 데) 필요한 여성성의 에너지들을 받아들이고 통합하지 못했기 때문이다. 이들 아니마 에너지들을 통합하지 못한 남성이나 여성들은 정서적으로 깊이 관계를 맺는 것을 진정 만족스런 자기표현이라기보다는 주로 독립에 대한 위협이나 덫으로 경험한다. 아니마에 상처를 입은 남성과 여성은 정서를 깊고 지속적인 감정으로 느끼기보다는 사소하고 믿을 수 없는 '무드'로만 경험한다.

남성과 여성 모두 아니무스를 수용하지 못하면 자신들의 삶에서 가장 중요한 측면들에 대해 끝없이 정서적으로 흔들리면서 스스로의 우유부단으로 고통을 겪게 된다.

## 가부장제에서의 성 역할

우리가 살고 있는 것과 같은 가부장제 사회에서 자란 이들은 어린 시절부터 자신의 성별에 따라 삶의 가능성이 심하게 또 임의적으로 제한된다는 메시지를 받게 된다. 이 메시지는 대개 어머니와 아버지 양쪽에서 처음으로 받게 된다. 드물게, 부모가 깨어 있어 전형적인 성 역할로부터 아이들을 보호하려는 경우에도 모순적으로 아이들은 상대적으로 협소한 계급과 성에 맞는 역할을 따르라는 또래 집단과 학교, 사회의 기대에 훨씬 더 취약하다. 남들과 '다른' 자신들의 성장과정 때문에 또래들과 소외되고 분리되고 싶어 하지 않기 때문이다.

지적이고 예민한 많은 사람들은 남성 우월적인 가정과 사회에서 느끼는 배신에서 오는 고통과 실망으로 남성을 일반적으로 그리고 특별히 불신하게 된다. 뿐만 아니라 자신의 정신에 있는 과단성을 발휘하는 데 필요한 남성성의 에너지들도 불신하게 된다. 그래서 감정과 행동 수준에서 중요한 결정을 내리고 '자신에게 맞는 삶'을 선택하고 누군가를 오래 사귀는 문제에 큰 어려움을 겪게 된다. 이런 아니무스 상처를 가진 여성들이 (또 남성들이) 행정가로 두각을 나타낼 때가 있다. 이들은 외부의 주어진 일이나 가족 안에서 온갖 복잡한 결정을 내리는 데 아주 뛰어나다. 하지만 그런 전체적인 맥락을 스스로 정의하거나 바꾸는 데 혹은 자신들의 삶이나 경력을 궁극적으로 최선이 되도록 방향을 정하는 데 필요한 더 큰 결정을 내리지는 못한다.

뛰어난 행정적인 일처리 능력과 뿌리 깊은 우유부단함이라는 기묘한 결합은 흔히 내적으로나 외적으로 원형적인 남성성을 불신한 직접적인 결과이다. 건강한 과단성에는 어떤 결정을 내리기 위해 언제까지 정보를 모으고, 어떤 결과와 관계에서 정서적으로 어떤 부분에 미묘한 '미해결 부분'이 있는지 살펴보고, 그것이 여전히 불분명할지라도 언제 행동을 취하는 게 적절한지를 명확하게 분별하는 능력이 필요하다. 이것은 본질적으로 남녀 모두에게서 '남성성'의 에너지가 필요한 능력이다.

이들 에너지가 발달할 때 균형이 아주 중요하다. 자기인식이 커질 때 자유와 자율, 스스로 방향을 정하는 능력도 함께 늘어나야 한다. 이런 균형이 없이는 자유롭게 행동하고 표현할 힘이 동반되지 않아 자기인식이 늘면서 스스로를 약하게 만드는 깊은 우울로 치우치게 된다. 반면 반성하는 능력과 자기인식이 깊어지지 않고 자유와 행동하는 능력이 늘어나면 사소한 것에 지나치게 집착하게 될 뿐이다.

### 꿈과 성 해방

슬프지만 분명한 사실은 현대 가부장/산업 사회에서 흔들리지 않고 과단성 있게 종결하고 행동을 취하는 이런 아니무스 능력이 나중의 결과에 대한 걱정이 지나쳐 이상하게 되었다는 점이다. 오늘날 우리가 집단적으로 직면한 정치·경제·문화·생태계의 문제들 대부분은 아니무스 에너지에 상응하는 반대의 원형적인 아니마 에너지들과 균형을 이루지 못하고 기괴할 정도로 과도하게 작동한 데서 기인한 것이다. 관계에 대해 열려 있으면서도 미묘한 전후 관계와 장기적인 결과에 대해서는 생각하지 않은 탓이다. 균형을 잃고 점검되지 않은 아니무스 에너지를 '신뢰할 수 없다'는 것은 너무 분명하게 검증되었기에 많은 사람이 (남녀 모두) 자신들 내면에 있는 남성성의 에너지도 마찬가지로 신뢰할 수 없는 것으로 여긴다.

다음은 아이들을 다 키우고 나서 남편과 별거하고 대학으로 돌아온 매리가 꾼 꿈이다.

수업 대부분이 이뤄지는 대학 빌딩에 혼자 있다. 밤이라 불이 환하게 켜진 교실에 서 있다. 갑자기 체육복 바지와 후드 달린 체육복 잠바를 입은 남자가 권투 장갑을 끼고 춤추듯 섀도우 복싱을 하며 교실로 들어온다. 후드가 얼굴을 가리고 있다. 교실 앞쪽에서 공중에 펀치를 날리며 스파링을 하고 춤을 추듯 움직인다. 겁이 난다. 하지만 곧 여자 혼자 있다는 이유만으로 겁을 먹어야 하는 게 화가 나 침입자에게 소리친다.

"당신 누구야? 대체 여기서 뭘 하는 거야?"

그 소리에 남자가 휙 돌아서 그녀를 마주보고 선다. 권투 장갑을 낀 뭉툭한 엄지로 후드를 뒤로 젖혀 얼굴을 드러낸다. 사람 얼굴만큼이나 큰, 커다란 모기 머리다.

예상치 못한 모습에 너무 놀라 그녀는 잠에서 확 깨어난다.

내가 대학에서 진행하는 모임에서 이 꿈으로 작업했을 때 우리는 거대한 모기 머리를 한 권투선수가 아주 신기하고 특별한 혈통을 가진 원형적인 아니무스 형상임을 이해하게 되었다.

매리는 남성 우월적인 성차별에서 오는 억압과 약탈에 대한 분노를 오랫동안 깊이 간직해 온 열성 페미니스트이다. 꿈을 꾼 무렵 그녀는 자신이 소중하게 여기는 목표들을 성취하는 데 이 깊은 분노를 이용하지 못해 좌절감을 느끼고 있었다. 분노와 의분이 치밀어 오를 때 대개는 안절부절못하고 겁이 나면서 '피가 마르는' 것 같았다.('모기' 이미지에 담긴 한 가지 의미다.)

이 꿈으로 작업을 하면서 그녀는 자신이 해 온 대부분의 페미니스트적인 말들과 단체 활동이 '섀도우 복싱'에 불과했다는 것을 깨달았다. 그것을 깨닫는 건 꽤 비참했지만, 한편으론 섀도우 복싱을 하는 아니무스가 굉장히 '근육질이고 강한' 것에 대해선 약간의 경외감과 경이감도 있었다. 연이어 섀도우 복싱이 실제 싸움을 준비하는 데 얼마나 뛰어난 훈련인지, 또 그런 훈련 덕분에 실제 경기에서 승리를 거둘 수 있는 시점에 아주 가깝다는 것도 알게 되었다.

이렇게 매리는 처음에 끔찍하게 보였던 인물에 담겨 있는 긍정적이고 창의적인 가능성을 알아차렸다. 그러면서 '야수'를 알아보고 사랑하고 변화시키는 '미녀'라는 원형적인 여성 영웅의 임무를 자신의 삶과 정신 안에서 구체적인 감정과 결정들 속에서 이뤄 내기 시작했다.

꿈 모임에서 우리는 그 꿈을 원형적/신화적 맥락에서 더 크게 '확충시켜amplified' 보려 했다. 그중 하나가 '흡혈' 모기에 관한 것으로 자연스럽게 '뱀파이어'로 이어졌다.

### 뱀파이어와 투사

'뱀파이어'는 거의 모든 사회의 민담 전통에 존재하는데, 신기할 정도로 비슷한 성향을 보인다. 어떤 시기에 어떤 문화권에서 등장하는가에 상관없이 이들은 '불사'의 존재들('산송장')이다. 영원히 죽지 않기 위해서 이들은 정기적으로 뱀파이어가 아닌 다른 이의 살아 있는 피를 마셔야 한다. 햇빛을 무서워하고 거울이나 다른 반사체에 비친 자신의 모습을 보면 안 되기에 피한다.

상징의 관점에서 얘기하자면 이런 성향들은 억압과 투사에 대한 묘사이다. 내면의 억압을 부인하는 데 갇혀 있는 사람은 '죽을 수가 없다.' 즉 성장하고 변하고 성숙할 수가 없다. 여기서 죽음이라는 은유는 다시 한 번 심리 영성적인 변환과 성장에 대한 상징이다. '불사'와 '영원한 젊음'을 얻었다는 것은 내면의 완전함을 얻었다는 얘기이고 따라서 변화에 대한 면역이라는 자기기만적인 상태를 가리킨다. 바깥에서 봤을 땐 정체이지만 안에선 '안정'이나 '우월함'으로 느껴지는 게 바로 '산송장'이다. 억압과 투사라는 자기기만의 덫에 빠진 사람은—신화와 꿈에서 죽음과 재탄생이라는 원형적인 상징으로 자주 나타나는—성장과 변화라는 심리 영성적인 에너지로부터 차단되어 있다.

감정과 정서를 제대로 느끼게 해 주는 이런 생명 에너지가 억눌려 있기 때문에 '뱀파이어'는 타인의 감정을 감지해 (투사해) 대리만족을 느끼며, 다른 사람의 삶에서 흡입한 '살아 있는 피'를 통해서만 양분을 얻어 살아가게 된다. 변화 없는 삶이라는 이런 망상을 유지하며 살아가려면 (고전적으로 의식의 이미지인) '햇빛'과 (진솔한 자기 관찰 행위인) '비춰 보는' 것은 어떤 대가를 치르더라도 피해야 하는 것이다.

섀도우 복싱을 하던 남자의 '거대한 (뱀파이어) 모기 머리'는 꿈꾼 사람의 여성주의적인 분노가 (매리가 개인적으로 어려움을 겪은 남자들뿐만 아니라) 남성 일반에 투사해 받아들일 수 없게 된 '남성성의' 에너지들에 대한 원형적인 이미지이다. 원형적으로 흥미롭고 중요한 또 다른 점은 가장 오래된 '성 대결' 이야기와 연관이 있다. 많은 문화권에서 최초의 남자와 최초의 여자는 선택의 여지없이 서로 결혼할 수밖에 없었다. 상대를 별로 좋아하지 않아도 같이 살면서 아이들을 낳았고 잘 지내려 노력을 해도 서로에 대한 불만은 쌓여만 갔다. 마침내 많은 이야기에서 보듯이 뜻대로 되지 않아 화가 난 최초의 남자가 힘으로 최초의 여자를 죽이고 만다.

(구약에서 동생 아벨을 죽인 카인과 상징적으로 동일한) 자신이 저지른 '첫 살인' 이 신이나 자식들에게 발견될까 두려운 남자는 여자의 시체를 태워 증거를 없애고는 그녀가 화가 나 혼자 살기 위해 떠났다고 둘러댄다. 그녀의 몸을 태우는 동안 날아오른 불똥들은 여자가 표현하지 못한 분노로 가득했다. 그 격노로 생명을 얻게 된 불꽃들은 모기가 되어 영원토록 '남자/인류' 를 괴롭히며 최초의 여자를 부당하게 죽인 복수를 한다.

꿈꾼 사람은 성 차별과 여성의 분노에서 생겨난 모기 이야기를 접한 적이 없다. 그럼에도 이 이미지에 담긴 원형적인 특질은 현대에 살고 있는 매리 내면의 현실을 완벽하게 상징한다. 건강과 온전함을 돌보기 위해 꿈은 억압과 투사 그리고 섀도우 복싱을 하느라 낭비하고 소모된 에너지들에 이름을 붙이러 온다. 본질적으로 이들 에너지는 의식을 키우고 자기인식을 진화시키는 데 쓰이지 못한 창의적인 에너지들이다.

이 진화는 상당 부분 꿈에 의해, 또 꿈 작업을 하면서 이해하게 된 꿈꾼 이의 뒤이은 '아하'를 통해, 특히 꿈에 묻혀 있던 원형적인/신화적인 주제들과 이미지들을 탐색하면서 얻어졌다.

### 개인의 꿈에 나타나는 원형적인 이미지들: 꿈 작업에 관한 함의

'뱀파이어'와 억압/투사 현상 사이의 원형적인 연결에 대해서나, 전 세계적으로 퍼져 있는 최초의 남자가 최초의 여자를 살해하면서 모기가 생기게 된 이야기에 대해 꿈꾼 이는 전혀 알고 있지 못했다. 그럼에도 그녀의 꿈꾸는 자기self는 여전히 이들 원형적인 상징들을 이용했다. 그녀가 느끼는 정서들과 진화하는 자기인식의 복잡다단한 면을 너무나 적절하게 표현하고 있기 때문이다. 꿈 작업에서 섀도우 복싱에 담긴 좌절된 남성 에너지를 둘러싼 다양한 층위의 의미들을 풀어낼 수 있었다. 꿈 작업이 원형적인 확충에 기대지 않고도 핵심에 아주 가까이 접근했다는 걸 명심하는 것도 중요하다. 이미지들에 대한 원형적인 연상이라 할 '확충'을 통해 의미가 깊게 확장되고, 꿈이 지닌 집단적이고 초월적인 층위를 보다 직접적으로 다가가게 된다. 하지만 꿈의 본질적인 메시지는 이미 명확했다.

앞서 애기했듯이 이들 신화와 민담에 대한 지식이 없더라도 꿈 작업은 성공적으로 진행될 수 있다. 꿈이 원형적인 이미지들을 불러올 때 꿈꾼 사람은 그 기본적인 이야기가 무엇인지 무의식에서 이미 알고 있다. 꿈꾼 사람이 잘 알려지지 않은 먼 문화권의 성스러운 서사와 흥미로운 유사점이 있다는 걸 알고 있느냐 없느냐와는 무관하다. 다른 문화권의 종교 전통이나 민담을 알고 있어서 원형적인 확충이 가능해지면 꿈 작업이 더 풍성해진다. 하지만 그게 꼭 필요한 것은 아니다. 본질적으로 동일한 상징 드라마와 관계들이 꿈에 등장한 이미지들 자체에서 드러나기 때문이다.

이들 꿈 모두에 대한 아이러니하고 원형적인 진실은 통제가 안 되는 '비인간적인' (고릴라/거대 모기의) 남성 에너지를 내면에서 받아들이고 창의적으로 수용하는 성숙하고 책임지는 태도가 없으면 우리 개인이나 집단이 가진 딜레마에 대한 해결책을 찾을 수 없다는 것이다. 제멋대로의 '남성성'으로는 장기적인 결과와 상호연관성에 대해 성급하게 결론 내리고 알아보지 못하게 된다. 이런 면에 상처를 입은 사람이 자신의 정신에서 같은 에너지를 찾아 창의적으로 활용하지 못하면 개인과 집단에게서 느끼는 좌절감 때문에 스스로를 파괴하는 파국으로 치달을 것이다.

일을 매듭짓고 다음 단계로 넘어가는 데 필요한 타고난 남성성의 에너지를 신뢰하지 못하는 여성이 그 에너지를 사용하는 법을 배우지 못하면 내면의 우유부단함과 외부의 성차별에 계속 휘둘리게 될 것이다. 숨 막힐 것 같은 정서적인 관계와 모호하고 다층의 정서적 에너지에 상처를 입은 남성이 동일한 에너지를 자기 안에서 찾아 포용하지 못하면 그는 정서적인 고립감을 벗어나지 못하고 다른 사람과 깊이 있고 지속적인 관계를 맺지 못할 수밖에 없다. 그는 자신이 뭔가 끔찍한 실수를 한 게 틀림없다는 감정을 혼자 간직한 채 영원히 고통받게 될 것이다. 자신이 한 모든 중요한 행동이 이성적으로 깊이 생각한 후에 했기에 '옳은' 것처럼 보이는 데도 말이다.

이 장에서 살펴본 신화와 꿈에 대해 은유적으로 표현하자면 우리 각자의 내면에 있는 두려움에 차고 양면적인 이자나기가 그토록 그리던 신학대학원 도서관의 이자나미에게 다가가려면 내면에서 힘을 찾아야 한다. 그렇지 않으면 우리 각자는, 그리고 사회 전체는, 이미 들어선 자기 파괴의 길로 계속 나아가게 될 것이다. 비난하고 반대하는 해군 장교 신들과 여성신학자 여신들, 인습의 눈은 어디에나 있다. 그렇더라도 우리 내면에 있는 두려움에 차고 양가적인 페르세포네는 어머니로부터, 다시 말해 관습적인 여성의 역할과 계급에서 떨어져 나와 하데스/뱀파이어 모기/고릴라맨이라는 남성 에너지를 포용하는 것을 배워야 한다. 그렇지 않으면 우리는 계속해서 우리를 제한하고 위협하는 질병과 상처를 아프게 인식할 뿐 그것을 치유하고 고치는 데 필요한 에너지를 불러오지는 못할 것이다.

우리 개인과 사회가 이런 맞물린 문제들을 해결하려고 노력할 때 고대의 신화와 신성한 이야기들은 다시 한 번 펼쳐진다. 거기 담긴 상징태들은 우리의 꿈에서 요즘 시대를 배경으로 현대 의상을 입고 신화에서 나오는 것과 똑같은 심리 영성적인 드라마를 펼쳐 낸다. 우리가 체험하는 것에 생명을 부여하고 또 복잡하게 만드는 참된 성의 원형은 우리 삶 속으로 보다 의식적으로 통합될 수 있다. 우리에게 문제가 있는데 그 문제를 해결할 수 없을 거라 얘기하는 꿈은 없다. 그 어떤 신화나 신성한 이야기도 마찬가지이다.

고대의 성과 계급 사이의 긴장에 관한 이들 이야기가 깨어 있을 때의 딜레마와 꿈에 반복해서 나타나는 한, 우리가 가진 문제를 창의적으로 변형시켜 줄 해결책이 상징적으로 진화하고 있다고 확신해도 좋다. 우리의 신화와 꿈들은, 개인으로 또 집단적으로, 우리를 구원하고 변화시킬 영웅적인 자기인식과 자비와 힘이 지속되기를 바라고, 또 책임감을 갖고 스스로를 표현하도록 일깨우고 있다. 이런 변화는 우리 각자의 삶뿐 아니라 함께 살고 있는 지구와 우주의 모든 생명체에게 영향을 미친다.

## 요약

고대 일본 신화의 첫 부모인 이자나기와 이자나미가 시샘과 두려움에 찬 신들에 속아 결혼을 하고도 사랑을 나누지 않게 되는 이야기는 신화와 꿈에서 보편적인 원형의 상징 언어가 공통으로 사용된 또 다른 예이다. 이 이야기는 문화와 역사적인 특수성을 초월해 인간이 가진 섹스와 성에 대한 불안과 직관을 상징적인/극적인 서사의 구체적인 형태로 언급하고 보여 준다.

이자나기와 이자나미 그리고 시샘하는 남신과 여신들은 융이 아니무스(여성의 정신에 있는 남성성의 에너지)와 아니마(남성의 정신에 있는 여성성의 에너지)라고 불렀던 성별 원형의 구체적인 예들이다.

진정한 원형적인 형태들은 그 경계가 모호하고 서로 뒤섞여 하나로 합쳐진다. 일본 신화에 나오는 인물들은 그림자 원형(어둡고 불쾌하지만 아이러니하게도 늘 최상의 선물을 가져다주는 무의식의 측면)과 트릭스터(변형적이면서 창의적이고 자기기만적인 인간 의식의 특질 그 자체)의 에너지도 나타낸다.

아니무스, 아니마, 그림자가 성에 따라 정해져 있다는 융의 원래 주장은 전 세계 꿈과 신화에서 실제 만나게 되는 현실과는 맞지 않는다. 체형과 음악적 재능 등 자연스레 나타나는 다양성에서 보듯 정상성의 범위는 융이 고전적으로 성에 따라 분류한 것보다 훨씬 폭넓다.

오스트레일리아와 북미, 아프리카, 고대 그리스에서 전해 오는 첫 번째 인간의 창조와 성에 따라 분리되는 신성한 이야기들에서 남성성과 여성성이 가지는 보편적이며 상징적인 유형들과 성적인 활동과 죽음 사이의 원형적인 연관성을 볼 수 있다. 그런 논의 과정에서 복잡하고 모호한 원형적인 형태들을 겉보기에 대립되는 쌍으로 '쪼개는' 경향이 인간에게 내재되어 있다는 것도 볼 수 있다. 그럴 때는 대개 원형태들이 인간 의식의 표면으로 처음 떠오를 때인데 신화와 꿈에서 상징적으로 '쌍둥이' 아니면 '짝을 짓거나' '두 배로' 나타난다.

직업을 바꿀 생각인 50대 중반의 한 남자와 안식년을 마치고 신학교로 돌아가는 군종 목사, 이혼한 싱글 맘으로 자기 삶 안에서의 성차별과 계급투쟁으로 힘겨워하고 있는 여성, 중년에 이혼하고 다시 직업을 가지려는 여성의 꿈에서 마찬가지의 원형적인/신화적인 드라마가 현대적이고 각 개인의 고유한 상황에 맞는 형태로 펼쳐짐을 볼 수 있었다.

이들 꿈에 다양한 층위들을 탐색하는 과정에서 데메테르와 페르세포네 신화와 세상 최초의 남자가 최초의 여자를 죽이는 신화, 전 세계적으로 퍼져 있는 뱀파이어 민담이 유용하고 또 중요한 것을 보았다. 페르세포네가 하데스에게 납치당하는 것은 여성(과 남성)이 단호한 행동과 관계에서 분리하는데 필요한 자신의 남성성/아니무스 에너지를 받아들일 때 겪는 어려움에 대한 은유이다. 성과 이성의 역할에 대한 고정관념이 억압적인 현대의 사회 상황에서 이들 원형적인 에너지가 특히나 왜곡되고 상처 입었다. 그런 이유에서 이들 에너지에 대한 관심과 보살핌과 치유가 특히 필요하다. 뱀파이어는 억압과 투사의 체험을 상징적으로 체화한 원형적 인물이다. 이런 종류의 원형적인 인물이 현대인의 꿈에 등장할 때는 포스트모던 시대에 광범위하게 퍼진 그런 억압과 투사를 꿈꾼 이들이 개인적으로 어떻게 다루고 있는지를 보여 주는 지표이다.

# 4장

# 태모에 대한 집단적인 억압과 잃어버린 온전함의 회복

우리 시대에 부활한 태양—또는 아들—을 어둠의 자궁에서, 대지의 매장 동굴에서 태어나게 하는 여신의 이미지가 내게는 신비한 힘을 가진 것 같다. 익숙한 지표들이 모두 사라지고 우리를 지켜주던 집단의 구조물들이 무너지고 있는 이때 문명화된 인류가 전환의 세기라는 위험에서 살아남으려면 여신에게, 오래 멸시되어 온 여성성의 가치로, 살아 있는 가슴과 사고하는 이성에 눈을 돌려야 한다는 데에는 의심의 여지가 없기 때문이다. 그렇게 하면 우리 문화에 새 날이 떠오른 것을 보게 될지도 모른다.

_ 헬렌 루크Helen M. Luke

'많은 이름과 모양을 지닌 여인' 이자 '삶과 죽음의 가마솥' 이라고도 불리는 켈트/웨일즈의 여신 세리두엔Ceridooen에게 아브가티Avgathi라는 이름의 아들이 있었다고 전해진다. 누구 말을 들어도 아브가티는 참으로 못생긴 아이였다고 한다. 어떤 이는 아이의 이름이 '밤처럼 어둡고 무섭다' 라는 의미라고도 한다. 세리두엔이 아브가티를 안았을 때 아이가 못생긴 만큼이나 지혜롭지 않고서는 행복하고 충만한 삶을 살 수 없으리란 게 가슴에 사무쳤다. (너무도 많은 사람들이 그렇듯) 그렇게 생겨서는 세상에서 살아남을 수 없을 게 분명했다.

위대한 여신은 아들이 지혜로워지도록 도우려고 모든 마법의 직관과 지식, 우주의 숨겨진 진정한 법칙 모두를 짜내어 마법의 묘약을 만들기로 했다. 이 묘약을 달이는 데는 살아 있는 모든 종種에게서 (이 이야기를 지어낸 고대인들에겐 돌과 구름도 살아 있었다) 가장 뛰어난 개체를 끓이고 증류해 '모든 지혜' 의 영약에 보태야 했다.

모든 것에는 효능이 가장 뛰어난 계절이 있고, 그 계절 중에서도 가장 효력이 좋은 순간이 있는 법이다. 그래서 세상의 살아 있는 모든 것이 바친 제물을 일 년 내내 거둬들여야 했다. 가장 알맞은 낮이나 밤에, 비가 오거나 건조한 순간에 정확히 맞춰, 바람이 불거나 잔잔하거나, 해가 비치거나 달이 비치거나, 횃불을 들거나 아니면 번개가 칠 때, 푸르스름한 어둠 속에서 아니면 칠흑 같은 밤에, 각 제물에 숨겨진 본성과 힘과 농도가 최고조에 달했을 때 거둬들여야 했다.

그렇게 거둬들인 제물은 제일 적당한 순간에 꼭 필요한 양만큼만 묘약을 달이고 있는 거대한 가마솥에 보태야 했다. 그리고 그 거대한 가마솥은 일 년 내내 잠시도 쉬지 않고 너무 졸아들거나 끓어 넘치지 않게 유지해야 했다. 그렇지 않으면 마법의 효과는 모두 사라져 버릴 터였다.

이렇듯 복잡하고 품이 많이 드는 일을 제대로 하기 위해 세리두엔은 구이온Gooyion이란 어린 소년을 노예로 삼았다. 여신이 전 세계를 돌아다니며 제물들을 모으고 배합하는 동안 구이온은 밤낮으로 나무를 모으고 물을 길어오고 온 정성을 다해 밤낮으로 가마솥의 불을 지켜봐야 했다. 그 일을 제대로 못하면 정말 끔찍한 처벌이 기다리고 있기 때문이었다.

그런데 어린 구이온은 바보가 아니었다. 몇 주, 몇 달 동안 불이 꺼지지 않게 지켜보면서, 여신이 바쁘게 오가며 못생긴 아기에게 젖을 먹일 때마다 혼자 아이의 생김새에 대해 투덜거리는 걸 지켜보면서, 구이온은 이 위대한 마법이 뭘 위한 것인지, 이 비밀의 묘약을 마신 사람이 어떻게 되는지 등을 혼자 알아내게 되었다.

어떻게 아브가티 대신 구이온이 묘약을 마시게 되었는지에 관해선 설이 분분하다. 어디서는 세리두엔이 마지막 성분을 가마솥에 넣고 난 후 피곤에 지쳐 졸고 있을 때 구이온이 한 모금을 훔쳤다고 하고, 다른 데선 마지막 순간에 가마솥이 과열돼 끓어 넘치는 사고로 그 귀중한 지혜의 묘약 한 방울이 구이온의 손가락에 튀었다고 한다. 뜨거움에 놀란 구이온이 본능적으로 손가락을 입에 넣는 바람에 의도치 않게 그 성스런 묘약을 빨아먹게 되었다고 한다. 다른 판본에서는 세 방울이었다고 하는데, 그건 전 세계의 성스러운 서사에서 찾아볼 수 있고 특히 켈트 전통에서 강조하는 위대한 삼위일체, 하나인 셋, 처녀-주부-노파, 과거-현재-미래, 삶-죽음-재탄생을 나타낸다.

자세한 내용이야 어찌됐든 어린 구이온이 묘약을 마시게 된 건 사실이고, 그 순간 세리두엔이 아들에게 주려 한 엄청난 마법의 지식과 성스러운 지혜를 대신 얻게 된다.

그 눈부신 계시의 순간에 구이온이 알게 되는 것 한 가지는 여신이 얼마나 화를 내고 앙심을 품을 것인가 하는 것이었다. 아들을 구하려고 그토록 주의를 기울여 계획한 일이 자신 때문에 좌절되었으니 말이다. 여신의 격노한 모습이 눈에 보이는 듯 공포에 질린 구이온은 새로 얻은 마법의 지식을 이용해 발 빠른 토끼로 변해 목숨을 걸고 도망친다.

정신을 차린 세리두엔이 눈 깜짝할 사이에 무슨 일이 일어났는지 알아차린다. 화가 뻗칠대로 뻗친 여신은 사냥개 그레이하운드로 변해 구이온을 뒤쫓는다.

세리두엔/사냥개가 다가오는 것을 느낀 구이온/토끼는 급하게 냇물로 뛰어들어 빠르게 헤엄치는 연어가 된다. 세리두엔/사냥개도 뒤따라 뛰어들어 배가 고파 사냥에 나선 수달이 된다.

구이온/연어가 세리두엔/수달보다 빠르게 헤엄칠 수는 없다. 여신이 그를 잡아 산산조각 내려는 마지막 순간 구이온은 물 밖으로 뛰쳐나와 제비로 변해 하늘로 쏜살같이 도망친다. 세리두엔/수달도 뛰쳐나

**그림 9** (고대 유럽) 모양을 바꾸며 도망가고 추적하는 어린 구이온과 세리두엔.

와 매로 변해 계속 뒤쫓는다.

구이온/제비는 있는 힘을 다해 도망치지만 그걸로는 충분하지 않다. 추격자에게 잡히기 직전 헛간으로 뛰어들어 보리알로 변해 막 도리깨질이 끝난 보리 낱알 더미 속에 몸을 숨긴다.(그림 9)

바로 뒤따라 헛간으로 들어온 세리두엔/매는 구이온이 하는 짓을 보게 된다. 어느 알갱이가 구이온/보리알인지 구별할 수 없자 거대한 검은 암탉으로 변해 보리알을 마지막 한 알까지 다 쪼아 먹는다.

하지만 여기서 구이온은 마지막 순간 새로 발견한 마법의 지혜에다 자신의 재치를 더해 마지막으로 한 번 더 세리두엔을 속이고 잠시나마 시간을 번다. 씨의 형태로 구이온을 몸 안에 받아들인 여신은 임신이 된 것이다. 그녀 자신의 신성한 법칙이 그녀 자신을 속박하는데, 태모와 신성한 아이Divine Child의 신성한 인연은 깨질 수 없다.

세리두엔은 이런 식으로 속은 데 격노하고 긴긴 아홉 달의 임신 기간 동안 분을 삭인다. 둘째를 낳고선 쳐다보지도 않고 이름도 지어주지 않는다. 이제 구이온이 자기 혈육이기 때문에 죽일 수도 없다. 그 대신에 여신은 아이를 가죽 바구니에 담아 저주하며 바다에 내던진다.

많은 판본에서 이야기를 이 지점에서 시간을 초월한 여신의 세계와 자연의 끝없는 순환에서 선형적인 인간의 역사로 이동한다.

구이트노Gooyithno 왕에겐 '뭐든 잘 하는 게 없는' 엘핀이란 이름의 아들이 있었다. 엘핀은 대왕의 궁정에서 아버지의 이익을 대변했어야 함에도 아버지의 부를 몽땅 도박과 여흥에 탕진해 버린다. 빈털터리에다 명예도 땅에 떨어진 엘핀이 아버지의 궁중으로 돌아온다.

가마솥이 사고로 깨져 어린 구이온이 우연히 묘약을 마시게 되는 판본에서 구이트노 왕의 몰락은 훨씬 더 절박하게 그려진다. 아들 때문에 잃어버린 것들에다 갖고 있던 뛰어난 말들까지 모두 잃게 되는데 그 말들은 빠르고 끈기 있고 민첩하여 전장에서도 흔들리지 않아 온 땅에 널리 알려져 있었다. 가마솥이 깨어진 것은 '모든 지혜'의 묘약이 세상의 모든 어리석음과 악함의 정수로부터 분리되어 증류되었기 때문이었다. 그 성스러운 솥을 깬 것은 바로 이 모든 악의 정수였고, 지혜의 묘약 방울들은 그 독에 물들지 않으려고 튀어나온 것이었다. 증류된 마법의 지혜는 어린 구이온의 손가락에 떨어졌고, 깨진 솥에서 흘러나온 독은 구이트노 왕의 유명한 말들이 물을 마시는 개울로 씻겨 들어갔다. 해질 무렵 평소와 같이 개울로 내려온 말들은 세리두엔의 솥에 남은 악의 찌꺼기를 마시고 독살당한다.

운이 다한 아버지에게 돌아오면서 엘핀 왕자는 잃어버린 재산을 되찾을 계획을 세웠다. 아버지를 보러 갔을 때 고관들이 모두 소집되어 있었다. 왕자는 왕에게 다가가 아버지가 남겨 놓은 단 한 가지 값진 것을 달라고 요청한다. 왕에겐 매년 연어가 돌아오는 첫날밤 강에서 맨 처음 거둬들인 포획물을 가질 권리가 있었는데 바로 그 권리를 달라는 말이었다. 왕자는 대왕의 궁정에서 아버지를 대변했으니 보답으로 그해 처음 수확하는 연어를 자신에게 달라고 대범하게 요구하고, 왕은 얼굴이 일그러졌지만 그렇게 하라고 허락한다.

오늘날의 독자들이 알아야 할 것은 왕이 체면을 차리거나 너그러운 척하려고 자신의 마지막 재물을 아들에게 양도한 것이 아니라는 점이다. 왕은 아들이 불성실하고 낭비벽이 심하다는 것을 분명히 알고 있었다. 하지만 왕자가 공개적으로 요구했기 때문에 내키지 않지만 종교적인 의무에 따라 양도할 수밖에 없었던 것이다.

고대 켈트 족의 왕국 사람들이 얼마나 후하고 너그러운지는 가히 전설적이라 할 만하다. 자신감과 신뢰, 충성심을 고취해야 하는 지도자로서 필요한 특질일 뿐만 아니라, 땅의 비옥함을 매년 새롭게 회복하고 보증하는 것이 바로 아낌없이 베푸는 왕과 귀족들의 너그러움에 달려 있다고 믿었다. 왕과 귀족들이 무조건적으로 베풀어야 가축과 곡물, 야생 동물, 땅이 새롭게 원기를 회복하고 그 풍요로움이 사람들에게 돌아올 것이다. 왕이 접대를 소홀히 하고 베푸는 것에 인색하면 기근이 들어 아무것도 거둬들이지 못할 터였다. 왕들과 귀족들은 물론 일부 소작인들과 가택 소유자들까지도 정치 군사적인 면뿐 아니라 더 중요한 종교 영성적인 면에서 '대지의 보호자'들이었다.

엘핀 왕자의 요청에 왕은 대지와 백성들의 삶을 계속 풍요롭도록 지킨다는 제일 중요한 종교적인 의무를 다한다. 마지막 남은 하나까지 잃게 되는 것임에도 그는 너그럽게 아들의 요구를 받아들인다. 고기를 잡기 위해 만들어 둔 둑으로 간 왕자는 다시 부자가 될 생각에 흐뭇하게 강을 바라본다. 고대 켈트 왕국에서 연어는 음식으로 또 '성찬' 으로 가치와 명성이 대단해서 이 귀한 생선을 한번 잘 잡아들이면 다른 모든 일 년 벌이를 능가했다 한다.

하지만 이렇게 거둬들이던 그물이 얼마나 가벼운지, 그물에 잡힌 게 거의 없었다. 왕자는 파산했다며 통탄한다. 그물에 걸린 것이라고는 쪼그라들고 소금에 전 가죽 바구니밖에 없었다. 세리두엔이 다시 태어난 어린 구이온을 이름도 지어 주지 않고 담아 파도에 내던진 바로 그 바구니 말이다.

바구니 안에서 갓난아이가 엘핀의 통곡을 듣고 목청껏 소리친다. 그날 밤 잡을 수 있었던 연어를 다 합친 것보다 더 값진 게 안에 있으니 바구니를 열라고 한다. 엘핀이 금과 보석을 기대하며 바구니를 열어젖히자 눈에 들어오는 건 갓난아이뿐이다. 아기 얼굴에서 펴져 나오는 밝은 빛에 감탄한 엘핀이 웨일즈 어로 '탈리에신!Taliessen' 이라 외치는데, 그건 '얼마나 아름답고 빛나는 이마인가!' 하는 뜻이다. 이렇게 엘핀은 어린 구이온에게 새 삶을 살아갈 이름을 주게 된다.

"그럼 앞으로는 빛나는 이마라고 하지"라고 이 기적 같은 아기가 말한다. 그러곤 바구니에서 일어나 자신의 첫 위대한 마법의 시를 읊는다. 여신에게서 '두 번 태어나고' 모든 마법의 지혜를 가져 우주의 힘과 인간사를 주무를 수 있는 자신의 이야기를…….

이야기는 빛나는 이마가 마법으로 훌륭한 업적을 쌓으며 구이트노와 엘핀 가문에 충성한 이야기로 계속된다. 이 이야기에는 집단 무의식의 가장 중요한 원형들 중 하나인 태모에 대한 통찰이 담겨 있어 여기 소개했다.

### 태모

켈트/웨일즈의 여신 세리두엔은 전 세계 신화와 신성한 서사에서뿐 아니라 가장 현대적이고 문명화된 사람들의 정신에서도 수없이 많은 다른 이름과 모습으로 등장하는 태모 원형의 한 예이다. 여신의 이름이 어떻든 어떤 모습으로 어떤 문화권에서 어느 시대에 나타나든, 태모는 일정한 기본적인 특질과 성격을 보인다. 어디서나 똑같은 특질 때문에 원형적인 에너지의 한 가지 유형임을 알 수 있다. 태모는 늘 '모든 것의 어머니'이다. 남성의 수정이나 도움 없이 혼자 자기 존재와 몸에서 '만 가지 것'을 낳는다. 자연의 리듬과 계절 변화에 따르고 적당한 계절이 되면 밝고 양육하는 외관에 필적하는 어둡고 끔찍한 얼굴을 드러낸다. 태모는 자신의 몸으로 자식들을 양육할 뿐 아니라 결국에는 다 집어 삼켜 거둬들인다. 시체가 부패해 대지로 돌아가는 것이다. 여신의 이런 두 얼굴을 받아들이고, 사랑하는 여신에게 겁에 질리거나 주저함 없이 자신들의 목숨을 내어놓는 이들은 환생을 통해 갈수록 더 나은 삶을 보장받게 된다.

이 모든 특징을 세리두엔에게서 분명하게 볼 수 있다. 모든 것에 너그럽고 베푸는 삶과 양육의 선물과 피할 길 없이 끔찍하게 집어삼키는

**그림 10** (중남미) 어머니이사 모든 것을 삼키는 이, 모든 이의 길을 이끄는 또난찐.(아즈텍의 코덱스* 고대 마야 인들에 남아 있는 이미지)

배고픔, 환생의 선물까지 말이다.

유럽과 아무런 접촉도 없던 반대쪽 세상, 중남미에서도 아주 비슷한 원형적인 특성을 보이는 여신을 숭배했다. "우리 어머니 또난찐Tonantzin은 손목에 입이 있고, 팔꿈치에 입이 있고, 발목과 무릎에 입이 있어. …… 비가 내리면 마시고, 꽃이 시들고 나무가 쓰러지거나 누군가 죽으면 먹어 버리지. 전쟁터에서 희생당하거나 죽은 사람들의 피를 마시고, 입들은 쉬지 않고 딱딱거리며 열리고 닫히지만 채워지는 법이 없지. 밤에 바람이 불면 어머니가 먹을 것을 달라고 우는 소리가 들리기도 해." **(그림 10)**

* 야생 무화과나무 껍질 안쪽으로 만든 종이에 상형문자를 써 책을 만들었는데, 오늘날까지 남아 있는 이 책의 일부를 코덱스codex라 한다. - 옮긴이 주.

**그림 11** (인도) 자신의 배우자인 시바의 시체를 밟고 황홀경에 빠져 춤을 추는 동안 잘린 자기 목에서 나온 피를 마시는 칼리.

선사시대까지 거슬러 올라가는 힌두교도들의 칼리 여신 숭배는 오늘날에도 계속되고 있다. 칼리는 원형적인 태모 여신의 또 다른 전형이다. 칼리는 흔히 끝없이 자비롭게 자기 몸으로 생명의 선물을 주는 동시에 게걸스레 미친 듯이 먹잇감에 달려드는 모습으로 그려진다. 푸른빛이 도는 피부에 팔이 여럿 달린 장대한 여인으로 한쪽 다리를 들고 다른 다리로는 옛 남편인 시바 신의 시체를 짓밟고서 춤을 추고 있다. 자기 머리를 칼로 베어 높이 들어 올리고 잘린 목에서 뿜어져 나오는 피를 받아 마시고 있는 모습으로 그려진다.(그림 11)

많은 서양인들에게, 특히 독실한 그리스도교인들에게 이 이미지는 끔찍하고 야만적이며 역겹다. 이 고대의 이미지에서 아름다움과 심오함을 알아보지 못하는 것은 그 자체로 태모의 원형적인 이미지와 에너지를 집단적으로 억압해 온 서구의 징후이다.

칼리 여신을 숭배하는 힌두교인이나 다른 신자의 입장에서 이 이미지는 즐겁게 춤을 추며 죽음이 불가피함을 받아들이고 성스럽게 새로운 생명을 약속하는 것으로 너무도 숭고하고 아름다우며 위안이 된다. 신자들은 이 이미지에 담긴 꿈 같은 성질을 가리키며 보이는 대로 끔찍하게 볼 것이 아니라 상징적으로 받아들여야 한다고 얘기한다. 그렇게 생각하는 사람들도 그리스도가 십자가 위에서 고문당하는 이미지는 너무 사실적이고 '도색'적이라며 끔찍해 한다. 보이는 그대로의 신체적인 고통과 공포에 집중하느라 그 그림이 묘사하려 한 영성적 현실이라는 상징적인 본질을 보지 못하기 때문이다.

보다 깊은 원형적 상징의 수준에서 자기 목을 자른 칼리 여신과 십자가에 못 박힌 예수는 모두 자발적 희생이라는 숭고한 유형에 아주 절묘하게 들어맞는 비슷한 짝이다. 이 점을 이해하는 사람들이 아직은 소수지만 그 수가 늘고는 있다. 자발적인 희생이라는 원형은 개인과 집단에서 인간 의식이 발달 진화하는 것과 상관 있다. 의식이 진화함에 따라 일어나는 새로운 변화와 성장, 발전, 성숙 가능성에 스스로를 열기 위해선 이전에 갖고 있던 자아상과 스스로에 대한 인식을 버려야

한다. 역사적으로나 심리적으로 이런 자발적 희생의 첫 번째 예는 태모이다.

그에 대한 고고학적 증거는 부인할 수 없을 정도로 많다. 신성에 대해 인간이 지녔던 최초의 직관은 남성인 아버지가 아니라 여성인 여신어머니였다. 이런 깊은 곳의 직관은 '어머니 지구'와 '어머니 자연'과 같은 문구에, 그리고 열대지역의 태풍, 허리케인, 화산 등과 같은 자연적인 대격변에 여성의 이름만을 붙이던 (최근까지의) 습관에도 끈질기게 살아남아 있다.

크로마뇽인과 네안데르탈인, 무스테리안 기의 초기 공동체에서 발견된 가장 오래된 마술-종교적인 도상圖像을 보면 동굴 입구나 매장지의 입구를 표시하는 곳에, 곰처럼 풍만한 몸에, 얼굴은 조각되지 않은 여신의 이미지가 있다. 여신의 얼굴이 자세하게 표현되지 않은 것을 남성 우월주의에 젖은 고고학자들과 미술 사학자들은 '원시 조각가들'의 '예술적인 표현 기술이 부족'한 탓이라고 했다. 하지만 여신상에 얼굴이 조각되지 않은 것은, 물리 세계에서 조작되지 않은 모든 자연상태의 것은 바로 '어머니의 얼굴'이라는 긍정적이고 상징적 선언이 분명하다. 손과 팔, 풍만하게 접힌 살 등 아주 정교한 세부묘사를 보면, 편견에 사로잡혀 머리가 막힌 사람이 아니라면, 고대의 조각가들이 얼마나 고도로 발달한 기술을 가졌는지 알 수 있을 것이다.

### 부활, 태모의 약속

전 세계 모계의 여신 종교 전통에서 죽은 이를 묻고 의례를 치른 것을 보면 죽은 사람을 태어날 때 태아처럼 구부려서 '새로 태어난' 태양이 떠오르는 동쪽을 보도록 묻거나 노출시켜 놓았다. 영국 제도와 유럽 대륙, 아프리카의 북서부 해안, 지중해의 '고분묘'와 '땅굴묘'는 모두 사후에 새로운 몸을 타고 재탄생한다는 기본적으로 동일한 상징적인 약속을 보여 준다.

매장 과정이 조심스럽고 경건하게 치러진 것에 비하면 무덤은 흔히 재사용되었다. 얼마 전까지도 그렇게 조심스레 다뤘던 유골이 이제 무심하게 옆으로 내팽개쳐진다. 무덤을 썼던 사람들의 마음에는 약속된 '부활'이 이뤄진 게 너무도 분명해서 죽은 사람의 유골을 더는 조심스럽게 다룰 필요가 없었던 듯하다.

아버지 신을 믿는 가부장적 종교들은 신성의 본질에 대한 이런 고대의 심리 영성적인 직관을 뿌리 뽑고 억압하고자 했다. 환생에 관한 모든 종교적인 형식을 제거하려고도 했다. 성서에 수없이 언급되고 암시되었음에도 그리스도교는 공식적으로 환생이란 개념을 비주류의 오컬트와 선천론자nativist 들이 하는 소리로 격하시켜 버렸다. 그러나 신성이 여성성의 형태를 띠고 있다는 직관과 관련된 원형적인 생각들을 금지하고 공식적으로 억압하는 것으로 인간의 정신에서 그런 원형의 상징태를 제거할 수는 없다. 그저 의식의 표면 아래로 밀어낼 뿐이다.

### 가부장제와 경제적인 필요성

여신 숭배 사회에선 자연/물리 세계를 (만지거나 다룰 때 적절한 경외감과 존경을 보여야만 하는) '우리 어머니의 신성한 살아 있는 몸'으로 보았다. 남성적인 의식과 기술 혁신, 사회 조직이 발달하는 과정에서 이를 ('개발' 하고 활용할 가능성 외에 아무런 내재된 가치나 중요성이 없는) '자연 자원' 의 집합체로 보는 변화가 필요했을 것이다.

'진보' 라는 비슷한 이유로 여성들은 여신의 (혹은 여신의 대리인이라는) 지위에서 강등되어 그저 (소유하고 사고팔고 교환할 수 있는 노예 같은) 소유물로 전락하게 된다. 모계 전통의 영성적인 세계관에서 자연이라는 물리 세계는—그리고 자연이 가진 상호적인 면, 정서적 체험이라는 여성성의 영역, 모든 것이 '같은 어머니의 자식들' 이라는 기본적인 관계성에 대한 원형적인 직관은—신비롭고 경외감을 불러일으키며 의식을 가지고 살아 있었다. 가부장적인 세계관이 들어서면서 여성과 세상은 무질서하게 뒤엉킨 집합체로 남성의 지배와 통제가 몹시 필요한 대상이 되었다.

탈리에신 이야기의 가부장적인 판본 가운데 시간이 지나면서 나중 것들에서 세부사항이 바뀌는 걸 볼 수 있는데 모계 사회에서 가부장 사회로 넘어가는 이런 전환을 볼 수 있다. 나중 판본에서 세리두엔은 '여신' 에서 '마녀' 로 전락하고 그 과정에서 '테기드Tegid' 라는 이름의 별 실체가 없는 '남편' 을 얻는다. 테기드가 한 말과 역할은 아무것도 없는데 그저 아브가티에게 아버지가 있다는 것을 주장하기 위해 삽입된 것 같아 보인다.

### 성에 대한 지식과 사회적인 힘

이 점에서 세리두엔의 분노 앞에 목숨을 부지하려고 어린 구이온이 쓴 마지막 계책이 중요하다. 최초의 모계 문화에서 남성의 참여 없이 마음대로 아이를 낳을 수 있는 위대한 여신처럼 인간의 여인들도 그렇게 할 수 있다고 믿었다. 아이를 낳는 데 성 관계가 필요하다는 것이 알려지지 않았거나 '금기'였던 것 같다. 혹은 여신 숭배 의식의 '신비'에 입문한 여성들에게만 알려진 '종교적인 비밀'이었다는 주장과 증거도 있다.

고대 그리스와 소아시아에서 남자와의 성 관계를 통해서만 임신이 된다는 지식은 사춘기에 여신의 신비에 입문한 여성들에게만 알려진 종교 비밀이었던 것 같다. 고대 그리스의 도시 엘레우시스Eleusis에 있는 여신의 신전에서 있었던 실제 비밀 입문 의식에 관해 얼마 안 되는 자료가 남아 있는데, 입문 의식에 '씨'와 사후 환생을 다시 약속하는 내용이 있었음이 암시되어 있다. 우연이겠지만 고대 그리스 역사학자들은 엘레우시스에 있는 여신 관할 지역에는 일 년 내내 남성들의 출입이 금지되어 있었고 신전에서 3킬로미터 안에서 발견된 남자와 소년들은 재판 없이 즉결 처형되었다고 한다. 헤라클레스가 남자로서는 처음으로 엘레우시스의 신전에서 (어머니의) 신비에 입문한 것은 '생식'에 관한 고대의 금기가 마침내 풀렸음을 가리킨다.

이런 증거를 바탕으로 시인이며 학자인 로버트 그레이브스Robert Graves와 다른 이들은 성적인 재생산에 관한 것이 성인으로 입문하는 여성들에게 가르쳐진 신비의 아주 중요한 부분이었다고 시사했다. 나아가 이런 기본적인 사실이 종교와 정치적인 이유들 때문에 남자들에게는 일부러 알려지지 않았다고 암시한다. 수컷이 지배하는 야생의 동물 무리를 따라다니던 인도유럽의 기마인들은 성에 관하여 자세하게 알고 있었다. 이런 생물학적 지식을 가진 인도유럽인들이 등장하면서 '음담패설'이란 형태로 이 정보가 처음으로 모두에게 퍼지게 되어 고대 모계/농경 사회를 변화시키게 된다.

### 남성의 성적 욕구와 거세 공포

프로이트가 '거세 공포'라고 부른 것이 이런 전환에서도 중요한 역할을 했다는 증거가 많이 있다. 뱀의 이미지는 예전부터 '남근적'이라 인식된 것 같다. 태모에 대한 집단적인 경배가 지배적이던 선사시대에도 그러했다. 뱀은 전통적으로 태모와 함께 있었다. 크레타 섬에서 발견된 선사시대 모계사회에서 전해지는 작은 조각상들 중에 보는 사람/숭배자들을 향해 반갑게 내뻗은 여신의 양쪽 팔에는 뱀이 감겨진 상이 있다.

모계 중심 세계에서 뱀은 남근 에너지와 페니스를 상징했다. 하지만 페니스 자체는 여성의 일부로 남성에게 '빌려준' 것일 뿐이라 필요하면 남자의 의사와 상관없이 언제든 '불러올 수 있는' 것으로 보았다. 페니스가 기회만 주어지면 '근원'으로 돌아가고자 한껏 팽팽해져 외관상 혼자 움직이는 듯했기 때문에 이렇게 본 것 같다.

이 층위에서 보면 거세 공포는 태모가 원하면 언제든 남자와 상의하거나 동의하지 않고 '빌려준' 페니스를 다시 불러들일 수 있다는 무의식 깊은 곳의 생각에서 원형적으로 태어났다. 새로 세워진 가부장제에서 여성을 혐오하고 분노의 대상으로 보는 태도는 이런 고대의 억압되고 금기된 생각에 비춰 봐도 보인다. 여신의 폐위로 페니스는 이제 남성의 신체기관이 되었다. 하지만 예전에는 그렇지 않았다는 사실을 억압하고 부인하면서 대신 늘 불안을 느끼게 되었다는 것을 의미하기도 했다.

현대에 와서 제2차 세계대전 전에 말리노스키Branislaw Malinowski는 트라이브리언드Tribriand 제도에서 행한 고고학 현장 조사에서 남성들이 생식에서 자신들이 하는 역할에 무지하다는 것을 발견하였다. 그곳의 남자들은 여자들이 임신을 하는 건 환생을 원하는 '조상의 영령이 선택해서', 아니면 이들 영령을 자기 몸속으로 불러들이는 의례를 치르면 되는 것으로 알고 있었다고 한다. 말리노스키는 여성들에게도 똑같이 믿고 있느냐고 묻는 것을 잊어버렸는데, 그가 지배적이며 남성우월주의적인 성차별에 너무나 익숙해 있었던 탓이다. 미국으로 돌아와 《원시 사회에서의 아버지The Father in Primitive Society》라는 책을 쓰는 동안에야 그 점을 간과했음을 깨달았다. 그제야 그는 트라이브리언드 여인들에게 원하지 않은 임신이란 없었는데 그게 가리키는 게 무엇일까 생각해 보게 되었다. 그는 "이들 원주민들의 결혼 제도는 아주 잘 확립되어 있었지만, 아이를 갖는 데 남성의 역할에 대해서는 무지하였다. …… 아버지의 역할에 대한 무지는 원시 심리의 특성이며, '결혼과 성 문화의 진화'에 대해 추론하려면 이 점을 염두에 두어야 한다고 나는 확신한다"고 결론 내렸다.

구이온의 '계략', 즉 씨를 받아들이면 임신이 된다는 새로운 지식에 세리두엔이 혼란을 겪게 되는 것은 부성의 역할이 등장한 것에 대한 상징적인 표현이 분명하다. '성性 간의 투쟁'이라는 오랜 권력 투쟁에서 아주 중요한 전환점인 셈이다. 구이온이 이전 생의 모든 기억을 그대로 가지고 탈리에신으로 재탄생하는 것은, 여신이 자녀들에게 한 가장 오랜 약속인 환생의 예이기도 하다.

모계 중심에서 부계 중심으로 전환하기 위해 서구의 가부장들은 환생에 대한 생각 또한 금지시켰다. 이런 신학적 개조 없이는 자연 세계 일반에 대한, 특히 여성에 대한 남성 우월주의적인 지배를 정착시키는 것은 거의 불가능했을 것이다. 여성의 자궁에서 재탄생하는 것이 모든 사람의 운명이라면 (거기다 '죄를 지은' 이들은 덜 매력적이고 '낮은' 동물로 다시 태어난다는 위협이 늘 함께한다면), 아무래도 여성이 사후에도 남성의 운명에 대한 결정권자로 남게 될 것이기 때문이다.

### 신약성서에 나타난 환생에 대한 믿음

그리스도교 교회는 교리에서 환생에 관한 흔적을 지우려고 굉장한 노력을 해 왔다. 성서학자들은 공관 복음서에서 보듯 예수와 그의 사도들이 보인 환생을 받아들이는 듯한 모습을 설명하려고 어색하고 복잡한 논리를 펴 왔다.

마태, 마가, 누가 복음에 예수와 사도들이 유대 지방을 몇 달간 떠돈 후 예루살렘으로 가는 이야기가 나온다. 예수는 몇 명을 마을로 보내 사람들이 뭐라 하는지 소식을 듣고 오도록 한다. 그들이 돌아오자 예수는 묻는다. "그들이 나를 뭐라 하더냐?" 제자들은 "누구는 헤롯이 살해한 세례자 요한의 영에 사로잡혔다고 하고, 누구는 예언자 엘리야가 다시 오신 것이라 합니다"라고 대답한다.

그리스도교인들은 이 구절들을 상징적으로 앞서간 이들(세례자 요한과 예언자 엘리야)의 선교와 예언으로만 보고 환생과는 아무 상관이 없다고 본다. 그렇게 예수 시대의 사람들이 윤회와 사후에 영혼이 새 몸으로 환생하는 것을 받아들인 것이 아니라 보는 데는 오랜 학문적인 훈련과 자기기만이 필요했을 것이다. 가부장제가 신성이 아름답고 매우 여성적인 얼굴을 하고 있다는 고대의 종교관을 부인한 직접적인 결과이다.

### 억압된 것들의 귀환

하지만 진실을 부정한다고 상황이 바뀌는 것은 결코 아니다. 사라진 태모 원형의 에너지가 의식의 표면 아래에서 모든 영역에 계속 영향을 미친다. 1956년까지만 해도 교황은 아일랜드의 주교들에게 예수와 남성 성인들 모두에게 바치는 미사와 축제를 다 합친 것보다 성모 마리아와 (켈트/웨일즈의 세리두엔에 비견되는 켈트 족/아일랜드의 어머니 여신인 브라이드Bride에 밀접한 인물로, 중세 소녀/성인이 '환생'한 모양을 띠는) 브리지드Brigid 성녀에게 바치는 미사와 축제가 너무 많다고 꾸짖는 편지를 쓰곤 했다. 교회 관계자들은 중남미와 아시아의 농민들에게서도 같은 '문제'를 정기적으로 보고하곤 했다.

(세리두엔이 원래 유래한) 웨일즈의 민담 전통에서 태모는 크리스마스 장식에 화관을 씌운 말의 두개골을 막대에 꽂아 든 '메리 루이스 Mari Lwyd'로 변장하고 나타나 떠들썩한 노래를 부르며 이 집 저 집을

다니곤 했다. 메리 루이스를 든 사람은 집주인에게 수수께끼를 물어 답하게 하고 허풍을 떨도록 한다. 집주인이 제대로 대답을 못 하면 메리 루이스와 함께 온 사람들은 안으로 들어가 음식과 술을 즐긴다. 아기 예수가 태어나기 전 메리 루이스가 마구간에서 쫓겨나 머물 곳을 찾아 떠돌게 되었기 때문이라고 한다.

여기 가부장적인/남성 우월적인 그리스도교 전통에 의해 '내쫓겼'지만 도회적이고/산업사회의/학문적인 맥락에서보다 대지와 몸에 대한 관계가 좀 더 직접적이고 의식적인 농경 사회에서, 명절 때 '하층민들'의 '말 놀이'의 형태로 (죽음과 재탄생, 다산성과 땅뿐 아니라 물리세계의 신성함을, 특히 몸의 신성함을 나타내는 고대 켈트 족의 말의 여신이란 모습으로) '끈질기게 살아남은' 태모에 대한 은유가 있다. 몸은 신화나 꿈에서 흔히 말이라는, 살아 있는 동안 의식이 '타는' '동물'로 상징된다. 여기서 화관을 쓴 말의 두개골에 담긴 상징적 무게와 의미는 본질적으로 힌두에서 스스로의 머리를 베어 거기서 늘 새롭게 솟아나는 피를 마시는 것과 같다.

몇 년 전에 친구가 미술품 경매 도록을 보내왔는데 거기에는 여신에 대한 믿음을 아주 단순하고 감동적으로 표현한 편잡 지방의 민속 인물상들이 포함되어 있었다.(적어도 내게는 감동적이었다.) 경매에 붙여진 물건은 1950년대 인도 북부에서 구한 것으로 나무에 거칠게 조각된 여성의 상체로 보였다. 어깨를 관통한 쇠막대기엔 나무 팔이 두 개 붙어 있었다. 순례자들이 자주 찾는 성지로 가는 길 바로 옆 어느 밭 가장자리에 울타리 기둥처럼 땅에 똑바로 세워져 있었다 한다. 쇠막대기 때문에 팔은 자유롭게 회전할 수 있는데 한쪽 팔에는 아기를 안은 것 같았다. 입과 사타구니 부근에 동전을 넣는 곳처럼 가늘고 긴 구멍이 있어 팔이 회전하면 아기가 자궁에서 나와 입으로 들어가는 것처럼 보였다.

덧붙여진 설명에는 농부가 이런 상을 직접 조각하거나 남에게 얻어 자기 밭 옆에 세웠다고 한다. 지나가던 독실한 힌두교 신자가 잠시 멈춰 여신의 팔을 돌리며 그동안 기도를 하도록 했다는 것이다. 그렇게 끝없는 환생과 죽음을 통해 모든 것에 생명을 주고 또 냉혹하게 다시 집어삼키는 여신의 너그러움을 묘사하려 한 것이다. 기도로 순례자들이 영적으로 발전할 뿐'아니라 자기 땅도 비옥해지게 하려고 그렇게 하는 것이라고 도록에 나와 있었다.

돌리는 동작으로 기도에 힘을 싣는 '기도 바퀴'의 전통은 이 지역에 널리 퍼져 있다. 나는 이 간단하지만 정교한 형상을 사용하는 데 다양한 전통들이 섞여 있다고 믿는다.

### 꿈에 나타난 태모

태모 원형이 이들 종교와 민담 전통에서만 놀랄 만한 끈기를 보이는 것은 아니다. 개인도 자주 경험하는데, 남녀 모두 이 원형에서 직접 자라나온 형상들을 주로 꿈에서 만난다. 그건 이들이 여신에 집중하는 워크숍이나 민간의 관행에 참여하지 않더라도 마찬가지이다.

아주 독립적이고 여성주의적인 견해를 가진, 아버지와 정서적인 문제로 힘들어 하던 미국인 여성이 꾼 꿈이다.

크고 끔찍하게 생긴 큰 여자가 발가벗고 있다. 푸른빛이 도는 검은 색 피부에 이가 끔찍하게 길고 날카롭다. 손톱은 매 발톱처럼 생겼다. 자기 아버지의 시체에 타고 앉아 맨손으로 내장을 뜯어 삼키고 있다.

이 꿈의 태모는 '천당과 지옥의 여왕' 칼리처럼 집어삼키는 면모를 보여 준다. 깨어 있을 때 진화 중인 아버지와의 정서적인 관계라는 개인의 드라마가 원형적인 깊이에 도달해 시간을 넘어선 태모 드라마를 반영하고 있다.

언제든 개인의 삶과 관계가 '시간을 넘어' 반복되는 이 원형의 드라마에 담긴 정서와 에너지로 가득할 때, 그 사람의 꿈에서 (그리고 깨어 있을 때) 이런 원형적인 인물들과 각본이 등장하게 된다. 마치 '신들'(원형적인 에너지들)이 자신들을 드러내고 살아가기 위해 살아 있는 존재를 필요로 하는 것 같다. 죠지 그레덱Georg Groddeck은 무의식, 아직-말로-무르익지-않은 것에 이드id라는 이름을 붙인 사람이다. 그는 원형적인 유형들이 사람들이 깨어 있을 때의 삶으로 억지로 들어오는 체험을 "우리는 이드에 의해 살아간다"고 했다. 이런 침입이 일어나는 때는 개인이 겪고 있는 정서적인 관계와 진화의 드라마가 신화와 신성한 서사가 지닌 것과 기본적으로 같은 상징을 지닐 때이다.

예로 든 꿈에 칼리 형상이 등장했을 때는 꿈꾼 이가 긍정적이든 부정적이든 자신의 삶에서 아버지가 내리는 판단을 떠나보내려 할 때였다. '책임감 있는 성인'이란 이러저러한 사람이어야 한다는 자신의 생각이 실은 아버지의 좁은 견해를 내면화한 것임을 깨달은 시점과 일치했다. 의식에서는 아버지의 보수적이고 성차별적인 가치들과 결별했지만 아버지의 사랑과 인정을 갈망하는 것은 여전했다. 꿈꾼 이는 많은 부분 여성운동에서 의식을 높이는 작업을 통해 무의식에 머물고 있던 그런 열망들을 의식으로 가져오는 데 성공했다. 그래서 (다른 것들 중에서도) 이 꿈으로 보상을 받은 것이다. 이 꿈에는 인격과 성격이 성장하고 변형하는 것과 죽음 사이의 원형적인 관계가 드러나 있다. '아버지'의 이미지는 정말 죽었고 '시체'는 꿈꾼 이의 정신에서 태모의 '자양분'이 된다. 보다 심리적으로는 꿈은 아니무스 에너지를 보여 주는데, 이전에는 제한되고 억압되던 이 에너지가 해방되어 원형적인 여성인 태모가 가진 힘과 창의적/표현적인 가능성들을 더 잘 이해하도록 흡수되었다고 볼 수 있다.

태모의 등장이 여성들의 꿈으로만, 아니면 부정적이거나 무서운 이미지로만 나타나는 것도 아니다. 다음은 남편이자 아버지로, 프리랜서 작가이자 교사로 고군분투하는 남자가 꾼 꿈이다.

엄마가 할머니에게 가서 뭔가 가져오라는 중요한 심부름을 시킨다. 나는 땅 속으로 들어가 몇 '단계'와 '문들'을 지나가야 한다. 도착했을 때 할머니는 어딘가 쌀쌀해 보이지만 나를 봐서 기쁜 것 같다. 설명할 필요도 없이 할머니는 내가 뭘 가지러 왔는지 이미 알고 계신다. 8×10크기의 반질거리는 광고용 사진 한 뭉치를 건네주셔서 보니 내 사진이다. 할머니는 돌아가시기 몇 년 전 내가 어렸을 때 모습 그대로인데 나는 중년으로 보여 놀란다. 할머니는 내가 '적과의 관계를 바꾸는 데' 사용할 수 있는 '주문'과 '저주' 같은 다른 것도 주신다. 나는 갑자기 내가 "죽은 자들의 땅"에 있다는 걸 깨닫고 놀라 잠을 깬다.

여기선 꿈꾼 이의 돌아가신 할머니라는 이미지를 띠지만 거기 담긴 보다 깊은 의미는 분명히 원형적이다. 꿈꾼 이가 깨어 있을 때 추구하고 있는 '부'와 창의적인 '출산력'의 에너지는 늘 '지하 세계의 여왕'으로 변장한 태모가 관장하는 심리 영성적인 깊이에 잡혀 있다. 그건 어린 구이온이 세리두엔의 가마솥에서 마법의 묘약을 마셨을 때 얻게 되는 것과 본질적으로 같은 힘이다. 모계 중심의 그리스 신화에 나오는 프시케처럼 '깊이로의 여정'은 어머니의 명령으로 시작되고 훨씬 더 오래되고 깊이 있는 여성성의 힘으로 이끌어 준다. 이 깊은 곳의 원형적인 여성성의 에너지와 접촉하게 되면 새로운 창의적인 가능성들이 생겨난다.

### 손 없는 처녀 세드나

알래스카와 베링 해협의 원주민 문화권에서는 바다의 여신 세드나 Sedna가 비슷한 인물이다. 그곳에서 세드나는 바다 밑바닥에 살면서 바다 포유류를 관할한다고 믿어지는데, 바다 포유류는 언젠가 그녀의 아버지가 잘라내기 전에는 그녀의 손가락이었다고 한다. 전해지는 이야기는 이렇다.

아름답고 젊은 세드나를 탐내는 이들이 많아 수많은 사람이 그녀 아버지에게 청혼하러 온다. 시간이 갈수록 '신부 값'이 점점 더 높아지

**그림 12** (북극 지방) 무아지경에 든 무당이 북을 타고 내려와 자식들이 지켜보는 동안 바다의 어머니 세드나의 엉킨 머리를 빗기고 안정시키고 있다.(손가락이 잘린 세드나 혼자서는 할 수가 없는 일이다.)

는데 그래도 세드나는 아무도 받아들이지 않는다. 아버지는 구혼자들이 내놓은 재물이 갖고 싶어 억지로라도 결혼시키기로 마음먹는다. 아버지는 세드나를 배에 태우고 바다로 나가 배 밖으로 던져 버린다. 구혼자 중 한 사람과 결혼하고 선물을 받겠다는 약속을 하면 다시 태워주겠다며 배에 매달린 세드나가 거절을 할 때마다 손가락을 하나씩 잘라 버린다. 열 번을 거부해 마지막 손가락까지 잘려 나가자 세드나는 바다 밑으로 가라앉는다. 잘린 손가락들은 그 지역 사람들의 생계와 생존이 달린 고래와 물개, 수달과 북극곰이 되었다.

손가락이 없는 세드나는 머리를 빗을 수도 몸치장을 할 수도 없다. 머리가 엉망으로 엉키고 이로 들끓게 되면 화도 나고 슬퍼진 세드나는 자식들을 불러와 곁에 머물게 한다. 그러면 바다가 텅 비어 사람들이 굶게 된다. 바로 이때가 영적으로 뛰어난 남녀 샤먼들이 원형의 깊이로 여정을 떠나게 되는 때이다. 바다 속으로 내려간 샤먼들은 여신의 머리를 빗기고 몸치장을 해 주고 노래를 불러 여신의 기분을 풀어준다. 그러면 여신은 자식들을 다시 바다로 돌려보내고 사람들은 굶주린 배를 채우게 된다.(그림 12)

손가락을 잃어버리게 되는 끔찍한 방식을 보면 세드나가 분명 '손 없는 처녀'의 원형에 속함을 알 수 있다. 이 원형은 남성 위주의/가부장적 세계관이 정복하고 지배하려 하지만 결코 꺾이거나 좌절하지 않는 여성성의 정신이다. 모든 것의 어머니에게서 생명의 선물을 되찾고 생존을 보장받기 위해 샤먼이 떠나는 깊은 곳의 여정은 문화권마다 다양한 모습으로 나타난다. 앞서 소개한 프리랜서 작가의 꿈이 분명하게 보여 주듯 산업화된 도시에 사는 현대인들도 마찬가지이다.

꿈에 나타난 세부사항은 다른 신화에서 영웅들이 잃어버린 보물을 되찾으러 지하세계로 내려가는 것과 궤를 같이한다. 이나나와 페르세포네, 이자나기와 프시케처럼 말이다. 적어도 깨어 있을 때 꿈꾼 이가 전심을 다해 자신만의 고유하고 개인적으로 원형적인 영웅의 임무에 착수한 부분에서는 그렇다. 보다 의식적으로, 창의적으로 표현하며 살겠다는 용기 있는 선택을 한 모든 사람은 내면 깊은 곳에 있는 창의적인 에너지와 아이디어들을 찾아 '깊은 곳으로 내려가야만' 한다. 가족을 부양하면서 이런 선택을 할 때 그때 방출되는 에너지는 엄청나다. 이들 원형적인 에너지들이 정말 생생하게 나타날 때는 바로 내면 작업과 세상 속의 일, 이 둘이 함께 뒤섞였을 때이다.

### 명탐정 홈즈와 왓슨, 저택을 팔다

이 장을 쓰는 동안 남자이면서 태모 원형에 대해 얘기하고 있는 나에 대해 은유적으로 표현한 것 같은 신기한 (그리고 웃기는) 꿈을 꾸었다.

나는 셜록 홈즈이기도 하고 왓슨이기도 하다. 우리는 대영제국이 한창일 때 전 세계에서 모은 예술품들로 가득한 고택을 파는 중개인 역할을 하고 있다. 이 집을 사기로 한 사람은 아주 강하고 현대적인 흑인 여성으로 의사이면서 박사 학위도 있다. 그녀는 밝은 색 옷에 아프리카풍의 커다란 금빛 보석으로 치장하고 있다. 그녀가 집 안의 예술품이나 가구 어느 것도 원하지 않아서 이사 들어오기 전에 집을 다 비워야 한다. 집을 비우려고 정신없이 움직이면서도 우리는 풀고 싶은 오래전 범죄 해결에 도움이 될 뭔가도 함께 찾고 있다. 그녀도 우리가 그걸 해결해 주기 바라는 것 같다. 조각상들과 그림, 벽걸이 융단, 무기 등 전시해 놓은 것들을 옮기느라 분주한 우리를 그녀가 친절하면서 힘있게 격려하고 있는 걸 보니 말이다. 장식물을 벗겨 내다가 나는 건물 자체의 아름다움과 정교한 솜씨에 깊은 감동을 받는다. '빅토리아 시대의 잡동사니' 에 가려져 있던 아름다움에…….

이 꿈이 전하려는 메시지의 전부는 아니겠지만 나는 그 '범죄' 가 한 층위에서는 가부장제와 여성성 일반에 대한, 특히 여성에 대한 전 지구적인 억압이라고 확신한다. 정말 많은 것을 성취한 흑인 여자는 한 층위에서는 또 다른 여신, 태모 자신의 이미지이다. 꿈에서 이사 들어

오기 전에 치워 달라고 요구한 대영제국의 '전리품' 이라는 과거의 유산과 홈즈와 왓슨이란 옛날 사람들과 대조되는 아주 현대적인 여인의 이미지가 강조된다. 한 층위에서는 나 자신의 정신에서 성차별적인 인공물을 없애려는 노력에 대한 은유이고, 다른 층위에서는 이 책이 집단적으로 비슷한 효과를 가졌으면 하는 욕구를 반영한다.

'홈즈' 는 '탐정' 이자 '조사관' 인 반면 '왓슨' 은 '작가' 이다.('의사' 인 왓슨을 치유에 관심이 많은 작가로 볼 수도 있다.) 흑인 여성은 여신의 에너지를 담고 있는데 엄청난 생명력을 가진 데다 홈즈나 왓슨이란 인물이 지닌 빅토리아 시대의 느낌과 대조되는 느낌이다. 원형의 태모에 대한 수많은 도상 등과 다른 신화적 증거들은 고색을 띠지만 이 꿈의 흑인 여성은 완전히 현대적이다.(포스트모던하다고 해도 될 정도이다.)

우리가 집 안의 장식품들을 밖으로 내가면서 풀려고 하는 '오래된 범죄' 는 적어도 한 층위에서는 앞 장에서 언급한 최초의 남자에 의한 최초의 여자 살해이다. 남성성과 여성성에 대한 본질을 가리는 고정관념의 이미지들은 유럽 식민주의에서 물려받은 것이다. 이런 고정관념들을 청소하는 것은 태모를 원래의 걸맞은 지위로 복원하는 데 필요한 단계이다. 이 과정에서 성 억압이라는 '큰 범죄' 는 반드시 드러내어 해결해야 할 것이다. 여기서 희소식은 이런 청소가 끝났을 때, (인간 사회와 집단적·객관적 정신은 물론이고 자연 물리 세계의 기본 유형이라는) 저택의 기본 구조는 아름답고도 견고했다는 점이다. 또 다른 층위에서 모든 '예술' 은 '장식' 으로 문화적/지적으로 주의를 산만하게 하는 것이자 물리 세계, 즉 여신 자신의 신성한 몸인 마야Maya 영역의 기본 구조를 '은폐' 하는 것이다.

오늘날 산업사회에서 전문직에 종사하는 흑인 여성들이 실제로 그랬던 것처럼, 태모도 엄청난 억압을 겪었고 그 억압으로 훨씬 더 강해졌다.(그리고 그저 예의를 지키며 순종하는 게임은 거부한다.) 그녀가 가진 강력한 양육과 변화의 에너지가 없다면 가부장 세계는 자기 파괴의 길로 갈 뿐이다. 이런 자기 파괴로 인해 '신들의 황혼*The Twilight of the Gods' 이나 산업공해와 부실경영으로 인한 '황무지' 라는 저주는 피할 수 없어 보인다. 하지만 다가오는 멸망이 불가피해 보이는 것은 이들 에너지를 계속해서 억압하고 있기 때문이고, 풀 수 없을 것 같은 문제에 대한 해결책은 바로 태모라는 원형적 에너지와 가능성에 놓여 있는 것 같다.

나는 미스터리를 해결하는 과정에서 홈즈와 왓슨도 성장하고 변해야만 한다는 사실에 감동받았다. 특히 이들이 지닌 여성에 대한 '빅토리아 시대적인' 태도는 바뀌어야만 한다. 코난 도일의 이야기에 나오는 인물들은 여성을 무시하거나 아니면 과장되게 존중하는데, 나의 정신에도 있는 이런 태도가 바뀌어야 하는 것이다. 그뿐 아니라 집단적인 차원에서의 억압 유형들도 밝혀지고 폐기되어야만 한다.

* 여러 신과 거인들 사이의 전투로 세상이 멸망한다는 북유럽의 신화 - 옮긴이 주.

### 시어머니를 위한 선물

원형적인 태모가 현대인들의 삶과 체험 안에 등장하는 또 다른 꿈을 1994년 여름에 들었다. 매년 열리는 꿈연구협회 정기학회 참석차 홀란드에 있는 라이덴 대학에 머무르며 "이게 내 꿈이라면……" 하는 꿈 작업 방식을 가르치는 워크숍을 진행 중이었다. 당시 벨기에에 살고 있던 여성이 나눠 준 꿈이다.

꿈에서 그녀는 자기 집 뒷마당에 있는 자그만 온실에 있다. 오줌이 너무 마려워 그냥 그 자리에서 볼 일을 볼까 싶다. 부서진 화분들과 녹슨 연장들이 널브러져 있는 곰팡내 나는 그 온실 안에서 말이다. 그런데 갑자기 낯 모르는 남자가 들어와 그녀가 거기 있을 권리가 없다고 참견한다. 자기 집 온실에서 이런 말을 듣자 정말 화가 난다. 하지만 자신의 '사적인' 공간에 불쑥 침입한 그에게 화를 내지 않고 그냥 자리를 뜬다. 밖에 나와 보니 자기 집이 아니라 언젠가 순례 때 성모 마리아의 성지가 가까워 와본 적 있는 프랑스 작은 마을의 길가여서 깜짝 놀란다.

자기가 있는 곳이 어딘지를 알자 오랜 친구의 시어머니이기도 한 아주 매력적인 할머니가 가까운 민박집에 머물고 있는 게 기억난다. 할머니께 드리려고 마른 향초와 꽃잎을 주머니에 넣어 만든 작은 '토속' 수공예 향주머니를 산 것도 기억난다. 꿈속에서 그녀는 (자기 시어머니도 아닌데) 너무 '나서는' 것처럼 보이지 않을까, 아니면 괜히 친구가 사드린 덜 예쁘고 성의 없는 선물과 비교되어 문제나 만들지 않을까 갈등한다. 하지만 그녀는 오랜 생각 끝에 그런 것에 신경 쓰지 않기로 한다. "될 대로 되라지" 싶다.

마을의 민박집을 향해 걸어가는 동안 뒤에서 버스가 한 대 오고 있다. 뜨거운 햇볕 아래 너무 피곤해질까 봐 얼마 남지 않았지만 버스를 타고 가기로 한다. 버스를 타고 얼마 안 되는 차비를 내려고 하는데 운전사가 "동전이 다르다"며 돈을 안 받는다. 다른 나라 동전이 섞였나 확인한다. 문제가 없어 보이긴 하는데 자신은 없다. 미안하지만 내려서 걸어가겠다니까 운전사는 그럴 수 없단다. 차비는 운행거리가 늘수록 계속 올라간다면서 말이다. 말문이 막히고 화가 난다. 정말 불공평하고 뭔가 걷어차고 싶은 심정이다. 분개하고 혼란스러운 기분으로 잠을 깬다.

여러 나라에서 온 사람들이 모여 꿈 작업을 해 나가는 동안 꿈꾼 사람이 깊은 종교적·영성적 감수성을 지녔음이 분명해졌다. 가톨릭으로 성장한 그녀는 최근 들어 점점 더 생태적인 문제들에 관심을 갖고 참여도 하게 되었다. 거기에서 영성적으로 더 깊이 이해하게 된 '하느님이 창조' 하신 자연 세계의 신성함에 대한 구체적인 표현을 찾게 된 것이었다. 자연을 내재적으로 신성한 '태모의 몸' 으로 보는 고대의 여신숭배 문화에 관심이 간다고도 했다. 어려서부터 다닌 제도화된 성당의 전례나 교의에서 자신이 탐색하고 발견한 새로운 영성적인 견해를 지지하는 내용을 찾을 수는 거의 없었지만 말이다.

이런 내용을 알게 되자 내면화된 종교적 가르침과 그녀의 진화하는 영성적인 견해들 사이의 해결되지 않은 긴장 관계를 상징적으로 보여 주는 꿈으로 보였다. 꿈은 이들 내사된 가부장적인 교회의 가치들과의 긴장을, 그리고 이들이 어떻게 그녀의 '사적' 영성생활에 '불쑥' 끼어드는지를 상징적으로 보여 주고 있다. (씨를 뿌리고 어린 묘목들을 바깥으로 옮겨 심을 준비를 하는) '온실' 안에서 그녀는 자신의 더 깊은, 하지만 사회적으로는 덜 받아들여지는 영성적인 감정들을 표현하는 게 자유롭다.(오줌을 눈다.) 하지만 '참견하기 좋아하는' (내사된) 영성적인 문제에 권위를 가진 남자는 그녀가 그런 사적인 생각에서 어떤 결론도 내리지 못하게 방해한다.

'온실에서 만난 주제넘은 남자'와 '주제넘은 버스 운전사'는 분명 연관이 있다. 한 사람은 개인적인 공간에 모르는 남자로 불쑥 나타나고, 또 한 사람은 대중적인 공간에서 사회적으로 인가된 권위를 지닌 것으로 나타난다. 한 층위에서 이 두 남자는 같은 에너지를 상징한다. 다른 층위에서는 (실제로는 자신의 진정한 면이 아님에도 외부의 에너지를 내면의 실재로 받아들이게 된) 내사된 인물과 (심리 내면의 에너지를 외부의 힘으로 인식하는) 투사된 인물 사이의 차이를 나타낸다. 즉 종교 영성적인 원리들에 관한 생각과 감정들과 연관된 이 두 아니무스 인물이, 내사와 투사라는 다른 심리의 역학을 강조하고 있는 것이다.

두 남자는 각자 '안'과 '바깥'에서 같은 기능을 한다. '온실에서 만난 남자'는 그녀가 소변 보는 것을 방해하고 '버스 운전사'는 그녀가 선택한 목적지에 도착해 만나고 싶은 '시어머니'를 만나지 못하게 방해한다. 이 시어머니는 비록 직접 등장하지는 않지만 아주 중요하다. 그녀는 아주 중요한 층위에서 '자연 법칙'의 '어머니', 즉 여신이다.

(한편으로는 실제 가부장적 교회의 지도자가, 다른 한편으로는 질서와 규율을 원하는 꿈꾼 이의 아니무스 에너지가 투사된 이미지인) '운전사'의 입장에서 보면 그녀는 (마음, 가슴, 영성적으로) '잘못된 길'을 가고 있다. 저절로 일어난 영성적인 발달과 일생 동안 내면화된 신념과 종교적 습관 사이에서 일어나고 있는 내면의 갈등이 꿈의 이미지로 나타났다. 동시에 이들 개인적인 문제는 생태와 전 지구적인 사회 변화라는 현대의 가장 큰 원형적인 드라마의 맥락에 놓여 있기도 하다.

이 꿈의 상징적인 짜임새에는 뭔가 불길한 것이 있다. 그녀가 선택한 (영성적인) 목적지에서 점점 더 멀어짐에도 불구하고, '버스에 머물러 있는' '대가'는 버스를 오래 탈수록 더 커진다는 것이다. 이 이미지에서 우리는 권위적인 종교 전통 안에서 성장한 사람들이 처한 딜레마를 상징적으로 분명하게 볼 수 있다. 자신들이 영성적으로 진화할수록 늘어가는 요구와 그 종교 전통을 떠나는('버스에서 내리는') 것에 대해선 감히 생각도 할 수도 없는 낡은 금기들 사이에서 갈등하고 있다는 것이다.

꿈에서 '돈'이 깨어 있을 때의 실제 재원을 가리키는 경우는 거의 없다. 그보다는 (우리가 서로 교제할 때 실제로 교환하는) 우리의 정서적인 에너지와 자원을 상징하는 편이다. (전통적인 유럽식의 가톨릭교회라는) '버스에 머무르는 것은' 내면 깊은 곳의 영성적인 필요를 충족도 못 시키면서 점점 더 많은 정서적인 에너지와 생명 에너지를 '대가로' 치르는 것이라고 꿈은 말하고 있는 것 같다. 버스라는 집단의 교통수단은 꿈꾸는 이가 집단적인 기관—이 경우에는 전통적인 제도화된 교회—과 맺고 있는 관계에 대한 상징이라고 본다.

그녀는 자신이 준비한 자연산 향주머니인 여성적인 선물과 시어머니와 '보다 직접적으로 연관된' 친구가 한, 구체적으로 무엇인지 꿈에 나오지 않지만, 뭔가 떨어지는 그런 선물과 '기분 나쁘게 비교' 될지도 모른다는 것에 흥미를 가진다. 꿈꾼 이에게 영성적이라기보다는 '정치적' 이고 '세속적' 인 관점에서 원형의 신성하고 위대한 대지 모신에 대한 의식을 갖게 된 생태여성주의자 친구들이 있다는 게 꿈 작업에서 드러났다. 그렇게 보면 꿈은 여성의 모습을 띤 신에 대하여 꿈꾼 이의 태도와 관계가 변해 가는 그 과정에서 생겨난 '영성적인 교만' 에 대해서도 부드럽게 언급하고 있는 것 같다.

이 꿈에서 문제가 있어 보이는 인물들은 모두 남자이고 '며느리들' 은 선물을 가져오는 이들이라는 사실은 꿈꾼 이가 남성적인 원리, 즉 아들/남편을 통해 '어머니' 와 관계 맺고 있음을 암시한다. '모기 머리를 한 권투 선수' 와 '고릴라 의상을 입은 남자' 가 등장하는 꿈들처럼 상처 입은 아니무스의 문제와 관련이 있는 것이다. 무시하던 '타자' 를 통합하는 것이야말로 신과 보다 완전하고 의식적인 관계를 맺는 모험에 나선 이들에게 필요한 임무이다. 그것은 심리적인 진실일 뿐 아니라 영성적인 실재이기도 하다. '시어머니' 를 만나러 가는 길을 가로막는 이는 바로 '주제넘은 남자들' 인데, 역설적이게도 그건 우연이 아닌 사실이고 시어머니와 제대로 관계를 맺는 데 그들의 에너지가 필요하다.

열등한 '친구의 선물' 이 구체적으로 명시되지 않았다는 게 흥미롭다. 꿈이 '열등하거나 부적절한 선물'을 구체적인 이미지로 쉽게 나타낼 수도 있었다. 담배를 안 피우는 사람에게 재떨이를 선물하든가 채식주의자에게 햄버거 체인점의 식사권을 주는 식으로 말이다. 하지만 꿈 자체가 이 점에 대해 아무런 언급을 않기 때문에 우리가 알고 있는 '덜 적절하고 성의가 덜하다'는 게 실은 꿈 자아의 근거 없는 의견일 수 있다. 꿈 자아가 가진 의견을 꿈이 확인해 주지 않을 땐 꿈꾼 사람이 깨어 있을 때 가진 생각이 잘못된 것이 아닌지 다시 살펴볼 필요가 있다. 혹은 꿈이 그렇다고 암시하는 것이라 볼 수 있다.

라이덴에선 이 질문을 하는 데까지 미치진 못했다.(시간이 제한되어 있어 모든 가능성을 탐색할 수는 없었다.) 하지만 내가 이 꿈을 꾸었다면 여신에게로 가는 나의 '영성적인' 접근이 생태여성주의자 친구들의 보다 '세속적인' 접근보다 우월하다는 생각을 버리라고 꿈이 부드럽게 일깨워 주는 것 같다.

## 꿈과 의식이 가진 선택적인 맹목

꿈꾼 사람이 깨어 있을 때 잘못된 의견을 갖고 있으면 꿈은 어려운 문제에 직면한다. 그런 의견을 가진 꿈꾼 이를 묘사해야 하고, 나아가 꿈꾼 이가 그 의견을 다시 들여다보고 상황을 좀 더 진실하게 볼 수 있게 할 만한 상징적인 체험을 하도록 해야 하기 때문이다. 내가 한 투사가 틀렸을 수 있지만 무언가가 옳다는 걸 뒷받침하는 유일한 증거가 꿈 자아가 가진 의견이라면 상황을 다시 살펴볼 필요가 있다. 꿈이 깨어 있을 때의 생각을 다시 살펴보고 재평가할 필요가 있다는 애기를 하려고 이 원형적인 상징의 형태를 이용한 건 아닌지 물어봐야 하는 것이다.

실제로 꿈 작업을 할 때 이런 이미지에 담긴 메시지를 꿈꾼 이 혼자서 알아내기란 정말 어렵다. 꿈에서 '다른 사람'의 선물이 열등한 것으로 체험하는 건 '당연'하다. 그리고 꿈을 꾼 내가 꿈에서 한 생각을 뒷받침할 증거를 찾아야겠다는 생각은 하게 되지도 않는다. 꿈 체험 자체는 내가 투사를 얼마나 심하게 하는지 그로 인해 내가 보는 세상이 얼마만큼 왜곡되고 채색되어 있는지에 대한 은유이다. 바로 이 때문에 내 꿈을 새롭게 보고 듣는 다른 사람의 눈과 귀가 내게 큰 도움이 된다. '열등한 선물'이 구체적으로 나타나지 않았고, 그런 생략에 중요한 의미가 있을지도 모른다는 걸 혼자서는 알아차리기 힘들겠지만, 꿈 작업을 같이하는 다른 사람이 눈치 챌 가능성은 높다.

꿈 세계가 '선물'이라는 개념을 가볍게 다루지는 않았을 것이다. 누군가에게 주고 비교되는 '선물'이라면 꿈꾼 사람이 자신의 선물/재능이 무엇인지 알지도 제대로 탐색하지도 않았으면서 얕보고 있다는 점을 일깨워 주려 할 것이다. 여기에다 정신의 남성적인 에너지들이 일반적으로 '주제넘고' '통제 불능'이라면 이 '열등한 선물'이 아마도 심리의 남성적인 면에서 나오는 영성적인 에너지의 선물이고, 그들의 진정한 가치는 그녀가 생각한 것보다 훨씬 더 클지 모른다.

다시 한 번 이 꿈은 우리 개인과 집단이 갈등해 온 오랜 원형의 신화적인 드라마가 어떻게 우리의 일상이라는 현대적인 의상과 배경을 입고 나타나는지 보여 준다. 꿈꾼 사람은 한 손에는 국가의 종교가 요구하는 공적인 책임을 쥐고 다른 손에는 혈육과 가슴 깊이 느끼는 영성적 직감을 쥐고 그 둘 사이에서 균형을 잡으려 고투하는 신화적인 여성 영웅이나 현대판 안티고네 같은 인물로 스스로를 상상해 본 적이 없다. 하지만 꿈은 그녀 자신이 충실하고자 하는 것이 실은 둘로 나눠져 갈등하고 있음을 보여 준다. 그렇게 꿈은 자기인식이라는 보편의 드라마로 데려가 자신의 삶 안에서 신화의 영웅들처럼 원형적이고 도덕적인 선택을 하도록 부드럽게 권한다.

꿈에서 꿈꾼 이가 '시어머니' 얼굴을 보게 되지는 않아서 그분이 실제로 어떤 모습인지 볼 수 없다. 만약 얼굴을 보았다면 흑인이었을 것 같다. 그렇게 생각하는 이론적인 이유가 있는데 많은 현대인의 꿈에 나타나는 원형적인 태모는 아주 어두운 외양을 하고 있어 중세의 '블랙 마돈나'와 힌두 전통의 '피부가 밤처럼 까만' 여신이 떠오른다. 현대인들의 꿈에서 태모는 흔히 아주 큰 흑인 여성으로 등장해서 꿈꾼이와 친해지고 꿈꾼 사람이 빠뜨린 무언가를 꾸짖곤 한다. 이들 이미지에서 '검은색'과 '무의식'은 원형적으로 연결되어 있다. 깨어 있을 때의 많은 흑인 여성처럼 태모는 (정신에서) 쫓겨나고 버려진 상태 그 자체에서 직접적으로 힘을 얻고 있는 것 같다. 창의적인/표현적인 행동에 필요한 심리 영성적인 감정과 생각, 에너지의 콤플렉스를 억압하는 데 에너지를 쓰면 이 에너지를 받아 '충전'된 콤플렉스는 더 힘이 세진다.(그래서 그 억압을 유지하는 데 훨씬 더 많은 에너지가 들고, 그렇게 자기 파괴적이고 신경증적인 행동의 소용돌이와 에너지 낭비는 계속된다.)

소위 '태모' 라 불리는 원형의 에너지는 이런 억압의 '압력밥솥' 안에서 수천 년 동안 에너지를 쌓아 왔고, 점점 더 많은 개인의 삶에서 내면의 위기뿐 아니라 생태계의 재앙이라는 외부의 집단적인 위기로까지 확대되어 넘칠 듯 끓고 있다. 이런 억압된 원형적인 에너지가 꿈에 나타날 때 엄청나게 강력하고 모호하며 정서적인 느낌의 '흑인 여성' 으로 나타나곤 한다.

서구 가부장 사회는 산업문화의 등장으로 '황무지' 가 전 지구적인 현실이 되기 훨씬 이전부터 태모로부터의 분리라는 끔찍한 문제를 앓고 있었다. 이렇게 보면 중세 신화에 나오는 성배라는 '잃어버린 보물' 은 마법에 걸린 개구리 이야기에 나오는 '잃어버린 보물' 과 똑같다. 정신과 사회에서 혐오스럽고 짓밟힌 요소를 인정하고 다시 한 번 적절한 명예와 의미를 부여하고 영성으로 드높여야만 그 보물은 회복될 수 있다.

이것이 달성되면 자연 세계의 파괴와, 모든 종의 몰살 그리고 다른 인간을 향한 집단 학살이라는 끔찍한 결과들도 되돌리고 치유할 수 있을 것이다. 이런 화해를 이루기 위해서는 정신세계와 사회에서 단절되고 오만에 찬 요소들이 전체로 통합되어야만 한다. 지성과 의지가 다시 한 번 기꺼이 가슴과 영혼에 봉사하는 친구가 되어야만 한다. '잃어버린 보물' 의 회복은 차치하고라도 그 자신의 생존을 위해 주요 권력들은 정신세계와 사회에서 오만하고 무정한 교도관이나 사형 집행자가 아니라 약하고 멸시받는 것들의 보호자이자 수호자가 되어야만 한다.

카를 융이 여러 차례 얘기했듯이 내면의 균형과 자기인식이라는 임무를 달성한 개인은 사회적으로 또 집단적으로 엄청나게 중요한 무언가를 성취한 것이다.

이를 위해 현대인들의 꿈에 태모의 이미지가 점점 더 자주, 더 절박하게 나타나는 것이다. 그리고 생태계의 균형과 생물 종의 다양성, 사회와 경제 나아가 영성적인 정의라는 전 지구적인 과제도 점점 더 절박해지고 있음을 보여 준다.

모든 꿈은 건강과 온전함에 이바지하려고 온다. 이 말은 "저런, 문제가 있는데 당신이 할 수 있는 일이 하나도 없어!"라는 말을 하러 오는 꿈은 없다는 의미이다. 이건 개인의 심리라는 층위뿐 아니라 사회 집단의 층위에서도 마찬가지이다. 누군가 어떤 문제에 대한 꿈을 꾸었다는 것은 그 사람에게 그 문제에 창의적으로 반응하고 상황을 변화시킬 행동을 취할 여지가 남아 있다는 의미이다. 그렇지 않다면 꿈은 처음부터 기억도 안 날 것이다.

여기서 얘기하고 다룬 꿈들이 큰 집단적인 이슈들을 가지고 있는 한, 꿈꾼 사람들에게는 이 문제들을 집단적으로 변화시키고 해결하는 데 창의적인 역할을 할 잠재력도 있다. 하나의 생물 종으로서 우리는 너무나 불길하게 다가오는 재앙을 만들어 낸 책임을 져야 한다. 이 이유 하나만으로도 재앙을 막고 변화시키는 데 우리가 해야 할 역할이 있는 것이다. 우리 개인과 집단의 주변 상황을 변화시키는 데 필요한 창의적인 에너지와 의식적인 통찰을 얻을 수 있는 가장 강력하고 유용한 원천이 바로 융이 '태모'라고 부른 이 원형의 콤플렉스이다. 다시 한 번 집단의 정신에서 태모가 깨어나고 있는데도 우리는 계속 태모를 억압하고 무시하고 있다. 우리 목숨이 달렸는데 말이다. 태모를 포용하고 응당하게 대접하면 예전에는 상상하지 않았던 그리고 상상도 할 수 없었던 성장과 변화와 화해를 위한 에너지가 풀려 나올 것이다.

# 요약

세리두엔 여신이 화가 나 어린 구이온을 뒤쫓는 고대 웨일즈의 신화에서 카를 융이 '태모'라고 부른 원형의 기본 모양을 볼 수 있다. 이 집단적인 에너지 패턴은 아주 오래전 인간 정신에 나타났다. 초기 인류가 신성을 모든-아버지-하느님이 아닌 모든 것의 어머니, 태모로 보았다는 고고학적 증거는 아주 많다.

태모 숭배와 그에 따른 신학적 추론 그리고 '영혼 재생설'과 윤회에서 영혼이 새로운 몸으로 옮겨간다는 믿음은 오랫동안 억눌려 왔다. 하지만 이 원형이 현대인의 정신에서 미치는 근본적인 힘은 결코 약해지지 않았다. 전 세계에서 억압적인 가부장적 태도와 생태계 파괴를 멈추고 되돌리려면 개인과 집단 모두가 이 원형과 보다 의식적인 관계를 다시 맺는 게 절대적으로 필요하다. 이런 노력에 중심이 되는 것은 모든 것 안에 내재된 신성numinosity과 자연과 물리 세계에 대한 성스러움에 대한 감각을 회복하는 것이다. 선사시대 모계사회에서 지구는 '모든 것의 어머니', 즉 태모의 몸으로 종교적인 경외와 숭배를 받았다. 그뿐만 아니라 '게걸스럽게 집어삼키는 자Devourer, 죽음'이라는 태모의 부정적이고 파괴적인 면 또한 깊이 숭배되었다.

선사시대 태모 숭배에서는 남성이 출산에 중요한 역할을 하지 않으며 성적인 결합이 임신과 무관하다고 믿었던 것 같다. 가축 떼를 모는 가부장적인 인도유럽인들의 도착으로 농경과 모계 중심이던 팔라스기아 사람들의 사회가 전복되었고, 새로운 우주 질서가 세워졌다. 자연 환경은 '함락된' 것으로 그래서 종교적인 감정을 가질 만한 가치가 없는 것으로, 내재적으로 우월한 남성적 기술로 '조직하고 개발' 해 달라고 요청하고 있는 그저 혼란스런 '원자재' 집합에 불과한 것이 되어 버렸다. 여성도 물리 세계처럼 비신성화되어서, 지구상에서 여신을 대표하는 존재가 아니라 단순한 소유물이자 종의 번식과 남성의 자식을 낳기 위해 필요한 '원재료' 로 취급되었다.

신이 여성성의 얼굴을 가졌다는 이전 시대의 직관을 억압하다 보니 태모 원형이 등장할 때 무시무시하고 파괴적인 모습으로 나타나는 편이다. 하지만 '마법에 걸린 개구리에 키스' 함으로써 '잃어버린 보물' 을 찾을 수 있었다. 그처럼 개인과 집단이 바로 이 태모 에너지를 회복시키고 변형시켜야만 생태계의 균형이라는, 또 물리 세계와 깊은 무의식과의 건강한 관계라는 '잃어버린 보물' 을 되찾을 수 있을 것이다.

이 중요한 원형적인 에너지가 현대인들의 내면생활에 어떻게 자발적으로 등장하는지에 대한 예로 현대 남녀의 꿈 몇 가지를 살펴보았다.

꿈들을 살펴보는 과정에서 꿈 자아가 꿈속에서 일어난 일에 대해 꿈속의 이미지나 사건들에서 보이는 것과 다른 의견이나 견해를 가지고 있을 때, 꿈꾼 사람이 깨어 있을 때도 실제 상황과 맞지 않는 강한 견해나 의견을 가진 건 아닌가라는 질문을 해 보는 것이 의미 있음을 알 수 있었다.

# 5장

# 헤롯의 군대와 영원한 곤경에 처한 신성한 아이

어린아이 모티프에 담긴 중요한 특성 중 하나는 아이가 지닌 미래의 가능성이다.

따라서 개인의 심리에서 어린아이 모티프가 출현하는 것은 언뜻 회고적으로 보일지 모르나 일반적으로 미래의 발달에 대한 기대를 상징한다.

_ 카를 융

신약성서 마태복음에 나오는 예수 탄생 이야기는 서구인들에게 가장 친숙한 '신성한 아이' 이야기이다. 신성한 아이가 태어나기 전, 지상의 부모인 요셉과 마리아는 살고 있던 나사렛이란 마을을 떠나 베들레헴이라는 작은 마을로 가는 고된 여행을 해야 한다. 베들레헴은 요셉의 조상이자 집안사람들이 사는 곳이다. 멀리 로마의 황제가 이스라엘의 정복된 지방을 포함한 자기 통치권 내의 모든 사람에게 그때까지 해 온 것과 달리 직접 세금을 내라는 칙령을 내린다. 한때 중요한 마을이었던 고대 '다윗의 도시' 베들레헴은 로마 점령 훨씬 전부터 역사와 상업을 빼면 별 볼일 없는 조그만 시골이었다.

여러 가지 어려움으로 이들의 여정과 아이의 탄생이 힘들어진다. 우선 때가 한겨울이라 날씨는 혹독하게 추웠고 길은 엉망이었다.(T. S. 엘리엇은 베들레헴을 향한 동방박사의 힘든 여정을 '낙타가 눈길에 눕는……' 이라 표현했다.) 여행은 예상했던 것보다 더 오래 걸렸다. 엎친 데 덮친 격으로 간신히 도착했을 때 새로운 납세 대장에 등록하려는 여행자들이 밀어닥쳐 마을의 숙소엔 빈자리가 없었다. 임산부인 마리아는 여관에 방이 없어 마구간에 누워야만 했다. 마리아는 거기 농장의 동물들과 짐 나르는 짐승들 사이에서 아이를 낳아 소들이 먹이를 먹는 구유에 새로 태어난 아기를 누인다.

출산이 힘들었던 것만으로도 모자라 이스라엘을 점령한 로마인들이 세운 미신을 잘 믿고 권력에 눈이 먼 허수아비 헤롯Herod 왕이 '별이 예언한' 비범한 아기의 탄생 소식을 우연히 듣게 된다. 자신이 믿던 점성술사와 '심령술사'에게서 베들레헴에서 새로 태어난 아이가 '이스라엘의 왕'이 될 운명이란 얘기를 들은 것이다. 그는 '이스라엘의 왕' 노릇을 가능한 한 오래 (그럴 수만 있다면 영원히) 하고 싶었다. 죽을 때가 되어 왕관과 지위를 포기할 수밖에 없다면 아들에게 그 자리를 물려주고 싶었다. 왕국의 가장 뒤처진 시골에서 태어난 비천한 아이에게 왕위를 물려줄 생각은 당연히 없었다. 그래서 충동적으로 또 제국주의적으로 로마의 권력자들이 개인 경호를 위해 허락해 준 근위대를 현장으로 보내 베들레헴과 그 인근에서 난 모든 아이를 죽이라고 명령한다. 예언에서 가리키는 아이를 확실하게 죽이려고 말이다.

다행히 요셉은 꿈에서 헤롯의 병사들이 아이들을 죽이러 오고 있다는 천사의 경고를 받고 이집트를 향해 남쪽으로 도망친다. 정통 복음서에 나오는 '이집트로의 피신'이라는 이야기를 둘러싼 민담에는 동물들과 꿈과 자연의 힘이 피난 중인 이들을 기적적으로 돕는다는 언급이 많이 나온다. 동물들과 새와 식물과 나무들, 천사들 모두가 아기를 먹이고 보호하고 도와 이들이 안전하게 헤롯이 보낸 암살자들 손이 미치지 않는 곳으로 가도록 한다. 이렇게 아기가 성장하여 전 세계를 다시 살려내고 신성하게 하라는 자신의 운명을 이루도록 돕는다.(그 일화에서 어두운 부분을 꼽으라면 헤롯가의 몰락 정도일 것이다.)

### 내면의 '헤롯' 왕

'헤롯'이 자신의 군대에 내리는 명령은 늘 똑같은 것이다. 왜냐하면 그는 위협을 받고 선제공격하며 방어적인 자세를 취하는 가혹하고 제국주의적이며 불안하고 권력욕에 굶주린 자아의 원형적인 예이기 때문이다. 최근에 헤롯 원형은 82공수사단의 일부 부대원이 자신들의 베트남 복무 기간을 기념하는 불법 견장의 형태로 나타났다. 그 견장에는 검정 베레모를 쓰고 씨익 웃고 있는 해골 주위로 '모두 죽여 신이 가려내시게 하자!'란 글귀가 박혀 있다. 아프가니스탄의 변방을 불태워 '청소하라'는 헤롯의 명령을 받은 소비에트 연방의 군인들도 마찬가지 정서를 표했다고 한다.

1209년 교황 이노센트 3세는 남프랑스의 '이단' 순결파를 없애려고 악명 높은 알비 십자군을 조직한다. 그해 7월 22일 십자군은 스페인 국경에서 그리 멀지 않은 베지에라는 마을에 도착한다. 그곳엔 순결파 교인들과 성실한 로마 가톨릭 교인들이 섞여 살고 있다. 누가 순결파 용의자인지 읍 의회가 성문을 열고 알려주기를 거부하자 군인들은 함께 온 교황 사절인 아놀드 아마우리 대수도원장에게 문의한다. 어떻게 이교도와 진정한 신도들을 구별할까, 군인들이 묻자 이 온화한 성품의 수도원장은 "모두 죽여 버리게. 신께선 자기 백성을 알아보실 걸세"라고 대답했다고 한다.

82공수사단의 음침한 유머를 쓴 사람이나 소비에트 연방의 잔인한 '아프가니스탄' 참전 병사들이 중세 시대의 알비 십자군을 몰래 공부했다고 생각하진 않는다. 거의 같은 문구가 비슷한 상황에서 저절로 다시 등장한 것이다. 그건 원형적인 에너지들과 유형들이 같은 식으로 되풀이해 발현하는 경향이 내재되어 있음을 분명하게 보여 주는 또 다른 예이다. 원형적인 형태들이 불가피하게 반복되는 것은 "역사를 이해하지 못하는 이들은 같은 역사를 반복할 수밖에 없다"는 말이 절대적으로 옳은 이유 중 하나이다.

진정한 성장과 변화를 중단시키려는 노력은 항상 비슷한 상징적인 형태로 개인과 집단 모두에게 등장한다. 역사상 어떤 시기에 등장하든, 집단이나 개인의 차원에서 어떤 정치적 이데올로기를 지지하고 수호하든, '헤롯의 군대들'의 행동과 그 기저에 깔린 동기는 늘 같다. 정신 안에서는 늘 동일한 것이기 때문이다. 인간 의식에서 '보수적인' 요소들이 바로 그것이다. 고통과 시련과 불의조차 알려지고 익숙한 것이라면 선호하고, 개인과 집단이 변화를 통해 얻을 수 있을 것이라 암시되는 새로운 가능성을 창조하는 원형의 신성한 아이가 탄생하는 것을 방해하려고 동원되니 말이다. 정말 보수적인 사람들은 새로운 가능성이라면 탐색하거나 분석해 볼 생각도 없이 원칙적으로 무조건 다 거부한다. '신성하고' 제한되어 있는 '근본적인' 비전을 바꿔 놓을 그 무엇도 '놓치지' 않으려는 것이다.

### 신성한 아이를 보호하려는 우주적인 공모

하지만 신성한 아이도 집단적이고 원형적인 정신 안에 연합군이 있다. 우주가 진화하는 실험을 계속하겠다고, 특히 꿈과 상징 드라마에서 신성한 아이로 대표되는 의식 안에서 자기인식을 계속 진화시키겠다고 몰래 마음을 먹은 것 같다.

앞 장에서 소개한 어린 구이온의 환생인 탈리에신도 신성한 아이이다. 태어나면서부터 시를 읊는 지혜로운 모습을 보였고 그의 시로 온 세상이 바뀌었다. 그 신성한 아이 신화에서는 복수심으로 자기가 낳은 자식을 파괴하려 뒤쫓는 여신이 헤롯의 군대 역할을 한다. 자신의 통제와 지배를 벗어나 의식이 진화해 가고 독립적이 되는 것을 막으려 한다는 점에서 그렇다.

원형적인 신성한 아이를 구체적으로 드러내 주는 익숙한 예로는 크리슈나, 무하마드, 헤르메스, 헤라클레스, 아스클레피오스, 아폴로의 아들로 의술의 신이자 히포크라테스의 스승인 호로스 등이 있다. 이들의 탄생에도 아주 비슷한 비화들이 전해진다. 이 신성한 아이들 모두는 태어날 때 박해를 받지만 자연의 힘의 도움을 받아 기적적으로 자라나 각자 새로운 '섭리'를 세우게 된다. 정치·경제·영성적인 삶의 사회 문화 형태가 새로워지는 것이다. 그런 결과 중 하나는 자신들의 이익을 보존하고 유지하기 위해 그토록 애써 신성한 아이의 탄생과 성장을 방해한 '구질서'가 전복되는 것이다. 그런 의미에서 보면 시기에 차 이자나기와 이자나미의 혼인이 제대로 완성되지 못하도록 공모한 신들도 원형이 지닌 보수적인 성향을 나타낸다.

북미의 북태평양 해안에는 힘들게 태어나 기적 같은 선물들을 남긴 갈가마귀의 이야기가 수도 없이 많은데, 이 갈가마귀도 신성한 아이의 예시이다.

## 갈가마귀, 태양을 훔치다

갈가마귀는 태양이 없던 시절에 처음 태어났다고 한다. 깜깜한 어둠 속에서는 아무것도 자라지 못해 먹을 것이 없자 부모들은 아이들이 태어나자마자 잡아먹을 수밖에 없었다. 갈가마귀는 태어났을 때, 두려움에 가득차 울면서 잡아먹으러 다가오는 어머니에게 항변한다.

"잠깐만요! 날 먹지 말아요! 사람들이 먹을 음식을 찾을 방법이 있을 거예요! 왜 태양이 없죠? 왜 다들 어둠 속에서 굶고 있나요?"

"노인이 해를 집 안에 숨겨 두고 사람들과 나누질 않아서 그렇지." 어머니가 대답한다.

"그럼 절 먹지 마세요! 제가 태양을 훔쳐 올게요!" 갈가마귀가 외친다.

갈가마귀의 어머니는 배가 정말 고팠지만 할 수만 있다면 아들을 먹고 싶진 않다. 배고픔에 잠시 갈등한다. '정말 얘가 이 끔찍한 어둠을 끝내고 빛과 먹을 것을 가져올 수 있을까?' 그런 생각을 하다가 아들의 대담한 말을 듣자 그녀는 배고픔을 추스르고 아들을 풀어준다.

갈가마귀는 어둠 속으로 푸드득 날아가며 "해를 가진 노인이 사는 곳이 어디예요?" 외친다.

"사람들 말로는 저 먼 북쪽에 산다더구나." 어머니의 목소리가 어둠 속에서 울려왔다.

갈가마귀는 자기 내면에서 북쪽이 어떤 느낌인지 찾아보고 그 방향으로 날아간다. 끝도 없이 짙은 어둠 속을 아주 오랫동안 날아간다. 그러다 마침내 하늘이 조금씩 밝아지고 나무와 강과 산의 윤곽이 조금씩 보이기 시작한다. 그 풍경은 정말 말로 표현할 수 없이 아름답고, 사방엔 먹을 것이 널려 있다! 쏜살같이 내려가 딸기와 야생 양파와 벌레 들을 배가 터지도록 먹는다. 그리고 몸이 조금 풍성해진 기분으로 신비한 빛이 나오는 곳으로 계속 날아간다.

마침내 새벽이 계속되는 것 같은 느낌의 땅에 도착한다. 거목들에서 이슬이 떨어지고 부드러운 산들바람이 숲과 바다 내음을 실어 나른다.

갈가마귀는 커다란 삼나무 가지에 앉아 주변을 살핀다. 삼나무로 지은 커다란 오두막에서 신비한 빛이 나오는 것 같다. 사실 집이 너무 화려하고 으리으리해서 오두막이라기보단 큰 산 같다. 갈가마귀는 희미한 새벽빛이 거기서 나오는 걸 보고 그 집에 '해를 가진 노인'이 사는 게 틀림없다고 생각한다.

여러 번 집 주변을 날며 살펴보지만 열린 곳을 찾을 수가 없다. 연기가 빠져나올 굴뚝도 없어 보인다. 땅으로 내려와 천천히 깡충거리며 집의 토대도 살펴보지만 거기도 안으로 들어갈 입구는 없다. 나무로 만들어진 오두막이지만 커다란 돌처럼 빈틈없이 단단하다.

이윽고 젊은 여자의 노랫소리가 들리고 갈가마귀는 삼나무 가지로 돌아가 지켜본다. 피부에서 빛이 나는 것 같은 젊은 여자 하나가 오두막에서 나와 그가 앉아 있는 나무 아래 흐르고 있는 맑고 아름다운 시냇가로 걸어온다.

오두막과 냇물 사이를 오가는 동안 그녀는 아버지의 식사와 목욕에 쓸 물을 끝없이 반복해 길어야 하는 자신의 신세를 한탄하는 구슬픈 노래를 부른다.

참을성 있게 기다린 덕에 갈가마귀는 그 여자가 항상 같은 시간에 노래를 부르며 아버지를 위해 물을 길으러 오는 것을 알게 된다. 양동이를 채운 뒤에는 물지게를 지고 오두막으로 돌아가기 전에 항상 무릎을 꿇고 앉아 손으로 물을 떠 마시는 것도 알게 된다. 갈가마귀는 이 모든 것을 조심스레 고려한 다음 마침내 계획을 세운다.

다음에 그녀가 물을 길으러 오자 갈가마귀는 조그만 딸기 씨로 모습을 바꿔 (다른 데서는 또 다른 다산의 상징인 솔잎으로 변했다 한다) '해를 가진 노인' 의 딸이 마시려던 물로 떨어진다. 이렇게 우연히 씨를 삼킨 그 여자는 세리두엔 신화에서처럼 갈가마귀를 임신하게 된다.

금방 여자의 배가 불러와 표시가 나기 시작하고 그녀의 아버지는 불같이 화를 낸다. 어떻게 이런 일이 생길 수가 있느냐? 애 아비는 누구냐? 하지만 해의 공주는 울면서 자신은 어떻게 된 일인지, 아이의 아버지가 누군지 모른다고 맹세한다. 긴 아홉 달이 지나고 산달이 가까워지자 노인은 비통하고 혼란스러운 딸의 진심을 알고 마음을 조금 누그러뜨린다. 갈가마귀는 빛이 나는 작은 남자 아이로 태어나고 '최초의 할아버지' 는 손자에게 푹 빠진다.

아이는 완벽했고 어머니와 할아버지처럼 피부에서 빛이 나는 듯했다. 아이는 아주 조숙해서 태어나자마자 기어 다니며 온갖 것을 건드리기 시작한다. 당연히 노인이 숨겨 둔 해를 찾는 것이다. 새로 태어난 갈가마귀/아이는 손에 닿는 건 뭐든 조금씩 가지고 놀았다. 해가 거기 없는 게 분명해지면 집어던지고 새 장난감을 달라고 울었다. 아이가 울고 울고 또 울며 집 안의 모든 것을 갖고 놀아서 이제 아이에게 줄 것이라곤 해밖에 남은 게 없다.

할아버지도 처음엔 홀딱 빠질 만큼 귀여운 어린 손자지만 가장 귀한 보물을 주려 하지 않았다. 하지만 아이가 멈추지 않고 울고 소리 지르며 서까래를 가리키기까지 한다. 손이 닿지 않는 그 위 커다란 삼나무 상자 안에 해를 숨겨 두었다. 결국 노인은 잠깐이라도 조용해질까 싶어 아이가 해를 갖고 놀아도 좋다고 허락한다.

어머니가 서까래에서 해를 가져오자 갈가마귀는 울음을 뚝 그치고 행복하게 옹알거리며 논다. 화로 앞에 앉아 해를 껴안기도 하고 앞뒤로 굴리기도 하고 새 장난감이 마음에 들어 기쁜지 옹알거리고 노래도 흥얼거리며 잘 논다.

어머니와 할아버지는 아이가 언제 싫증을 내며 다시 울지 긴장하고 기다린다. 하지만 아이는 새 장난감이 마음에 드는지 싫증 내지 않고 노래도 불러 가며 조용하게 잘 논다. 아이 울음소리와 소란이 사라지고 갑자기 조용하고 평화로워지자 노인과 딸은 긴장을 푼다. 너무 오랫동안 잠을 자지 못했던 터라 정말 오랜만에 자리에 앉자 둘 다 잠이 든다.

어린 구이온처럼 갈가마귀도 노인과 딸이 마침내 꾸벅꾸벅 졸기 시작하자 그 순간을 놓치지 않고 오래 기다려 온 상賞을 집어든다. 원래 의모습으로 돌아와 해를 부리에 물고 높은 지붕 한가운데 나 있는 조그만 연기 구멍으로 날아오른다. 하지만 흥분한 날갯짓 소리에 노인과 딸이 잠에서 깨고 만다.

갈가마귀가 하려는 짓을 보자 둘은 축축한 통나무 덩어리를 마구 화

**그림 13** (태평양 북서부) 연기 구멍으로 도망치느라 이제 막 까맣게 된 갈가마귀가 해를 하늘로 올려 보낸다.

로에 던져 넣는다. 뭉실뭉실 짙고 시커먼 연기가 솟아올라 구멍을 막는다. 하지만 갈가마귀는 숨 막힐 것 같은 검은 연기를 뚫고 몸부림치며 연기 구멍을 빠져나간다. 부리에 해를 물고 하늘로 빠져나와 '첫 일출'의 빛으로 온 세상을 밝힌다.

북서부의 원주민 이야기꾼이 말하길 암흑 속에서 태어나 빛을 한 번도 보지 못하고 죽는 다른 동물들처럼 해를 훔치기 전엔 갈가마귀도 완전히 하얬다고 한다. 하지만 연기 구멍으로 해를 밀고 나올 때 화로에서 나온 연기 때문에 몸이 완전 숯검정이 됐단다. 세상의 갈가마귀가 다 그렇게 검은색이 됐는지는 모르지만, 마침내 세상엔 빛이 생기고 해가 지고 뜨게 되었다고 한다.(그림 13)

## 결코 끝나지 않는 신성한 아이의 임무

이 이야기는 탈리에신 이야기와 비슷하다. 모양이 바뀐 아이를 씨앗의 형태로 집어삼키는 것, 추격하는 것, 집어삼키는 어머니, 자신을 파괴하려던 세력에게서 벗어난 신성한 아이가 완전히 새로운 삶의 방식을 가져오는 것 등이 그렇다. 이 이야기에서 '빛'은 의식이라는 오랜 원형적 상징으로 사용되었다. 세상이 '깜깜한' 것은 세상이 무의식적이기 때문이고, 신성한 아이의 임무는 어둠의 한가운데 빛을 가져와 정신의 깊은 곳에서 새로운 의식이 깨어나도록 그래서 의식의 가능성과 실행의 새 날을 비추는 것이다.

이 (새로운 의식의 자기인식이라는) '여명'의 한 가지 결과로 새로운 생각이나 새로운 창의적인 에너지가 의식으로 등장하기 전에 '어두운'(무의식적인) 습관과 관례, '늘 그래 왔던 식'의 구질서가 전복된다. 개인에게서나 집단에서 헤롯과 노인과 그의 딸처럼 현상을 유지하려는 보수적인 힘들은 언제나 신성한 아이가 성장해 구질서에 변화를 가져오는 것을 막으려 한다.

신성한 아이의 원형적인 에너지는 항상 낡고, 성급하게 닫힌, 제한적인 준거 기준과 가능성을 뒤엎는 데 초점을 둔다. 그래서 신성한 아이는 항상 그림자의 성질과 트릭스터the Trickster의 성질을 내보인다.

안정된 사회 질서의 입장에서나 깨어 있을 때 자아의 의식에서 지배적인 유형이라는 면에서 보면 '모든 것을 새롭게 하겠다'는 신성한 아이의 약속은 '죽음의 위협'으로 보이는 면이 있다. 그래서 내가 속한 사회의 관습에서 보면—그 또한 내가 동일시하는 하위문화집단에서 그럴 뿐 지배적인 문화의 관점에서는 꽤 인습에서 벗어난 걸로 보일 수 있음을 기억하면서—신성한 아이는 항상 부정적인 '그림자 인물'

이나 이단, 비행청소년, 아니면 자주 '감당하기 힘든 부담'이란 형태로 보일 뿐이다.

신성한 아이라는 원형의 에너지는 항상 의식적인 깨달음으로 새롭게 들어오는 생각들과 원형의 트릭스터 에너지와도 늘 깊이 연결되어 있다.(트릭스터에 대해선 8장에서 보다 자세하게 살펴보겠다.) 트릭스터는 한편으론 스스로를 기만하면서도 다른 면에선 엄청나게 창의적이기에 '다루기 어려운tricky' 성향을 지닌 인간 의식 자체의 원형이라 할 수 있다. 항상 새로운 의식의 가능성을 예고하는 신성한 아이는 약하고 위협적이지는 않아 보이지만 그래도 기만과 예상치 못한 창의적인 행위로 분열과 혼란을 만들어 낼 수 있는 인물이기도 하다.

### 현대 신화에서 신성한 아이의 죽음

고대로부터 우리에게 전해 내려온 신화적 서사는 태어날 때부터 반대하는 세력의 방해를 뚫고 탄생한 신성한 아이가 살아남아 성공하는 이야기이다. 우리 조상들은 이런 아기 영웅이 살아남아 의식에서 자기인식에 변화를 가져왔기에 그들의 사회가 살 수 있음을 깨닫고 있었다. 스스로를 복제해 사물들을 항상 똑같이 유지하는 자연 세계의 대단한 무게와 관성에도 불구하고 동물과 인간을 구별하는 첫 번째는 바로 그런 의식에서 스스로를 인식하는 능력이다.

현대에 들어 다른 종류의 신화가 등장하는데 여기선 신성한 아이가 성장해 세상을 바꾸는 타고난 운명을 달성하지 못하게 된다. 융 자신도 원형적인 신성한 아이가 결국 헤롯의 군대에 살해당하는 신화적인 서사의 예로 깊은 감명을 받은 존 윈드햄의 과학소설 《미드위치의 침입자들The Midwich Cuckoos》을 들었다.(두 번 영화로 만들어지기도 한 이 이야기의 미국판 제목은 〈저주받은 아이들The Children of the Damned〉이다.)

존 윈드햄의 이야기에서 보이지 않는 외계 침략자들이 영국의 시골 미드위치에 착륙해 하룻밤 동안 바깥 세계와의 모든 통신을 끊어 버린다. 날이 밝을 무렵 이들은 모두 사라졌지만 마을 여자들은 임신이 되었다. 아홉 달이 지나고 특별히 뛰어나고 아름다운 아이들이 태어나게 되는데, 아이들이 섬뜩할 정도로 서로 닮은 모습에 자신들을 제외한 다른 아이들과는 잘 어울리지 못한다. 이 아이들이 임신되고 태어난 특수한 정황 때문에 영국 정부는 비정상적으로 빨리 자라나는 아이들의 성장과 발달을 지켜본다. 아이들의 감시를 책임진 정부의 비밀안전기관은 다른 곳에서도 비슷한 사건이 일어나 전 세계에서 비슷한 아이들이 자라고 있는 걸 알게 된다.

불안해진 정부는 아이들을 잠재적인 '국가 자원'으로 여기고 지구인 어머니와 양아버지들에게서 데려와 직접 보호하고 교육한다. 정부는 아이들이 무기 설계에 관심을 갖도록 유도하는데, 뒤늦게 이 아이들이 텔레파시로 전 세계 다른 아이들과 교신하는 능력이 있음을 알게 된다. 이런 '국가 기밀 누설'은 정부 관리들이 감당하기엔 너무 벅찬 것이어서 결국 각국 정부는 하나하나 같은 결정을 내리게 된다. 아이들이 성장해 자신들 뜻대로 다루고 통제하기 힘들 만큼 강해지기 전에 죽여 버리는 것이다.

때로 사람들이 꿈의 경고에 주의하지 않을 때, 헤롯의 군대가 와서 개인과 집단에서 기존의 삶의 질서를 위협하는 신성한 아이를 제거하게 되기도 한다.

## 꿈에 등장하는 신성한 아이

현대인들의 꿈에서 신성한 아이 원형이 발현하는 가장 흔한 예는 '등한시한/버려둔 아이를 발견하는' 모티프이다. 어린 구이온이 모든 지혜의 영약을 마신 후 도망치듯, 아니면 아기 예수가 헤롯이 보낸 군대를 피해 베들레헴에서 이집트로 도주하듯, 아니면 갈가마귀가 어둠 속에서 자신을 잡아먹으려던 어머니에게서 또 나중엔 다시 태어난 어머니와 할아버지에게서 도망치듯, 신성한 아이 원형은 항상 재난 중에, 기성 세계의 모든 힘이 자신에게 적대적인 상황에서 태어난다. 하지만 이들이 지닌 약속, 즉 신성한 아이가 자라면 아이가 가져온 새로운 창의적인 에너지와 의식으로 전 세상이 변하고 '새 빛'이 올 것이라는 약속은 변하지 않는다.

'외계인에게 납치'돼 임신되었다가 나중에 태아가 제거되었다고 보고하는 여성들의 수가 늘고 있다. 한 층위에서는 신성한 아이 신화의 원형적인 유형과 울림을 같이한다. 이들 '혼혈아들'은 지구인 부모와 누군지 알 수 없는 '하늘의 부모'를 가진다. 이 아이들은 인간과 외계인의 성격과 지능을 섞어 인류의 진화를 억지로라도 바꾸어 근시안적인 인간의 개발로 파괴된 '지구를 구하려는' 노력의 일환이다. 이렇게 '피랍자들'의 증언으로 만들어진 이런 포스트모던한 서사로 신성한 아이 원형의 기본적인 유형이 이어진다. 신성한 아이는 항상 혼란의 한 가운데 와서 인간의 삶을 보다 '성스럽고' 통합되고 의미 있는 체험으로 변화시키려 한다.

언젠가 내가 이끄는 꿈 모임에서 한 여성이 나눈 꿈이다.

> 옷 서랍을 열었는데 아기가 있다. 20년 전에 그 아기를 옷 서랍에 넣었던 게 기억난다. 너무 놀랍고 끔찍하다. 아이를 어떻게 이렇게 방치할 수가 있나. 두렵고 창피한데 놀랍게도 아이는 무사하다. 20년 전 서랍에 넣었을 때와 거의 다름없다. 믿기 힘든 심정으로 자그만 아이를 내려다보는데, 아이가 눈을 맞추며 "나 목이 너무 말라요" 한다.

이 꿈으로 작업을 하면서 우리는 꿈꾼 사람 집에 그 서랍장이 실제로 있고, 20년 전에 쓰다만 원고를 서랍 안에 '보관' 해 두었다는 얘기를 알게 됐다. 다시 한 번, 그것도 아주 극적으로, 꿈은 신성한 아이가 꿈꾼 이의 삶에서 창의적인 에너지와 새로운 가능성과 기본적으로 연결되어 있음을 증명해 주었다. 이 경우에 그 창의적인 에너지와 가능성은 그녀가 20년 전 아이를 낳고 가정을 꾸미려고 옆으로 밀쳐놓은 소설을 가리킨다.

원형적인 '방치된 아기' 는 대개 특히 활동적이고 책임이 많은 사람들, 다른 사람을 돕는 선행과 활동으로 하루가 바쁜 사람들의 꿈에 잘 나타난다. 이런 종류의 꿈을 꾸면 자기가 어떻게 그렇게 '무책임' 할 수 있는지 더 창피해 하고 끔찍해 하는 편이다. 이들 꿈에서 방치된 꿈

속의 아기에게 이름이 있는 경우는 거의 없는데, 거기에 아주 중요한 실마리가 있다. 방치된 아기 꿈을 꾸는 활동적이고 책임감 강한 사람들의 일과는 일반적으로 수첩에 적을 수 있는 이름을 가진 활동들로 가득 차 있다. 하지만 아직 이름은 없지만 창의적으로 발전할 수 있는 가능성을 배려한 시간은 없다. 창의적이며 지성적·정서적·영성적 가능성이라는 '신성한 아이들'은 우리의 정신 안에서 항상 잠들어 있다.

이들 가능성들은 아주 오랜 기간 방치될 수도 있지만 죽지는 않는다. 위에서 언급한 꿈으로 꿈 작업을 하던 과정에 꿈꾼 사람은 특히나 글이 안 풀렸을 때 '대신' 임신하기로 결정했다고 말했다. 그게 '같은 무게'를 가지는, 자신이 생각할 수 있는 유일한 것이었기 때문이라고 한다. 그녀는 아이 키우는 게 우선이던 20년 동안 그 원고를 서랍에 내버려뒀다. 어쨌든 그녀의 무의식도 부모가 되는 것에 동의했던 것 같다. 하지만 이제 아이들도 다 커 집을 떠나려 하고 삶을 꾸릴 새로운 초점과 원리가 필요하다고 느낄 무렵 이 꿈이 왔다. 꿈속에 방치된 아이는 자기에게 필요한 것이 무엇인지 분명하게 알고 있다. 아이는 '탈수되어' (꿈속의 아이의 입장에서 보자면) 부모 노릇으로 '전환되었던' 생명과 정서의 물에 목이 탄다.

## 스승이 마실 물

창의적인 심리 영성적 발달이라는 임무를 미루더라도 결국엔 되돌아갈 수밖에 없음을 다루는 힌두의 매력적인 '액자 소설'이 있다. 한 젊은이가 어느 현자의 제자가 되어 노인이 떠도는 대로 따라다니며 받든다. 그러던 어느 날 아주 깊고 무더운 숲 속에 당도하게 되는데 노인은 바위에 앉아 제자에게 물을 떠오라고 시킨다. 젊은이는 작은 연못이나 시냇물을 찾아 나선다.

마침내 작은 시내를 찾아 스승께 드릴 물을 뜨고 고개를 드니 큰 고민에 빠진 아름다운 처녀가 눈에 들어온다. 알고 보니 공주인 그 처녀는 아버지가 강력한 마법을 쓰는 적을 맞아 목숨을 걸고 싸우는 중이었다. 왕이 딸에게 한 마지막 부탁은 도망쳐 자신을 지켜줄 영웅을 찾으라는 것이었다. 젊은이는 도와주겠다고 나선다. 하지만 공주는 약골에 아무것도 아닌 그의 모습을 보고 자신이 찾는 영웅과 너무 동떨어졌다며 거절한다. 하지만 공주와 사랑에 빠진 젊은이는 난국에 잘 대처해 모험을 거치게 된다. 드디어 마법의 침략자들을 몰아낸 그는 아름다운 공주의 사랑과 존경을 얻게 된다.

사악한 침략자가 멸망하고 갇혀 있던 늙은 왕이 풀려 나자 젊은이는 공주와 결혼해 왕이 된다. 군주가 되어 아이도 여럿 낳고 숲으로 자주 사냥도 다닌다. 어느 날 숲 속에서 수행 신하들과 떨어지게 되었는데, 놀랍게도 수년 전 자신이 떠난 그 자리에 그대로 앉아 있는 노인을 발견하게 된다. 노인은 조금 기분이 상한 듯 물을 찾는 데 시간이 좀 많이 걸렸구나라며 그동안 목이 더 말랐다고 말한다…….

심리 영성적인 삶이라는 우리 내면 제일 깊은 곳의 소명은 이런 식으로 우리가 성숙해져 자양분을 줄 '생명의 물'을 찾도록 기다린다.

다음은 어떤 남자가 꾼 꿈이다.

여행 가방을 들고 기차를 타러 숲 속을 걷고 있다. 같은 기차를 타러 가는 아이 여럿과 그 부모들이 같이 걷고 있다. 숲 속을 혼자 고즈넉이 걸어가려던 예상이 깨져 조금 짜증이 난다. 그때까지만 해도 그냥 조금 실망한 정도였는데, 어느 순간 아이들의 부모가 다 사라진 걸 알고 깜짝 놀란다. 곧 밤이 올 텐데 이 아이들을 다 책임져야 하다니! 애들을 다 책임질 생각은 없었지만 어쨌든 한밤중에 숲 속에 버려둘 수도 없다. 자신의 기분이 나쁘고 불안하다는 게 아이들에게 전달되지 않도록 아무렇지 않은 듯 아이들의 이름을 물으며 계속 걸어간다…….

여기서 다시 한 번 창의적인 표현과 심리 영성적으로 성장할 가능성들이 등장한다. 아이들은 깨어 있을 때 꿈꾼 이의 삶에서 아직 이름도 갖지 못했지만 그는 꿈에서 아이들을 책임지는 것 외에 다른 '선택권이 없다' 는 것을 깨닫는다. 자신의 삶의 방식이 완전히 바뀔지 모른다고 해도 말이다.

신화와 성스러운 서사에서와 마찬가지로 꿈에서도 신성한 아이는 종종 조숙하게 말하고 노래하며 텔레파시로 교신하고 공중 부양을 하거나 야생 동물을 길들이거나 하는 절묘한 재주를 가졌다. 꿈에서 신성한 아이가 가진 신비한 능력은 흔히 꿈꾼 이의 정신에서 방치되어 있다가 이제 알아봐 달라고 부르는 창의적인 재능에 대한 실마리이다.

흔히 꿈에서 신성한 아이의 원형적인 에너지가 구체적인 모습으로 드러나게 되는 경우가 바로 꿈꾼 이의 삶에서 나타나는 창의적인 에너지와 가능성이다. 창의성 자체는 기계적인 도움 없이 '공중 부양' 하거나 날아다니는 이미지로 상징된다. 이런 식으로 날아다니는 꿈은 종종 '방치된 아기' 꿈에 대한 '해답'이 된다. 창의성과 비행이 이렇게 원형적으로 연관되어 있다 보니 중력과 인습도 상징적으로 연관되어 있다. 중력/인습은 창의적인 소수를 제외한 모두를 같은 수준에 묶어 둔다. 꿈에서 사람이 날아다니는 방식은 그 사람이 지닌 창의적인 표현 방식을 상징적으로 가리킨다.

### 날아다니는 꿈과 창의성

내가 한때 같이 작업한 사람 중에 아주 직관적이고 창의적인 여성이 있었는데 교사가 되려고 교생실습 중이었다. 아주 엄하고 인습적인 감독 교사를 만난 이 교생은 자신이 날기는 하는데 '다른 사람들'이 눈치 채지 못하도록 바닥에서 조금만 떠서 미끄러지듯 날아다니는 꿈을 계속 꾸었다. 이들 꿈은 분명히, 적어도 한 층위에서는, 가르치는 데 자신의 창의성을 너무 많이 발휘하면 아주 인습적인 감독 교사에게서 낮은 점수를 받을까 두려운 교생이 가진 딜레마에 대한 해결책을 보여 준다.

중력을 거스르는 것 가운데 특히 수직으로 상승하는 은유는 영성적인 갈망과 성취와 깊이 관련되는데, 이건 창의성과 영성적 발전이 원형적으로 연결되어 있음을 보여 주는 또 다른 예이다. 엘리베이터나 헬리콥터가 그 자체로 원형의 이미지가 되기에는 너무 최근에 발명된 것들이다. 하지만 둘 다 수직 상승이라는 오래된 상징을 구체적으로 보여 주는 것이어서 꿈에 사람들의 삶 속에서 진화하는 영성적인 문제들과 연결되어 나타나는 편이다.

나는 샌프란시스코에서 오랫동안 영성적 발전에 중심을 둔 여러 프로그램에 참여해 왔다. 내 전공은 당연히 꿈과 꿈꾸기, 그리고 진지하게 심리 영성의 발달에 관심을 가질 때 그 과정에서 꿈이 동원하고 풀어놓는 심리적·정서적·창의적 에너지에 관한 것이다. 이런 프로그램에 참여한 사람들이 꾸는 가장 흔한 꿈 하나는 다음과 같다.

엘리베이터를 타고 위로 갈 줄 알았는데 옆으로 가는 걸 알게 되고, 전혀 다른 건물이나 건물이 아닌 바깥에 도착하거나…….

이런 꿈은 영성 개발 프로그램에 참석하면서 가졌던 기대가 반영된 것이다.(엘리베이터 하면 자연스럽게 떠오르는 것은 '전통적인' 수직 상승이다.) 하지만 프로그램을 통해 정신과 영혼이 발달하면서 실제로 이들이 가게 되는 곳은 기성 종교와 전통적인 종교 교리의 구조를 넘어선 완전히 새롭고 예상치 못한 장소들이다.

신성한 아이는 깊은 심리 영성적 체험을 통해 이런 인습적인 사고와 기대에 예상치 않은 변화를 가져온 것이다. 날아다니거나 공중 부양하는, 아니면 예상과 달리 옆으로 거칠게 움직이는 엘리베이터에 타게 되는 꿈들은 모두 서로 연관되어 있다. 현대의 기술에 수직 상승이라는 고대의 상징이 주입된 것이다. 신성한 아이가 자신을 죽이려는 헤롯의 군대에게서 살아남으면, 예상치 않게 헬리콥터나 엘리베이터를 신나게 타는 꿈을 꾸게 되곤 한다.

현대인이 겪는 심리 영성적인 발달이라는 드라마에는 악과 영웅적으로 싸운다는 설정이 들어가 있지 않다. 대신 진실하게 살면서 성장하고 기계적인 편안함에 안주하지 않으려는 노력이 수반된다. 책임지는 일이 많고 바쁜 사람들은 깨어 있는 시간 대부분이 계획된 활동과 약속으로 가득하다. 그래서 아직 이름도 없는 새롭게 진화하는 가능성이라는 신성한 아이를 키울 시간이나 에너지가 의식에 남아 있지 않다. 이런 사람들이 꿈에서 방치되고 유기된 아기를 발견하게 될 가능성이 가장 크다. 그럴 때 그 사람이 스스로에게 던지는 비난과 불안의 성질은 그 순간 그 사람의 심리 영성적인 발달 단계를 정확하게 보여준다. '새로운 가능성이라는 아기'를 돌보는 일에 불가피하게 뒤따르는 불편함을 내키지 않아 하는 것을 보여 주는 것은 물론이다.

**'등록한지도 몰랐던 과목의 마지막 시험이 다가왔다!'**

'방치하고 버린 아기' 꿈과 '잊어버린 수업' 꿈은 아주 깊이 또 밀접하게 연관되어 있다. 많은 사람이 각자 나름대로 이 고전적인 '불안꿈'을 꾼다.

학기 초에 이 과목을 수강 신청해 놓고 완전히 잊고 있었단 걸 갑자기 깨닫는다. 기말 시험을 쳐야 하는데 수업 한 번 들어가지 않았고 읽은 것도 전혀 없다. 수강 취소도 하지 않아서 시험을 칠 수밖에 없다. 시험 치는 장소가 어딘지도 모른다. 나는 허둥지둥 어쩔 줄 몰라 하다 잠을 깬다…….

내 경험으로 이런 꿈도 꿈꾼 이가 처한 영성적인 곤경을 반영한다. 사람들이 태어나면서 누구나 자동으로 '단순히 드러나는 표면 아래 정말 무슨 일이 일어나고 있는 걸까?' 쯤 되는 '수업' 에 등록을 하기라도 한 것 같다. 살면서 우리는 ('원래 수업에 등록해 놓고 잊어버렸다' 는 표현에 상징적으로 나타나 있듯) 이 질문에 답하는 것이 우리의 주된 약속이자 의미임을 '잊어버린다.' 어쩌다 이 심리 영성적인 탐구를 방치하다 '기말 고사' 가 다가오고 있다는 사실이 (발달 단계상의 이정표를 지날 때나 궁극적으로 죽음을 맞이할 때) 떠오를 때 우리의 인습적인 태도를 흔들어 놓는 이런 종류의 꿈을 꾸게 된다.

정규 교육을 얼마 받지 않은 사람도 이런 꿈을 꾸긴 하지만 대학을 다닌 사람들이 더 잘 꾼다. 이런 꿈이 나타나는 빈도와 광범위한 분포에서 나는 이런 꿈이 꿈을 꾼 개인의 심리 영성적인 발달에 대한 상징적인 논평일 뿐 아니라, 서구의 정규 학교 교육에 대한 강한 비판이 아닌가 짐작한다. 이런 주제의 꿈이 광범위하게 등장한다는 것은 동서양에서 학교 교육이 약속한 것을 지키지 못했음을 가리킨다. 삶의 의미와 가치에 관한 가장 절박한 문제를 다루고 답하겠다는 약속 말이다. 이런 꿈이 자주 등장한다는 것은 꿈꾼 개인이 영성적인 앎과 체험에 대한 자신의 깊은 욕망을 '잊어버린' 것을 가리킴과 동시에 고등 교육 일반을 비판하는 구실을 한다.

사실 서구의 지적 전통이 약속하는 바는 바로 신과의 관계, 선과 악, 고통과 기쁨, 사랑과 무관심, 진보와 안정의 문제라는 인류의 가장 오래된 존재론적 질문을 탐색하고 해결하겠다는 것이다. 하지만 소위 계몽이 낳은 갈수록 더 전문화되고 분할된 지식과 정보 사이의 통합을 탐구하는 교육 기관은 이 약속을 지키지 못했다. '고등 교육'을 찾은 사람들은 마음 어느 한구석에 이 약속을 품고 있다. 전문화될수록 고등 교육은 점점 더 잘게 구획화되고 우리는 이 문제들을 해결은커녕 이해라도 할 수 있을지, 갈수록 환멸을 느끼게 된다. '수업에 등록했다는 걸 잊어버리'게 되고 '마지막 시험'이 다가온다는 발표가 있을 때마다 깜짝 놀란다.

하지만 여전히도 좋은 소식은 모든 꿈이 진정으로 우리의 건강과 온전함에 이바지하기 위해 온다는 것이다. 꿈꾼 이의 삶에서 해결할 수 없을 것 같은 문제에 집중하는 그런 꿈이 나타날 때마다, 꿈을 꾸고 또 기억했다는 사실은 꿈꾼 이의 내면에 그 문제를 새롭고 창의적으로 변화시킬 수 있는 힘이 있다는 걸 가리킨다. 그런 창의적인 가능성이 존재한다는 것을 꿈꾼 사람이 의식에서 깨닫지 못할 수는 있다. 하지만 바로 그렇기 때문에 꿈이 그런 정서적인 힘을 가지고 끈질기게, 다른 가능성에 대해 성급하게 문을 닫아 버린 생각들과 인습화된 공식들을 극복하기 위해서 우리에게 온다. 의식의 태도가 아무리 무감동하고 냉소적이더라도 창의적인 에너지는 우리 정신의 깊은 곳에 여전히 존재한다. 아무리 심각한 심리 영성적 딜레마라도 해결할 수 있는 도움을 줄 준비를 하고 있다.

신성한 아이는 의식과 창의적 가능성에서 그런 변화 모두를 지지한다. 신성한 아이는 잊어버렸던 수업의 시험을 어떻게 통과하고, 어떻게 어두운 세상에 빛을 가져올 수 있는지를, 어떻게 꿈꾼 이 개인의 삶과 사회가 그것이 궁극적으로 솟아나는 (무의식의) 신성한 원천을 보다 정확하고 진실하게 반영하도록 변화시켜야 할지를 알고 있는 우리 정신의 일부이다. 헤롯의 군대와 같은 '구질서'의 힘들은 항상 신성한 아이와 아이를 돕거나 구하는 이들을 죽이라는 명령을 받고 갈림길에 서 있다. 하지만 자연의 힘들이 몰래 방치된 아이를 도와주고 지켜준다. 따라서 그 결과는 항상 진행 중이고, 우리가 개인적으로 또 집단적으로 꾸는 꿈에 반영되어 나타난다.

## 요약

신성한 아이 원형의 구체적인 예로 예수의 탄생과 해를 훔치러 가는 아기 갈가마귀의 모험 이야기를 제시했다. 이 원형은 늘 그림자 원형과 또 트릭스터 원형과 얽혀 있다. 어린 구이온/탈리에신 또한 신성한 아이 원형의 예로 언급되었다.

몇 가지 꿈을 통해, 특히 '방치된 아이'와 '마지막 시험 준비가 안 된' 주제의 예를 통해 신화적인 서사와 현대인들이 꾸는 꿈을 나란히 비교해 보았다.

신성한 아이는 예전엔 상상도 해 본 적 없는 새로운 수준의 의식으로 완전히 변화하고 진화하는 가능성을 상징한다. 인간이 가진 이런 가능성을 꿈이 보여 주는 것 가운데 하나가 '방치된 아이'이다. '마지막 시험 준비가 안 된' 주제의 꿈 또한 현대인들이 일상에서 영성을 깊이 이해할 수 있는 가능성을 가리킨다. 그것은 인류 모두가 끌리는 과제이면서도 우리가 너무나 쉽게 잊고 방치하게 되는 것이기도 하다. 특히 고등 교육과 기존 제도 종교를 통해 우리가 가진 심리 영성적인 어려움과 혼란을 해결할 수 있으리라던 빛나는 희망이 공허한 약속으로 드러났을 때 그렇다. 이런 영성적인 갈망이 좌절되고 충족되지 못하면서 나타나는 냉소는 신성한 아이라는 원형적인 에너지의 가장 큰 적이다.

이런 일련의 연결을 통해 기계적인 도움 없이 날아다니는 꿈(창의력에 대한 기본 은유)과 수직으로 상승하는 꿈(현대 문명의 이기인 엘리베이터와 헬리콥터의 경우에도), 등록만 해 놓고 한 학기 내내 잊어버리고 있던 과목의 마지막 시험으로 갑자기 기억난 꿈이 가진 원형적인 특질이 서로 연관되어 있음을 볼 수 있었다. 마지막 두 주제는 꿈꾼 이가 가진 충족되지 않은 (많은 경우 무의식적이고 그래서 제대로 인정받지 못한) 영성적인 갈망, 그러니까 그저 편안하고 안락한 삶보다 더 깊이 있는 삶을 살고 싶은 갈망과 보다 직접 관련되어 있다.

# 6장

# 오이디푸스 왕

## 서구 가부장제의 건국 신화

우리 내면에는 오디이푸스가 타고난 어쩔수 없는 운명의 힘을  인정할 준비가 된 그런 목소리가 있음에 틀림없다. …… 그리고 오이디푸스 왕의 이야기에는 이런 내면의 목소리가 내린 판결을 설명해 줄 동기가 담겨 있다. 그의 운명에 우리가 감동하는 것은 그것이 우리 운명일 수도 있기 때문이다. 또한 그에게 내려진 저주는 우리가 태어나기 전에 우리 앞에 놓은 신탁이기도 하기 때문이다. 우리 모두는 첫 성 충동을 어머니에게 느끼도록, 그리고 우리의 첫 증오와 폭력적인 충동을 아버지에게 느끼도록 운명 지어진 것일지도 모른다. 꿈은 그렇다는 확신을 준다.

_지그문트 프로이트

고대 작가들이 전하는 오이디푸스 이야기는 조금씩 다르지만 기본 줄거리는 거의 비슷하다.

그리스 테베의 라이오스 왕과 요카스타 여왕이 신탁을 듣는다. 첫 아이가 아들일 텐데, 그 아이가 자라 아버지를 죽이고 그 어머니를 범할 것이란다. 첫 아이를 낳고 보니 정말 남자 아이라, 신탁의 예언에 겁이 난 요카스타와 라이오스는 예언을 비껴가려 아기를 죽이기로 결심한다.

실제 아이를 죽이는 임무를 맡은 남자는 ('백설 공주와 일곱 난장이'에 나오는 사냥꾼처럼 그 자체로 원형적인 인물이다) 신탁의 저주를 받은 천진한 갓난아기를 차마 죽일 수가 없다. 대신 도망가지 못하게 아기의 발을 꿰뚫어 땅에 박는 예방조치를 한 다음 아기가 '자연스레' 죽도록 내버려둔다. 이 상처 때문에 오이디푸스는 발을 절게 되고, '부은 발' 또는 '부푼 발'이라는 뜻의 '오이디푸스'라는 이름도 갖게 된다. (늘 그렇듯) 마음이 약한 하인은 아기가 죽어 가는 고통을 지켜볼 수가 없어 자리를 뜬다.

그 직후 지나가던 목동이 이름 없이 고통받고 있는 아기를 발견한다. 이 '선한 목자'는 아이를 데려가 자식이 없는 코린트Corinth의 왕과 여왕에게 선물로 바치고, 왕과 왕비는 아이를 자기 자식으로 잘 키운다.

하지만 저주는 아이를 따라다녀서 성인이 된 오이디푸스가 그 저주를 듣게 된다. 양부모를 진짜 부모로 아는 오이디푸스는 이 끔찍한 예언이 이뤄질까 봐 코린트를 떠난다.

일단 코린트를 벗어나자 오이디푸스는 예언을 피했다고 믿는다. 라이오스를 만났을 때 진짜 아버지이지만 알아보지 못한 오이디푸스는 갈림길에서 누가 먼저 지날 권리가 있는지를 놓고 싸우다 라이오스를 죽이고 만다.

그러고 나서 오이디푸스는 테베로 가게 되는데, 거기서 그는 스핑크스의 수수께끼를 만나게 된다. 반은 인간이고 반은 사자에 독수리의 날개와 뱀의 꼬리를 가진 괴물인 스핑크스는 테베로 가는 길을 지킨다. 지나가는 사람들에게 "아침에는 네 다리로, 오후엔 두 다리로, 저녁엔 세 다리로 걷는 것이 무엇이냐?"라는 수수께끼를 내어 풀지 못하는 사람은 다 죽여 버린다.(그림 14)

오이디푸스가 이 수수께끼를 푼다. (어려서는 팔과 다리로 기어 다녀 네 발이고, 성인이 되어서는 두 발로 다니다 노인이 되어서는 지팡이를 짚고 있기 때문에 세 발이라) '사람'이라고 대답한다. 정답을 맞추다니, 낙담하고 절망한 스핑크스는 절벽으로 몸을 던져 죽는다.(이처럼 성미 급하게 자기 파괴적인 행동을 하는 스핑크스가 수수께끼를 냈다 자멸하는 이야기는 다른 동화의 인물들과 원형적으로 유사함을 알 수 있다.)

스핑크스를 물리친 오이디푸스는 영웅으로 환호받으며 미망인이 된 요카스타 왕비와 결혼하게 된다. 둘은 아이도 여럿 낳으며 몇 년 동안 꽤 행복하게 잘 살았다.

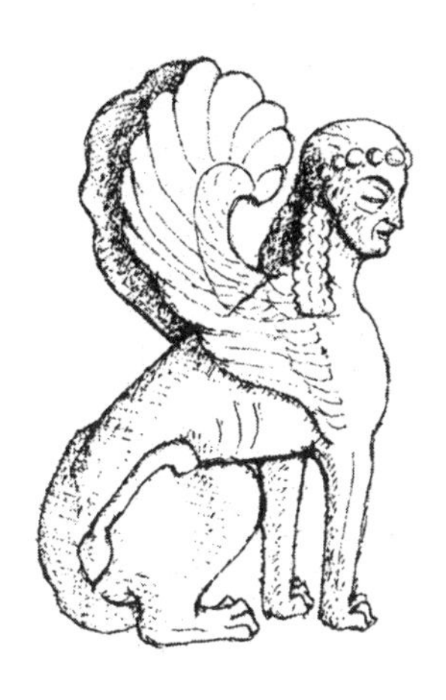

**그림 14** (고대 그리스) 스핑크스(코린트의 박물관 조각상. 높이 14인치, 4세기 추정).

하지만 끔찍한 가뭄과 기근이 찾아왔고, 요카스타와 오이디푸스는 장님 예언자 테레시아스를 불러 문제의 원인이 무엇인지 알아맞히게 한다. 예언자는 요카스타와 오이디푸스가 실은 어머니와 아들인데 아내와 남편이기도 한 것이 원인이 되어 땅이 불모지가 되었다고 설명한다. 이 끔찍한 폭로에 요카스타는 자살하고 오이디푸스는 부끄러움과 후회로 자기 눈을 찌른다. 아리아드네의 도움으로 괴물 미노타우르를 무찌르고 돌아와 이제 아테네의 왕이 된 영웅 테세우스가 눈이 먼 오이디푸스를 거둬 준다. 고난을 치른 오이디푸스에게는 이제 손으로 만져 치유하는 힘과 예언력이 생긴다.

오이디푸스가 죽고 난 뒤 오이디푸스와 요카스타 사이에서 난 쌍둥이 아들들이 누가 테베의 왕위를 물려받을 적임자인가를 두고 적이 되어 싸운다. 뒤이은 싸움과 복수의 여파로 막내 이스메네를 제외한 모든 자식들은 죽음을 맞게 된다.

### 오이디푸스와 현대의 생각

이마누엘 벨리코프스키Immanuel Velikovsky는 오이디푸스 이야기가 실제로는 이집트에서 기원한 것인데 나중에 그리스로 전파된 것이라고 주장한다. 원래의 오이디푸스는 역사상 실존 인물로, 위대한 배신자 왕 아크헤나텐Akhenaten이라고 하는데, 이 왕은 전통적으로 다신을 믿던 이집트 사람들에게 유일신을 강요하려 했다. 벨리코프스키의 주장은 특정한 신화적 상징 서사가 등장한 한 지역을 넘어서 적용되는 것 같은 느낌을 불러일으킨다. 따라서 얼마나 깊고 집단적이며 원형적인 울림을 갖는가 하는 또 다른 예로 볼 수 있다. 모든 원형적 서사는 '다른 곳에서 생긴' 것 같은 느낌을 준다. 벨리코프스키는 오이디푸스가 이집트에서 생겨났다고 하고, 프로이트는 정신 깊은 곳에서 태어났다고 한다. 어떤 의미에선 두 사람이 자신들의 이 이야기의 보편적이고 초월적이며 원형적 울림에 대한 강렬한 체험을 나름의 고유하고 개인적으로 증언하면서, 같은 것을 이야기하고 있다.

이 비극적인 이야기에서 프로이트는 기본적으로 반복되는 인간의(남성의) 무의식적인 마음을 보았다. 프로이트는 인간의 역사 전체를 비극적으로 투사해, 어머니를 '일차 대상'으로 '소유'하고자 하는 성적인 몸부림으로 여겼다.

프로이트식의 은유 외에도 오이디푸스 이야기에는 한 세대에서 다음 세대로의 권력 이양과 아직 권력을 넘겨줄 준비가 되지 않은 나이든 가부장을 승계하려는 젊은 지도자들 사이의 끝없는 전투에 상징적인 모양새를 부여한다. 프로이트는 이런 역사적/정치적/경제적 배경에 보다 깊은 무의식의 심리 정서적인 동기를 더한다. 즉, 아들들은 언제나 아버지를 살해하고 그 자리를 대신 차지하고 싶어 한다는 것이다. 직접 힘을 발휘하고 싶어서이기도 하지만 어머니와의 성적 결합이라는 끔찍한 욕망을 숨겨 놓은 때문이기도 하다.(뒤숭숭한 꿈에서 보는 암시나 실마리 외에는 이 비밀스런 욕망은 자기 스스로도 알지 못하는 것이다.)

프로이트는 사람들이 조르자 조금 역설적인 '성 평등'을 위해 여성을 위한 엘렉트라 신화를 제안했다. 엘렉트라는 (남동생 오레스테스를 부추겨) 어머니를 살해한다. (이미 사후이긴 하지만) 아버지를 독점하기 위해서다. 엘렉트라 신화가 딸과 아버지의 관계에 설득력 있는 상징적 모양을 주기는 하지만, '엘렉트라 콤플렉스'는 '오이디푸스 콤플렉스' 만큼 유명해지지도 일반적으로 받아들여지지도 않았다.

프로이트는 오이디푸스 신화에 담겨 있는 근본적인 심리적/정서적 갈등이 모든 인간 사회의 기반이라고 주장한다. 모든 남자 아이가 어머니를 '욕구 대상'으로 고착시키고, 어머니의 시간과 성적 관심을 빼앗는 아버지를 싫어하는 것은 본능적으로 타고났기 때문이라는 것이다.

20세기 초의 지성인으로 프로이트의 재정적 후원자이자 그 자신도 뛰어난 고고학자였던 게자 로하임Geza Roheim은 잠자는 것과 꿈꾸는 것에 대한 상징적인 오이디푸스 모델을 제안했다. 로하임은 무의식 자체는 개인의식에 '생명을 주고' 양육하는 근원이므로 본질적으로

'여성성과 모성'이고 따라서 잠들고 꿈꾸는 것은 어머니에게 '돌아가' '(성적) 결합을 이루고픈' 오이디푸스적인 욕망을 상징적으로 행동화하는 것이라고 주장했다. 로하임은 오스트레일리아 원주민들을 대상으로, 특히 유럽인 침략자들이 '안헴랜드Arnhemland'라 부르는 지역에서 방대한 양의 기초 조사를 했다. 원주민들의 신화와 그들의 의례/공동체 생활의 세부사항에서 그는 프로이트의 전 인류 정신에 대한 오이디푸스 분석이 본질적으로 옳았음을 보여 주는 많은 증거를 발견했다.

현대인들의 꿈과 꿈꾼 사람들은 프로이트의 공식에 위대한 진리가 있음을 확인해 준다. 하지만 꿈의 세계와 깨어 있을 때의 정서에서 나온 증거는 오이디푸스식의 설명이 프로이트가 생각했던 것만큼 포괄적이지도 않고 모든 것을 설명하지도 않는다는 것도 가리킨다.

### 선사시대의 오이디푸스

오이디푸스 왕의 이야기는 정말 원형적인 서사이다. 이 드라마가 서구 사회의 근간이 되는 이야기임에 틀림없다. 인간 가족 내의 정서적인 역학에서 일정한 원형의 긴장을 묘사할 뿐 아니라 나아가 고대의 가부장적인 인도유럽 사회의 사회 정치 구조들을, 더 중요하게는 가장 깊은 곳의 종교적 확신들을 상징적으로 반영하기 때문이다.

인도유럽 문화의 기본적인 사회 종교 구조는 자연의 야생 동물들 무리에서 반복되는 역학을 따르고 있다. 가임기 암컷을 차지하려는 아버지와 아들 세대 간의 다툼에는 늘 '오이디푸스적인' 면이 있다.

계절에 따라 이주하는 야생 동물 무리를 따라다니던 사람들에게 삶의 원천이자 담보가 되는 것이 바로 이 위대한 야생 동물 떼였다. 가장 강하고 공격적인 '우두머리 수컷'이 지배하는 동물 떼의 삶이 바로 선사시대 가부장적인 인도유럽인들이 원래 '신의 뜻'으로 읽던 '자연의 책'이었다.

4장에서 보다 자세하게 다뤘듯이 지중해 연안의 모계 중심의/농경 사회는 대지 자체에 중심을 두었다. 해가 끝없이 변하고 반복되는 동안 살고 죽고 재탄생하며 끝없이 재생하는 식물의 삶의 주기를 '여신의 뜻'으로 보았던 것이다. 중앙 유라시아의 가부장적인 유목 사냥 사회의 견해와는 완전히 다르다. 이들에게 대지는 동물 떼와 뒤따르는 사람들이 살아남기 위해 끊임없이 떠돌아 다녀야 하는, 목초지로 믿을 수도 없고 쓸모도 없는 대상이었다.

자연의 야생 동물들은 가부장들에게 신의 신성한 법칙을 드러내 보여 주었다. 고대 인도유럽인들에게 신은 '늙은 수소'와 같았다. 의심할 나위 없이 남성인데다 비극적으로 죽을 운명이었다. 신은 가장 강한 존재이고, 또 가장 강한 이를 선호했다. 이런 고대의 가부장적 전통에서 힘은 정의를 만들어 낼 뿐 아니라 정의 그 자체이다.

신과 자연과 물리세계에 대한, 그리고 남성에 대비되는 여성의 사회적/종교적 위치와 경험에 대한 근본적으로 다른 두 견해 사이에 갈등이 크다. 이 갈등은 20세기 말에도 우리가 여전히 겪고 있는 수많은 분쟁과 억압의 중심에 무의식적으로 놓여 있다. 가부장적인 세상에서 진보라 불리는 것은 그게 무엇이든 (자연과 물리 세계, 여성을 신성시하고 따라서 함부로 손대서는 안 되는) 모계 중심의 세계관을 전복하는 속성을 지닌다. 가부장적인 세계관에서 자연과 물리 세계와 여성은 소유하고 조직하고 개발 착취가 필요한 재산이자 무질서한 '천연 자원'에 불과하다. 기본적으로 물리/여성 세계를 세속화하는 자연스런 방법은 '우두머리 수컷'이 정복하고 통제하는 것이다.

여신 숭배 사회에서 인간 사회가 모방해야 할 신성한 모델은 벌집에서 관찰되는 자연적인 사회 질서였다. 모든 노력은 여왕벌에게 집중되고, 삶의 목표는 계절의 변화를 따라 추수하고 '꿀을 만들고' 번식하고 죽고 다시 태어나는 것이다. 이 모든 것이 달과 끊임없이 되돌아오는 계절의 주기와 조화를 이루었다. 가부장들에게 '신의 뜻'은 야생 동물 무리를 따라하는 것이다.

자연에서 우두머리 수컷은 자신이 낳은 수컷에게 밀려날 운명이다. 인도유럽인들의 신들조차도 이런 신성한 법칙에서 예외가 될 순 없었다. 신들 자신도 권력을 얻고 다음 세대의 젊고 강한 신들에게 권좌를 내주는 이런 오이디푸스의 유형을 피할 수 없었다.

'신들의 몰락Ragnarok', 즉 피할 수 없는 '신들의 황혼기'라는 독일 신화는 남성 우월주의적인 인도유럽인들의 세계관이 본질적으로 비극적일 수밖에 없음을 보여 주는 예이다. 신들은 멸망을 피할 수 없고, 죽기 전 마지막 몸부림으로 자신들이 쓰러질, 자신들에겐 세계 그 자체인 전장을 파괴한다. 죽음과 몰락을 피할 순 없지만 끝없는 투쟁으로 그걸 늦추려는 노력은 정당화된다. 그건 훨씬 더 큰 영성적이고 우주적인 '대본'에 쓰인 오이디푸스로써 오늘날까지 우리를 괴롭히는 비극이다.

자연의 동물 무리에서 지배권을 차지하려고 투쟁이 반복되는 데엔 어머니에 대한 성적 통제권을 가지려는 아버지와 아들들의 난폭한 투쟁이 포함되기에 본질적으로 오이디푸스적이다. 오이디푸스 신화가 이런 근본적인 원형의 상황을 반영하고 그런 상황에서 자라 나온 것인 만큼 서구 남성 지배 기술 사회의 건국 신화가 된다. 서구인들의 정신과 현대 산업/기술 사회 제도와 도덕관에 집단적인 흔적을 남긴 이들이 바로 이들 고대의 가부장적인 인도유럽인들이기 때문이다.

역사시대 초기에 인도유럽의 유목민 무리가 여러 모로 더 세련되고 발달한 모계 중심의/농업/여신-숭배 사회들을 제압하고 정복하며 유럽과 아시아 전역을 휩쓸고 지나갔다. 그러면서 자신들이 가져온 근본적으로 비극적이고 종교적인 세계관을 정복민들에게 강요했다. 그렇게 오늘날 기술 문명의 원형적인 토대를 놓았던 것이다.

### 프로이트와 '집단 무의식'

모든 원형의 유형들처럼 오이디푸스 드라마의 구조는 다른 원형의 에너지들이 가진 기본 모양과 유형과 공명하고 반영한다. 융 자신도 여러 차례 '첫 번째 원형을 발견한' 공로는 프로이트에게 있다고 말했다. 대개의 경우 융은 마치 더 이상 발견할 원형들이 없는 것처럼 거기서 멈춘 스승을 꾸짖는다.

초기에 프로이트 자신도 무의식의 집단적인 영역에 대해 분명히 얘기했다. 오이디푸스 드라마가 이 정신의 '고태적인 유산'의 주요소라고 주장했던 것이다.

꿈에서 성인 시절이나 잊어버린 어린 시절에서 나온 게 아닌 내용을 보게 될지 모른다. 우리는 그 자료를 아이가 스스로 어떤 경험을 하기 이전 조상들이 체험한 것을 이 세상으로 가져온 고태적인 유산으로 간주해야만 한다. 초기 인간의 전설과 살아남아 있는 관습들에서 이 계통 발생학적 자료에 상응하는 요소들을 발견한다. 따라서 꿈은 선사시대에 관한 자원으로 우리가 얕볼 수 있는 것이 아니다.

프로이트가 모든 이의 꿈에 나타나는 '계통 발생학적 자료'에 더 관심을 갖고 탐구했더라면, 융과 서로 협력하고 도우며 집단 무의식을 연구했더라면 오늘날 심리학과 원형 연구의 역사는 어떻게 되었을까?

앞서 언급했듯이 원형들은 '뒤집히고' '경계가 모호'해서 이해하기가 힘들다. 우리가 마침내 이해했다고, 그래서 깔끔하게 정의 내릴 수 있다고 생각하는 바로 그 순간 서로 모양을 바꿔 버린다. 프로이트가 모든 곳에서 그리고 어디에서나 오이디푸스를 보았던 또 다른 이유는 어떤 형태든 제대로 된 원형은 모두 중심에 있는 것처럼 보일 수 있기 때문이다. 이럴 때 다른 것들은 모두 '한 주제가 다르게 변주'되어 중심에서 발산되어 나오는 것처럼 보인다. 한 가지 중요한 층위에서 어느 원형을 중심에 두고 다른 것들을 보는 기준으로 삼느냐는 것은 미학적인 문제이다. 프로이트는 인간을 포함한 모든 동물의 행동에서 관찰되는 성적 끌림/반감과 욕구를 자신의 심리학의 기초로 선택했다. 반면 융은 인간만이 고유하게 가진 것으로 보이는 의미와 중요성과 목적에 대해 끊임없이 더 깨닫고자 하는 기본적인 욕망을 근본 원리로 제안했다.

두 사람 모두 동일한 심리 영성적인 실재를 여러 가지 중요한 방식으로 언급하고 있었다. 프로이트는 '추상적인 과학적 객관성'의 입장이고 융은 관찰 자체에 인간이 개입될 수밖에 없는 것을 인정하는 입장이다. 그런 의미에서 프로이트와 융 둘 사이에 있었던 논쟁은 서양문화가 산업 사회의 과학만능주의와 객관주의, 실증주의에서부터 포스트모던, 전자시대의 상대주의와 해체주의로 서서히 이동해 가는 더 큰 규모의 긴장을 구체화하는 특별한 경우로 볼 수 있을 것이다.

### 인도유럽인의 침략

마지막 빙하기가 끝나고 (여신 숭배자들이 만든) 혁신적인 농경문화는 계층화되고 점점 더 분화된 도시 생활로 이어졌다. 이 초기 시대에 (대략 기원전 7000~1500년) 정착한 농경 모계 중심 사회와 떠돌아다니는 유목 가부장 사회라는 두 개의 거대한 사회/영성적 관점들은 우리가 코카서스Caucasus라 부르는 거대한 산맥을 경계로 나뉘어져 서로에 대해 모른 채 살고 있었다. 인도유럽 침략자들의 후손들은 기원전 1500년 이후 언젠가 산맥을 넘어 유럽을 침략한 조상들을 따라 오늘날 '코카시안'(백인)이라 불린다.

당시에 거대한 환경적인 대변동이 있었던 것 같다.(고고학자들과 고-환경학자들 대부분은 극심한 가뭄이 있었다고 한다.) 마지막 빙하기 이후 선례가 없는 극심한 생태계의 교란으로 고대 때부터 계절에 따라 코카서스 산맥과 우랄 산맥 사이의 대평원을 오가던 야생 동물들이 목초지를 찾아 산맥을 넘게 된다. 이 야생 동물 떼에 생존을 걸고 따라 떠돌던 남성 주도의 말 타는 목축민들도 점점 줄어드는 가축 떼를 따라 산맥을 넘는다. 반대편 비옥한 평원에 도달했을 때 이들은 비할 바 없이 맹렬한 기세로 최초의 위대한 농경 문명에 덤벼든다.

예를 들어 인도유럽인들이 현재 인더스 강인 모헨조다로Mohenjo-Daro 계곡의 고대 도시에 도착했을 때 그곳엔 모든 주민이 수로를 통해 흐르는 물을 공급받는 거대한 도시가 있었다. 도시는 성벽이 없이 주변을 둘러싼 비옥한 들판으로 열려 있었다. 추수한 곡물을 저장하는 창고는 여신을 숭배하는 신전에만 있었다. 여기서 모계 중심의 종교 사회 원리에 따라 조직된 벌집/코뮌을 떠올리지 않을 수 없다. 여신을 위해 땅을 갈고 경작한 곡물을 추수 때 감사의 선물로 여신에게 바치고 여신의 남녀 사제들이 거둬들인 음식을 주민들에게 배급 형식으로 나눠준다. 그건 여신이 충직한 백성들에게 주는 '선물'이었다.

모헨조다로와 그 자매 도시 하라파Harrapa에서 발견된 고고학 유물들에서 우리는 농경 사회의 여신 숭배 모습을 찾아볼 수 있다. 그런 정적인 사회에서 모든 행위에는 미리 정해진 시간과 장소가 있고, 씨를 뿌리고 가꾸고 거두는 전례의 반복을 통해 의식과 삶과 죽음, 환생의 신비, 그 모든 것에 스며든 명상이 된다. 아무런 방어 시설이 없었다는 것은 공동체 간에 조직적인 분쟁이나 전쟁이 없었음을 강하게 뒷받침한다. 아니면 적어도 공동체 간의 분쟁을 해결하는 데 군대와 모든 인구가 참여하는 집단 충돌보다는 '챔피언들' 간의 겨루기 같은 의례적인 전투 체계가 있었던 것 같다.(구약에 묘사된 다윗과 골리앗의 싸움이

나《쿨리의 소 사냥The Cattle Raid of Cooley》에 나오는 아일랜드의 영웅 쿠훌린이 미브 여왕의 침략군에서 뽑힌 챔피언들과 하루에 한 명씩 차례차례 싸우는 것에서도 찾아볼 수 있다.)

거의 4천 년 전 북쪽에서 온 침략자들이 모헨조다로 외곽에 도착했을 때는 막 비가 내린 직후였다. 들판과 길은 질척거렸고 진흙에 남겨진 흔적들로 보아 침략자들은 아무 저항 없이 도시에 입성한 것이 분명하다. 사람들은 거친 이들에게 줄 항복과 복종의 선물을 갖고 나왔지만 침략자들이 관심 있었던 것은 그런 항복이 아니라 (그리고 그저 노략질도 아닌) 약탈이었던 것 같다. 주민들이 저항하거나 반격하지 않았던 것도 침략자들에겐 아무 차이가 없었나 보다.(오히려 실망했을까?) 아무튼 내가 아는 결투를 좋아하는 사람들은 싸움이 될 만한 상대와 싸우는 걸 선호하고 쉽게 이기는 걸 싱거워한다.

그 끔찍한 살육이 있었던 날 도시 전체에 불이 나 모든 것이 타버린다. 젖은 진창길이 대화재의 열기에 구워져 딱딱한 점토로 변하고, 도시가 몰락하던 마지막 순간은 수없이 많은 '스냅 사진'으로 남았다. 침략자들은 말을 타고 질주하거나 돌아다니며 항복하러 나온 사람들을 내려쳤다. 조각난 시체와 퇴짜맞은 제물이 뒤섞여 흙탕길에 나뒹굴었다. 몰락한 거주민들의 흔적이 침략자들이 탄 말 발자국과 함께 단단하게 구워져 재로 뒤덮였다가 거의 4천 년 뒤 독일 고고학자들의 손에 발견되었다.

(우리 현대인들에겐) 야만적인 데다 정복에 대한 관심보다 그 순간 살육을 위한 살육에만 몰입한 듯한 이들 인도유럽인들은 이전에 중앙

아시아를 뛰쳐나온 기마인들과 놀랍도록 닮았다. 몽고인들과 훈족과 타타르족이 바로 그들이다. 이 세 민족은 대단히 전통적이고 가부장적인 유목민들이었다. 수천 년 동안 이들은 아시아의 초원 위를 떠돌아다니던 가축 떼를 따라다녔다. 그들에게 술은 주된 오락이자 하늘과 날씨, 천둥의 신들과 교감하는 수단이었다. 이들이 유럽으로 뛰쳐나왔을 때 눈앞에 있는 것은 뭐든 불태우고 약탈하며 휩쓸고 지나갔다. 그들이 관심을 보였던 건 이동할 때 들고 다닐 수 있는 약탈품뿐이었다. 정복한 사람들을 다스리거나 착취하는 데에는 관심이 없었다.

나중에 북쪽과 동쪽에서 유럽을 침략한 아시아 침략자들도 이들 인도유럽인 선조들과 같은 세계관을 지녔다. 그들에게도 지구는 여성적이었지만 목초지가 늘 가축을 먹이기에 부족해서 다 궁극적으로 여신이 베푸는 무제한적인 풍요와는 거리가 멀었다.

그들이 동맹을 유지하고 의견을 모으는 데에는 큰 어려움이 있었다. 인도유럽인들처럼 신의 뜻에 복종하고 약한 이들에게서 가축을 빼앗는 것이 원래 그들의 종교적인 의무였기 때문이다. 이런 원형적인 유형을 살아 내는 사람에게 (유럽인과 아시아인, 아프리카인 모두에게 나타났으니 분명히 인종에 따른 유형은 아니다. 사실 유목하는 남권주의자 목축인 사회 어디서나 등장했다) 신은 강한 자만을 선호한다. 그리고 지배자가 약해지면 그의 아들들조차도 선조들의 오랜 전통을 지키기 위해 약해진 지도자를 전복하고 그의 가축을 취할 종교적인 의무를 가지게 된다.

이렇게 유목하고 정복(정복자로서 한곳에 머물지는 않는다)하는 삶의 방식은 날씨가 좋은 봄에 말을 타고 지평선을 달릴 때에만 유지할 수 있는 것이다. 그래서 이 정복(실제로는 장기간의 습격)이 해안에 다다르자 위기에 직면하게 된다. 결정을 내려야만 한다. 고대로부터 내려온 문화/종교를 근본적으로 바꿔 유목 생활을 청산하고 한곳에 정착해('새로운' 농부 계급의 도움을 받아) 정복한 땅과 사람들을 다스릴 것인가, 아니면 옛날 방식을 고수하며 끝없이 유목하며 정복을 계속할 것인가?

보수적이고 전통적인 입장이 지배적이라면 전 군대가 방향을 돌려 자신들이 '초토화시킨' 땅으로 되돌아가게 될 것이다. 거기엔 자신들이 얼마나 비인간적인 괴물들이었는지에 관한 이야기를 들으며 성장한 젊은 세대의 전사들이 기다리고 있다. 이런 고대의 원형적 유형을 살아 내는 사람들에겐 길도 없는 바다로 공습을 이어 나갈 기술이나 의향이 없다. 바다에선 그들이 사랑하는 말이 거추장스럽거나 도움도 안 되는 짐에 불과하기 때문이다.

철저하게 보수적인 몽고인들과 타타르족과 훈족은 유목 생활에 충실해 대서양과 지중해까지 휩쓴 다음에는 유럽을 되짚어 빠져나갔다. 그래서 유럽 문화에 이들이 남긴 흔적은 (오랫동안 부인되어 왔지만 아버지와 남자 형제들, 아들과 함께 학살당하지 않은 지역 여성들이 낳은 아이들에게 아시아인의 피를 받은 게 분명해 보이는 유전적인 특징들을 제외하고는) 많지 않다. 유럽어에 아시아 언어에서 빌려온 단어도 없고 유럽 사람들의 생활에 몽고인들의 종교 습관의 흔적이 남아 있지도 않다. 훈족의 요리법이나 몽고식 농사법, 타타르족의 소송 절차 같은 것도 없다. 서양에 남겨진 유산은 '야만적인 약탈자 무리'와 그들의 비인간적인 잔인함에 대한 지워지지 않는 기억뿐이다. 그들의 이야기는 역설적이게도 그 옛날 야만적이었던 인도유럽인들 자신의 이야기를 정확하게 반영하는 것이기도 하다. 그리고 집단적인 수준에서 억압과 투사가 어떻게 작용하는지를 보여 주는 예이기도 하다.

인도유럽인 선배들처럼 아시아의 약탈자들도 영구적인 협약이나 동맹 같은 것에는 관심이 없었다. 이들도 '신은 강한 자들과만 함께한다'는 것을 믿었고, 아무리 강하다 해도 시간이 지나면 약해질 수밖에 없기 때문이다. 인도유럽인들처럼 이들도 '위대한 지도자'의 강한 힘 아래 묶인 군대로 유지되었다. 지도자가 죽거나 패배하면 그에게 예속된 부하들은 후계자가 누가 될 것인가라는 끝없는 투쟁으로 흩어져 버린다. 권력 투쟁이 '인간 본성'이기 때문이 아니라 깊이 새겨진 종교적인 의무이기 때문이다. 이들은 충성심을 중요하게 여기는 사람들로 가장 높은 권위에 충성을 바쳤다. 가족보다는 종족을, 종족보다는 왕을, 신의 명령을 최상으로 왕보다 더 높이 여겼다.

### 남성 우월주의 충성 투쟁의 신화들

이제 유목민들에게 가장 원형적인 서사는 갈수록 어려워지는 '충성 투쟁'을 분별해 가는 위대한 전사의 이야기이다. 시간이 지날수록 점점 더 복잡하고 배타적이 되어 '영예로운' 해결책을 찾을 수 없다. 전사는 애매한 전장에서 아들이나 한때 가장 가까운 동지나 친구였던 이와 싸우다 죽게 된다. 가장을 위한 충성 투쟁의 뿌리가 오래되었다는 분명한 증거가 있다. 자신의 아들에게 쫓겨나고 살해당하는 운명을 타고난 신들이 있었다는 것만 봐도 알 수 있다.

아담의 원죄를 속죄하기 위해 예수의 죽음을 요구하는 야훼의 잔인함은 인도유럽인들의 정신에 호소하는 힘이 특별하다. 인도유럽인들의 신들이 성인이 된 아들의 목숨을 요구하는 것은 이 지역 사람들이 그리스도교를 받아들이기 훨씬 전부터 있어 온 일이다. 이런 고대의 원형적인 유형이 유대-그리스도교의 경전에 재등장한 것은 콘스탄티누스 대제 이후 이교도였던 유럽의 왕족들을 그리스도교로 개종하는 데 일정 부분 역할을 한 게 분명하다.

이들 원형의 유형은 오이디푸스보다는 고대 그리스 신화에서 훨씬 더 많이 볼 수 있다. 고대 그리스의 신들이 자기 자식들을 잡아먹는 버릇은 가능한 한 오래 '무리를 지배' 하려는 것에서 나왔다. 신성한 남자 아이가 이런 근친상간의 만행을 피하면, 성인이 되어 아버지를 무찌르고 (흔히 거세하고) (어머니, 즉 늘 다시 젊어지는 여신과 결혼해) 아버지가 된다. 그 또한 자식을 잡아먹는 가족 전통을 물려받아 아들이 자라나 자기 자리를 차지하지 못하게 하려는 헛된 시도를 계속한다.

바다에 도달했을 때 인도유럽인들은 보수적인 몽골인들이나 훈족과는 다른 선택을 했다. 자기 민족의 뿌리 깊은 종교 전통을 새로운 환경에 맞도록 재편한 것이다. 의례적인 전투 외에 다른 방법으로 가축의 소유권을 이전하고(상업), 완력 대신 서로의 이해에 따라 합의하고 동맹을 맺는(외교) 것을 정당화하는 신성한 서사를 고안해 냈다.

### 헤르메스, 도둑

인도유럽 문화에서의 이런 변화에 가장 책임 있는 이가 바로 헤르메스 신이다. 돌에 새겨진 아이콘에서 보듯 헤르메스가 (힌두교의 닮은꼴인 코끼리 머리를 한 신 가네샤처럼) 침략하는 가부장들의 신성한 서사로, 우리에게 전해 내려온 가부장적인 탄생 서사보다 훨씬 더 오래되었다는 고고학적인 증거는 분명하다.

헤르메스의 탄생에 관한 팔라스기아 사람들의 서사가 틀림없이 있었을 것이다.(거기서 헤르메스는 분명 가네샤처럼 남성의 도움 없이 어머니에게서 태어났을 것이다.) 그 이야기는 금지되고 헤시오드와 호머의 송가에서 발견되는 이야기로 대체되었을 것이다.

후기에 등장한 서사들에서 보면 제우스가 요정 미아와 바람을 피워 헤르메스가 태어난다.(탈리에신 이야기의 나중 판본에서 세리두엔의 아이들에게 아버지가 있다는 걸 증명하기 위해 '테기드'가 등장하는 것에 비견할 만하다.) 태어나자마자 헤르메스는 어머니의 가슴을 거부하고 아장아장 걸어가 아폴로 소유인 '신성한 태양의 소'를 훔친다. 인도유럽의 전승에서 그런 도둑질은 오랜 오이디푸스의 유형을 따라 신이 바뀐다는 전조이다. 아폴로는 재산을 잃어버린 것뿐 아니라 태양의 신이라는 지위에 공개적으로 도전을 받은 셈이었다.

아폴로가 돌아와 소를 도둑맞은 것을 알고 밤의 여신 헤카테의 도움으로 헤르메스가 범인임을 알아낸다. 아폴로는 어린 헤르메스를 이끌고 아버지 제우스의 법정으로 간다. 헤르메스가 죽음을 피할 순 없으리란 걸 확신하면서 말이다. 산길을 오르는 중에 아기 헤르메스는 훔친 소의

**그림 15** (고대 그리스) 아폴로가 제우스의 심판을 받으러 아기 헤르메스를 끌고 간다. 끌려가는 동안 헤르메스는 훔친 '태양의 소'의 잔해로 최초의 리라를 만들어 낸다. ('흰 바탕' 고대 도자기 양식)

창자를 이리저리 기워 맞춰 최초의 리라를 만들어 아폴로에게 선물로 준다. 아폴로는 새로 발명된 악기를 받아 한 손에 들고 다른 손엔 피가 묻은 동생을 붙잡고 제우스 앞에 서서 정의로운 심판을 요구한다.

제우스가 조숙한 아들에게 변론할 기회를 준다. 그러자 헤르메스는 리라를 가리키며 아폴로가 이미 훔쳤다는 소의 뼈와 힘줄로 만든 선물을 받았다, 그러니 그는 이미 '물건의 대가를 받은 것'이라고 말한다. 그렇기에 그건 도둑질이 절대 아니고 상업이라고 말한다. 제우스는 아주 재미있어 하며 고소 건을 기각하고, 아폴로에겐 음악과 예술 일반을, 특히 리라를 관장하도록 하고 헤르메스를 상업과 판매원들, 외교관과 전령, 도둑을 관장하는 신으로 임명한다.**(그림 15)**

이 이야기가 우리 현대인들의 눈에 재미나고 가볍게 보일지 모르지만, 인도유럽인들이 가졌던 가장 오래되고 근본적인 원칙과 전통의 변화를 정당화하는 신성한 서사이다. 이 이야기를 통해 침략자들은 누가 가장 강한지 전투에서 힘으로 결정하는 것이 아니라 정착하여 외교와 상업에서의 합의를 통해 부와 권력을 교환할 수 있게 된다. 포스터모던 기술 시대에 살고 있는 현대인들은 이 이야기에서 풀려 나온 상업과 외교의 원형적 에너지에 여전히 신세를 지고 있다.

헤르메스의 탄생과 그가 고안한 종교 전쟁을 선언하지 않고도 소를 교환하는 '트릭스터' 방식을 통해 유목생활을 하던 인도유럽인들의 오랜 권력 투쟁을 보다 새롭고 문명화된 방식으로 해결하게 된다. 이런 기본적인 종교적 세계관의 변화는 서구 문화가 지금 우리가 알고 있는 형태로 발전하는 데 절대적으로 필요했다. 그와 같은, 혹은 그와 유사한 변화 없이는 인도유럽 문화는 몽고인이나 훈족, 타타르족들이 비슷한 원형적 딜레마에 처했을 때 그렇게 했던 것처럼 유라시아 평원의 요새로 다시 돌아갔을 것이다.

인도유럽인들 신화의 고대 원형적인 구조에서 '진보'는 새로운 세대가 구세대를 정복하고 대체하는 것으로 규정된다. 무의식 깊은 곳에서 진보에 대한 우리의 집단적인 강박은, 보다 책임감 있고 인간적인 지속가능성의 아이디어에 반해, 상당 부분 이런 오래된 긴장의 반영이다.(여기서 지속가능성이란 단어는 대지의 여신과 서로 어울리며 존중하는 관계라는 고대의 종교적인 생각을 현대적으로 표현한 것이다.)

인도유럽인들이 지중해에 있던 모계 중심의 농경 사회를 침략했을 때 그렇게 할 수 있었던 이유의 하나는 말을 탔기 때문이다. 모계 사회에서는 말을 수레와 전차를 끄는 데만 사용한 것 같다. 인류학자들은 이런 '에너지 사용 기술의 뛰어남' 덕분에 보다 세련되고 발달한 문명을 정복할 수 있었다고 주장해 왔다. (원형적인 인도유럽식으로) 에너지를 보다 많이 효율적으로 사용하는 사회가 그렇지 않은 사회를 찬탈하고 대체하는 것이 항상 '문화의 법칙'이라는 것이 그들의 주장이다. 이것은 한 층위에서는 '힘은 정의'라는 즉 피할 수 없는 '자연의 법칙'이라는 (따라서 '신의 의지'를 읽을 수 있는 상황인) 깊은 곳의 원형적인 신념을 다르게 표현한 예일 뿐이다.

선사시대의 위대한 농경 문명은 '야만적인 무리' 앞에 아주 쉽게 무너진 듯하다. 나는 이들 위대한 문명의 종말에 말 타는 기술적인 우위뿐 아니라 다른, 덜 드러나지만 결정적인 심리 영성적인 요소가 있다고 확신하게 되었다.

**분점의 세차운동과 선사시대 모계 사회의 붕괴와 '원조 음담패설'**

앞서 언급했듯이 또 다른 결정적인 요소는 '원조 음담패설'에 있는 듯하다. 목축하던 유목민들은 암컷이 임신되는 이유가 성교 때문인 것을 알고 있었다. 나는 여신이 남성의 도움 없이 자식을 낳고 인간과 동물들도 마찬가지라 믿던 모계 사회의 확신이 침략한 가부장들에겐 '웃음거리'에 불과했을 것이고, 그것이 남녀 모두의 집단정신에 깊은 상처를 남겼을 것이라 믿는다.

'성에 관한 비밀'이 널리 퍼진 것은 오래된 모계 중심 사회의 종교

문화에 파괴적인 영향을 끼친 게 분명하다. 하지만 나는 여신을 숭배하는 농경 사회의 대혼란과 붕괴에 기여한 더 중요한 요소는 천문학적인 분점의 세차운동을 제대로 예측하지 못한 것이 아니었을까 추정한다. 구전되어 온 신성한 가르침들이 하늘의 순환적인 사건들을 제대로 예측하지 못하자 고대의 모계 사회는 속속들이 흔들리게 되었다. 신성한 시時의 전통은 이들 사회가 궁극적으로 정의와 질서를 유지하는 근간이었다. 여신에게 바쳐진 오랜 찬가들이 수천 년 동안 하늘의 변화를 예측하지 못하자 모계 중심 사회의 고위 지도자들은 용기와 비전을 잃게 되었다.

하늘의 별들은 외견상 움직이지 않고 고정되어 있는 것 같고, 지구가 태양 주위를 돎에 따라 배경에 보이는 별자리들(소위 말하는 '황도 12궁')이 바뀐다. 그런데 이들 붙박이별들은 이천 년 정도에 1/12씩 천천히 '뒤쪽'으로 이동한다. 인도유럽인들의 침략이 있던 무렵부터 전해 내려오는 고대의 시詩들과 이야기에 모두 '신들의 맷돌'의 축이 벗어나 '우주 질서가 붕괴'되었다는 언급이 있다. 신의 맷돌이 '기울어'지거나 '넘어'지거나 '뒤집혀' '태초부터 그래 왔듯이' 모두를 위해 번성과 질서와 행복을 갈아 내는 대신 이제는 '짠 눈물'과 '바다의 소금'을 갈아 내고 있다고 말한다.('분점의 세차운동'에 관한 보다 자세한 내용은 부록 2 참조.)

죠르지오 데 산티라나Georgio de Santillana와 헤르타 폰 데첸트Hertha von Dechend는 전 세계에서 비슷한 내용이 언급된 이야기들을 모아('오염되지 않은' 폴리네시아 기원의 이야기들에 특히 관심을 기울였다)

《햄릿의 맷돌》이란 기념비적인 책을 냈다. 이들은 신들의 맷돌이 넘어졌다는 이야기가 분점의 세차운동으로 벌어진 실존적인 위기를 상징적으로 반영하는 것이라 주장한다.(나는 이들의 말에 공감한다.) 지중해의 위대한 농경 모계 사회에서의 종교적·정치적·경제적인 삶은 하늘의 변화를 예측할 수 있는 구전 서사시에서 말하고 있는 것들에 바탕을 두고 있다. 이들 사회는 지난 1천여 년 동안 구전 서사시가 예측한 하늘의 사건에 의존하고 있었다. 하늘의 변화는 이들의 삶의 방식에 대한 신의 계시이자 계율에 대한 '증거'로 여겼기 때문이다. 이런 농경의 삶의 방식에서 '첫 수확물'을 제물로 바치는 건 절대적으로 필요한 것이었고 여인이 낳은 첫 자식도 예외는 아니었다.

### 추수 죄의식

나는 인간을 제물로 바치는 종교 의례가 유목 사냥 채집 생활이 정착 농경 생활로 전환되는 과정에서 생겨난 원형적인 결과가 아닌가 생각한다. 더 나은 말을 찾기가 어려운데 '추수 죄의식'이라 불러도 되지 않을까 싶다.

사냥과 채집은 아무리 복잡하고 효과적인 도구를 사용한다고 해도 여전히 '자연이라는 책'에서 쉽게 확인되는 활동이다. 모든 동물은 사냥을 하고 먹을 것을 찾아다닌다. 인간의 활동도 조금 더 의식적으로 조직화되었다는 것 외에 다르지 않다. 사냥과 채집이 여신에 대한 인간의 관계를 근본적으로 바꿔놓지는 않는다. 사냥꾼들과 채집꾼들은 다른 모든 살아 있는 것과 마찬가지로 여전히 '여신의 길을 따른다.'

땅을 갈고 씨를 뿌리고 길러 추수하는 농업은 여신에게 불경을 저지르는 일일 수밖에 없다. 보다 질서 있게 또 생산량을 예측할 수 있게 하려고 어머니의 신성한 몸을 건드리는 것이다. 이런 활동은 아무리 단순하고 조악한 나무 연장을 썼다 하더라도 태모와의 '자연스런' 관계를 근본적으로 변화시킨다. 상징적으로 볼 때 그건 끔찍하게도 강간과 비슷하다. 이렇게 농업을 통해 짜낸 '선물'의 대가로 무언가를 되돌려야만 했다. 우리의 고대 농업 조상들은 조작되지 않은 자연스런 상태의 여신을 불신하고 강제로 빼앗은 '죄'를 갚을 수 있는 유일한 희생이 (농사와 자궁에서의) '첫 수확'이라고 여겼다. 첫 번째 '자연을 거스르는 일'은 언어가 아니라 농사이다. 사냥과 수렵은 '생명을 먹고 사는 생명' 혹은 '피로 물든 이빨과 앞발의 자연'이란 주제를 그저 변주한 것에 불과했다. 농업은 (필요한) '죄'를 (필요한) 희생으로 치른다는 완전히 새로운 관계를 들여왔다.

여신은 약탈자에게 잡아먹을 권리를 허락하고 벌에게 꽃가루와 꿀을 취하고 수확할 권리를 준다. 이런 식으로 벌집은 자연스럽게 모계 사회 질서를 정당화하는 모델이 된다. 야생의 동물 떼가 부계 문화의 모델이 되는 것과 마찬가지이다. 정착 농경 사회를 신성하게 정당화하는 중심에는 첫 수확을 제물로 바치는 것을 통해 죄책감을 속죄한다.

구전 전통에서 (어린아이 제물을 포함해) 한 사람의 삶의 방식은 '드러난 진실'에 따라 정당화되었다. 대지에서 일어나는 일이 하늘에서 일어나는 예측된 일과 지속적으로 상응할 때 이 진실이 확인되고, 이런 '신성한 계획'에 분열이 생기면 신앙에 위기가 온다. 하늘에서 일어나는 일들이 신성한 노래와 시에서 예측한 것과 들어맞지 않는다는 게 점점 더 분명해짐에 따라 모계 사회 전체에 위기가 왔다. 굶주린 인도유럽 유목민들이 지중해의 비옥한 평원으로 내려오던 바로 그때, 모계 사회의 엘리트들은 분점의 세차운동 때문에 일어난 그런 위기를 파악하고 있었을 것이다. 데 산틸라나와 폰 데첸트가 철저하게 기록한 것처럼 이 시기 전 세계에서 수집된 신화들에는 종교적인 비전이 '뒤집히'고 완벽한 질서가 '전복되고 몰락'한 몸부림이 담겨 있었다.

대지와 하늘 사이의 조우가 차츰 어긋나는 것은 고위 지도자와 종교 지도자들에겐 보다 명백하고 부인할 수 없는 사실이었다. '여신의 신비'에 대해 가장 많이 교육받고 입문한 이들이라 신성한 서사의 드러난 의미와 숨겨진 비전의 의미를 가장 깊이, 제대로 이해하고 있었을 테니 말이다. 시詩에서 예견한 현상이 관측되지 않자 지도자들은 혼란스러웠다. 당대의 그리스 시인 카바페이Cavafey의 말대로 나는 "그들에게 야만인들은 일종의 해결책이었다"고 믿는다.

자신이 태어나고 유지하도록 훈련받은 아이디어들과 제도에 대한 믿음과 자신감을 잃어 가는 와중에 야만적인 침략자들과 싸우던 엘리트들이 전투라면 몰라도 전쟁을 이길 수는 없는 노릇이었다. 세차운동의 결과가 눈으로 확인될 지경에 이르러 더는 무시할 수 없게 되었을 때 모계 사회의 세계관 전체에 큰 위기가 있었음에 틀림없다. 그리고 그런 위기감은 인도유럽인들의 침략 앞에 이들 사회가 붕괴하는 데 미묘하지만 절대적인 영향을 미쳤을 것이다.

이런 믿음과 자신감의 위기에서 새로 도착한 가부장적 세계관과 정복당한 농부들이 가진 세련되고 조직화된 세계관이 뒤섞여 계속해서 조절하는 역할을 하게 되었다.

고대 아일랜드의 책 《침략의 역사Books of Invasions》에 혼혈 폭군 브레스Bres의 이야기가 나온다. 그는 자신의 목숨을 건지려고 (인도유럽인) 침략자들에게 자신의 (모계) 섬을 걸고 협상을 벌인다. 이때 그가 내건 것은 하늘을 읽어 언제 씨를 뿌릴지를 알려주는 너무나 중요한 지식이 담겨 있는 종교적인 비밀에 해당하는 농사 달력이었다. 나는 이 이야기가 선사시대 말기에 실제로 일어난 두 위대한 문화와 종교 전통 사이의 협상을 정확하게 묘사하고 있다고 믿는다. 그뿐만 아니라 정복당한 모계 사회가 새로운 대군주들의 종교 영성관을 받아들이는 전 과정을 상징적으로 재현하는 것이기도 하다. 헤르메스의 탄생에서처럼 정복당한 이와 지배자 사이의 협상에 관한 이 이야기에서 정복자들 자신도 정복당한 이들과 마찬가지로 변화한다.

우리는 여전히 이때 벌어진 협상의 세부사항을 두고 싸우고 있다. 20세기 말 우리를 괴롭히는 사회 문화적 이슈라는 투사된 형태로 우리가 직면한 모든 문제에서 조악하게 '성 간의 싸움'이라고 알려진 것을 다루고 있다. 성적인 관계와 결혼이라는 개인적인 것에서부터 생계를 꾸리고 올바른 '삶의 방식'을 찾는데, 지역 공동체의 갈등과 더 나아가 사회·경제·정치·문화의 변화라는 더 큰 이슈들까지 모두 포함된다.

우리는 이 원형적 이슈들을 우리가 종으로서 살아남으려면 꼭 필요한 자연 환경의 균형을 유지하는 데 투사해 다루고 있다. 우리는 경제 발전과 '진보' 라는 이름으로 다른 모든 종을 집어삼키고 있는, (갈가마귀의 어머니처럼) 갈수록 게걸스러워지는 우리의 식욕을 통제하느라 애를 먹고 있다.

### 갈등은 꿈에서 계속된다

남성 우월주의와 여성주의의 원형의/종교적인 세계관들의 충돌에 내재된 원형적인 긴장에서 갈등이 생겨 났다. 고대의 모계 중심 사회와 가부장 사회는 역사시대의 새벽녘에 만나 충돌하여 바로 이런 원형의 에너지들을 직접적으로 구현하고 있었다. 그 결과로 우리는 '역사'에 파묻혀 살고 있는데 진리란 늘 이전에 문자로 쓰인 기록이 있어야 한다. 하지만 역사 이전의 세계는 우리 정신 깊은 곳에 여전히 살아 있다. 그리고 감정과 의견과 행동을 선호하는 원형의 상징적인 형태로 우리의 삶을 모양 짓고 있다.

40대 후반의 남자가 꾼 꿈이다.

나는 형제들과 동양 무술을 배우고 있다. 깨어 있을 때 우리 아버지가 무술 학교를 운영하신다. 아버지는 (꿈에서도 돌아가신 지 몇 년 됐는데 살아 계실 때도) 아주 엄한 사람이다. 우리 형제들은 매일 의례처럼 '서열' 과 '모이 쪼는 순서' 를 정하기 위해 격렬하게 피 터지도록 싸워야 했다. '아버지' 는 우리가 싸우는 것을 지켜보고 감독하다 누가 승자인지 판정한다. 이런 식으로 우리끼리 싸우다가는 아버지로부터 결코 자유로워질 수 없다는 것을 우리 모두 알고 있다. 하지만 우리는 늘 다음 싸움까지 잠깐이라도 '승자' 가 되려는 희망으로 격투를 벌인다.

나는 형제들과 함께 아버지를 꺼꾸러뜨리든지 아니면 적어도 아버지의 지배에서 벗어나려고 비밀 회합을 가지려 한다. 하지만 형제들 중 누군가 날 배신하고 나는 형제들의 도움을 받은 아버지에게 붙잡힌다. 아버지는 나를 바깥에 있는 철창에 매달고 남녀 형제들은 나를 비웃고 놀린다. …… 나는 정말 화가 나고 절망스런 기분으로 잠이 깬다.

깨어 있을 때 꿈꾼 사람은 지능도 뛰어나고 아주 창의적인 데도 생계를 꾸리는 데 큰 어려움을 겪고 있었다. 이 꿈은 한 층위에서 이 사람의 가족들의 삶이 어떠했는지, 장면에 등장하지 않는 신비하지만 의문시되지 않는 어머니의 부재까지도 상징적으로 묘사하고 있다. 다른 층위에선 가부장제가 요구하고 억압하는 것에 의해 만들어진 남성 내면의 오이디푸스적인 갈등도 묘사하고 있다. 남자들은 경쟁적인 남성 지배의 구조 그 자체 때문에 자신들을 지지하고 힘이 되어 주어야 할 '형제들' 로부터 분리되어 있다. 개인의 성장 환경이 어떠하든 상관없이 집단적인 차원에서 그런 면이 있는 게 사실이다. 꿈꾼 사람의 경우처럼 태어나 자란 가정의 환경이 사회만큼이나 억압적이고 가부장적이면 개인은 이중의 부담을 지게 된다.

엄하고 경쟁적이며 남성 우월적인 가정에서 자란 남자들은 흔히 진정한 자기와 창의적인 에너지를 찾는 데 어려움을 겪는다. 그 에너지가 개인적으로나 집단적으로 '아버지에 의해 집어삼켜진' 까닭이다. 억압적인 아버지가 죽으면서 이전엔 억눌려 있던 에너지들이 풀려 나올 때가 있다. 아니면 자신이 가장 원하는 것임에도 평생토록 방어적이고 경쟁적인 침략에서 벗어나는 데 많은 노력을 들여야 한다.

이 꿈에서 중요한 한 가지는 꿈꾼 이가 이 꿈을 기억했다는 사실이다. 암담하고 희망 없는 꿈을 기억했을 때 그건 꿈꾼 사람이 꿈이 제기하는 모든 문제를 창의적이고 변화를 불러오도록 대응할 능력이 있다는 의미이다. 꿈에 꿈꾼 이가 가진 문제가 있는 그대로 상징적으로 명확하게 나타날수록 바로 그 문제들이 변형·변화할 수 있는 지점으로 진화해 가고 있다고 확신해도 좋다.

여러모로 이 꿈은 강간 피해자나 전쟁에서 끔찍한 전투를 겪은 이들이 반복해서 꾸는 악몽처럼 '외상 후 스트레스 꿈'으로 볼 수 있다. 그런 꿈들을 기억하게 되면 원래의 체험이 상징적인 유사물로 바뀐다. 이 꿈에선 어린 시절의 기억과 현재의 정서적인 갈등을 담을 내면의 드라마가 무술학교에서 끝없이 계속되는 의례적인 싸움으로 바뀌어 묘사되었다. 이렇게 내면의 드라마를 상징적으로 대체하는 것은 원래의 딜레마나 갈등을 새로운 조건으로 재구성하는 효과가 있다. 그래서 막히고 좌절된 것처럼 보이는 성장과 변화에 필요한 에너지가 새로운 상징의 '틀' 안에서 새로운 표현 수단을 찾을 수 있게 된다. 이 꿈에서 자기 가족과 나아가 억압적이고 남성 우월적인 경쟁 사회 전체의 드라마를 억압적인 무술학교로 상징적으로 표현함으로써, 꿈꾼 이 자신의 내면 정서들은 '무술 단련/수련'이라는 상징의 틀 안에서 성장하고 변화할 가능성이 있음을 암시한다.

이 꿈에서 오이디푸스 드라마가 분명하게 드러난다. '배신'의 역설적인 결과 하나는 꿈꾼 이가 형제들과 싸울 필요가 없어진다는 것이다. '게임에서 빠지게' 된다. 그것 때문에 그는 자신이 처음부터 바란 일임에도 불행하고 비참하다. 꿈에서 그는 '매달려' 조롱과 거부의 대상으로 묘사된다. 하지만 꿈에서 표현된 일차적 욕망인 경쟁적인 격투에서 벗어나 자유롭고자 하는 욕구는 달성되었다. 아직 남은 과제는 그 결과로 얻어져야 했던 자유와 독립의 느낌이다. 자신의 진실한 모습과 창의적인 재능을 인식하기 위해 꿈꾼 이가 할 일이 아직 남아 있는 것이다. 하지만 (한 층위에선 의식의 표면 아래에서 변화하고 있는 정서적인 에너지 역학에 대한 은유인) 그의 '비밀 회합'은 그 임무를 달성했다. 하지만 꿈꾼 사람은 여전히 물러서기 전에 옛날 경기에서 이기고 싶어 한다. 현명하다고 할 수 없겠지만 이해할 만한 욕구이다. '매달리고' '갇힌' 듯한 느낌을 갖는 이유이기도 한다.

꿈은 여성성의 요소가 심리적인 그림 안에 들어왔음을 분명하게 가리키고 있다. 앞에 언급되지 않았던 '여형제들'이 철창에 매달려 있는 꿈꾼 이를 조롱하는 사람들 속에 들어 있다. 이들의 등장으로 철창에서 도망치는 것이 훨씬 더 가능해 보인다. 이런 상징적인 상황에서 꿈에 나온 여형제들 중 적어도 '한 명'은 겉으로 다른 이들과 함께 놀리는 것처럼 보이더라도 꿈꾼 사람만큼이나 그곳을 빠져나가고 싶어 할 것이다. 꿈꾼 사람은 아직 그걸 모르고 있지만 그녀는 이제 자신에게 동맹이 있다는 것을 안다. '여형제들'의 등장으로 꿈꾼 사람은 마비된 듯 한곳에 붙박인 것 같은 바로 그 감정들을 통해 자유로워지고 자신이 가진 창의적인 에너지를 새로운 방향으로 풀어놓을 수 있게 된다.

이 꿈이 악몽의 성격을 띠는 것은 분명하고, 생존의 문제가 묘사되어 있다. 잠을 깨면서 느꼈던 분노와 낭패감은 사실 삶의 태도에 깊은 변화를 가져오는 데 필요한 감정들이며 자신이 해방을 얻는 데 필요한 비밀스런 욕구들이다.

융이 여러 차례 지적했듯이 변형과 변화를 위한 무의식의 에너지가 극복해야 할 습관과 신경증만큼 강하고 효과적이어야 성공할 수 있다 한다. 꿈 체험이 불러일으키는 고통과 좌절감의 정도는 깨어 있을 때 꿈꾼 이가 삶의 변화를 가져오는 데 필요한 것일지 모른다. 꿈은 상황을 설정하고 깨어 있을 때 행동을 취하기에 충분한 정서적인 에너지를 불러일으킨다. 우리도 그렇지만 꿈꾼 이는 자유롭게 선택할 수 있다. 자신의 삶을 바꿀 선택과 행동은 반드시 의식적으로 이뤄져야만 한다. 꿈은 그런 선택을 지지하고 도와주러 온다.

태어난 가족을 무술학교 상황으로 대치하는 것에는 다른 내용도 내포되어 있다. 상상력과 상징의 형태가 지닌 변형의 힘이 꿈꾼 이의 삶, 즉 어린 시절과 청소년기의 기억이라는 아주 깊은 수준에서 일깨워졌다는 점이다. 어렵고 힘든 외상성의 기억이 또 다른 상징적인 형태로 개조되어 나타날 때는 '마법적인' 변형의 힘이 창의적인 무의식에서 활성화되었다는 분명한 표시이다.

동양 무술학교라는 배경에 담긴 또 다른 함의는 이 문제가 단지 개인적인 것만이 아니라 집단적이고 '전통적으로' 중요한 요소 또한 담고 있다는 것이다. 이 꿈의 배경이 되는 삶의 상황이라면 불행해 하며 낙담하기 쉽다. 모든 문제를 순전히 개인적인 것으로만 받아들이면 딜레마를 '해결'하지 못하는 것도 순전히 개인적인 실패로 받아들일 함정이 있다. 태어난 가족을 무술학교 도장으로 변화시켜 놓은 것은 꿈꾼 이 개인의 고유한 성격과 개성만큼 이 성차별과 남성 우월주의의 거대하고 보수적인 제도화된 힘들이 관련 있음을 암시한다. 오이디푸스 드라마와 다른 면에서, 아들들이 아버지를 뒤엎는 것은 불가피해 보인다. 무술에서 계속 단련을 하는 것처럼 억압적인 과정 자체가 점차 자신감과 기술로 꿈꾼 이를 키우고 궁극적으로 자유롭게 할 것이다.

다시 한 번 고유한 개인의 영역에서부터 완전히 집단적인 영역에까지 꿈에 담긴 여러 층위들은 모두 진정성을 포용하고 편견에 찬 습관적인 견해들을 변화시켜 이들 문제들을 해결할 수 있는 가능성들을 가리킨 몸부림이다.

이들 문제를 추동하고 형성하는 힘들이 얼마나 무의식적이고 원형적이며 집단적인지를 깨닫지 않고서는 우리 개인의 삶과 제도 사이의 갈등에서 오는 이와 같은 긴급한 딜레마들을 해결하기를 희망할 수 없다.

우리가 가진 가장 큰 문제에는 무의식의 원형적인 힘들이 어떤 모양인지가 반영되어 있다. 겉으로 보이는 표면 바로 아래 숨어 있는 이 원형의 힘들은 우리의 꿈들과 우리의 가장 큰 집단적인 노력과 딜레마들에서 그 모습을 드러낸다. 우리의 삶을 형성하는 선사시대로부터의 힘들에 무지한 이들은 피할 수 없어 보이는 양상들을 되풀이할 수밖에 없다. 이와 같이 분투를 피할 수 없다는 느낌과 거의 예측할 수 있는 만족스럽지 않은 결과들은 그 자체로 아직 의식으로 끌어올려지지 않고 이들 드라마에 연료를 주고 있는 원형의 에너지가 무엇인지에 대한 믿을 만한 지표이다.

# 요약

프로이트는 모든 남자 아이가 본능적으로 자기 어머니에게 끌리고 아버지에게 경쟁과 적의를 동시에 느낀다고 주장했다. 프로이트는 이 본능적인 '오이디푸스 콤플렉스'가 모든 개인적인 신경증의 상징적인 그리고 심리적인 근간이라고, 또 모든 '문명과 그 불만'의 원인이라 믿었다. 프로이트는 아버지와의 결합을 원하는 근친상간의 본능을 강조하면서 여성들의 무의식적 생활에서의 신화적인 패턴도 제안했지만, 이 '엘렉트라 콤플렉스'는 '오이디푸스 콤플렉스' 만큼 잘 통용되지도 받아들여지지도 않았다.

프로이트와 그 추종자들은 오이디푸스 이야기에 담긴 개인의 심리와 성적인 층위에 대해 방대한 설명을 남겼다. 그 외에도 오이디푸스 신화는 가부장적인 인도유럽인들의 사고에 담긴 다른 측면에서 오래되고 집단적이며 원형적인 다른 유형도 상징적으로 보여 준다. 유목민들이 자신들의 존재와 생존을 기대고 있던 야생 소 떼의 삶에 관한 이야기이기도 했다.

벌집이 여신을 숭배하던 모계 중심의 농경 사회에서 가장 중요하고 자연스런 상징이듯, 떠돌아다니는 소 떼는 고태적인 가부장 중심의 '신을 두려워하는' 인도유럽 유목 사회에 대한 상징이다. 자연에서 소 떼를 지배하는 건 '우두머리 수컷' 으로 한창 때 자기 자리에 도전하는 다른 수컷들을 물리치며 지배하다가 너무 나이가 들거나 노쇠해지면 어쩔 수 없이 자기 새끼에게 자리를 빼앗기게 된다. 이런 소 떼의 삶에 나타나는 자연스런 유형이 근본적으로 '오이디푸스적' 인 것은 분명하다. 그건 현재 서구 문화에서 펼쳐지고 있는 기본적인 상징 드라마이기도 하다. 우리가 원형적인 상징이 가진 유형들에 대해 가장 기본적인 개념들과 무의식적인 가정들을 바로 이들 가부장적인 인도유럽인 유목 전사로부터 물려받았기 때문이다.

고대 인도유럽인들에게는 원기 왕성하게 술에 취해 번개를 휘두르는 남신조차도 늙은 우두머리 수컷이 그러하듯 나이가 들고 약해지면 자기가 낳은 자식에게 자리를 빼앗긴다. 인도유럽인들과 그들이 믿는 신들에게 힘은 일을 바로잡는 데서 그치지 않고 정의 그 자체이다. 따라서 약한 자를 끌어내리고 강한 경쟁자로 자신을 대변하는 그 자리를 채우는 것은 '신의 뜻'을 따르는 것이다. '라그나록Ragnarok' 즉 '신들의 여명'이란 독일 신화는 그런 비극적인 인도유럽인들의 세계관을 상징적/서사적인 형태로 보여 주는 예이다. 신들조차도 운이 다하면 버려질 운명이다 보니 사투를 벌이는 동안 자신들이 쓰러질 전장, 즉 대지도 파괴한다.

말을 타고 떠돌아다니던 이들 인도유럽 유목민들에게도 대지는 여성이었다. 하지만 농경 사회에서처럼 끝없이 비옥한 여신이 아니라 소 떼를 제대로 먹이지 못해 신선한 사료를 찾아 떠돌아다니게 만드는 믿을 수 없고 부적절한 목초지에 불과했다.

기원전 1500년경 인도유럽인 유목민들은 광범위한 가뭄으로 코카서스 평원을 가로질러 왔다 갔다 하던 이주 유형을 깨고 굶주린 소 떼를 따라 산맥을 넘어 지중해와 인도 대륙에 정착하여 농사를 짓고 살던 모계 중심 사회를 침략하게 된다. 비옥한 평지에 사는 여신 숭배자들을 압도하고, 신들이 세대를 이어 끝없이 서로를 정복하고 그 과정에서 대지를 파괴하는 본질적으로는 비극적인 자신들의 세계관을 강요하게 된다.

정복한 농경 사회를 다스리는 문제에 직면하자 육체적으로 강한 수컷만을 신이 인정한다는 기본 신념을 수정하게 된다. 의례적인 전투를 통해서가 아니라 협의와 계약에 따라 가축과 재산의 소유주를 바꿀 수 있도록 전환한다. 헤르메스의 탄생 신화가 이 고태적인 인도유럽 문화를 근본적으로 변화시키는 데 결정적인 역할을 한다.

기원전 1500년경 침략한 인도유럽의 기마인들에게 몰락한 모계의 여신 숭배 농경 사회는 분점의 세차운동을 예측하는 신성한 구전 전통이 맞지 않으면서 침략자들이 오기 전부터 이미 존재론적 위기에 처해 있었던 것으로 보인다. 하늘에서 벌어지는 일들이 고대부터 전해져 온 시時가 예측하는 것과 달랐던 것이다.

이와 더불어 인도유럽인들이 말의 힘을 효과적으로 사용하고 '성에 관한 사실'을 퍼뜨리면서 국가가 지원하던 여신 숭배의 시대가 끝나고 신을 남성적인 형태로 숭배하는 시대로 대체된다.

고대에 해결되지 않은 성 간의 이들 원형적인 갈등은 현대인들의 꿈에서 여전히 찾아볼 수 있다. 생식권과 '지속성'에 대비된 '진보'의 역할, 공동체 간의 갈등이라는 상징적인 구조 등과 같은 질문을 둘러싸고 계속되는 집단의 갈등이 그것이다. 고대 갈등의 원형적인 유형을 가장 잘 보여 주는 신화적 서사를 예로 제시하고, 이런 원형적인 유형들을 반영하는 방식을 강조하면서 꿈 하나를 깊이 있게 살펴보았다.

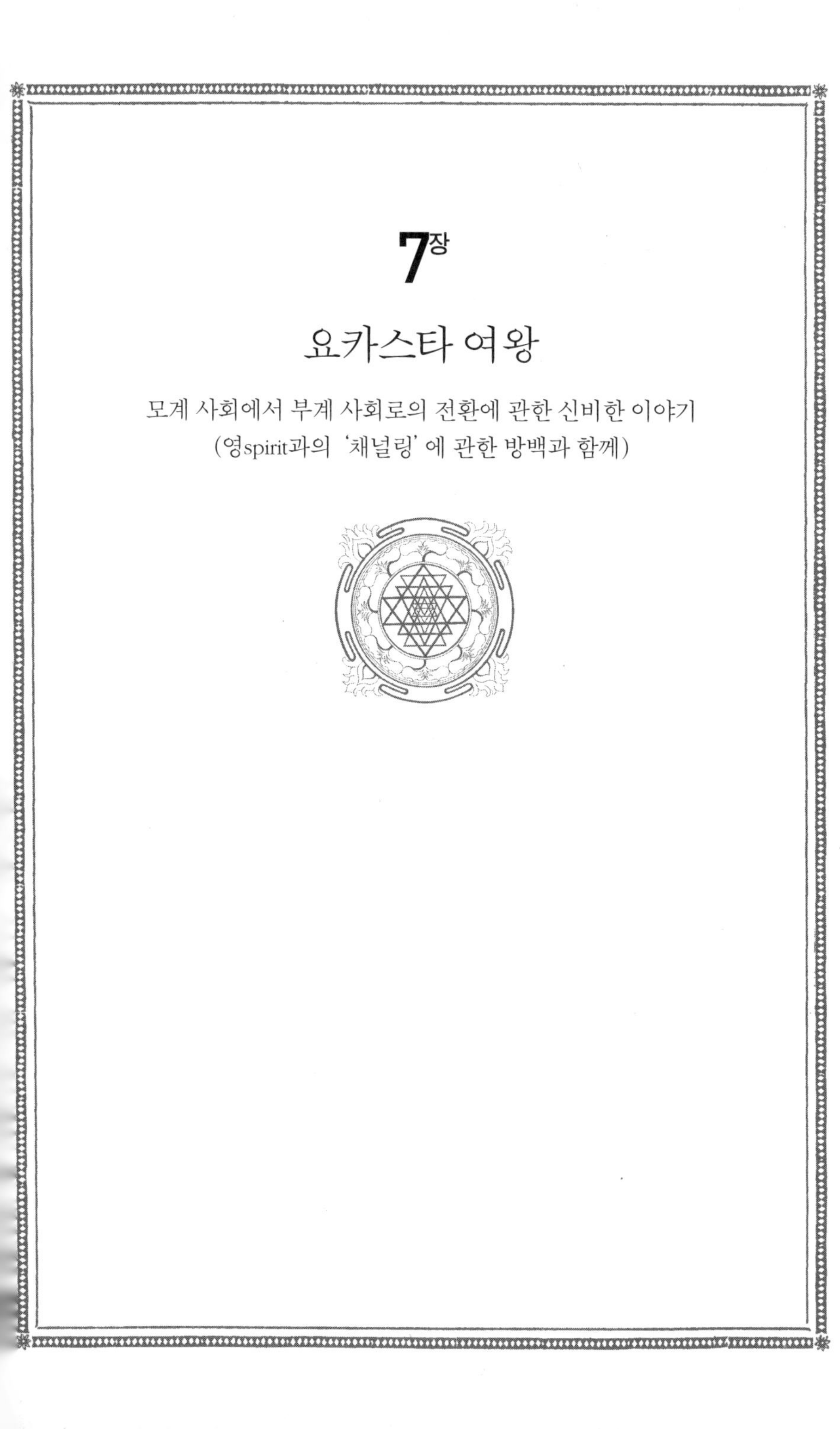

# 7장

# 요카스타 여왕

모계 사회에서 부계 사회로의 전환에 관한 신비한 이야기
(영spirit과의 '채널링'에 관한 방백과 함께)

우리가 포기하고 뒤로 미뤄 두고 잊어버리고 있는 많은 것은

언제고 지금보다 더 큰 위협적인 힘이 되어 우리에게 되돌아올 수 있다.

따라서 인간이 자신의 삶을 충만하게 살아갈 가능성은

모든 신화에서 공통적으로 나타난 위대하고 중요한 상징을 따를 때 실현될 수 있다.

이것은 신념이나 지식의 문제가 아니라 우리 사고가 무의식에 잠재되어 있는

원시의 이미지와 조화되도록 하는 것이다.

_ 프레데릭 터너(융을 인용하며)

1972년 봄 나는 지금은 존재하지 않는 여권주의 잡지 〈네메톤Nemeton〉에 "모계 전통에 대하여"라는 제목의 기사를 발표했다. 그 글에서 나는 펠라스기 족Pelasgian의 여신 숭배 문화가 인도유럽의 침략 앞에 무너지게 된 주요한 원인이 지중해의 오랜 모계 중심의 농업 문화가 춘분점의 세차운동을 예측하지 못한 것과 더불어 출산 시 남성의 역할이 필요하다는 사실이 대중에게 알려진 것이라고 결론 내리게 된 연구 결과를 자세하게 소개했다.(자세한 내용은 6장 참조)

그 기사가 발표됐을 때 나는 뭔가를 하나 마무리한 기쁨과 만족감을 느꼈다. 〈네메톤〉을 읽는 구독자는 많지 않았지만 세련된 독자들이라 내 주장을 충분히 평가할 수 있을 거라 보았다. 그토록 열심히 연구해 온 것이 드디어 세상에 나가 적은 수의 독자이지만 읽혀진다는 데 만족했다. 나는 이것으로 우리의 정신 깊은 곳에 아직 살아 있는 원형적인 에너지의 선사시대 유형을 연구하는 단계는 끝났고, 인간이 처한 곤경에 담긴 집단적인 성격에 관한 다른 연관된 문제로 넘어가도 되겠다고 생각했다.

1972년 11월 나는 자정이 훌쩍 넘은 금요일 밤에 낡은 폭스바겐 풍뎅이 차를 몰고 익숙한 마린 카운티의 시골길을 달리고 있었다. 늦은 시간 어두운 데다 몸까지 피곤해서인지 그 익숙한 길이 이상하게 낯설고 새로워 보였다. 마음속으로는 그날 밤 꿈 작업 모임에서 있었던 다

충격이고 재미있는 사건들을 떠올리고 있었는데 갑자기 차 뒷자리에서 늙은 노파의 목소리가 들려오기 시작했다.

당연히 혼자라고 생각했던 차 안이라 나는 깜짝 놀라고 두려워서 떨리기까지 했다. 백미러에는 아무도 보이지 않았다. 두서없이 처음 떠오른 생각은 애 보는 사람을 데려다 주고 오는 사이 차 문을 잠그지 않아서 노숙자 할머니가 뒷자리에 몰래 올라탄 것이 틀림없구나 하는 것이었다.

나는 가속 페달에서 발을 떼고 뒤돌아보았다. 머리를 돌리는 동안 나는 그 목소리가 오른쪽 뒤에서, 상대적으로 같은 거리와 위치에서 나와 함께 돌고 있다는 걸 깨달았다. 그것은 그 목소리가 내 머릿속에 있다는 것을 의미했다. 하지만 아무리 그렇다 해도 내 모든 감각은 닫힌 차 안에서 실제로 울리고 있는 그 목소리가 '진짜' 라고 말했다.

지금 생각해 보면 그 순간 내가 느낀 감정과 감각을 신뢰할 수 있었던 것은 오랫동안 꿈을 기억하고 글쓰기나 다른 창의적인 작업에 필요한 명상 상태를 계발한 덕인 것 같다. 나는 그 '노파' 가 내가 지난 몇 년 동안 그토록 집중해서 연구했던 시대를 배경으로 한 고대 그리스의 이야기를 낭송하는—실제로는 노래하는—중임을 깨달았다. 뮤즈가 내게 시를 주고 있었다!

놀랍고 혼란스럽던 것이 바로 흥분과 걱정으로 바뀌었다. 콜리지 Coleridge*와 '폴락Porlock에서 온 사람' 을 떠올렸기 때문이다. 콜리지

* Samuel Taylor Coleridge(1772~1834년), 그가 환상 속에서 창작한 '쿠빌라이 칸' 은 영어로 쓰인 최초의 초현실주의 시로 알려져 있다. - 옮긴이 주.

가 이와 비슷한 상태에서 '쿠빌라이 칸Kubla Khan'을 짓고 있을 때(실제로는 받아쓰기에 더 가까웠다), 폴락에서 누군가 찾아오는 바람에 영감이 사라져 버렸고, 그 작품은 오늘까지도 미완성으로 남았다.

나는 콜리지처럼 영감을 잃어버리고 싶지 않았다. 처음에 나는 차를 가로등 아래 길가에 세우고 (중고로 차를 샀을 때부터 실내등이 고장 나 있었지만 고치려고 신경도 쓰지 않았었다) 늘 가지고 다니는 공책/일기장에 그 시를 받아써야 한다는 충동을 느꼈다. 하지만 그곳은 순찰차가 자주 다니는 곳이라 경찰이나 사설 경비대가 지나가는 건 시간문제였다. 그럼 무슨 일이 벌어질지 너무 뻔했다.

"무슨 문제가 있습니까?"

"아뇨. 괜찮습니다, 경관님. 시상詩想이 떠올라서요. 영감을 잃고 싶지 않았을 뿐이었어요."

"면허증과 차량 등록증을 좀 볼 수 있을까요?"

"아, 그럼요, 경관님……."

"그리고 잠깐 차 밖으로 좀 나와 주시겠습니까……."

그건 폴락에서 누가 온 것보다 더 나쁜 상황일 터였다! 나는 그저 빨리 집으로 가 방해받지 않고 일할 수 있는 곳에서 처음의 시구들을 되살릴 수 있기를 바라는 게 최선임을 깨달았다.

집에 도착했을 때 고맙게도 그 목소리가 처음부터 다시 말하기 시작했다. 나는 밤새 식탁에 앉아 그치지 않고 흘러나오는 그녀의 말 흐름을 놓치지 않으려고 미친 듯이 받아 적었다. 새벽 3시쯤 아내가 일어나 안부를 물었다. 작가이자 꿈 작업을 하는 아내도 그런 억제할 수 없는 영감이 가지는 가치와 잠재적인 중요성을 알기에 내게 축복을 빌어 주고는 다시 자러 갔다.

그 후 이틀 동안 나는 바쁘게 쉬지 않고 써 내려갔다. LA로 오고 가는 비행기 안에서, 예정된 강의와 워크숍 사이사이 쉬는 시간에, 밤늦게 모텔의 내 방에서 피곤에 지쳐 잠에 빠질 때까지 써 내려갔다.

기회가 생겨 글을 쓰게 될 때마다 나는 목소리가 사라지지 않을까 두려웠다. 다행히 이야기가 펼쳐지는 과정에 경이로워하며 이미 적어 둔 것들을 다시 읽어 보는 동안 그 목소리는 다시 말하기 시작하곤 했다. 그러면 나는 이야기의 흐름이 끊기거나 중단되는 느낌 없이 멈췄던 곳에서 다시 받아 적곤 했다.

'요카스타 여왕' 은 내가 이런 식으로 지은 유일한 작품이다. 다른 작가와 예술가들의 개인적인 창작 과정을 읽으면서, 그리고 비슷한 경험을 한 친구나 아는 사람들과 얘기하면서 나는 '요카스타 여왕' 을 '영혼과의 교신으로 만들어진 작품' 이라고 불러도 되겠다고 결론 내리게 되었다.

목소리의 주인공은 자신이 누군지 밝히지 않았다. 하지만 내게 이야기를 읊어 주던 나흘 내내 그녀가 나와 분리된 존재라는 내면의 느낌은 그녀가 내 머릿속에서 말한다는 게 분명해진 후에도 결코 지울 수 없었다. 그녀는 자신만의 독특한 언어로 얘기했고 (처음 차 안의 강렬한 그 순간 외에 다른 사람들도 그녀 목소리를 들을 수 있다고 나는 단연코 상상하지 않았다), 그리고 그 목소리는 홀연히 떠났다.

이 작품을 출판할 때가 되었을 때 나는 표지에 다른 이름을 써서 정식으로 이 작품이 기존의 내 작품들과 다르다는 것을 나타내고 싶었다. 하지만 그녀를 다시 불러내 대화하려 노력했지만 소용없었다. 이름만이라도 알고 싶었는데.

그 뒤 몇 년에 걸쳐 나는 이 작품에 대한 영감이 내게 온 그 특이한 방식에 대해 생각해 보았다. 결론적으로 나는 개인의 무의식 너머에서 모계 사회의 붕괴에 대한 나의 학문적인 연구가 본질적으로 옳은 것임을 '확인' 시켜 주기 위해 이 이야기가 왔다고 확신했다. 이야기 초반부에 춘분점의 세차운동을 예측하지 못한 것을 가리키는 내용이 두 군데 있다. 한 번은 노파가 "별들이 혼란에 빠진다"고 얘기할 때이고, 또 한 번은 요카스타의 어머니가 "비밀스런 의심으로 괴로워했다"라고 언급할 때이다. 하지만 이때가 내 연구의 결론을 직접 가리키는 유일한 순간이다. 나는 아직까지 그 연구를 한 게 미묘하면서도 명백하게 이 작품을 '받도록' 나를 준비시키지 않았나 하고 짐작한다.

이 작품을 쓴 과정에 대해 내가 가장 단순하게 말할 수 있는 것은 그 연구에 대단한 흥미를 느끼고 몰두했다는 것이다. 연구가 끝났다고 생각했음에도 나의 무의식은 계속해서 내가 연구하던 자료를 보다 정서적으로 흥미롭고 설득력 있는 서사의 형태로 만들고 있었다는 것이다. 표면상으로는 그런 것이 틀림없다. 하지만 내겐 여러 해 동안 '무의식적으로 배양' 하고 있던 다른 체험들이 많이 있었다. 그래도 그 어느 것도 그 노파의 목소리처럼 완전하지는 않았다. 그래서 나는 그 목소리 외에 다른 무엇인가가 있을 수도 있다는 상상은 훗날로 미루기로 했다.

어떻게 보든 의식이 다른 데 집중을 하고 있을 때조차도 꿈과 예술 작품을 만들어 내는 창의적인 상상력이 항상 작동한다는 것은 '단순' 하지만 사실이다.

선사시대의 위대한 모계 사회의 여인들이 새로운 생명을 세상으로 불러오려면 남자와 성적인 결합이 필요하다는 것을 쭉 알고 있었지만 비밀로 숨겨뒀다는 암시가 있다고 로버트 그레이브스Robert Graves는 주장했다. 그것은 이 이야기의 초반에도 암시되어 있는데, 내게 이야기를 들려준 그 노파는 "씨앗의 비밀은 말해지지 않았다……"라고 표현했다. 여성들이 공모했다는 암시가 없더라도 이것은 정확한 선언처럼 보인다. 왜냐하면 엘레우시스Eleusis에서 애도하는 어머니와 새로 태어난 딸의 가장 깊은 신비는 아무 말 없이 침묵 속에 그저 이삭을 들고 있을 때 드러났기 때문이다.

채널링 체험이 많은 친구 밥 트로우브리지Bob Trowbridge는 자신이 '유령'이라고 부르는 경험에 대해 건전하면서도 실용적인 태도를 갖고 있다. 밥은 말한다. "버스 옆자리 사람 말을 믿을 이유가 없는 것처럼 유령의 말을 믿을 이유도 없지. 죽은 사람이라고 더 똑똑할 이유는 없잖아!"

나는 그가 옳다는 것을 안다. '뮤즈에게서 직접 영감'을 받는 체험은 정말 생생했지만 그렇다고 이렇게 '채널링을 통해 전해진' 생각과 견해가 더 나을 이유는 없다.

이런 점들을 염두에 두면서 다음의 '수정된' 오이디푸스 신화 이야기를 내놓는다. 내가 아는 바로는 다음 이야기에 나오는 모든 세부사항은 학계의 문헌과 고고학 기록에서 확인되는 것들이다.

'요카스타 여왕'은 청각적인 작품이다. 내게 소리로 전해졌기에 크게 소리 내어 읽고 들을 때 효과가 가장 크다.

### 요카스타 여왕

따뜻한 밤이다.
남자들은 잔을 들고
술에 취해 고래고래 소리를 지르고 떠벌리고 있구나
방패는 돌에 누인 채.
주전자와 재떨이를 치워야 하네.
바깥 가을 별빛 아래서
갈대로 문질러야겠지.
그들은 우리 말을 듣지 않을 거야.
듣더라도 무시하겠지
일하는 여자들의
무의미한 중얼거림이라고.

난 나이가 들었어. 손가락 마디가
참나무 뿌리처럼 비틀어졌어.
넌 날 몹시 꾸짖는구나
내가 네 냄비를 씻어 주지 못한다고 말이야.

하지만 난 내 밥벌이는 할 거야.
그리고 머스크 향처럼
네 콧구멍을 벌렁거리게 만들
이야기를 해 주지.
게슴츠레 늘어진 눈을 떠 봐
석굴에서 깜박이는
촛불처럼,
그리고 창피한 줄 알아
내게 먹인 그 쓰레기라니.

넌 웃는구나! 그래도 좋아.
남들은 우리가 놀며
헛간 얘기나 하고 있다 생각할 테지.
내가 어린 소녀였을 때
누가 말뚝에 묶인 어머니에게 침을 뱉는 것을 봤어
고통 속에 영혼을 포기하시더군
어떤 남자가
어머니가 이 이야기하는 걸 듣고
불경스럽다고 했거든.

웃지 않는구나.
그것도 좋아.

우리 어머니의 어머니의 어머니의 시대엔
지금과 같지 않았어.

인간은 그저 아이였고, 대지는
그녀의 선물을 낳았지.
하지만 사람들은 어머니를 사랑했고
경배했어.
칼리스카 여왕이 이 땅을 지배했어
어머니의 권리로 말이야
그리고 아이가 태어나면
사람들은 여신의 은혜에
몸을 떨었어.
씨의 비밀은
말해지지 않았지.
매년 우리는
델피로, 아테네로, 엘류이시스로 걸어갔어
신성한 침묵을 찬양하기 위해서였지.

하지만 여신이 얼굴을 돌렸어.
별들이 혼란에 빠지고.
뜨겁고 건조한 바람을 타고
북쪽에서 먼지가 불어왔어.

작물은 보잘것없었고
비가 협곡을 쓸고
평원을 지나
코린트 만까지
암퇘지가 뒹구는 흙탕물처럼 갈색이었지.
높이 솟은 호박색 구름을 뚫고
센토러스가 등장했어
사람들 가슴에 파문이 일어났지
싸움이 일어났어—
많은 여자들이 무장하고 저항하다 죽었지
하지만 우리의 들판과 포도밭은
말을 탄 남자들의 발아래
황폐해졌어.

그들이 저 위 시냇물 주위에
아카시나무가 빽빽하고
풀들이 자라지 않는
이 계곡의 입구에 도달했을 때,
칼리스타 여왕과
여왕이 될 큰딸 요카스타 공주가
궁정 호위병들과
여신 신전의 하인들과 함께

수염 난 전사들을 만나러 정렬했어,
나이 든 여왕은 어지러운 들판에 견디며 서 있고,
자줏빛 망토를 입은 요카스타는 눈부시게 빛났지.
누군가는 전투를 위해 차려 입었고
다른 누군가는 물병과 바구니를 든 채
저항할지 항복할지
번뇌했지.
세월에 검게 그을린 칼리스타는
비밀스런 의혹들로 마음이 무거웠어.
하지만 아직 여신을 향한 열정이 가득하여
그녀는 저항하자고 역설했어—
신성한 가문의 여전사들과 부족장들,
나이 든 여인들은
그녀를 지지했어.
하지만 요카스타는 보다 순한 길을 선택했어,
농부들과 시종들과
어린 동생들을 결집하고
전쟁 준비 비슷한 것으로
어머니를 진정시키면서
타협을 바랐어.

이 언덕으로 늙은 라이오스가 왔어.

전장의 먼지를 뒤집어쓰고
여러 달 동안의 전투로 지쳐 있었지만
싸울 준비가 되어 있었지. 하지만 여전히
협상으로 합의할 가능성도 열어 놓았어.
돼지 도살꾼인 라이오스,
말을 길들이는 라이오스,
자기 왕국이 갖고 싶어서
굶주린 채 떠도는 생활을 끝내고파 안달이 나 있었지.
그들은 대리인을 통해 말했어—
라이오스는 북쪽의 전장에서 붙잡은
눈 먼 시인을 통해,
요카스타는
여신에게 봉사하도록 태어난
시종을 통해.
그동안 칼리스타 여왕은 무장한 호위대에 둘러싸여
화가 나 중얼거리고 있었지.
그들은 오후 내내
의례적인 침묵 속에 얘기했어.
그러곤 합의에 도달했어.
라이오스는 봄철 씨 뿌리기를 허락하고
어떤 여인도 집을 잃지 않고,
남자 노예들에겐 주인을 바꿀

선택권이 주어지고,
그리고 라이오스가 왕이 될 터였어—
요카스타와 공개 결혼을 해서 말이야.
칼리스타가 격노했지만, 요카스타는
신중하게 고려한 후 동의했어.
라이오스는 분명히 했지
자신은 살육하는
왕이 되지 않을 거라고.
여신을 위한 의례는 지켜지겠지만
이제 라이오스는 남은 생을
왕으로 살게 될 터였어.

그의 자부심과 힘에,
맑고 움츠러들지 않는 눈에,
그리고 반짝이며 흐르는 그의 머리카락에
요카스타가 얼마나 감동을 했는지
그건 나는 몰라.
그는 그녀가 만난 남자들 중에
어둠의 어머니를 두려워하지 않는
첫 번째 남자였거든
걱정 없이 편하게 얘기하고
호기심과

갈망하는 눈빛으로 그녀와 눈 맞추고
굽실거리지도,
시종들처럼
훈련된 예의 바름으로
공손하게 다른 곳을 바라보지도 않고.
어쩌면, 딸에게서 욕망이 깨어나는
비전을 본 게
칼리스타를 절망하게 했을지도 몰라—
외마디 소리를 지르곤
자리에 주저앉으며
호위병들에게 소리쳤지
여신의 신전으로 데려다 달라며,
다시는 조상들의 땅에 발을 딛지 않겠다고
맹세했지.
늙은 여왕의 심장이 버티질 못했어.
해가 지기 전 숨을 거뒀지.
하지만 죽기 전 돌 위에
포도주를 부으며
우리 모두가 물려받을
저주를 남겼어
요카스타와 라이오스의
첫째 아이가

자라나 아버지를 죽이고
여신의 영광을 빛나는 테베에
복원할 거라고.

델피 신전의 여사제가 속삭인
그 저주가
예언으로
라이오스에게 왔어
결혼을 준비하던 그를 시험했지
이미 요카스타에 대한 갈망이
땅과 권력에 대한 갈망만큼이나
강해져 버렸으니까.
결혼식 날 밤
그는 요카스타가 기꺼이 바친
것을 요구하고 받았어
하지만 짝짓기 춤을 중단하고
씨를 시트에다 뿌렸지
요카스타에게
쾌락이 절정에 달하는 기쁨을 빼앗은 거지.
구 년이란 긴 세월 동안
그는 말을 길들이듯—
스스로의 정열을 길들이려 했어.

그렇게 남편이 할 의무는
제대로 하지 않으면서
궁궐의 하인들에게선
많은 자식을 낳아
요카스타 여왕을
웃음거리로 만들었지.

마침내,
스파르타에서 남쪽으로
사소한 도둑질을 갔다가
가는 데마다
제우스와 헤르메스를 위한 사원이 있는 것을 보고
남신들이 그들의 어머니를 끌어내린
것을 보고 온 후
의기양양하게
요카스타의 방으로 들어가
자신의 의지를 그녀 배 속
저 끝까지 밀어넣었어.

요카스타는 새로운 생명이라는 여신의 선물이
배 속에서 꿈틀거리는 것을 느꼈어
그리고 두려워졌지.

라이오스도 두려움에 휩싸였어.
독수리가 탑에 둥지를 틀고,
땅이 흔들렸지
길바닥에 깔린 돌 사이로
봄이 터져 나와
궁정을 뒤덮었어.
요카스타는 갈등했어.
도망갈까도 생각했지.
칼리스카의 호위병들처럼
굴복하지 않고
바다 건너
아프리카로 도망가
병영을 세우고,
여신에게 충성하며,
무력 침략을 맹세하며 준비하는 여인들을 기억했으니까.
하지만 결심할 수가 없었어.

태어난 아이가 아들인 걸 알고
요카스타는 안도했어—
남자 아이가 어떻게
어머니의 권리를 회복시키겠어?
예언이 어긋날 게 틀림없어!

하지만 놀랍게도

라이오스는 두려움으로 거의 미칠 지경이 되어

아들을 죽이려 했어

칼을 빼들고, 마부들의 피비린내 나는

맹세를 내뱉으며,

그녀가 아이를 감싸 안고

산실의

어두운 방 안에서

어머니의 신비를 불러일으키지 않았더라면 말이야.

요카스타는 일주일 내내

아기를 곁에 두었어

여인들 구역 안에서

아이를 포기하지도

이름을 지으려고도

하지 않고 말이야.

라이오스는 화도 내고 위협도 했어.

따르는 병사들이 불안해 했지.

반란 이야기도 오가고

많은 여인이 강간당하고 고문당했어

숨은 지도자들을 찾아내려는 광기에.

깊은 혼란에 잠긴 요카스타 여왕은

꿈에서

많은 목소리를 들었어.

흠칫 잠에서 깨어

복도를 어슬렁거리다

지쳐 노예처럼

구석에 쓰러지곤 했어.

아기는 무럭무럭 점점 더 강해지고

아기가 죽어

선택을 피할 수 있었으면

하는 여왕의 비밀스런 바람도

커져만 갔지.

자기 어머니의 시대 때부터 존경받아 온

최고의 조언자들이

몰래 그녀에게 다가와

요청했어

라이오스와 평화를 맺은 척하라고. 그래서

어디 몰래 혼자 유인해서

독을 먹이든,

그 사람의 갈비뼈 사이로 단도를 찌르든 하라고.

하지만 요카스타는 여전히 머뭇거렸어.

조언자들은 열렬하게 설득했어
눈 먼 남자의 분노 대신
고결한 어머니의
피를 위해—
남편을 죽이는 건
밀을 베는 것과 같다고
하지만 자기 혈육을 죽이는 건
영원히
어머니를 배신하는 것이라고.

마침내 요카스타는 어설픈 선택을 했어—
아이를 언덕에 내다 버리고
땅에 묶어 두기로—제물로
어머니께 바치는 거지. 그러면 어머니가 차가운 손길로
아이를 되찾아 가리라 생각한 거지.
그러면 아이의 피가
요카스타의 영혼에 남지 않으리라
절망에 빠져 그렇게 생각한 거지.
마치 여신이
무슨 바보스런 상인처럼
그런 잔꾀에 속아 넘어가기나 할 것처럼!
가슴 속 깊은 곳에선

그녀도 알았어 자기의 노력이 속임수라는 걸—

남편을 진정시키려

남자를 보내

여자가 할 일을 시켰어.

아이는

라이오스의 부하에게 맡겨져

눈 내린 언덕에 말뚝 박히게 되었어

천막용 말뚝이 아이의 뒤꿈치를 관통했지.

아이의 울부짖음이 멈추고

그 작은 몸뚱어리가 더 이상 꿈틀거리지 않자

말뚝을 박은 그 멍청이는 집으로 돌아갔어

와인과 불이 따뜻하게 기다리는 곳으로 말이야

그렇게 작고 연약한

신생아라면

그렇게 시린 추위에 죽을 게 틀림없다고

여겼던 거지.

아이 안에 살고 있는

곧 태어나려는

어머니의 강인함은 몰랐으니 그랬을 테지.

지나가던 목동이 아이를 발견했어

라이오스의 그 게으른 아첨꾼보다는

어머니의 방식을 좀 더 아는 아이였지
시퍼렇게 굳은 몸에
아직 생명이 꿈틀대는 걸 보고
아이를 집에 데려가
여인에게 건넸어
자기가 돌보는 양 떼를
양육하고 그 수를 늘여 준 그 여인에게,
소년을
두 번째, 살아 있는 선물로 삼았지.
둘이 함께 아이를 길렀어
어머니의 방식대로
아이가
절뚝거리는 건장한 젊은이가 될 때까지,
아이를 '오이디푸스'라 불렀어
그 외에 다른 이름이 없었으니.

그동안 요카스타 여왕은
다시 한 번 지배권을 쥐게 돼
늙은 라이오스는 천천히
자신의 열정을
힘을 휘두르고 난봉질하고
싸우며, 내일의 닳지 않는 부富라는

환영의 유혹에 써 버렸음을
알아차리게 되지.
한동안
와인과 추억에 탐닉해 보지만
그 또한 그의 눈빛을 흐리게 하고
라이오스는 소수의 무장한 호위병들만을 데리고
신탁과 예언자들을 찾아
또 헛된 망상으로 짜여진
여신의 베일 너머를 보려고
다시 헤매기 시작하지.

어린 '부은 발'이 자라나
젖을 뗄 무렵
자신의 마음이 반영된 꿈을 꾸고
잠자리를 흩트리자,
양어머니는 돌을 던져
여신에게
아이의 미래와 운명에 대해 묻지.
그녀의 눈앞에
살기등등한 칼리스타의 저주가 조용히 펼쳐지고
어머니의 의지에 반하는 헛된 짓을 하기엔
그녀는 너무 현명해

그녀는 점치는 돌들을 그러모으고
조용히
어머니의 끝없는 고통을
엄혹하게 받아들이기로 하지,
그러곤 양아들을 내쫓았어
아이가 자신의 운명에
스스로 맞서도록.

처음에 어린 오이디푸스는 반항했지.
자기에게서 갑작스레 사랑을 거둬 간
이유를 알기 원했어.
하지만 그녀가
돌을 읽어 보니
자기네 거친 벽과
돌투성이 들판보다
보다 큰 운명을 지녔다고 말하자
그는 웃고는 기꺼이 집을 떠났어
젊은이 특유의 건방진 말투로
그들을 축복하며,
양어머니의 눈에 빛나는
조용한 슬픔은 눈치도 못 채고.
몇 달 동안 젊은 오이디푸스는

불구의 발이지만
대담하게 앞으로 내디뎠어.
그러다 어느 날
낭떠러지를 따라 난 좁은 길에서
비틀거리다 넘어졌어.
종일 음식을 찾느라,
추운 밤과 외로움을 견디느라 지친 게지.
그는 멈춰서 지팡이에 의지해
저 아래 소용돌이치는
바다를 내려다봤어.
막 폭풍이 지난 바다는
흩뿌려진 구름 사이 햇빛 아래
쉬지 않고 몸부림쳤어.

라이오스가 오이디푸스를 우연히 만난 것은
바다를 바라보고 선
바로 그때였어.
늙은 왕은 또다시
델피의 신탁에 가는 길이었지.
두 마리 말이 이끄는 전차를 탄 왕의 곁에는
무장한 병사들이 따르고 있었어.
왕이 거칠게 고삐를 당겨 말을 멈추며

젊은 오이디푸스에게
어서 기슭으로 물러서
길을 열라고 명령했어

오이디푸스가 소리 높여 대답했어
자신은
누구를 위해서도
비켜서지 않겠노라고.

화가 치민 늙은 라이오스는
방패 아래 매달린
창을 잡고
아들에게 던졌어
병사들에겐 전속력으로 달릴 것을 명하고.
그의 창은 너무 멀리 날아갔고
오이디푸스는 덤벼들어
지나가는 말들을 내려쳤어.
한 번 더 내려치자
전차 바퀴가
좁은 길을 벗어나
뒤집히고 굴러
돌투성이 낭떠러지로 떨어졌지.

오이디푸스는 숨을 헐떡이며
절벽 끝으로 기어가
말들과 사람들, 펄럭이는 망토들이
하나로 뒤엉켜
꺾인 날개처럼 펄럭이며
떨어지는 것을 지켜보았어

라이오스가 죽은 채 발견되자
그 소식은
물결처럼 퍼져나가
테베의 요카스타에게
더 남쪽의 바다를 건너
그녀의 어머니의 남은 군대에까지
다다랐어.
거기다 라이오스의 병사들과
오랜 세월을 기다리다
팽팽한 활시위를 떠난 것 같이
기세가 등등해진 망나니 아들들 사이에
싸움이 났다는 소식까지 더해졌지.
바다 건너 군대는 북쪽으로,
집으로 돌아가는 항해를 시작했어.
아직 여신에게 충실한

어부들에게서 소식을 들었지

전투와 죽음과

피비린내 나는 테베의 내전 소식을.

그들은 남쪽 갑岬에 내려

도시를 공격했어

맹렬하게 맞서 싸우던 이들이

가장 약해져 있던 바로 그 순간에,

침략자들과 라이오스의 망나니

아들들을 한꺼번에 살육했지

어둠의 어머니에게 바치는

피비린내 나는 제물로.

요카스타와

편치 않은 휴전을 맺었어—

아직 많은 이가 예전의 패배를 빌미로

여왕을 비난했지.

하지만 그녀의 혈통은

부인할 수 없는 것이어서

여신의

빛나는 옷을 입은

그녀가

횃불을 든 시종들에 둘러싸여

검게 탄 전장을 가로지를 때,
바닥에 끌린 옷자락이
남자들의 쏟은 피에
잠겨 미끈거리고 번들거리고,
과일과 꽃을 든
두 팔을
높이 들어 올리자
여전사들은
그녀를 자신들의 여왕이라 환호했어.

칼리스타의 나이 든 장군들은
마지못해 동의하면서도
무장한 여인들의
통치권은 내놓지 않았어.
그들은 도시가 내려다보이는
언덕에
사당을 세우고
남자들 모두를 취조하기 시작했어.
스핑크스로 분한
여신에게 제대로
경의를 표하지 않는 자들은
제물로 바쳐졌지.

사자와

여인과

뱀과

독수리의 모양을 한,

네 겹의 한 해의

네 겹의 수호신—

그녀의 부드럽고 날카로운 발 사이에

균형을 맞춰 든

죽음 속의 삶의 화신에게.

그녀의 위대한 발아래

많은 남자가 살육되는 걸

요카스타 여왕은 차분히 지켜보았지.

오이디푸스에게도 소식은 전해졌어

자기가 절벽 아래로 굴러 떨어뜨린 자가

테베의 왕이었다고

예전 여왕의 군대가 돌아온

땅을 점령하고,

라이오스의 후계자들을 처치하고,

영토를 지나는

대가로

여신에게 경의를 표할 것을 요구한다고.

여신에게

바쳐질 양 떼를 지키는

양치기들 사이에서 살아왔기에,

그는

여왕의 다음 할 일을 잘 알고 있었지.

여왕은 곧

짝 짓고 씨 뿌리기를 반복하는

의례를 행할

배우자가 될 남자를 찾아 나서야 해.

그런 제왕의 역할을 할 이로

왕을 정복한

영웅보다

더 나은 이가 누가 있겠어?

오이디푸스는

여정을

돌아오는 별에 맞춰

춘분 날

스핑크스 앞에

도착했어.

그가 온다는 소식이

먼저 전해져서,

길가엔

침묵에 싸인 테베 사람들로

가득했어

그의 도착이

의미하는 바를

그들도 잘 알고 있는 듯했어.

사람들은 오이디푸스가 절름거리며

대담하게 다가오는 것을 지켜보았지

스핑크스의 치명적인

이중 질문이 두려워

마지못해 끌려오는 것 같은

다른 수많은 이들과

너무나 달랐거든.

요카스타는 그가 언덕을 오르는 걸 지켜보았어

잠시 그의 패기 넘치는 모습을 가늠해 보고는

다시 한 번 생각했지.

이웃의 왕들이 침략을 노리고 있다는

심란한 소식을,

새로 얻은 왕좌가 불안한 데다

여신의 귀환과

연이은 보복을 보며

크게 경계하고 있었어.
배우자를 맞으면
매일같이 그녀의 귀에 들리는
무력 침공의
위협이 꺾이지 않을까 생각한 거야.
오이디푸스는
자기 앞에 거대한 날개를
활짝 펴고, 발은
가슴에, 커다란 가슴 위에
놓인 거대한 얼굴에
별처럼 빛나는 눈으로 쏘아보며
우뚝 솟은
끔찍한 상 앞에 당당히 섰어.
그 옆에는
나이 든 여인이
그를 날카롭게 쏘아보며 서 있었지.
그녀가 말을 할 거라 예상했지만
거대한 상 안에서
크게 울리며
목소리가 터져 나왔어.

"네 어머니가 누구냐?"

오이디푸스는 놀라 두근거렸지만

간신히 소리를 내어 말했어.

한순간 요카스타 여왕이 그의 눈과 마주쳤고

움츠리지 않고 뚫어지게 쳐다보는 그 눈빛이

라이오스와 닮았다고 느꼈어

그가 울리는 목소리로 선언했어.

우리 모두의 네 분 어머니—

우선은 굽이치는 바다의 파도로

나를 낳고

네 발로 기는 아기인

나를 기른 여인의 모습으로 나타났고,

이제는 태양과 불로

두 발로 선

모든 인간에게 자양분과 온기를 주고,

그리고 다가올 미래, 마지막 날엔

바람과 조류의 여인인

달로서,

그가 지팡이에 기대 비틀거릴 때,

마지막으로 대지 자신으로서

아들을 토막 내어

삼키는

어둠 속에서 그를 잉태해

다시 삶으로 되돌려 보내신 여인.

시험은 끝났지만, 오이디푸스는 계속해
라이오스가 제물로 바쳐졌으니
고대의 영애를 요구했지.
내가 네게 얘기한 대로, 길에서
라이오스를 처치한 장면을 묘사했어
자신이 여왕의 짝이 될 자격이 있음을 보인 거지
그러곤 마침내 침묵하는 스핑크스의 상 앞에
무릎을 꿇고
어떤 선택이든 달게
받겠다는 의사 표시를 했어.

요카스타 여왕은
숨소리 하나 들리지 않는 침묵의 순간을
음미했어 자신이 내린 결정에
즐거워하며 그 선택의 위험을 같이 느끼며.
대중들의 승낙을 감지하고
그녀는 그의 눈을 응시하며 앞으로 나서
손을 그의 머리 위에
놓았지.
그날 밤

태양이 서쪽 지평선의
한가운데에 닿았을 때,
그들은 거대한 행렬을 이뤄
사그라지는 황혼 속에
스핑크스를 어깨에 높이 들고
도시를 향해
내려갔어.

요카스타 여왕은 자기 아들인지도 모르고
며칠 밤이 지난 뒤 그를 배우자로 맞이했어.
얼마 전 전투가 벌어졌던 그 전장에
세워진 왕의 텐트에서
짝을 맺었지.
바깥에선 신하들이
기쁘게 마시고 즐기며
피리와 횃불로
피비린내 나는 땅에서
끊임없이
벌거벗은 여왕을 흉내 내고 있었어.

아홉 번이나 달이
죽음과 탄생의 기적을 반복한 후에

여왕은 쌍둥이를 낳았어—
둘 다 남자 아이였어, 흉조였지
안 그래도 불안하던 나라가 공포에 휩싸였어.
신탁은
고대의 관습에 따라
둘 중 하나를 죽이고
왕위 계승을 분명히 하라고 명했지만,
요카스타 여왕은 아랑곳하지 않고
그런 예언은 들을 만큼 들었다며
그런 조언을 모두
물리쳤어.

흉작이 들었어. 무정하게도 비는 내리지 않고
많은 이가 여왕을 비난했어.
여왕이 딸을 낳았을 때
다들 크게 기뻐했지.
여신이 다시 태어났다고—
대지도 그런
기적을 반영해 새로이 잉태할 것이라고!
둘째 딸이 태어났을 땐
그렇게 되는 게
틀림없어 보였어

하지만 수확은 여전히 적었지.

왕실의 곡물 창고가 열렸어

돈벌이가 되는 무역을 위해서나

축하의식을 위해서가 아니라

굶주린 백성들을 먹이기 위해서.

잠시 스핑크스의 심문 의례가

되살아나기도 했지만,

요카스타 여왕은 내켜하지 않았어.

근심 어린, 전쟁을 좋아하는 이웃들과

안 그래도 깨지기 쉬운 평화협정을

광신자들을 풀어놓아

위태롭게 할 이유가 없었으니까.

하지만 그녀가 금지시켰지만

의례는 계속되었어.

버둥거리며 퍼져 나가는 소문의 형태로

억눌려—

누군가 희생 제물을

내놓아야 한다는 환시를 보았어.

소문을 낸 자는,

카드모스*와 드레곤 어머니의 이빨의 시대로부터의

* Cadmus: 그리스 신화에서 드래곤을 물리치고 그 드래곤의 이(Dragon' s Teeth)에서 나온 전사들과 테베를 창건한 페니키아의 왕자 – 옮긴이 주.

혈통을 주장하며

도시의 빛나는 성벽에서

몸을 던졌어.

다른 이는 여신이 고양이로 변해

피눈물을 흘리며

새끼들을 잡아먹는 꿈을 꾸었어.

또다른 이는 라이오스가 되돌아와

자신의 불명예스런 죽음에

대한 복수로

들판에 소금을 뿌렸다고 했어.

젊은 오이디푸스는

자기가 라이오스에게 그랬던 것처럼

다른 이가 그렇게 할까 두려워 실내에 머무를 때가 많았어.

하지만 요카스타 여왕은

소문을 없애고

여신과

여왕에 대한

흔들린 믿음을 회복하려고

대중 연회를 열어 함께 주재하도록

억지로 그를

불러내었어.

많은 이들이 광장에 모여

잠자리가 불편하고

뒤숭숭한 환시를 본다고 주장했지.

산 위에서

바닷가에서

정화의 의례를 치르느라

마르고 남루해진 여인들이,

어머니에 대한

열정으로

무아지경에서

거세 의식을 치르고 피범벅이 된

남자들이,

조상들의 묘에

이상한 풀들이 자란다고

또 새벽녘에

가축들 사이에 괴물이 보였다고 더듬거리며

아이를 품에 끌어안고

근심에 찬 농부들이

수많은 이의 웅얼거림이 커져

바다의 으르렁거림을 압도했어.

빛나는 요카스타 여왕이

조용히 듣는 동안

오이디푸스는 왕좌에서
윙윙거리는 파리에 어쩔 줄 모르는
멍에에 매인 소처럼
불안하게 움직였어.

군중들이 갑자기 조용해졌어.
전설적인 장님 테이레시아스Teiresias가 나타나
늘 하던 대로
음탕한 여인네처럼 술 장식이 달린 늘어진 드레스에
장신구로 치장하고
눈 먼 얼굴엔
아름다운 여인을 흉내 내
기괴한
짙은 연지와 화장으로 꾸미고,
기름을 발라 번들거리는 긴 수염은
벌거벗은 가슴에
새로 태어난 뱀처럼 늘어져 있었어.
사람들이
경의를 표하느라, 역겨워서,
외경심에, 물러나
연단 앞까지 길을 내주었어
젊은 길동무의 조심스런 부축을 받으며

테이레시아스가 천천히 그 길을 걸어 내려갔어.
뚫어져라 바라보는 사람들의
한가운데 선 느낌이 들자
그는 멈춰서
연습한 듯한 자세로
마침내 말하기 시작했지.

두서없는 얘기였어.
언젠가 자기가
이다Ida 산 꼭대기에서
짝짓기하는 황금빛 큰 뱀 두 마리를
우연히 보았다는 둥,
어떻게 여신이
자신의 그런 모습을 본 자기
눈을 멀게 만들었는지,
그리고 나중에 그에게
두 번째 눈과 예언의
선물을 주었는지,
여신이 제일 좋아하는
불길한 농담으로
끔찍한 진실의 비전을 보는
그의 어둠을 밝혔는지,

뜻하지 않은 불경에 대한
이중의 벌을 주었는지에 대해.

오이디푸스는 거칠게 끼어들어
작금의 테베 사람들의 걱정과 근심에 대해
말하고
그런 이야기는
다른 때 하라고 명령했지
하지만 요카스타 여왕이 손을 들어
그를 조용히 시켰어.
앞을 못 보는 테이레시아스는
오이디푸스의 훈계가 중간에 끝나
잠시 헷갈려 했지.
하지만 곧 교태를 부리는 매춘부처럼
웃음을 터트렸어.
그러곤 머리를 가볍게 젖히고
오래전 자기가 어떻게
라이오스에게 잡혀
요카스타와의 내기에
대리인 역할을 했어야 했는지
얘기를 계속했어.

칼리스타 여왕의 저주에 대해
테베의 땅에 침입자들이 정착하는 걸
보며 보내야 했던 요카스타의 씁쓸한 긴 세월에 대해
이야기했어.
자주 그는
얘기를 계속하기 전에
음식과 마실 것을
달라며 쉬곤 했어.
그러면 요카스타는 조용히 들어주라 시켰지
오이디푸스가 불안하게 들썩이고
사람들이 지켜보며 듣는 동안.

마침내 늙은이가 좀 취해서
테베 사람들의 모든 걱정거리가
조그만 무지에서 비롯된 거라
주장했어.
여신이 자신의 의지를
이 땅의 사람들이 알게 하려는 거지.
칼리스타가 저주를 내리게 된 게
여신의 뜻 아니었던가?
라이오스가 욕정에 차
이성에 반해

아이를 갖게 된 것도
여신의 뜻 아니었나?
산에 버려진 아이를 보호해
그녀가 이미 운명 지워 놓은 드라마에
자기 역할을 하게 한 것도
여신 아니었나?
이제
무지하고 의심에 찬 모든 이가
그녀의 끝없는 기적 앞에
경외심과 놀라움으로 쓰러지도록
이 땅에
기근을 가져오지 않았나.

요카스타는 이미 무슨 말인지 알아들었어—
처음엔 창백해지더니
마치 늙은이가 말하기도 전에
말들을 잡기라도 하려는 듯
자리에서 몸을 앞으로 기울였어.
하지만 더 이상 침묵하는 게 내키지 않은
오이디푸스가 험한 말을 퍼부었어.
늙은 테이레시아스에게
그 따위 말도 안 되는 횡설수설을 하다니

국외로 추방하거나 죽여 버리겠다고 위협했어.
스핑크스 앞에
섰을 때
자기는 몇 줄 안 되는 말로
테이레시아스의 그 모든 장광설보다
더 여신의 진실을 얘기했었다고
덧붙이며 말야.

오이디푸스가 화를 내자
노인은
스핑크스의 쉬운 질문에
제대로 답도 못 해 놓고
자기가 이기지도 않은 왕좌에 앉은
바보에다 사기꾼이라고 응수했어.
화가 난 오이디푸스가 얼마나 맹렬하게 앞으로 뛰쳐나갔는지
눈이 있는 사람이라면
침묵했겠지.
하지만 눈이 먼 테이레시아스는 계속했어
오이디푸스가
라이오스의 아들이자
요카스타 여왕의 첫 아이라고,
자신이 잉태된 그 침대에서

자신의 누이이자 형제인

자식들을 낳고 있다고,

살아 있는 어머니의 살아 있는 짝으로

충만해 보이지만 제정신이 아닌 관계로 살고 있다고

끔찍한 여신의 명령에 따른 것인지도 모르고 살고 있다고

주장했어.

오이디푸스가 중간에 얼어붙었어

손은 예언자를 치려고 올리고

얼굴은 분노와

방금 들은 말에 대한 공포로 기가 꺾이고

터질 듯 차오르는 감정들로

어찌할 줄

몰랐어.

요카스타 여왕 또한

상반되는 감정과 후회로

질려 버렸어.

그 순간 온 하늘이

그녀의 두근거리는 심장에

자리를 잡고 빙빙 도는 듯했어.

그녀는 왕좌 팔걸이의

뒷발로 선 사자를 움켜잡았어

그리고 기억했지 우주가
우주에 담긴 그 모든 것이
어머니 여신의 아름답고
무시무시한 얼굴을
비추는 잘 닦인 거울에 불과하다는 것을.
여왕은 떨고 있는 남편-아들을,
그 모든 것을
너무나 선명하게 본
텅 빈 채 응시하는 테이레시아스의 눈을 쳐다보았어.
그리고
우리의 작은 삶이라는
우주적인 농담에
비애가 차오르는 것을 느꼈어.
여왕은 고개를 뒤로 젖히고
웃었어.
사람들은 웅성거리며
많은 이가 공포와 경외감과 놀라움에 차
무릎을 꿇고 주저앉고 말았어.

요카스타의 웃음에 한 대 맞은 듯
오이디푸스는
비틀거렸어.

늙은 테이레시아스에게서 몸을 돌려
왕좌에 널브러진
요카스타 여왕에게로
비틀거리며 다가갔어.
그는 단말마 비명을 질렀어.
끔찍하고 꿰뚫는 소리가
궁전의 담에 울려 메아리치고
갈매기들이 머리 위를 빙빙 돌았어.
그녀의 젖혀진 목을
양손으로 감싸 쥐고
그녀의 목소리와
숨을
끊어 버렸어.
요카스타의 호위병들이 순식간에 달려들었지만
그가 그녀의 영혼을
어머니 여신의 어두운 포옹으로 이미 보낸 뒤였지.
테이레시아스가 다시 말을 하지 않았다면
호위병들이 그 자리에서
그를 죽였을 거야.
그의 목소리는 뭔가에 사로잡힌 듯하고
크게 울리는 것 같았어—
목소리가 너무도 강해서 피를 멈추고

행동할 의지를 마비시켜 버렸어.

노인은

예언의 불길에 싸여

어떻게든

오이디푸스를 해쳐선

안 된다고 명령했어.

어머니 여신의 뜻을

전하는 그의 앞 못 보는 눈은

광채가 났어.

오이디푸스는 그녀의 의도대로 가는

도구에 불과했어

어머니의 법을 어기고

어머니의 길을 멀리한 요카스타에게

내린 벌을 그대로 행했을 뿐이었어

볼 수 없으면서도

오이디푸스를 똑바로 가리키며

여신의 명령이니

내면에서 들리는 목소리에

복종하라고 명령했어.

오이디푸스는 가만히 서 있었어

머리는 한 쪽으로 조금 기울이고

힘겹게 숨을 쉬느라 가슴을 들먹였지.

그러다 다시 요카스타 여왕에게로
한 발자국 다가갔어
축 늘어지고 말없이.
그는 아직 따뜻한 요카스타 여왕의
가슴을 감싸고 있는
두 마리 황금빛 뱀을 만졌어
그리고 뱀들을
거꾸로 머리 위로 들어올렸어
뱀들이 햇볕에 반짝였지.
그러곤 온 힘을 다해
뱀을 내리 꽂았어
자신의 부릅뜬 두 눈으로.
피가
분수처럼 쏟아져 나오고
오이디푸스는 소리 없이
무겁게 뒤로 쓰러졌어
어머니의 발아래.

군중은 큰 혼란에 잠겨
천천히 소리 없이 흩어졌어
너무 큰 충격과 공포로
탄식도 못하고.

그 끔찍한 소식이 전해지면서
그날 밤 도시는
비명과 횃불로 술렁거렸어.
아침이 되어 사람들은 발견했어
아테네에서 온 테세우스의 군대가
도시를 포위한 거야
어둠을 틈탄 무질서 속에서
그의 염탐꾼이
요카스타 여왕의 죽음을
봉화로 알린 거지.

테베는 저항 없이 무너졌어.
그러곤 요카스타의 똑똑한 사촌 크레온을
허수아비 왕으로 세웠어.
그는 눈이 먼 오이디푸스를 데리고
엄중한 감시하에 건조한 콜로누스로 갔어
거기
여신의 신성한 신전에서
황홀경에 사로잡혀
열에 들떠 다가올 시대에 대한 신탁을 내뱉으며
만지기만 해도 병을 고쳤지.
여신이 그를 통해 말씀하신 거야

두려움과 불로 저주받은 미래를
남자들의 무지와 전쟁 때문에
모든 여인이 노예가 되고
대지는 검고 황량하게 타 버린 미래 말이야.

여신이 말한 모든 게 지나갔어.
그녀가 여전히 우리를 지배하고 있어, 하지만 보이진 않아.
베일 뒤로 물러나
항상 일상의
기적에
숨어 있는
신비이지.
넌 내 말을 들어도
무슨 말인지 이해하지 못해.
운명을 모양 짓는 너의 꿈은
연인과, 아들과, 남편을 통해서만,
아니면 더 나쁘게는
꿈을 꾸지도 않지.
넌 네 얼굴에 그림을 그려
그리고 네가 누구인지
잊어버려,
우리

모두의

내면에

있는

여신을

보지 못하고!

누구는 하품을 하고, 누구는 잠들어 있지.

너의 기억은 희미해졌어

생각과 실천을 하지 않아서이지.

넌 나의 격렬한 말을

깨어나 뭔가 성가시게 남아 있는

꿈 정도로밖에

기억 못 할 테지.

난 포기했어.

어머니의 뜻을

받아들였어.

네가 노예 같은 삶에 기진맥진할 때까지

그래서 다시 한 번 여신에게로 깨어날 때까지

이 이야기는 여기서 끝나야 해

차가운 가을 밤하늘 별들 아래서

나와 함께.

요카스타 여왕

# 8장

# 그림자, 트릭스터, 자발적 희생

## 고대와 현대 생활에서 발전하는 그들의 에너지

트릭스터는 창조자이자 파괴자이고,

주는 사람이자 부정하는 사람이다.

남을 잘 속이면서 항상 속는다. ……

선도 악도 알지 못하지만 양쪽 모두에 책임이 있다.

_ 폴 라딘Paul Radin

오이디푸스 이야기에서 장님 예언가 테이레시아스가 결정적인 역할을 하는데 그중 하나는 원형적인 트릭스터의 역할이다.

먼 옛날 올림포스 산의 신들 사이에 성 대결이 벌어졌는데 이때 비슷하면서도 모호한 원형적인 트릭스터의 역할을 한 이가 테이레시아스로 오이디푸스 이야기에 나오는 이와 동일 인물이다. 옛날 이야기에서 테이레시아스는 몇 년간 여자로 지내다가 다시 남자가 되었다. 이런 체험 때문에 신들의 왕 제우스가 아내 헤라와의 성교에서 누가 더 즐거움을 느끼는지 말다툼을 하게 되었을 때, 그것을 해결할 이상적인 사람으로 그가 떠오를 정도였다. 테이레시아스는 그 질문에 나름의 고유한 증언을 내놓는다. 테이레시아스는 (내 생각에는 정직하게) '사랑 나누기의 즐거움을 네 부분으로 나눌 수 있다면, 그중 셋은 여자의 것이고 나머지 하나가 남자 것이다' 라고 답한다. 이 대답에 짜증이 난 제우스는 신의 질문에 주제넘을 정도로 솔직하게 대답한 죄로 테이레시아스의 눈을 멀게 한다.

처벌을 내리는 순간 제우스는 자신이 짜낸 트릭스터 극에서 더 큰 진리가 분명하게 밝혀진 뒤에도 자신이 옳다고 우기는 그런 역을 맡게 된다. 결정적인 증거 앞에서도 고집을 부리는 것은 원형의 트릭스터가 가진 에너지의 전형적인 특징이다. 그 점에선 인간의 의식도 마찬가지이다.

테이레시아스는 테베 땅을 뒤덮은 기근이 무엇 때문인지 묻는 요카스타 여왕과 오이디푸스 왕에게 답할 때도 마찬가지 역할을 한다. 의식의 표면 바로 아래 숨어 있던 억압된 진실을 드러낸 것이다. 그의 대답은 '판을 뒤엎고' 왕실의 그 모든 권위와 도덕적 우월성, 의문시되지 않았던 정의를 깨부순다. 이런 오만한 가정을 뒤집고 '시詩적 정의'의 매개자가 되는 것은 원형의 트릭스터가 가진 중요한 역할이었다.

창조신을 따라다니며 신이 해 놓은 것을 고치고 원래대로 돌려놓은 코요테 또한 트릭스터의 역할을 하고 있다.(3장 참조) 어떤 의미에선 위태위태한 우주의 '균형'을 회복시켜 놓는 것이다. 그는 창조신을 비롯한 모두에게 미지의 것이 알고 있는 것보다 훨씬 더 강하다는 걸 상기시켜 준다. 트릭스터 원형의 역할을 통해 그는 보다 큰 신성한 창조의 풍경 안에 인간 의식과 선택이라는 새로운 영역의 소유권을 주장한다. 아주 깊은 수준에서 트릭스터는 인간 의식 그 자체에 대한 원형의 상징이다. 인간 의식의 강점과 약점을 동시에 반영하는 트릭스터는 역설적인 신성의 임무를 오만하고 서투르게, 하지만 놀랄 정도로 끈기 있고 창의적으로 수행한다.

이자나기와 이자나미를 속여 이들이 공식적으로 결혼한 후에도 한동안 성 관계를 피하게 한 신들도 트릭스터의 에너지와 역할을 취한다.(3장 참조) 보리알로 모습을 바꿔 세리두엔/암탉의 모습을 띤 여신에게 먹힌 어린 구이온도 이런 트릭스터에 들어맞는다. 자신의 행동을 통해 이전까지 의식의 표면 바로 아래 무의식에 머물러 있던 진리에 빛을 비추고 이전에 인식되지 않았던 그 진리에 담긴 의미들을 드러낸 것이다. 중요한 한 층위에서 구이온/트릭스터는 남성의 '씨'가 새 생명을 창조하는 데 아주 결정적이라는 진실을 드러낸다. 이로써 종교, 경제, 정치에서 남성 우위를 성격으로 하는 인류 문명의 새로운 순환이 시작될 무대를 세운다.

아폴로 삼촌에게 최초의 리라를 선물한(6장 참조) 헤르메스 또한 트릭스터의 역할을 한다. 더불어 헤르메스는 신성한 아이의 역할도 구현하고 있다. 이 이야기에서 두 역할은 같은 것이다. 신성한 아이는 개인과 집단에 새로운 의식을 선물로 가져온다. 이 새로운 인식에서 어떤 결과가 비롯될지 그 범위는 알 수 없다. 트릭스터가 자신의 고유하고 모호한 행동을 통해 반영하는 것이 '종잡을 수 없고' 아직 완전하게 인식되지 않은 진화하는 인간의 의식이기 때문이다.

다른 트릭스터들처럼 헤르메스의 행동은 학자들이 정의한 원형들 사이의 경계를 흐리고 원형들이 뒤섞여 서로서로 합쳐지는 모습을 보여 준다. 헤르메스는 오만한 태양신을 교묘하게 속여 생각지도 못한 스스로의 몰락에 참여하게 한다. 그건 자신이 가장 소중하게 아끼고 아무도 문제시하지 않았던 권력과 전능함을 전복하는 것으로 이전에는 상상할 수도 생각할 수도 없었던 일이다.

우리에게 남겨진 트릭스터의 대부분이 남성이긴 하지만 원형의 에너지는 (다시 한 번) 어느 한 성에 국한된 것은 아니다. 그 수가 많지는 않지만 중요한 여성 트릭스터들도 있다. 고대의 모계/농경 사회의 신화적 서사에서는 여성 트릭스터들이 더 많았을 거라고 생각해도 좋을 듯하다. 이들 이야기는 민담으로 전해지는데, 똑똑하고 재주가 비상한 여성들이 전능해 보이는 도깨비와 왕, 악마와 마술사 등을 속이고 교묘하게 무찔러 자기를 과신하며 오만한 이들이 마땅한 벌을 받게 만든다.

일본에 태곳 적부터 내려오는 신화 전통에는 (태양의 여신이자 '모든 명예와 존경을 받는 지구의 어머니'인) 아마테라쭈Ama-terra-tsu와 남동생 스사노우Susan-o-wo 사이의 갈등을 다룬 다음과 같은 이야기가 전해 온다.

### 태양의 여신 아마테라쭈의 분노

이야기는 태양의 여신 아마테라쭈에게 세상을 창조할 임무가 주어졌다는 데서 시작된다.(신비하지만 이름 없는 신이 이 임무를 줬다고도 하고 이들을 낳은 이자나기와 이자나미가 그랬다고도 한다.) 여신은 이 신성한 임무를 사이가 안 좋은 남동생과 함께해야만 했다. 이런 창조 이야기에 나오는 대부분의 '짝패'처럼 처음에 스사노우는 원형의 트릭스터 역할을 한다. 창조신을 따라다녔던 코요테가 그랬듯 스사노우도 어디든 따라다니며 여신이 창조한 것을 서투르게 흉내 내다 누나의 화를 돋운다. 스사노우가 만든 것 중엔 '살아 있는 게 하나도 없어' 여신의 눈에는 가치가 없어 보인다.

이건 사실 적어도 한 층위에서 남성의 에너지와 활동을 비판하는 원형적인 모성/여성을, 육체적으로 세상에 새 생명을 탄생시키지 못하는 남성을 경멸하는 여성의 태도를 반영하는 것이기도 하다. 여신이 (그리고 모든 여성, 실제로 모든 유기체 암컷이) 처녀 생식을 한다고, 즉 새로운 생명의 탄생에 남성의 역할이 요구되지 않는다고 믿었던 세계에서 이런 비판은 분명히 더 큰 엄청난 무게를 가졌을 것이다. 그 세계에서 남성은 늘 소모품에 불과했다. 남성의 의식은 여성의 몸을 타고 다시 태어날 때까지, 그리고 그렇게 하지 않으면 태모와 제대로 교감할 수 없었다. 이런 세계가 남자만이 진정으로 아버지-신과 교감할 수 있다는 남성주의/부권주의의 주장의 전조였다는 것은 아이러니가 아닐 수 없다.

'불임 남성' 에 대한 원형적인 비판이 끼친 여파는 인간의 의식과 영적인 깨달음이 집단적으로 발달하기 오래전부터 남아 있는 가장 완고하고 설득력 있는 것들 가운데 하나이다. 그 무렵 신들은 대부분 여신의 모습을 하고 있었다. 아무튼 신화와 민담에서 남성을 이런 식으로 비판하는 내용이 나오면, 그건 그 이야기의 근원이 선사시대의 모계사회까지 거슬러 간다는 뜻이다. 현대 사회에서 진행되고 있는 성의 긴장을 다루고 있다 하더라도 말이다.

본질적으로 여성적인 창조 행위를 끈질기게 간섭하는 구제불능 스사노우의 남성성에 너무나 화가 난 아마테라쭈는 남동생이 눈앞에 나타나지 못하도록 한다. 여신 자신이 모든 따스함과 빛의 원천인 태양이기에 '바깥의 어둠' 으로 동생을 내쫓는 것이었다.

이 벌로 스사노우는 더할 나위 없이 괴로워하고 슬퍼한다. 유배된 어둠 속을 떠돌며 내가 왜 이런 잔인한 운명을 견뎌야 하느냐, 통탄하며 이젠 그렇게 하지 않겠다, 자신의 방식을 바꾸겠다고 약속하지만 아무 소용이 없다. 그러다 그는 선물을 주면 다시 누이의 호감을 받을 수 있지 않을까 생각하게 된다. 하지만 (가네샤, 마이클 성인, 헤파이스토스 등 동일한 문제에 부닥쳤던 다른 수많은 남신처럼) 금방 세상의 모든 것이 여신의 창조물임을 깨닫게 된다. 그래서 (아무리 웅장하고 아름답고 섬세하게 다시 만든다 해도) 어느 것과도 비할 바 없고, 적절한 선물이 될 수 없을 것임을 알게 된다.

해결책이 없어 보이는 이 문제에 직면한 스사노우는 새롭고 비할 바 없는 선물을 찾을 수 있는 유일한 장소는 아직 탐색해 보지 않은 자기 내면임을 깨닫게 된다. '재빠르고 강하고 맹렬한 남성' 에너지를 사용하여 스사노우는 자신의 손으로 가슴을 열어젖힌다.(이 '맨손으로 가슴을 여는' 것은 자기 탐색의 행위에서 일어나는 기꺼운 희생의 원형적인 몸짓이다.) 그리고 자기 내면에서 말을, 재빠름과 강인함, 충직한 맹렬함의 정수이자 절정이라 할 태초의 말馬을 발견한다. 그 말은 그의 존재의 가장 깊은 곳에서 태어났고 자신을 반영하는 존재이다.

자부심과 새로운 자기 확신에 찬 스사노우는 새로 불러낸 말을 선물하려고 아마테라쭈의 궁으로 간다. 하지만 아마테라쭈는 어떤 상황에서도 스사노우가 자기 궁궐에 들어오게도 가까이 오게도 하지 말라는 엄명을 내려 놓았다. 궁을 지키던 여신의 여전사들은 스사노우와 그가 가져간 '말 선물'을 돌려보낸다. 하지만 스사노우 입장에선 그렇게 쉽게 포기할 수는 없는 노릇이다. 갖은 매력을 다 발휘해 설득에 나선다. 여신에게 줄 특별한 선물이라며 말을 보여 준다. 아주 새롭고 어디 비할 데 없이 우아하고 아름다우며, 예전에 본 적도 없고 상상해 본 적도 없는 것이라며 설득한다.

말은 정말 아름다웠다. 그 아름다움에 감동한 경비병들은 아마테라쭈의 분노를 무릅쓰고 동생이 정말 훌륭한 선물을 갖고 성문 앞에서 기다리고 있다고 여신에게 말한다. 아마테라쭈는 정원에서 집 안의 여인들에 둘러싸여 뜨개질을 하고 있었다. 여신은 아름다운 말에 관한 이야기에도 꿈쩍하지 않는다. 동생을 너무 잘 알기에 (자기 과신에 빠져) 자신에게 흥미롭거나 중요한 걸 만들어 낼 능력이 있을 리 없다고 확신한다. 화가 난 여신은 그토록 분명하게 얘기한 자신의 명령에 불복종한 죄로 경비병을 강등시키고 당장 스사노우를 쫓아내 다시는 오지 못하게 하라고 돌려보낸다.

감언이설로 자신을 속여 여신을 화나게 만든 스사노우에게 너무나 분개한 경비병은 그를 사납게 몰아낸다.

두드려 맞고 멍이 든 스사노우는 비참함과 좌절감에 화가 치민다. 무력감과 절망, 반발심에 말의 목을 베어 피범벅된 말 머리를 성 벽 너머로 던져 버린다. 잘린 머리가 담을 넘어 아마테라쭈가 앉아 있는 정원으로 날아든다. 여신은 베틀 앞에 앉아 무지개와 석양빛으로 질서정연한 밤과 낮, 달과 계절의 변화를 짜던 중이었다. 담을 넘어 고요한 정원으로 날아 들어온 피투성이 말 머리가 베틀 위로 떨어져 베틀이 박살 난다. 아마테라쭈는 다시 분노한다. 남동생뿐만 아니라 이런 불경스런 일이 계속 일어나도록 내버려둔 모든 남신과 여신에게도 화가 났다.

화가 난 아마테라쭈는 측근들을 모두 불러 모아 자신을 따르라고 명령한다. 여신은 궁을 떠나 위대한 산을 향해 씩씩거리며 걸어간다. 산으로 간 여신은 산에게 스스로를 열어 자신과 시종들을 받아들이라고 명한다. 산은 부르르 떨며 복종하고, 태양의 여신과 그녀의 부하들 모두 안으로 깊숙이 들어간 후 산을 닫아 버린다. 아마테라쭈의 빛이 세상에서 사라지자 모두는—동물들과 남신들과 여신들 모두—추위와 어둠 속에서 죽을 날만 기다리게 된다.

소문이 재빠르게 퍼져 남신들과 여신들이 횃불을 밝혀 들고 산 앞으로 모인다. 순종과 슬픔, 뉘우침, 간청하는 자신들의 진심을 알아달라고 울면서 자신들의 아름다운 옷을 찢고 얼굴을 할퀸다. 산 속에서도 용서를 비는 이들의 울음과 외침이 들린다. 하지만 여신의 가슴은 차갑게 굳어 용서라곤 조금도 남아 있지 않았다.

이때 신들의 빨래를 하는, 신들 중에서도 가장 낮고 천대받는 우주메Uzume가 횃불을 밝힌 현장에 등장한다. 저 아래 강에서 신들의 옷을 빨던 그녀는 아무리 한겨울이라지만 오늘 따라 해가 이상하게 일찍 진다고 생각했으나 별로 신경 쓰지 않았다. 무거운 빨래 바구니를 들고 와 보니 주인들 모두가 비탄에 빠져 애원하고 있다. 놀란 그녀는 무슨 일이냐고 묻는다.

신들 누구도 그녀에게 얘기할 필요를 못 느낀다.(권력을 가진 이들이 트릭스터를 무시하고 천대하는 것은 트릭스터 이야기에서 반복되는 원형의 특징이다.) 그래도 우주메는 이런저런 얘기를 짜맞춰 무슨 일이 있었는지 알아낸다. 스사나우가 이번에는 좀 심했다. 자기가 만든 최초의 말 머리를 잘라 여신의 신성한 베틀을 망가뜨렸다. 그래서 여신이 모습을 감췄고 남은 이들은 다 끔찍하게 죽어 가게 생겼다.

쉽게 믿기지가 않는다. "정말?"

"정말!"

"우리가 다 죽을 거라고?"

"우리가 다 죽는다니까!"

"나까지도?"

"너까지도!"

주위를 둘러본 우주메가 말한다.

"그래? 그럼 남은 건 한 가지밖에 없네."

"그게 뭔데? 우리가 할 수 있는 게 뭐가 남아 있단 말이야? 이해 못 하겠어? 우린 다 죽을 거라고!"

"그렇다면……" 우주메는 신들의 빨래를 내려놓고 광주리를 뒤집어 즉석 연단을 만든다. 뒤집어진 빨래 광주리에 올라선 그녀는 윗옷을 벗어 던져 젖가슴을 드러내고 "우리 파티나 하자!"고 소리친다.

남신들과 여신들은 깜짝 놀란다. 우주메가 노래를 부르기 시작하는데 상스럽기 그지없다. 양 손에 젖가슴을 한 쪽씩 떡하니 움켜쥐고 가슴이 커다란 눈이라도 되는 양 노래 소리에 맞춰 오른쪽으로 왼쪽으로 움직인다. 뒤집어진 빨래 바구니/연단 위에서 겅중거리며 뛰고 춤추다 젖가슴/눈을 사시로 만든다.

우주메의 그 우스꽝스런 모습에 낙심하고 비통하던 남신들과 여신들이 웃기 시작한다. 우주메가 우스꽝스레 교태를 부리며 스트립쇼를 하는 동안 왁자지껄 웃으며 야유를 보낸다.

산 안에서 신들의 웃음소리를 들은 아마테라쭈는 어이가 없다. 저들이 저렇게 웃을 일이 뭐가 있어? 다들 죽을 판에! 수치스레 죽을 일밖에 없는 마당에 재미있을 게 대체 뭐란 말인가? 여신은 밖에서 들리는 흥겨운 소란이 뭣 때문인지 알 수 있을까, 바위에 귀를 바짝 붙이고 듣는다. 하지만 들리는 건 노래 소리와 웃음소리뿐이다. 호기심이 더 커진 여신은 바위를 커튼처럼 갈라 살짝 내다본다.

태양의 여신이 잠깐 밖을 내다보려 산을 열자 한 줄기 황금빛 빛이 어두운 현장으로 뛰쳐나간다. 이때를 놓칠세라 우주메는 전쟁의 신에게 반짝이는 방패로 그 빛을 산으로 반사시키라고 명령한다.

아마테라쭈가 산 밖을 내다봤을 때 처음 본 것은 전쟁의 신 손에 들린 방패에 반사된 자신의 눈부신 이미지였다. 여신은 자기 모습을 본 적이 없다. 자신이 다른 여신을 보는 거라 확신한 여신은 너무 놀라고

**그림 16** (고대 일본) 빨래하는 여인들의 여신 우주메가 우스꽝스럽고 야한 춤을 춘다. 난리법석인 신들에 대한 호기심을 이기지 못하고 태양의 여신 아마테라쭈가 동굴에서 나온다.

당황해 어쩔 줄 모른다. 어떻게 했는지는 모르지만 신들이 자신을 대신할 다른 여신을 만든 게 분명했다. 너무나 아름답고 빛이 나 아마테라쭈 자신도 눈을 못 뗄 만큼 눈부시게 아름다운 여신을 말이다. 의기양양해진 우주메는 아마테라쭈가 방패/거울에 비친 자기 모습을 못 보게 뒷걸음치라고 전쟁의 신에게 명령한다. 거울에 비친 빛이 나는 우아함과 힘과 아름다움에 매혹된 아마테라쭈는 뒷걸음치는 자신의 모습을 따라 앞으로 걸어 나온다.

여신이 나오자 우주메는 다른 신들에게 산을 닫아 단단한 바위로 만들라고, 그래서 여신이 다시는 지상에서 그렇게 물러날 수 없게 하라고 외친다.(그림 16)

### 진화하는 트릭스터 원형

이 이야기에서 빨래하는 여인들의 여신인 우주메는 코요테와 헤르메스처럼 트릭스터의 역할을 한다. 그녀는 몸이 지닌 본능적인 지혜와 함께 진화하는 인간 의식이라는 억누를 수 없는 에너지를 표현한다. 인간 의식은 피할 수 없는 불행과 죽음이 만들어 내는 절망적인 상황에서 좌절하기보다는 새로운 단계의 창의적인 활동으로 떨쳐 일어나게 된다. 이렇게 우주메는 다른 모든 원형의 트릭스터처럼, 외설적이고 사소하고 꼼수를 부리는 한편 대단한 용기와 발명, 창조 활동을 할 수 있는 인간 의식을 표현한다.

폴 라딘Paul Radin이 지적하듯이 트릭스터는 '선도 악도 모르지만, 양쪽 모두에 책임이 있다.' 이것은 영원히 진화하는 인간 의식에 대한 상징적인 표현이다. 지고의 선과 최고의 악에 동시에 책임이 있지만 그 행동의 결과에 대해선 맹목적이고 어리석을 정도로 무지하다.

비천하고 천대받지만 아무 희망도 없어 보이는 상황을 완전히 변화시키는 우주메처럼, 나오는 이야기마다 트릭스터는 뜻하지 않은 구원자이다. (인간이 발명한 것 중에 가장 모호하고 '속기 쉬운') 언어와 더불어 요리와 노래, 춤, 기도, 옷, 상업, 글쓰기, 문신, 모든 종류의 의례 등의 문화적인 요소들을 만들어 낸 것도 트릭스터이다.

의식적인 기만을 만든 것도 트릭스터이다. 의식에서 기만적인 전략을 만들어 낸 순간 트릭스터는 자기 자신도 속일 수밖에 없게 되고, 정말 필요하지 않은 멍청하고 자기 파괴적인 행동들을 하게 된다.(3장에 소개된 코요테와 창조신의 이야기에 예시된 것처럼 말이다.) 자신이 하는 행동의 의미나 결과를 제대로 알지 못한 채 세상에 죽음을 가져온 것도 트릭스터이다. 원형의 트릭스터는 끊임없이 진화하며 늘 완전하지 않은 인간 의식의 최고와 최악을, 그 위대함과 어리석음을 동시에 나타낸다.

### 융과 트릭스터

융은 트릭스터를 본질적으로 '고태적인archaic' 원형으로, 현대의 '문명화된' 마음과 사회 구조와 별로 연관이 없다고 보았다.

> 트릭스터가 분명히 보여 주는 것은 구체적인 모습으로 스스로를 드러낼 힘이 사라져 가는 의식의 어떤 수준이다.

불행하게도 아니무스/아니마, 그림자가 성性에 따라 국한된다는 주장처럼 내 경험에서 볼 때 이는 너무 임의적이고 불완전하며 섣부른 결론이다. 원형적인 트릭스터가 '태초에' '원시적인' 인간 의식의 등장을 관장한 면은 있다. 하지만 트릭스터는 진화하는 의식 그 자체에 대한 원형이므로, 모든 시대에서 인간 활동에 영향을 미쳤다.

사실 원형의 트릭스터는 오늘날 포스트모던의 서구 사회에도 여전히 살아남아 번창하고 있다. 트릭스터는 속상할 정도로 자주 모습을 드러내고, 자부심이 지나친 개인에게 그리고 지적/문화적 우월감과 기술만능주의라는 태도를 지닌 집단의식에 대가를 치르게 한다. 타이타닉호를 만든 사람들이 '절대 가라앉지 않는다'고 발표하는 순간, 트릭스터가 하품을 하고 기지개를 펴며 일어나 빙산을 찾아 둘러보았다.

모든 원형은 '고태적이고' '시간을 초월한다.' 그리고 우리 현대인들의 삶과 주변 환경에서 반복되는 패턴으로 '스스로를 드러낸다.' 특히 트릭스터는 '사라져 가는 원형의 에너지이기는커녕 현대 생활의 경로를 지배한다. 인간 의식 자체의 진화 잠재력을 나타내는 원형으로서 트릭스터는 섣부른 세계관과 전 지구적 환경을 의식적으로 조작하면서 늘어난 역할 사이의 갈등 한복판에 서 있다. 이는 (모든 트릭스터의 발현이 그런 것처럼) 한편으로는 놀라운 기술적 발전과 갈수록 스스로를 기만하는 자기 파괴적인 행동을 보여 준다.

융은 트릭스터를 인간 발달의 '영아기'에 넣으려는 실수를 저질렀다. 개인과 집단의 삶에서 정말 중요한 원형의 드라마 중 하나를 무관심하게 만든 것이다. 얄궂게도 트릭스터는, 융이 바로 다음 문장에서 말한 것처럼, 억압과 부정으로 인해 더 힘을 얻고 중요해진다.

> 나아가 억눌러 놓아 사라지는 것을 막게 된다. 왜냐하면 억압된 것들이야말로 살아남을 가능성이 가장 높기 때문이다.(저자 강조)

트릭스터를 학문적/이론적으로 '원시적인' 심리와 사회 조직의 요소로 낮춰 보는 것은 사실적인 집단으로 억압하는 것이다. 그리고 포스트모던 삶이 가진 딜레마에 트릭스터 에너지가 계속 '지하'에서 영향을 미쳐 왔다.

트릭스터 원형이 어떻게 반복되는지는 현대에 가장 만연해 있고 고치기 어려워 보이는 문제를 보면 알 수 있다. 예를 들어 오늘날의 형벌 제도만큼 정부 지원하에 상대적으로 젊고 경험이 적은 범죄자들을 단시간에 철면피의 냉혹한으로 만드는 교육 시스템도 없을 것이다. 형벌 제도는 그 자체로 자신이 통제하고자 하는 바로 그것을 더 나쁘게 만들어 버리는 '실수 많은 트릭스터'이다. 사회를 보호하고자 하는 교도소 제도가 악화되는 것은 그 기본 전제가 잘못된 오만에 차 있기 때문이다. 두려움과 회유로는 법을 지키도록 교화하지 못할 뿐 아니라, 더 많은 두려움과 회유를 만들어 낼 뿐이다.

성교의 즐거움에 대한 진실을 말했다고 테이레시아스를 눈멀게 한 제우스처럼, 불완전한 의식을 가진 관료적인 트릭스터들은 실패를 인정하기보다는 임의로 권력을 휘두르는 것을 선호한다. 집단적으로 우리가 소중히 여기는 가정들과 직관을 바탕으로 제대로 성장 변화할 가능성보다 '잃은 돈을 건지려 더 손해 보는 편' 을 선호하는 것이다.

### 현대의 트릭스터

현대 사회에서 작동하고 있는 트릭스터 원형의 또 다른 애처로운 예로 목재 생산을 늘리려던 산림청의 노력을 들 수 있다. 산림청은 아주 최근까지도 '인공림' 이 '야생의 손대지 않은 숲' 보다 당연히 생산성이 높을 것이라는 기본 전제—오만이라 불러도 좋겠다—를 의심 없이 믿고 있었다. 지난 60여 년간 산림청은 숲의 생산성을 높이려고 산불이 시작되는 흔적이라도 보이면 재빨리 효율적으로 불을 끄는 데 엄청난 노력을 기울여 왔다. 그 결과 나이 많고 큰 나무들을 '쓰러뜨리지' 않으면서 어린 나무들과 덤불을 태워 자연스럽게 '가지치기' 기능을 하며 숲을 태우던 산불의 주기가 흐트러져 버렸다. 그래서 이제는 불이 나기만 하면 대형 화재로 번져 수백만 에이커의 삼림을 태워 버릴 위험이 커졌다. 산불을 통제하려는 국가 차원의 노력 때문에 산불이 더 위험하고 파괴적이 되어 버린 것이다.

최근 산림청은 국립공원에서 어느 정도의 산불은 나쁘지 않다고 어쩔 수 없이 인정하고, 자연의 주기를 되살리려는 아이러니한 노력을 펼치고 있다. 예를 들어 요세미티와 같은 국유림에 '통제하에 태우기' 를 시행하고 있다. 이에 대해 대중은 거세게 항의했는데 그건 우리가 지닌 집단적·문화적 오만을 제대로 설명하지 않았기 때문이었다. 이런 산림청의 '홍보 문제' 는 원형의 트릭스터/그림자/신성한 아이의 에너지와 직접 연관이 있다. 무의식적/자연적/자발적인 에너지를 의식으로 통제하는 게 낫다는 우리 집단의 무의식 깊은 곳의 가정들을 (다시 한 번) 되돌아보게 한다.

헤롯 왕이 군대를 보내 죄 없는 사람들을 몰살할 때처럼 자가당착적인 절박한 심정과 오만에 가득 차 교도소를 짓고 유지하는 데 점점 더 많은 돈을 쓰고 있다. 트릭스터는 포스트모던 사회에서도 여전히 번성하고 있다. 그 에너지를 잘 다루려면 그 존재를 인정하는 게 나을 것이다. 그렇지 않다면 우리가 처한 딜레마는 다루기 더 어려워질 뿐이다.

원형의 트릭스터가 지닌 부정적인 (그림자) 측면의 주된 증상은 상상력의 실패이다. 언제든 선택의 여지가 없다며 (교도소를 더 지어야 하기 때문에 공교육에 대한 지원을 줄일 때처럼) 별로 바람직하지 않은 일을 하게 될 때 트릭스터는 나타난다. 언제고 누군가가, 혹은 사회 전체가, 알 만한 건 다 안다고 정말로 믿기 시작할 때, 그래서 남은 건 '행정상의 개선' 뿐이라고 한다면 그건 오만이고, 원형의 트릭스터를 활성화시키게 될 뿐이다.

### 원숭이의 발

〈원숭이의 발〉이라는 이야기는 어떻게 트릭스터의 에너지가 현대 사회에서도 줄어들지 않고 계속해서 절묘하게 작용하고 있는지 정확하게 상징적으로 보여 준다. 트릭스터 인물들이 '사라져 감에도' 불구하고 말이다.

한 부자 실업가가 자신의 힘과 자선 행위를 과시하고자 파티를 열기로 한다. 그의 아내가 파티 계획을 짰는데 손님이 지치면 즐겁게 해 줄

집시 점쟁이도 초청했다.

점쟁이는 미라처럼 바짝 쪼그라든 원숭이의 발을 부적처럼, 자신의 '연기'의 '소품'으로 사용했다. 점쟁이는 사람들에게 거북하단 느낌을 떨치고 원숭이 발을 손에 쥘 수 있으면 세 가지 소원이 이뤄진다고 한다. 점쟁이 노파는 정말 이루고 싶은 세 가지 소원이 무엇인지 심사숙고해야 할 것이라고 음산하게 경고한다.

지나가다 그녀의 말을 들은 오만한 실업가가 원숭이의 발을 잡아채 농담으로 '백만 달러 더'라는 소원을 빈다. 점쟁이가 그를 나무란다. 원숭이 발의 마법을 제대로 이해하지도 못하고 존중하는 마음도 없으니 그의 마지막 소원이 죽음이란 걸 바로 그 자리에서 장담할 수 있다고 한다.

노파의 비난과 '파티를 망치려는' 것 같은 태도에 화가 난 실업가는 수고비도 주지 않고 노파를 내쫓아 버린다. 기분이 많이 상한 그의 아내는 모르는 일을 다룰 때는 좀 더 친절하고 조심하라고 말한다. 그는 아내를 '미신에 빠진 바보'라며 웃어넘긴다.

이튿날 집안의 하인들이 파티 뒷정리를 하고 있을 때, 남자의 변호사가 집을 찾아와 아주 슬프고 근심에 찬 표정으로 1백만 달러짜리 수표를 내놓는다. 남자는 수표와 변호사의 안절부절못하는 모습에 놀란다. 변호사는 그 수표가 아들의 생명보험에서 나온 돈이라고 더듬더듬 대답한다. 실업가의 외아들이 광산 폭발을 피하지 못해 죽었고, 아들이 아버지를 유일한 수혜자로 설정해 놓아, 그저 맡은 바 역할을 하느라 수표를 전하는 것이란다.

그 실업가는 슬픔과 후회에 차 무너진다. 변호사의 말을 우연히 들은 그의 아내는 이것이 원숭이 발의 마법이라고, 남편의 생각 없는 소원 때문에 이런 끔찍한 일이 생겼다고 확신한다. 그래서 원숭이의 발을 움켜잡고 아들이 죽지 않고 자신들과 함께 집에 있게 해 달라고 절절하게 빈다.

그날 저녁 실업가와 아내는 개들이 크게 짖는 소리에 놀라 무슨 일인가 보려고 문으로 간다. 문도 열기 전 끔찍한 신음과 질질 몸이 끌리는 소리가 들린다. 누군가 아니면 무언가가 자기 몸을 끌고 저택의 계단을 올라오는 소리다. 남편과 아내는 동시에 그것이 아들임을 깨닫는다. 아들은 광산 붕괴로 죽은 게 아니었다. 몸이 깔려 팔다리가 잘린 몸으로 무너진 광산에서 간신히 기어 나와 고통 속에 집으로 온 것이었다. 순간 부부는 아들에게 일어난 일이 자신들 때문임을 깨닫는다. 둘은 죽여 달라는 소원을 빌려고 동시에 원숭이의 발을 향해 손을 뻗는다.

### 트릭스터의 '실종'

이 이야기는 그 자체로 트릭스터 인물이 등장하지 않는다는 점에서 트릭스터 모티프가 현대적으로 변장하고 나타난 좋은 예이다. 융이 서구 산업사회의 '신성한 서사'에서 트릭스터 인물이 '사라졌지'(억압됐지)만 트릭스터 드라마에 담긴 원형의 에너지는 억압에 의해 더 강조되고 강화될 뿐이라고 주목한 것은 옳았다.

'말라 비틀어진 미라 같은 원숭이 발'은 그 자체로 현대 기술 사회에서 억압된 트릭스터를 보여 주는 아주 적절한 이미지이다. 눈에 보이는 것은 전통적인 트릭스터에서 쪼그라들어 '보존된' 일부에 불과하다. 하지만 이야기가 은유적으로 분명히 보여 주듯이, 드라마의 힘은 트릭스터 인물이 무대에 직접 등장하지 않는다고 해서 줄어든 것이 결코 아니다. 비록 코요테/우주메와 같은 인물들이 '미라 조각'으로 쇠락하긴 했지만 트릭스터 드라마의 에너지는 줄어들지 않고 계속된다.

현대에 와서 진화한 원형의 트릭스터 드라마는 고태적이지만 본질적으론 건강한, 풀어야 할 '수수께끼' 같은 느낌을 잃고, 대신 '피할 수 없는 비극'으로 소멸되어 가는 느낌이다. 서구 기술 사회에서 원형의 트릭스터 에너지는 거짓으로 세련된 외양을 띠고 '생에 대한 비극적인 시각'을 띠게 되었다. 많은 부분 재앙과 불행이 불가피하다는, 왠지 세상사에 지친 듯한 현대 유럽과 미국의 종교 철학 사조도 마찬가지이다.

이 '원시적인 정신상태'에는 트릭스터 인물과 실제로 대화를 하고 관계를 맺고 협상을 하는 것이 가능하다는 장점이 있다. 현대 서구인에게 원형의 트릭스터는 일이 '늘 최악으로만 일어나는 것 같아 보이는' '머피의 법칙'과 같은 '피할 수 없는 아이러니'가 되어 버렸다.

자기기만의 자만과 오만에 대한 트릭스터의 복수는 항상 아이러니를 보여 준다. '의식이 온전하지 못한 곳에서 아이러니를 피할 수 없다.' (아무리 발달되고 세련되더라도 인간 의식은 부분적이고 불완전할 수밖에 없다. 그러니 이런 아이러니에 익숙해지도록 하는 편이 나을지 모른다.)

## 트릭스터가 주는 원형의 교훈

트릭스터가 의식 자체에 대한 원형이므로, 우리가 배워야 할 교훈은 그 존재를 기꺼이 받아들이고 새로운 가능성에 대해 기본적으로 겸손하고 열린 자세를 가지고 있어야 한다는 것이다. 피하고 부인하려다 그 아이러니가 우리를 파괴하기 전에 말이다. 이런 의미에서 겸손은 어떤 빛나는 영성적인 이상이 아니다. 그저 깨어 있을 때 우리의 자아와 실재가 항상 잠정적이기에, 새로운 체험으로 늘 바뀔 수 있다는 가능성에 열려 있음을 깨닫는 것일 뿐이다.

트릭스터의 아이러니하고 어두운 그림자 같은 부분은 이야기의 한 면에 불과하다. 트릭스터는 모든 창의성과 새로운 가능성, 진화하는 자기인식이 떠오르는, 융이 큰 자기Self라고 했던 근원, 초월적인 중심으로부터의 메신저이기도 하다. 트릭스터는 자기 과신으로 인한 대가를 치르게 하는 과정에서 언제나 피할 수 없는 불행을 끝없는 환희로 바꾸는 데 필요한 창의적인 에너지와 새로운 시각을 가져다준다. 그러기 위해선 자기 과신의 태도를 버리고 의식이 진정으로 열려 새로운 체험을 받아들일 준비가 되어 있어야 한다.

원형의 트릭스터 드라마가 지닌 창의적인 면을 보여 주는 좋은 예가 될 만한 이야기가 중세 말기의 유럽에서 전해 온다.

## 세비야의 랍비 이야기

1415년 스페인 세비야의 기독교인 공동체에서 어린 소년이 사라졌다고 한다. 아이가 실종됐다는 소식을 듣자 공동체의 지도자들은 유월

절에 쓸 피가 필요한 유대인들이 아이를 유괴해 살해했다고 확신한다. (중세 후기의 형태로 나타난 이 '피의 비방'은 이 이야기의 배경이 되는 시기에 실제 일어난 것으로 알려져 있다.)

지도자들이 세비야의 종교재판소장에게 고발하고, 재판소장도 확신하게 된다. 소장은 종교 범죄의 재판을 받도록, 경비병들을 게토로 보내 이 가증스런 수석 랍비를 체포해 오도록 명한다.

수석 랍비가 끌려와 종교재판소의 법정에 서게 된다. 놀랍게도 그리스도교의 형법을 잘 알고 있는 이 랍비는 훌륭하게 스스로를 변호한다. 그의 변호가 너무나 뛰어나서 재판은 아무 결론도 내리지 못하고 몇 주를 끌며 끝이 날 기미가 보이지 않는다.

지친 재판소장이 마침내 '지도자들만의 비밀회의'를 소집해 다른 재판관들에게 제안한다. "이거 보게나. 내가 보기엔 단순히 인간의 방식만으론 이 사건의 진실을 캐내기 어려워 보이네. 그래서 신께서 직접 사인을 내려 달라고 기도했으면 하네." 나아가 그는 신께서 작은 가죽 주머니에 아무것도 적지 않은 빈 종이 하나와 유죄라 적은 종이 하나를 집어넣고 랍비가 보지 않고 하나를 꺼내도록 하라고 하셨다고 말한다. 전능하신 신께서 진실한 판결을 내려 줄 것이란 설명이었다.

흔들리지 않는 충성심과 '팀 플레이어'로서의 능력을 보고 선발된 '회사 사람들'인 다른 재판관들도 하나씩 고개를 끄덕이며 동의한다.

"그래야죠."

"당연히."

"좋은 계획입니다."

그러자 재판소장은 작은 주머니를 준비하고 (오늘날에도 지켜지고 있는) 자신의 양심을 살피러 자기 방으로 물러난다. 재고 끝에 랍비의 유죄를 확신한 재판관은 신의 정의가 그저 우연으로 잘못되지 않도록 종이 두 장 모두에 '유죄'라고 적어 주머니에 넣는다.

랍비는 재판장에 들어온 주머니에서 보지 않고 종이 한 장을 꺼내라는 지시를 받는다. 시키는 대로 종이를 한 장 꺼낸 랍비는 종이를 입에 넣어 삼켜 버린다. 법정에 큰 소란이 일고 랍비는 '결백을 증명하라'는 신의 영감에 따라 행했을 뿐이라고, 자신이 집은 종이가 무엇인지 조금이라도 의심이 가면 주머니에 남은 종이가 무엇인지를 보면 될 것이라고 목청을 높인다.(그림 17)

**그림 17** (중세 유럽) 랍비가 종교재판에서 자신의 결백을 주장한다.(15세기 스페인 사본 양식)

**트릭스터와 의식의 진화**

이 이야기에선 랍비가 트릭스터이다. 그는 종교재판소장(그의 오만)에게 마땅히 치러야 할 대가를 치르게 한다. 의문 없이 받아들여지던 재판소장의 권위와 면책권을 침해하고 무너뜨린다. 트릭스터 드라마의 기본적인 구조가 다시 한 번 선명하게 드러나는 부분이다. 인간 의식은 불완전하다. 이런 기본적인 진실이 잊힌 곳이라면 어디서건, 의식이 이룬 놀라운 창작물 앞에서 자기기만적인 교만과 자만이 있는 곳에 트릭스터라 불리는 원형적인 에너지가 제 모습을 드러낸다. 거기에 늘 있었지만 숨겨져 있었던, 하지만 아직 의식으로 불러오지 않았던 것을 말이다.

융 자신도 (트릭스터를 '의식에서 사라져 가는 수준'을 나타내는 것이라 본 실수에도 불구하고) 아이러니의 법칙이 기본적으로 불가피함을 이해했다. 다른 곳에서 그는 여러 차례 다음과 같이 말했다. "당신이 의식으로 불러오지 못한 것들은 마치 운명처럼 바깥에서 올 것이다." 나라면 융이 한 말에서 '마치……처럼'이라는 부분을 빼 버릴 것 같다.

상징적으로 볼 때 여러모로 랍비가 처한 궁지는 현대인들의 의식이 처한 상황과 비슷하다. 우리에게 주어진 것은 전쟁과 문화 퇴조, 경제적인 몰락, 생태계의 위기, 산업 계획의 실패와 같은 침울한 상황들이기에 신중하게 '선택'해야 한다. 자기 과신에 가득 차 문제시하지 않던 가정들을 받아들이면, 즉 '전문가들이 가장 잘 알고' 있으며 중요한 것은 이미 다 알려져 (혹은 적어도 '과학적 발견이 임박해') '남은 것이라곤 집행상의 개선'뿐이라고 생각한다면, 우리의 선택은 (어떻게

'집행' 할지에 대한 열띤 토론에도 불구하고) 유순한 것이 되고 그렇게 게임은 끝나고 말 것이다. 그것도 '큰 소리 없이 조용히' 말이다.

하지만 (보지 않고 종이를 먹은 랍비처럼) 우리가 잠시 바보처럼 보일 위험을 감수하고 '하늘이 내린 영감' 에 우리 자신을 열고 예전에 상상하지 못했던 가능성들을 자유롭게 상상해 본다면, 그럼 정말 피할 수 없어 보이는 재난도 바꿀 수 있다.

이 점을 보다 제대로 설명해 줄 다른 신화적인 서사로 나이지리아의 티브Tiv 족들에게 전해지는 이야기가 있다.

**토끼와 임금님**

예로부터 전해 오길 어느 날 세상의 임금님이 두 강 사이의 땅을 살펴보다 슬픔에 젖었다고 한다. 뜨겁고 건조해 식물들이 거의 없었던 탓이다. 임금님은 마음속에 훨씬 더 아름다운 땅을 상상하고 있었다. 초록으로 촉촉이 뒤덮이고 정원처럼 식물들이 질서정연하게 번성하는 그런 땅을 말이다.

그리하여 임금님은 우주의 모든 존재에게 자신들의 씨와 정수를 가지고 '식목 대축제' 에 참석하라는 명령을 내린다. 임금님의 전령들이 모든 이에게 초대장을 보낸다. 하늘과 구름, 산과 바람, 큰 강과 시냇물, 이슬과 아침, 한낮의 열기와 서늘한 저녁, 모든 나무와 식물과 풀, 모든 새와 곤충과 동물, 땅 위의 모든 사람이 초대장을 받고 축제에 몰려온다.

드디어 세상을 정원으로 바꿀 식목 대축제가 열리는 날, 손님들은 모두 자신의 정수와 씨를 담은 가방을 들고 줄을 섰다. 임금님이 떼지어 모인 이들을 보며 이제 세상이 그래야 하는 대로, 모든 사람을 위한 정원이 되겠구나 싶어 깊은 만족감을 느낀다. 백성들은 임금님 앞을 지나가며 절을 하고 식목 대축제를 위해 가져온 정수와 씨를 바쳤다. 임금님은 기분이 좋았다.

그러다 임금님은 누군가 빠진 것을 알게 된다. 하지만 누가 그럴 수 있나? 누가 감히 세상의 임금님 초대를 무시한단 말인가? 그는 눈을 가늘게 뜨고 찬찬히 몰려온 세상의 모든 살아 있는 에너지의 무리를 살펴본다. 그러다 임금님은 빠진 게 토끼임을, 토끼가 오지 않은 것을 알아차렸다. 화가 난 임금님은 전령들을 불러 토끼에게 초대장을 전한 자가 누구인지 묻는다.

그 일을 했던 전령이 달려 나와 꿇어 엎드린다.

왕이 묻는다.

"토끼는 어디 있느냐? 네가 내 메시지를 전하지 않았더냐?"

"그럴 리가요, 전하." 전령이 숨 가쁘게 대답한다. "제가 토끼에게 전하의 초대장을 분명 전했습죠. 하지만 녀석이 굴에서 나오려 들지 않았습니다. 바쁘다면서, 더 나은 할 일이 많은 데다 자기는 대낮에는 밖에 나오지 않는다고 그냥 소리만 쳤습니다요."

"그래." 치미는 화를 억누르며 세상의 임금님은 명령했다. "당장 가서 토끼를 데려와라. 내게 직접 그런 말을 해 보라고 해!"

전령은 자신을 도와줄 다른 전령들을 모아 토끼가 사는 굴로 다시 갔다. 전령은 세상의 임금님이 화가 났으니 자신들과 같이 가는 것이 좋을 것이라고 굴 속에다 외쳤다. 하지만 토끼는 그런 어리석은 일로 대낮에 나갈 수는 없다고 대답한다. 하는 수 없이 전령들은 굴을 파헤쳐 토끼의 그 긴 귀를 잡아 임금님께로 끌고 간다.

세상의 임금님 앞에 던져져 앙상한 무릎을 꿇게 된 토끼는 불편하고 기분 상한 티가 역력하다.

"대체 네가 뭐라 생각하기에 내 초청을 거절했단 말이냐?" 임금님은 조용하고 부드럽게, 친절한 목소리로 묻는다. 가까운 이들은 임금님이 화가 나 소리를 지를 때보다 그런 목소리에 훨씬 더 겁을 먹는다.

"저는 토끼입니다." 토끼가 일어나 털에서 먼지를 털어 내며 대답했다. "저는 임금님의 우스꽝스런 식목 축제에 내 시간을 낭비하는 것보다 더 중요한 일이 많습니다요. 이런 말도 안 되는 행사가 어디 있습니까! 저는 노력을 반도 안 들이고 이보다 더 나은 축제를 열 수가 있는 걸요!" (그림 18)

"아……, 그래?" 짐짓 조용한 체하던 목소리를 집어치우고 임금님이 천둥같이 고함을 친다. "그래, 정 그렇다면 내 허락할 테니 한 번 해보거라. 하지만 실패할 땐 내가 널 산 채로 껍질을 벗겨 즐길 테다. 네 그 지저분하고 벼룩 먹은 가죽이 그럴 가치는 없어 보인다만!"

토끼는 잰걸음으로 임금님 앞에서 물러난다. 긴 귀 달린 머리가 아직 마른 어깨 위에 남아 있는 게 다행이다 싶다. 생각해 보면 해 볼수록 상황이 너무 심각해서 토끼는 점점 더 괴롭고 우울해진다.

"아이고, 세상에!" 혼자서 신세 한탄을 한다. "어쩌자고 내가 이 악어 같은 입을 촉새같이 놀려댔을까. 이번엔 임금님이 날 죽일 거야. 아

**그림 18** (아프리카 중부) 토끼가 용감하게 세상의 왕과 논쟁하고 있다.
(나이지리아 북부의 녹Nok 족의 조각을 흉내 냄, 기원전 1000년경 추정)

이고…… 어쩌지? 다시 기어들어가 자비를 베풀어 달라 빌어 볼까. 소리치고 난리 치신 걸 봐선 자비를 베풀 리가 없어. 아, 어쩌면 좋지?"

그렇게 작고 동그란 눈에 자기 연민의 눈물을 달고 토끼는 처진 어깨에 고개를 숙이고 긴 귀가 늘어져 먼지에 끌려도 모른 채 수풀 속을 떠돌았다.

얼마 시간이 지난 후 토끼는 뭔가가 든 커다란 자루를 들고 되돌아왔다. 토끼는 거추장스런 자루를 힘겹게 끌고 식목 대축제가 벌어지는 땅의 가장자리에 있는 커다란 나무에 오른다. 그리고 그는 자루를 열어 최초의 북을 꺼낸다.

토끼는 지평선까지 그리고 그 너머로 펼쳐진 식목 대축제를 내려다보며 천천히 장중한 리듬으로 새 북을 치기 시작한다. 둥둥, 둥둥, 둥둥.

산과 구름과 나무와 식물과 동물과 새와 곤충과 사람과 부드러운 바람 모두가 토끼의 장중하고 느린 리듬의 북소리에 맞춰 고개를 숙이고 심는 일을 계속한다.

모든 존재가 하나가 되어 움직이는 걸, 모두가 자신의 장중한 북소리에 맞춰 고개를 숙이고 가져온 정수와 씨를 심고 있는 걸 확인한 토끼는 속도를 조금 빠르게 한다. 둥두둥, 둥두둥, 둥두둥.

그가 바랐던 대로 축제에 참석한 이들 모두가 빨라진 북의 리듬에 맞춰 심는 속도를 더 빨리 한다. 다시 한 번 모두가 북소리에 맞춰 움직이는 걸 확인한 토끼는 당김음까지 넣어 두드리는 소리를 바꿔 간다. 둥두둥 둥둥, 둥두둥, 둥두둥 둥둥 둥두둥, 둥두둥 둥둥 둥두두, 둥두두 둥두둥 둥둥.

모든 참석자가 토끼의 흥겹고 복잡한 리듬을 금방 완벽하게 따라잡는다. 다들 풀쩍풀쩍 뛰며 박수도 치고 가사 없는 노래를 흥얼거리며 발아래 떨어진 씨 주머니가 밟히는 줄도 모르고 춤을 춘다.

바로 그 순간 토끼는 나무에서 고개를 내밀고 다른 사람들처럼 춤추고 흔들며 박수치고 있던 세상의 왕을 소리쳐 부른다.

"보세요, 임금님! 제가 말씀드렸죠? 모든 사람이 제 춤 축제에 왔어요. 임금님의 멍청한 식목 축제엔 아무도 없잖아요!"

### 트릭스터와 원형의 창조적인 충동

이 이야기와 헤르메스가 리라를 발명한 이야기, 그리고 우주메가 세상을 구원하는 이야기 사이의 유사성은 분명해 보인다. 세 경우 모두 기존의 '피할 수 없는' 질서를 나타내는 인물들(아마테라쭈와 아폴로, 세상의 왕)은 자신들의 절대 권력과 권위를 과신한다. 그리고 결과적으로 가장 미천하고 경시되던 트릭스터 인물이 자발적으로 행한 창의적인 행동에 의해 전복된다. 세 이야기 모두에서 원형의 창의적인 영감은 악기의 발명이란 상징적인 형태를 띤다. 트릭스터들은 폭력이나 회유, 아니면 위협 없이 '예전에 한 번도 들어본 적이 없는 음악'이라는 영향으로 부드럽게 자신들의 목적을 달성한다.

호머의 그리스나 선사시대의 일본, 후기 식민시대의 티브 땅은 시간적으로나 공간적으로 멀리 떨어져 있지만, 전 인류의 정신이 지닌 원형의 구조는 이들이 원형의 트릭스터 이야기라는 반복되는 상징 구조에서 근본적으로 하나라는 것을 드러낸다.

우주메와 헤르메스, 토끼 모두 자기가 살고 있는 사회의 권위에 도전하는 과정에서 나름의 자기 과신을 보인다. 이런 도전에 대한 벌로 목숨이 위협받는 상황으로 몰려 절박해진 이들은 원형적이고 창의적인 충동에 기댄다. 이야기마다 나름 구별되는 고유한 색깔이, 인물과 문화적인 세부사항에서 전해지는 고유한 풍성함이 있다. 동시에 이 이야기들은 인간 활동과 의식, 창의성의 새로운 지평을 열기 위해 어려움과 억압 속에 힘겹게 진화하고 있는 인간 의식이 겪는 본질적으로 동일한 심리 영성적인 이야기를 반복하고 있다.

트릭스터가 반복해서 보여 주듯 억압의 가장 크고 효과적인 도구는 타고난 상상력을 얕보는 것이다. 실제로 어떤 개인이나 단체를 설득해 타고난 상상력으로 자발적이고 즐겁게 만들어 낸 결과물이 수준 이하이거나 가치 없는 것이라고 믿게 할 수 있다면, 그들은 노예가 된 것이나 다름없다. 그들이 얼마나 많은 돈을 가졌건 어디에 살건 상관없이 말이다. 예를 들어 우리가 신문에서 보고 텔레비전에서 보는 이야기들이 '중요한 진실'에 근접한 것이라 믿는다면, 그리고 (그 결과로) 우리의 운명에 영향을 미치는 거대한 지정학적인 힘들을 (거기에 영향을 미치는 것은 고사하고) 제대로 이해할 수 없다고 설득당한다면, 우리는 노예가 된 것이다. 우리가 대학 교육을 받았는지 은행에 얼마나 많은 돈이 있는지와는 무관하다.

반대로 그들을 설득해 타고난 상상력으로 자발적이고 즐겁게 만들어 낸 결과물이 수준 이하이거나 가치 없는 것이라 믿게 하지 못한다면, 그런 상상력이 살아 있는 사람들은 결코 노예가 되지 않는다. 그 사람들이 가난하고 억압받고 혜택을 받지 못하며 살았어도 상관없다. 왜냐하면 그들은 항상 창의적인 에너지로 끓어오르는 상태여서, 권좌에 앉은 이들이 생각해 보지 못했기 때문에 아직 금지되지 않은 새로운 할 일이나 스스로를 새롭게 느끼고 표현할 방법들을 생각해 낼 것이기 때문이다.

이는 인류 모두에게 보편적인 드라마로, 인간 개개인에게서 그리고 모든 사회 문화에서 인간의 의식이 진화하면서 반복되어 왔다. 이 원형의 드라마 한가운데, 우리가 기억하는 꿈은 모두 '트릭스터의 선물'이다. 꿈꾼 이 개인의 삶과 인류가 하나의 종으로서 아직 상상해 보지 못한 창의적인 가능성들을 절묘하게 드러내 보여 주려고 만들어진 선물인 것이다. 우리에게 꿈을 깊이 탐색하고자 하는 용기와 마음과 가슴으로 그 용기를 지킬 유연함이 있다면, 이전에는 상상해 본 적 없고 상상도 할 수 없을 것 같은 선물을 갖게 된다. 최초의 리라와 북에 비견될 만하고 폭력이나 회유 없이 모든 것을 바꿀 수 있는 그런 선물 말이다.

트릭스터는 승리를 얻기 위해 무지막지한 힘이나 사회적인 특권을 이용하지 않는다. 트릭스터는 '불가피하고' '무적인' 권력 앞에서조차 창의력이 주는 선물로 모든 것을 바꿔 놓는다. 우리가 기억한 꿈 하나하나는 꿈꾼 사람 자신의 삶의 구체적인 세부사항과 장소에서 벌어지고 있는 원형의 트릭스터 드라마로 꿈꾼 이의 현재 상태를 보여 준다. 우리가 예전에 의문을 품지 않았던 가정들과 우리 상상력의 한계 그 너머를 보도록 우리 각자를 초대하는 것이다.

우리의 꿈을 이해하지 못하는 만큼, 꿈은 우리가 알 필요가 있는 모든 것이 아직 의식화되지 않았다고, 좀 더 깊이 들여다보라고 우리를 초대하고 부추긴다. 기억된 순간 꿈들은 우리 내면 깊숙한 곳에서 창의적으로 펼쳐지고 있는 삶의 드라마와 우리가 속한 공동체와 문화, 지구촌에서 벌어지고 있는 집단의 드라마에서 우리가 보다 의식적으로 책임을 져야 할 역할이 있음을 말해 준다.

꿈에 드러난 내용에서 그 의미가 명확해 보이더라도 늘 더 많은 의미가 담겨 있다. 우리가 더 깊이 들여다보려고 시간과 에너지를 들인다면 말이다. 꿈이 의미가 없다거나 깨어 있을 때도 쉽게 알아볼 수 있는 '맹목적인 보상'이라는 말은 자기 과신에 불과하다. 바로 그런 과

신 때문에 우리 개인과 집단의 삶에서 피해 갈 수 없어 보이는 드라마에 갇히게 되는 것이다.

오만하고 성급하게 닫아 버린 세계관의 관점—(종교, 과학, 철학, 역사, 무엇에서든) 궁극의 것을 발견했다고 믿는 그런 관점—에서 보면 트릭스터가 대변하는 성장과 발전, 변화의 에너지는 늘 '악'으로, 그림자로 인식되었다. 그리고 늘 그렇듯이 그림자의 큰 비밀은 부정적으로 인식되는 그림자가 실은 '위대한 선물', 즉 있어야 하는데 그 자리에 없는 바로 그것, 그것이 없다 보니 모든 문제가 생겨나게 된 그것을 갖고 있다는 것이다.

(깨어 있을 때 의식이 의문시되지 않은 가정들에 의해 억압되고 속박당한 정신의 측면들과 더불어) 성급하게 닫혀 버린 세계관의 지배를 받는 이들의 입장에서 볼 때, 트릭스터는 언제나 (새로운 가능성과 해방이라는) 신성한 아이와 동의어이다. 진화하는 인간 의식이 지닌 창의적이고 자기 기만적인 원형의 에너지 모두가 모인 트릭스터는 언제나 (미숙한 세계관을 지닌, 전체를 '표상'하는 것을 넘어 전체가 되고자 하는 의식의 부분에게) 그림자의 얼굴과 (인정받고 보다 자유롭게 표현하고 싶어 하는 정신의 억압된 부분에게) 신성한 아이의 얼굴을 보여 준다.

### 트릭스터와 자발적 희생

그림자와 트릭스터, 신성한 아이 사이의 갈등이라는 영원히 계속되는 드라마는 결국엔 치유와 변화를 일으키는 자발적 희생의 원형을 불러낸다. 트릭스터가 체현한 대극들 사이의 긴장과 역설을 궁극적으로 화해시키는 것은 바로 자발적 희생이다. 자발적 희생은 트릭스터가 지닌 이원적인 면을, 아니 모든 원형의 에너지들이 갖는 이원적인 본성을 해결할 수 있다.

자발적 희생은 우리가 아직 발견/창조/만나지 못한, 진화 중인 인간 의식이 표현할 수 있는 가장 고차원의 것일지도 모른다. 일단 인간 의식이 부분적으로 자기를 인식하게 되면, 바로 그 부분적이고 일시적인 '자기'에 대한 감각을 버려야만 더 성장하고 변화할 수 있다. 일단 의식이 확립되면, 자발적 희생 안에서만, 이전에 소중히 여기던 자아감과 목적을 버려야만 새롭고 보다 온전한 자기Self가 존재 속으로 태어날 수 있다. 바로 이런 이유 때문에 꿈에서 죽음의 이미지가 꿈꾼 사람의 성장과 발달의 구체적인 순간과 그토록 심오하고도 반복해서 연결되는 것이다.

자발적 희생은 '다른 이를 살리기 위해 죽는 이'의 모습으로 얻게 될 것을 위해 자기가 파괴되는 위험을 무릅쓰는 이로, 더 많이 깨닫고 성장하면서 가슴 깊이 소중히 여기던 생각들을 떠나보내는 이들의 모습으로 나타난다. 그리고 예전에는 온전한 진실을 표현하는 것 같아 보였던 '종교적 진실'이나 '정치적 필요' 혹은 '경제 성장'과 같은 무르익지 않은 생각들에 뭔가 더 있을 것 같은 가능성을 받아들이는 이들의 모습으로 나타난다.

자발적 희생은 십자가에 못 박힌 예수나 깨달음을 얻기 위해 보리수나무 아래 앉은 부처처럼 더할 나위 없이 숭고하고 고귀한 모습으로 나타나기도 한다. 아니면 "이게 정말 맞는 걸까? 이게 정말 내가 원하는 걸까? 난 이게 늘 옳다고 생각했어. 이게 내가 원하는 거라고 항상, 어려서부터 생각했는데……, 하지만 정말 그런 걸까?"라고 잠시 멈춰 생각해 보는 것 같이 단순하고 평범한 것일 수도 있다.

꿈이 기억날 때마다 그리고 꿈꾼 이가 그 꿈을 잊어버리기 전에 잠시 멈춰 거기 담긴 깊은 의미들을 생각해 보는 순간 (이전에 갖고 있던, 질문해 보지 않았던 가정에 대한) 자발적 희생의 원형은 우리 인간사에서 구체적인 모습으로 표현되기 시작한다. 그리고 실질적으로 심리 영성적인 성장과 변화의 가능성이 구체적으로 실현되기 시작한다.

일반적인 기성 종교는, 특히 그리스도교는 자발적 희생이 고통스런 자기희생과 순교라는 크고 극적인 행위를 통해서만 나타난다는 개념을 심어 줌으로써 우리에게 큰 해를 입혔다. 그런 위대한 순간들이 실제로 자발적 희생을 극적으로 드러내 준 순간이기는 하다. 하지만 대부분의 사람에게 그런 순간은 멀리서 숭배하되 무슨 일이 있어도 피해야 할 대상이다. 이런 이유로 일상을 살아가는 일은 그저 '영성적이지 않은 것'으로 전락하고 만다.

하지만 실제로는 자발적 희생이 우리의 평범한 일상 속에서 얼마나 자주 그 모습을 드러내는지 모른다. 가장 사소하고 단순한 일들, 예를 들면 아침에 일어나 별로 만족스럽지도 않은 일에 늦지 않기 위해 통근 길의 교통 혼잡 속으로 들어가는 일, 그래서 별로 만족스럽지 않은 가족이 먹고 입을 것이 있도록 하는 것, (허황한 생각들로 실패한 전력이 많은) 친구나 아이의 말도 안 되는 미심쩍은 이야기를 진지하게 들어주는 것, 판단하고 화를 내기보다 웃으며 받아 주려는 노력 등 그 모두가 원형의 자발적 희생의 구체적인 사례들이다.

종교적인 순교와 더불어 다른 사람을 위해 자신이 가진 최고의 것을 내어놓는 가장 극적인 예에서부터 약간의 시간을 더 벌기 위해, 좀 더 사랑받기 위해, 좀 더 통찰력을 얻기 위해 새로운 행동을 시도해 보는 가장 일상적인 선택에 이르기까지 이런 행위 모두는 원형의 자발적 희생을 체현하는 것들이다. 그런 이유에서 이들 모두는 낡은 의식과 자기인식이 '죽고' 더 새롭고 깊고 넓어져 보다 광범위하고 깊은 영역에서 다시 '태어나' 도록 하는 실제적이고 구제적인 상황을 제공한다.

꿈은 이런 개인과 집단의 진화라는 원형의 드라마가 펼쳐질 때 우리가 가진 가장 믿을 수 있는 안내자이다. 꿈 하나하나는 트릭스터의 선물이다. 꿈에 대해 생각하고 탐색하면서 얻게 되는 새로운 통찰의 '아하' 는 깨어 있을 때 자기를 보다 온전하게 느끼라고 자리를 치워 주는 자발적 희생을 나타낸다.

라틴 아메리카에 이런 심오한 진리를 상징적으로 보여 주는 민담이 있다.

### 가브리엘 천사의 꿈

불쌍한 인디언이 목장주와 천사가 나오는 꿈을 꾸었다. 목장주가 소문을 듣고 인디언에게 집으로 와서 꿈 이야기를 하라고 명한다. 인디언은 가지 않으려 하지만 심부름꾼은 그가(이중으로 억압받는 여성의 처지를 강조해 어떤 곳에서는 그녀라고 한다) 나타나지 않으면 각오하라고 협박한다.

인디언이 목장주의 저택으로 오고, 목장주는 그에게 무릎을 꿇고 꿈 이야기를 하라고 명령한다.

"주인님, 제 꿈에 가브리엘 천사가 나타나 주인님께 가서 제가 저지른 죗값을 받으라고 했습니다."(그림 19)

"그래, 그럼 죗값을 받아야지. 계속 얘기해 봐."

"꿈에서 가브리엘 천사가 제 몸에 똥칠을 하라고, 온갖 쓰레기와 오물, 음식 찌꺼기로 제 몸을 덮으라고 사람들에게 명했습니다. 그리고

**그림 19** (라틴 아메리카) 농부가 목장주에게 가브리엘 천사가 나오는 트릭스터 꿈을 이야기한다.

주인님의 하인들에겐 주인님 몸을 씻기고 꿀과 향신료, 달콤한 냄새가 나는 기름을 바르라고 했습니다."

"그래, 그래야지. 계속 얘기해 봐."

"오, 주인님. 전 감히 그렇게 못 하겠습니다."

"신이 보내 주신 꿈이야! 당연히 말을 해야지! 계속해 봐!"

"명한 대로 기름을 바르고 오물을 뒤집어쓰자 천사가 저희에게 말했습니다. '자 이제 서로 몸을 깨끗하게 핥아 죗값을 치르라.'"

### 기꺼이 하기의 비결

이와 같이 가장 오만하고 자기 과신에 찬 (깨어 있을 때 자아의 의식과 사회적 인습의) '주인님' 조차도 속아 넘어가 자발적 희생의 역할을 하게 된다. 선불교도들이 즐겨 말하는 게 있다. "깨달음은 그 경지에 어떻게 다다르는지 관심을 두지 않는다." 얄궂게도 트릭스터는 너무 빨리 닫힌 깨어 있을 때의 자기에 대한 감각을 '구하기' 위해 온다는 것이다. 트릭스터는 의식과 자기인식을 창의적으로 확장시키고 정신의 오만한 부분에 농간을 부려 '자발적으로' (그러니까 그게 속아 넘어가는 것이라 할지라도 '기꺼이') 변하도록 한다. 이렇게 트릭스터는 진화하는 건강과 온전함에 이바지하도록 부추김으로써 언어와 기만이라는 원래의 발명품들을 '만회한다.'

인간의 의식은 아직도 진화하고 있고 트릭스터는 그 진화를 돕는다. 우리가 어떤 문제를 해결했을 때, 뭔가 경탄할 만한 새로운 것이나 예술작품을 창작했을 때, 의기양양해진 우리는 거들먹거리고 뽐내며 우리가 이룬 성공에 빠져 그렇지 못한 이들을 얕잡아보려 한다. 그럴 때 우리 정신에서 트릭스터가 깨어난다. 우리가 처한 절망스런 상황에서 삶이 가져다준 '악마의 선택'을 피할 수 없을 듯할 때 트릭스터는 기지개를 켜고 몸을 펴며 움직이기 시작한다.

우리가 삶에 대해 숙고하기 위해 잠시 멈추고 등장하는 유형들에 경탄할 때마다, 우리가 얼마나 무의식적이고 아는 것이 없는지 놀랄 때마다, 솟아오르는 감정을 막지 않고 제대로 다 느낄 때나 떠오르는 생각이 분명해질 때까지 끝까지 파헤칠 때마다 트릭스터는 깊이 숨을 쉬고 웃으며 자발적 희생으로 모습을 바꾼다.

우리가 꿈을 기억하고 그 수수께끼를 들여다보며 생각에 잠길 때마다, 삶의 의미에 대한 나름의 결론을 주저하며 나눌 때, 우리는 로렌스 반 데 포스트Laurens Van der Post가 '치유하는 신비'라고 부른 거대한 신비 앞에 스스로를 열게 된다. 우리가 두려움에 찬 편견을 극복하고 다른 사람을 바라보며 '나도 저래……' 하고 깨닫는 순간마다, 우리는 보다 진정한 자신이 되고 그렇게 우리가 신과 나눈 유대를 보다 의식적으로 깨닫게 된다. 바로 이런 방식으로 우리는 빛나는 존재로 성장하고 변화하며 진화해 간다.

꿈은 깨어 있든 잠들어 있든 늘 우리 스스로에게 이야기를 전한다. 아주 설득력 있고 작고 재밌는 이야기들을, 때로는 이상하고 오싹한 이야기들을 말이다. 그렇게 꿈은 우리의 의식을 확장시켜서 우리 자신 안의 알려지지 않은 위대한 가능성들로 점점 더 깊게 우리를 인도하는 것이다.

## 요약

모든 원형은 우리 몸의 기관들처럼, 기본적으로 서로 연관되고 뒤엉켜 있다. 특히 그림자와 트릭스터, 신성한 아이와 자발적 희생의 원형들은 아주 밀접하고 아이러니하게 엮여 있다.

인간 의식의 발달에 트릭스터 원형이 지닌 기본적인 기능과 역할을 설명하기 위해 일본과 아프리카, 미국에서 가져온 트릭스터 이야기들을 소개했다. 이전에 언급한 트릭스터들도 보다 자세하게 다뤘다.

트릭스터가 '의식에서 사라지고 있는 수준'이라는 융의 주장에 대한 이의를 제기하고, 당대에 집단적인 '트릭스터 드라마'의 예들을 소개함으로써 트릭스터가 진화하는 인간 의식 자체의 원형적 은유이며 따라서 언어와 문화가 발달하던 초기 못지않게 오늘날에도 의미가 있는 것임을 입증하고자 했다.

인간의 자기인식이 부분적이므로, 더 발전하고 개인과 모임이 성장·변화하려면 스스로에 대해 소중하게 붙들고 있는 자아상을 의식적으로 버려야만 한다. 이렇게 성장과 발달을 의식에서 받아들이는 원형적인 양식이 자발적 희생이다. 바로 그런 변화를 촉진하고 가져오는 것이 트릭스터 원형이 하는 역할의 중요한 부분이다.

현대의 신화적인 서사에서 독립된 트릭스터는 거의 다 사라져 버렸고, 서구 문화의 전반적인 배경으로 녹아들어가 이제는 세련된 척하는 '삶에 대한 비극적인 견해'로만 드러날 뿐이다. 트릭스터 원형은 우리 정신에 아직도 여전히 살아 있다. 그래서 어떤 종류의 오만도 이전에 무시되고 거부되었던 가능성이라는 트릭스터 에너지를 활성화시킨다.

이렇게 트릭스터는 의식의 진화를 주재하고 오만에 찬 자아/세계관이 자발적으로 스스로의 변형에 참가하도록 한다. 새로운 변화의 가능성이라는 신성한 아이는 이런 의미에서 트릭스터의 소산이라고 볼 수 있다. 이런 모든 진화의 에너지가 편안하고 성급하게 닫힌 개념들에 이의를 제기하고 전복하려 하는 한, 처음에는 괴로운 그림자 에너지로 등장한다. 억압적인 자아/지배적인 세계를 자발적으로 스스로의 '전복'에 참여하도록 '트릭을 부림'으로써 트릭스터는 언어와 속임수라는 원래의 발명을 건강과 온전함에 봉사함으로써 구원받는다.

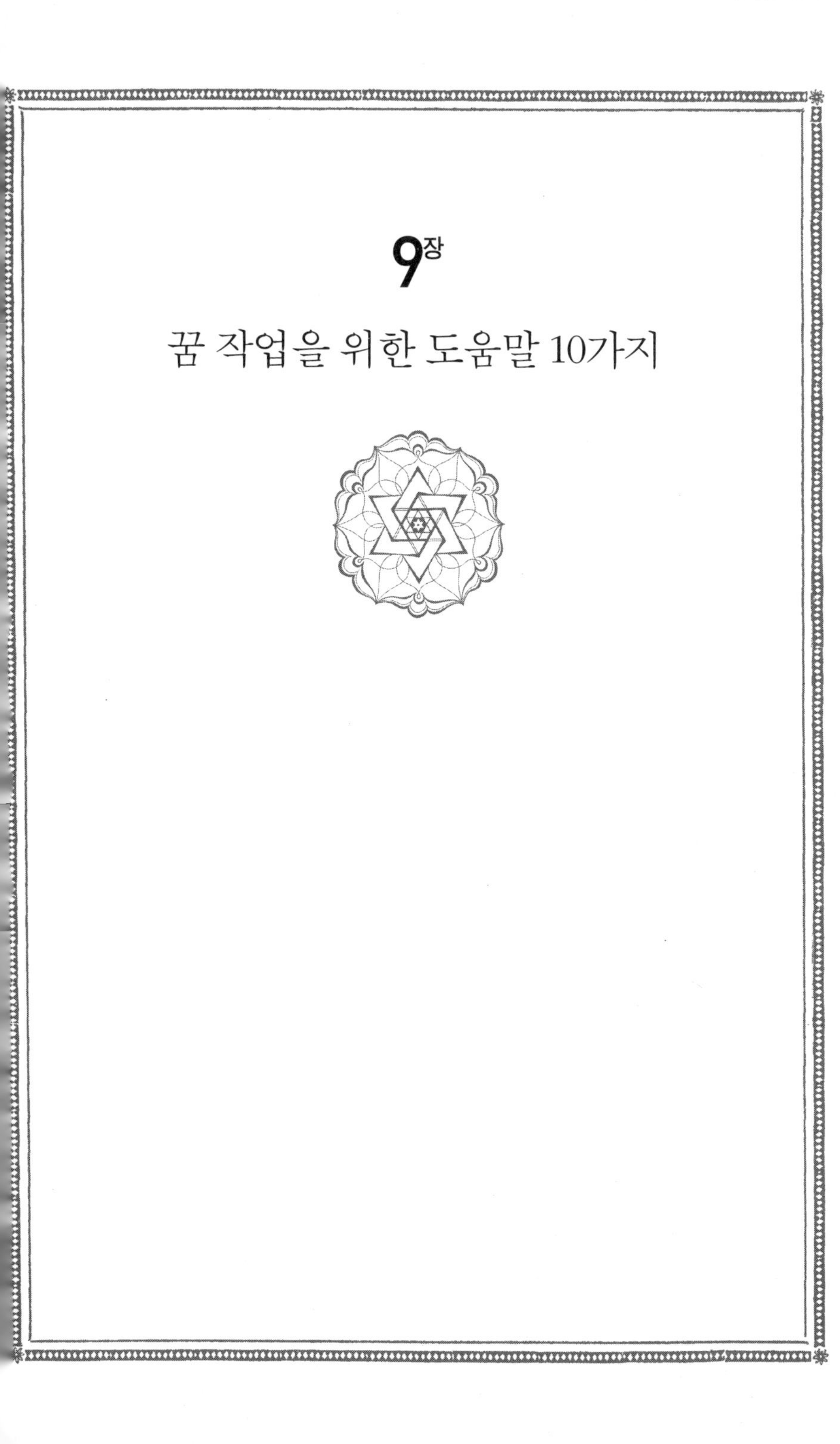

# 9장

## 꿈 작업을 위한 도움말 10가지

(1) 꿈에 대해 알아야 할 가장 중요한 점은 모든 꿈이 꿈꾼 이의 건강과 전일성을 위해 온다는 것이다. 우리가 악몽이라 부르는 불쾌하고 무섭고 부정적으로 보이는 꿈조차도 우리의 주의를 끌어 깨어났을 때 잠시 동안만이라도 꿈 내용을 확실하게 기억하도록 하려는 것이다. 꿈이 악몽 같은 형태를 띠는 것은 전달하려는 내용이 꿈꾼 사람에게 특별히 필요하고 가치가 있기 때문이다.

4백만 년이 넘도록 불쾌하고 위협적인 것에 즉각 집중하는 것이 생물의 모든 기본적인 생존 전략이었다. 그렇게 제대로 의식을 이용할 수 있었던 동물은 살아남았고 그렇지 못한 동물들은 멸종했다. 이런 진화 과정의 결과로 우리 인간은 편안하고 의지가 되는 자극보다 위협적인 자극에 보다 빨리 반응하도록 되어 있다. 이런 이유에서 꿈이 솟아나는 무의식의 원천은 특히나 중요하거나 연관된 정보를 전달할 때 악몽의 형태로 표현하는 경향이 있다.

악몽에 담긴 진실은 우리가 기억하는 모든 꿈에 담긴 진실과 똑같다. 그 꿈들은 꿈꾼 이의 건강은 물론 심리 영성적인 온전함에 도움이 되고자 오는 것들이다. 불쾌하고 '바보 같아' 보이고 일상적인 꿈일수록 상서로운 꿈이 할 수 없는 방식으로 꿈꾼 이에게 도움을 주려 한다. 어떤 도움을 주려고 하는지 질문을 던지는 것은 아주 중요하다.

모든 꿈이 꿈꾼 이의 건강과 전일성에 이바지하기 위해 온다는 사실의 또 다른 결과는 가장 비참하고 반복되는 꿈조차도 꿈꾼 이가 가진 문제를 해결하는 데 도움과 위안이 되고 창의적인 에너지와 생각들을 주러 온다는 점이다. 꿈꾼 이에게 "아니, 안 돼. 네게 이런 문제들이 있지만 할 수 있는 건 아무것도 없어!"라고 얘기하러 오는 꿈은 하나도 없다. 자신의 삶에서 해결이 불가능해 보이는 문제에 관한 꿈을 꾸었다면, 그런 꿈을 기억했다는 사실 하나만으로도 그동안 간과했던 것을 해결해 성장하고 변화하고 창의적이고/스스로를 변형시키는 방식으로 반응할 수 있는 가능성이 있다는 것을 의미한다. 건강과 전일성에 이바지하기 위해 꿈은 아직 뭔가 할 수 있는 가능성이 남아 있다고 말하며 꿈꾼 이의 관심을 그 문제로 돌리는 것이다.

카를 융은 꿈에 대해 물어야 할 가장 중요한 질문은 "왜 이 꿈이 지금?"이라고 말했다. 이 기본적인 질문을 다르게 표현해 보면 "이 특정한 꿈의 경험이 바로 이 순간 꿈꾼 이의 삶에서 어떻게 건강과 전일성에 이바지하는가?"가 될 것이다.

(2) 꿈에 담긴 다층적인 의미를 탐색하고 발견하는 과정에서 기억해야 할 두 번째 중요한 점은 꿈꾼 사람만이 자신의 꿈에 담긴 의미를 확실하게 알 수 있다는 것이다. 꿈에 대한 의미의 확인은 말없이 '아하' 하는 형태로 온다. 누군가 꿈에 담긴 의미나 중요성에 대해 진정한 말을 하면 꿈꾼 사람은 대개 번뜩하는 느낌이나 찌릿함을 경험하게 된다. 꿈꾼 이의 이런 인식 반응은 꿈 작업에서 유일하게 믿을 수 있는 시금석이다.

이 '아하'는 기억의 기능이다. 고대 앵글로색슨어에서 '무의식'을 가리키는 단어는 '아직-말로-무르익지-않은'이란 의미이다. 꿈이 우리에게 보라고 초대하는 것들은 아직 말로 표현하기에는 충분히 의식화되지 않았다. 누군가 이런 잠재되어 있던 통찰을 말로 표현하게 되면, 꿈꾼 이는 자신이 무의식에서 (언어 이전에) 이미 알고 있던 꿈의 의미를 의식에서는 처음으로 기억하게 된다.

꿈에 짜여 들어 있는 의미를 정확하게 알 수 있는 사람은 원래 꿈을 꾼 사람밖에 없다. 하지만 꿈의 언어가 보편적이므로 다른 사람들이 꿈의 의미라고 떠올린 생각들이 꿈꾼 사람에게도 '아하'를 불러일으킬 가능성이 크다.

(3) 모든 꿈은 상징과 은유라는 보편적인 언어로 말을 하며 모든 사람에게 본질적으로 동일한 방식으로 말을 한다. 그건 꿈꾼 이가 어떤 환경에 처해 있는지와 무관하다. 인종과 성, 나이, 신념과 확신 등과도 상관없다. 심지어는 꿈꾼 이의 정신과 정서 상태와도 상관이 없다. 사실 진짜 미친 사람과 다양한 신경증을 가진 사람들 사이의 유일한 차이는 진짜 미친 사람들은 잠에서 깨어나도 꿈이 계속된다는 것뿐이다. 제정신과 심각한 정신 착란 사이의 유일한 차이는 (프로이트가 '일차 과정'*이라 부른 꿈의 내용과) 꿈과 깨어 있을 때의 실재를 구분할 수

* 일차 과정primary process : 정신분석학자 프로이트가 정의한 '노력 없이 욕구를 충족시키고자 하는 마음.' 무의식적인 정서나 본능적 충동에 의해 지배되는 원시적·비합리적·소원적 생각이나 사고를 가리킨다. - 옮긴이 주.

있느냐 없느냐 하는 능력이다.

꿈의 경험과 이미지에 담긴 보편적인 성질의 또 다른 결과는 꿈이 이바지하는 건강과 전일성이 꿈꾼 사람 개인에게만 제한되지 않는다는 것이다. 꿈과 신화는 둘 다 우리 인류 전체의, 따라서 우주 전체의 건강과 전일성에 이바지하는 보편적인 언어를 사용한다. 꿈은 '각자가 전체와 화해' 할 수 있도록 돕기 위해 온다.

(4) 덧붙여 모든 꿈에는 다층적인 의미와 중요성이 짜여 들어 있다. 아주 작은 조각조차도 호기심을 가지고 들여다보면 중첩된 의미가 드러난다. 이들 다양한 의미들은 서로 연관되어 있지만, 충분히 각기 따로 표현하고 음미할 필요가 있다.

(5) 그래서 하나의 또는 일련의 꿈을 이해하고 '해석' 하는 작업은 결코 완결될 수 없다. 늘 풀어내야 할 것이 더 남아 있다. 그래서 모든 꿈 작업의 마감은 엄밀히 말해 임의적이다. 꿈 작업이 완결됐다고 말할 수는 없다. 뭔가 종결을 해도 좋겠다는 만족감이 있더라도 그건 착각일 뿐이다. 대개의 경우 꿈 작업에는 뭔가 아직 탐색할 게 더 남았다는 느낌이 여전히 강하게 남는다.

따라서 꿈 작업을 어떤 식으로든 '마감' 할 수밖에 없다는 의미이다. 꿈 작업을 마치기 전에 두 가지를 자문한다. ① 나와 (꿈꾼 이를 포함한) 다른 사람들이 이 꿈에 대해 '아하' 를 했는가?(내게 아하가 없었고 다른 사람도 마찬가지라면 좀 더 노력해야 한다는 뜻일 터이다.) ② 우리가 이 꿈에 평상시보다 더 많은 시간을 쓰고 있는가? 공평성의 법칙이 잘 지켜지고 있는가?(특별한 상황이 아니면 모임 사람 모두가 대략 같은 시간과 관심을 받아야 한다.)

다른 사람들의 투사와 추측의 도움을 받아 모임에서 꿈을 탐색하는 게 생산적이고 가치 있는 이유 중 하나는 사람들의 참여로 꿈에 담긴 다양한 의미를 다양하게 건드릴 가능성이 훨씬 더 크다는 점이다.

(6) 어떤 꿈도 꿈꾼 이가 이미 알고 있는 것만 다시 말해 주러 오지 않는다. 때로는 꿈 하나에서 여러 번 아하를 느낄 때가 있지만, 그저 그 꿈을 꾸기 전에도 꿈꾼 사람이 이미 생각해 보고 느꼈던 걸 확인해 주는 것뿐이다. 이런 요소들이 꿈에 있는 것은 사실이지만, 꿈이 지닌 더 큰 목적은 이미 알고 있는 사실들 너머에 있는 자신에 대해 새롭게 인식하고 통찰하기 위한 것이다.

개인의 의식은 선택적인 인식에 기반하고 있다. 자기가 꾼 꿈의 의미를 '기억' 할 수 있는 이는 꿈꾼 사람뿐이지만 꿈꾼 사람 혼자서 꿈에 담긴 새로운 의미층에 급진적으로 접근하기란 아주 어렵다. 왜냐하면 바로 그런 의미층에 대해 특히나 꿈꾼 사람이 선택적으로 맹목적일 수밖에 없기 때문이다.(융이 즐겨 말했듯이, "무의식의 문제는 그게 정말 무의식적이란 데 있다.") 그래서 다시 한 번 꿈이 나타내려 한 것에 대한 다른 사람의 추론과 투사가 절대적으로 가치 있게 되는 것이다. 제일 어려운 일은 바로 자신의 꿈을 새로운 눈으로 바라보는 것이다. 반대로 제일 쉬운 일은 다른 사람의 꿈을 새로운 눈으로 보는 것이다. 꿈 작업 모임의 회원들은 늘 서로에게 꿈을 음미하는 신선한 눈과 귀라는 귀한 선물을 준다.

드물게 일반적인 원칙에 어긋나 '꿈꾼 사람에게 이미 알고 있는 내용을 알려주러' 꿈이 올 때가 있는데 그건 알고는 있지만 순전히 지적인 것에 머물러 꿈꾼 이가 행동에 진정한 변화를 가져오지 못할 때이다. 그런 경우에 꿈은 꿈꾼 이가 이미 알고 느낀 내용을 기괴하게 과장된 은유로 보여 준다. 바로 그런 생각과 느낌이 정말 중요한 것이고 따라서 깨어 있을 때 본인의 삶에서 구체적으로 표현하거나 행동을 취해야 한다는 점을 지적하는 것이다.

(7) 꿈에 관심이 있다면 규칙적으로 꿈 일기를 써야 한다. 깨어났을 때 아무리 생생한 꿈이라도 기록해 두지 않으면 기억에서 사라진다.

한밤중에 깨어나 꿈이 기억날 땐 간단한 메모라도 해 두는 것이 좋다.(아내와 나는 작은 전등을 심을 교환할 수 있는 펜에 테이프로 붙여 쓴다. 그래서 우리 중 누군가 꿈 때문에 깨게 되면 불을 켜 상대를 방해하지 않고도 메모를 남길 수 있다.)

꿈을 기록하는 데 녹음기를 사용하는 사람들도 있다. 아주 실용적이고 손쉬운 방법이긴 한데 녹음된 내용을 옮겨 적어야 하는 불편함이 있다. 타이핑에 능숙하다면 별 문제가 되진 않을 것이다.(평균 이상의 타자 실력이 아니라면 이 방법은 별로 권하고 싶지 않다.)

꿈을 기록할 때 그림을 같이 그리면 좋다. 그림은 (겨우 막대기 몇 개나 단면도 같이 조악하더라도) 천 마디 말보다 더 가치가 있다. 기억할 것은 완성된 예술 작품을 그리는 게 목적이 아니라 그림을 그리는 행위 자체가 시각적으로 연관된 기관들을 자극해 아주 다른 수준의 '아하'를 불러낼 수 있다는 점이다.

(8) 꿈을 기록할 땐, 지나간 사건을 가리킬 때 습관적으로 하듯 과거시제가 아니라, 항상 현재시제로 한다. 이렇게 하면 꿈꾼 사람은 꿈을 더 생생하고 실감나게 기록할 수 있고, 다른 사람들이 꿈 이야기를 들으며 상상할 때 더 가깝게 느낄 수 있기 때문이다. 꿈을 현재시제로 기록하는 것은 처음 꾼 꿈이 오래도록 '살아 있는' 경험으로 생생하게 남아 있다는 사실을 인정하는 것이다. 아주 오래전에 꾼 꿈인데도 여전히 생생하게 기억난다면 지금도 탐색해 볼 만한 내용이 담겨 있단 얘기다.

(9) 다른 사람이 꾼 꿈으로 작업할 때는 그 꿈의 의미에 대한 자신의 생각을 '이게 내 꿈이라면……'이라는 식으로 표현하는 것이 좋다. 여러 가지 이유가 있는데 여기선 가장 중요한 세 가지만 언급해 보자.

① 다른 사람의 꿈에 담겨 있을 의미에 대해 우리가 정직하게 말할 수 있는 유일한 길이다. 우리가 남의 꿈에 대해 얘기할 수 있는 유일한 방법은 다른 사람의 꿈을 내 식으로 상상해 보는 것일 뿐이다. 따라서 가능한 모든 의미와 중요성은 필연적으로 해석하는 사람이 상상해 본 꿈 경험에서 나오는 투사일 수밖에 없다.

② 일인칭으로 말을 하는 것은 '고백'이 된다. 반면 이인칭으로 얘기

하는 것은 '비난' 투가 될 수밖에 없다. '당신/너' 의 내용이 긍정적인 것이더라도, 비난인 것은 마찬가지이다. 인간은 비난을 들으면 기분이 상하고 논쟁을 하려 한다.(특히 그 비난이 옳다면 더더욱 그렇다!) 꿈의 의미에 대해 언쟁하는 것처럼 무의미하고 어리석은 일은 없다. 이런 무의미한 언쟁을 피하는 최선의 방법은 이런 이인칭 기술 자체를 없애는 것이다.

③ "이게 내 꿈이라면……" 하는 형태를 사용하는 가장 중요한 이유는, 누군가 이렇게 말하는 수고를 할 때마다, 그가 꿈꾼 사람에게 실제로 하는 말은 "당신이나 당신의 꿈에 나온 게—꿈의 (상징적인) 겉모습이 얼마나 이상하고 받아들이기 힘들거나 혐오스러워 보이더라도—지금 이 순간 저한테도 다 있는 거예요"이다. 꿈에 드러난 깊은 곳의 원형적이고 공통된 인간성을 반복해 확인함으로써 그저 정서적 혹은 지적 유희에 불과할 수 있는 상징 분석을 진정으로 영성적인 훈련으로 변화시킬 수 있다. 그리하여 개인과 우리가 공유하고 있는 삶의 신성한 에너지를 더 자각할 수 있게 된다. "이게 내 꿈이라면……" 하는 형태는 꿈이 생겨난 곳으로 우리의 관심을 다시 한 번 돌아가게 하고 그 깊은 곳에서 공유한 (원형의) 인간성이 얼마나 중요한가를 알려준다.

(10) 책머리의 '익명성과 비밀보장' 에서 언급했듯이, 모든 꿈 작업 모임에서 꿈꾼 이 개인의 익명성을 지킬 것을 다시 한 번 상기하기 바란다. 그리고 조금이라도 그럴 필요가 있다면 누구나 엄격한 비밀보장을 요구할 권리와 책임을 동시에 갖고 있음을 강조한다. 그런 구체적인 요구가 없으면 꿈꾼

사람이 누구인지 드러나지 않는 선에서 자유롭게 꿈에 대해 또 꿈을 탐색하는 과정에 얻은 통찰을 나눌 수 있다. 누군가 비밀보장을 요구하면 모임의 모든 사람은 아무런 주저나 질문 없이 바로 그렇게 해야 한다.

"이게 내 꿈이라면……"이란 형태로 진행하는 모임 꿈 작업에 필요한 윤리나 역동에 대해 말할 것은 많지만, 지난 30여 년간의 내 경험으로 볼 때 이 기본 10가지 원칙만으로 누구든 꿈 작업을 시작할 수 있다.

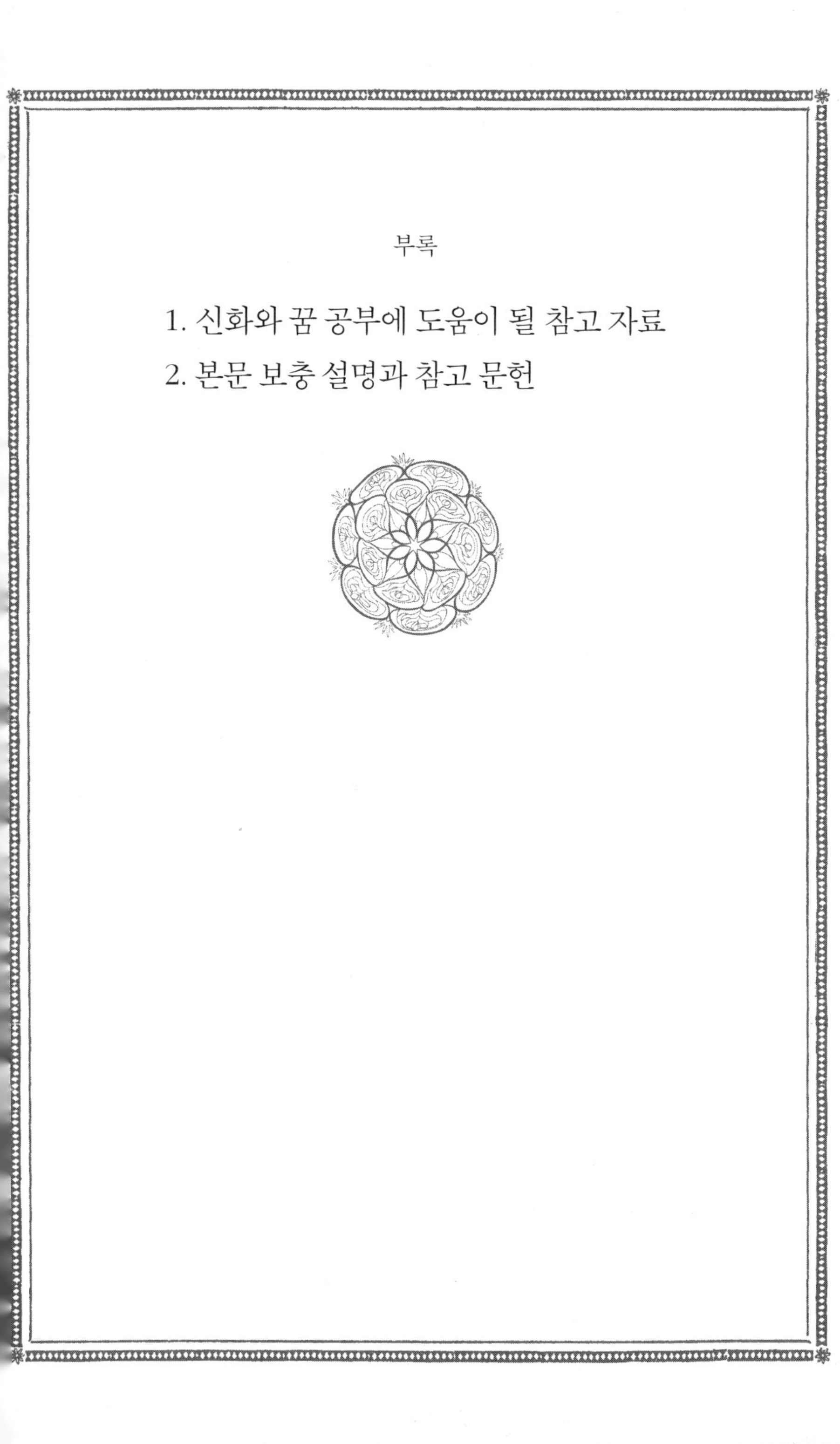

부록

1. 신화와 꿈 공부에 도움이 될 참고 자료
2. 본문 보충 설명과 참고 문헌

■ 부록 1

# 신화와 꿈 공부에 도움이 될 참고 자료

이 책을 재미있게 읽으셨다면 제가 쓴 다른 책 《꿈으로 들어가 다시 살아나라》(고혜경 역, 성바오로), 《사람이 날아다니고 물이 거꾸로 흐르는 곳》(이정규 역, 동연)에도 관심이 가실 겁니다. 이 두 권은 꿈에 담긴 다양한 층위의 의미들을 발견하고 탐색하는 데 필요한 실용적인 면에 중심을 뒀습니다.

앞의 두 책에서 무의식의 본질에 관해서도 다뤘는데, 특히 영성적인 체험과 인성과 성격의 발달에 무의식이 하는 역할을 강조했습니다. 친구나 동료와 함께 꿈을 탐색하는 것의 장점과, 혼자서 꿈을 탐색할 때 도움이 될 만한 실용적인 조언들도 담았습니다.

**융 심리학 일반에 대한 배경 자료**

카를 융이 이룬 흥미진진하고 중요한 작업을 소개하는 데 제일 좋은 책은 《인간과 상징》이라는 책입니다. 책 제목에서 알 수 있듯 인간 심리와 체험에 대해 잘 설명하고 있습니다. 이 책은 융이 말년에 꾼 꿈에서 영감을 받아 썼다고 합니다. 꿈에서 융은 큰 강당을 가득 메운 수많은 청중 앞에서 강의를 하는데 사람들이 자기 말을 이해하고 음미하는 것 같아 아주 신이 나고 놀랍니다. 그 꿈으로 노년의 융은 아직 복잡하고 난해한 아이디어로 머물러 있는 자신의 연구 내용을 일반 청중이 쉽게 다가갈 수 있도록 하고픈 욕구와 책임을 아직 다하지 못했다는 것을 깨닫게 됩니다.

이 꿈에서 영감을 받은 융은 자기가 신뢰하는 실력 있는 학생들과 동료들을 불러 각자가 중점적으로 연구한 중요한 소개하는 글을 쓰도록 합니다. 융 자신이 전체 소개 글을 썼지요. 하지만 아쉽게도 융은 원고를 검토하고 편집하던 중 일을 마무리하지 못하고 사망합니다. 그래서 《인간과 상징》은 융의 다른 저작들에 비해 '서자'와 같은 이상한 위치에 있습니다. 하지만 저는 이 책이 다른 어느 것보다 융의 아이디어들을 쉽고 이해할 수 있는 언어로 깔끔하고 생생하게 더 잘 소개하고 있다고 믿습니다. 그리고 이 책은 사진과 삽화가 많아서 그림과 활자 사이의 상호작용을 통해 독자의 감정과 직관을 건드리려는 노력을 많이 했습니다. 그래서 저는 사진이 조잡한 보급판보다 그림의 색깔과 느낌이 제대로 전달되는 큰 양장판을 추천합니다.

제가 '융과 신화'라는 과정을 가르칠 때 학생들에게 추천하는 책으로 융 저작집에서 안토니 스토어Anthony Storr가 발췌한 *The Essential Jung*(Princeton University Press, 1983)이 있습니다. ('꿈'이나 '신화', '동시성' 같이) 특별히 관심 가는 분야를 색인으로 찾아보도록 구성되어 있습니다. 융 자신의 글을 통해 그 폭과 깊이와 미묘한 뉘앙스를 보다 분명하고 직접적으로 느껴 볼 수 있습니다.

융의 저작집에서 가장 중요한 부분만 발췌해 만든 한 권짜리 책으로는 조셉 캠벨이 편집한 *The Portable Jung*(New York: Viking, 1971)과 바이올렛 드 라즐로Violet de Lazlo가 편집한 *The Basic Writings of C. G. Jung*(New York: Modern Library, 1959)이 있습니다. 두 책은 편집 방향과 강조점이 조금 다르긴 하지만 모두 훌륭한 책입니다.

**전 세계 신화와 신성한 서사들을 이해하는 데 도움을 주는 귀중한 자료들**

전 세계의 신화와 신성한 이야기들에 익숙해지면 원형이 얼마나 보편적인지 그리고 이들이 어떻게 개인과 집단의 삶에서 그리고 우리 개인의 꿈에서 나타나고 기능하는지 보다 잘 이해할 수 있습니다. 제가 지금껏 발견한 책 중에 세계의 신화에 대한 최고의 입문서는 알렉산더 엘리옷Alexander Eliot이 쓴 *The Universal Myths: Heroes, Gods, Tricksters, and Others*(Harrisburg: Meridian/New American Library, 1990)입니다.

이 책에는 엘리아데Mircea Eliade가 쓴 〈신화와 신화적인 생각Myth and Mythical Thought〉과 죠셉 캠벨이 쓴 〈동서양의 신화Myths from West to East〉란 훌륭한 글 두 편이 실려 있습니다. 신화 연구의 역사와 기본 아이디어에 대한 뛰어난 안내글입니다. 전 세계에서 모은 다양한 신화에서 정말 중요하고 상상력을 자극하며, 정서적인 에너지가 가득한 원형적으로 중요한 순간들과 장면들이 주제별로 분류되어 있습니다. 그리고 이 장면들과 에피소드들은 정말 잘 쓰였습니다. 문제는 독자들이 훨씬 더 길고 심오하며 복잡한 서사 중에 매력적인 단편만을 골라 읽게 되어 이들이 원래 가진 더 큰 신화의 구조 속에 어떻게 맞아 들어가는가를 제대로 이해하지 못할 위험이 크다는 것입니다.

이를 해결하기 위해 다른 책 세 권을 추천하고 싶습니다. 다른 문화권에서 온 다양한 신화적인 이야기들과 성스러운 서사들을 담고 있으면서도 위의 책보다 적은 수의 이야기를 보다 온전한 형태로 전하고 있습니다. 이 중 가장 잘 쓰인 것은 포릭 칼럼Padraic Colum이 쓴 《세계의 신화Myths of the World》입니다.(1930년 맥밀란Macmillan에서 발행된 초판의 원제는 《오르페우스Orpheus》였습니다.) 나머지 두 권은 도나 로젠버그Donna Rosenburg가 쓴 《세계의 신화집: 신화와 서사시 모음World Mythology: An Anthology of Myths and Epics》(New York: Grosset & Dunlap/Universal Library, 1974)과 데이비드 A. 리밍David A. Leeming이 쓴 《신화의 세계The World of Myth》(Oxford University Press, 1990)입니다. 비에라인J. F. Bierlein이 쓴 *Parallel Myths*(New York: Ballantine, 1994)도 좋은 책입니다. 아난다 쿠마라스와미Ananda Coomaraswamy에서 폴 틸리히Paul Tillich에 이르는 많은 선구적인 서구 학자들의 말을 인용해 신화와 신화를 이해하는 다양한 태도들을 보여 주고 있어 특히 흥미롭습니다.

1994년 뉴욕의 킹피셔 출판사는 많은 편집인과 기고가들이 영국에서 발간한 매력적이고 방대한 《여신과 영웅과 샤먼: 젊은이를 위한 세계 신화 안내서》의 미국판을 발간합니다. 젊은이들을 겨냥한 이런 종류의 책들이 그러하듯 아름다운 삽화들과 함께 깔끔하고 간결하게 신화를 소개하고 있어 성인들이 읽기에도 아주 흥미롭습니다.

여러분이 손에 들고 있는 이 책도 다양한 세계 신화와 신성한 이야기와 기본적인 원형을 하나로 묶는 접근하기 쉬우면서도 깊이 있는 책입니다. 다문화적인 입문서에 대한 필요가 증가하고 있어 이를 채우기 위한 노력의 산물이기도 합니다.

■부록 2

# 본문 보충 설명과 참고 문헌

이런저런 주석으로 본문을 어지럽히지 않고 독자들이 편안하게 읽을 수 있도록 본문에 인용한 작품들에 관한 참고 문헌들을 다른 참고 자료와 함께 따로 부록에 모아 두었습니다. 덧붙여 보다 틀을 갖춘 학문적인 글에서라면 상당한 양의 각주와 주해를 단 참고 문헌으로 들어갈 평가와 논의, 지엽적인 내용도 담았습니다.

## 들어가면서

우리가 아직 로마제국이 남긴 역사적·심리적 영향에서 벗어나지 못하다 보니 기술적인 용어 중에 라틴어에 어원을 둔 단어들이 많다. '무의식(의)' 이란 단어도 이런 유서 깊고 기술적인 라틴어에서 연유한다. 단어 자체만 보면 말 자체가 모순적이다. 이 단어가 라틴어 어원에서 짜맞춰진 것이란 점에 우리가 여전히 현혹되지만 않았더라면, 오래전에 이 단어를 내버리고 보다 더 우리의 상상력을 자극하고 정확하며 의미전달이 잘 되는 '아직-말로-무르익지-않은' 이란 앵글로색슨 어휘를 쓰고 있을 것이다.

여러 면에서 이 앵글로색슨 어구가 우리가 실제로 체험하는 상황을 묘사한다는 점에서는 아주 월등한 기술 용어가 된다. '무의식의' 에너지와 드라마는 내면의 각성에 끈질기게 저항하고 성장하지만 아직 언어로 명확하게 표현할 수 있는 의식 안으로 들어오기에는 충분히 진화하지 못한 채 우리 안에 존재한다. 가장 일반적으로 받아들여진 용어이기 때문에 나는 무의식이란 단어를 사용했다. 하지만 이 단어가 지난 세월 동안 얻게 된 지적인 추상화와 정서적인 거리에도 불구하고 무의식이 아주 실제적인 무엇이며, 그저 '아직-말로-무르익지-않은' 것일 뿐 우리 각자가 우리 자신의 삶 안에서 집요하게 존재하며 살아 있는 것으로 경험하는 무엇임을 기억할 필요가 있다.

크릭과 미치슨의 논문 〈꿈 수면의 기능〉은 영국 논문집 〈네이처〉(1983년 3월, 304호)에 나왔다. 본문에서 인용한 꿈 작업을 공격하는 글은 114쪽에 나온다. 크릭과 미치슨의 연구에 대한 기본적인 결함에 대한 스탠 크리프너의 비판은 《꿈꾸는 시간과 꿈 작업》(Los Angeles: Tarcher, 1990, 37~38쪽)에 나온다. 이 책은 특히 좋은 선집으로 꿈 작업하는 다양한 스타일들과 아이디어들을 소개하는 대표적인 책이다. 또 다른 뛰어난 선집은 리차드 루쏘Richard Russo가 편집한 《꿈은 사람보다 현명하다Dreams Are Wiser Than Men》(Berkeley: North Atlantic Books, 1987)이다.

꿈꾼 이의 사회적·문화적 현실을 반영하는 꿈에 대한 연구로는 수

잔 슬리퍼-스미스Susan Sleeper-Smith가 쓴 《역사 탐색 도구로서의 꿈: 18세기 버지니아 신사의 꿈에 대한 재고찰The Dream as a Tool for Historian Research: Reexamining Life in Eighteenth Century Virginia Through the Dreams of a Gentleman》(William Byrd II, 1674~1744)이 있다. 이 논문은 꿈연구협회의 전문학술지 〈드리밍Dreaming〉(vol. 3, no. 1, Spring 1993, 49쪽)에 실렸다.

어린이와 성인 남녀의 꿈에 반복해서 나오는 이미지가 있는데, 흥미로운 점은 이런 통계적인 유형들이 의미하는 바가 뭐냐는 것이다. 아이들이 성인들보다 동물 꿈을 더 많이 꾸는데 그 이유 가운데 하나는 아이들은 덜 사회화되어서 본능과 자연적으로 생겨나는 충동을 더 잘 알아차리는 경향이 있기 때문이다. 꿈과 신화에서 동물들은 흔히 본능이 어떻게 살아 있는지를 상징적으로 보여 준다.

성인의 경우 남녀에 따라 꿈에서 색깔을 기억하는 정도가 다른데, 이는 색깔과 정서 사이의 원형적인 연관성을 반영하는 것 같다. 가부장적 사회에서 여성은 남성보다 일반적으로 감정과 정서를 더 잘 알아차리도록 양육받고 사회화된다. 그렇게 보면 여성들이 꿈에서 본 색깔을 기억하는 빈도가 높다는 것은 말이 된다. 꿈속의 다른 등장인물들과 대화를 하는 것과 대비해 싸우거나 기계를 조작하는 꿈이 등장하는 빈도가 성에 따라 다르다는 것도 이런 집단적인 통계로 관측할 수 있는 사회적인 성차별주의와 판에 박힌 성 역할이 심리 정서적으로 미치는 효과를 반영한다고 볼 수 있다. 그리고 한 개인에게서, 성차별주의에서, 자유로워지려 애쓰는 사회 안에서 남녀의 꿈에 나타나는 이런 통계적인 향상에 어떤 변화가 있는지, 실제로 개인과 사회가 그런 노력에 얼마나 성공적인지를 평가할 수 있는 상대적이면서도 객관적인 기준으로 살펴볼 수도 있을 것이다.

1995년 꿈연구협회의 연례회의가 뉴욕 세라톤 호텔에서 열렸다. 거기서 기조연설을 한 내게 밀튼 크레머 박사가 이런 말을 했다. 그는 근거 없는 '반과학적인 편견'에 대해 내가 흥미로운 작업을 한다며 과학도 내가 얘기하는 것, 즉 꿈이 내재적으로 의미가 있다는 것을 증명했다고 말했다.

### 1장

현대인들이 지적으로, 의지력에서, 집단적인 기구라는 측면에서, 물리 세계에 대한 기술적인 조작이라는 면에서 이룬 업적이 너무도 극적이어서, 우리는 '원시적'이고 '미신적'인 선조들과는 완전히 다른 것처럼 보인다. 어떤 때는 '계몽되지 않은' 선조들이 살던 때와는 너무 많이 변해서, 우리가 개인으로서 또 집단으로서 처한 복잡하고 심오한 딜레마들이 완전히 새롭고 전례가 없는 것이라고까지 생각하려 한다. 하지만 우리가 깊이 공유하고 있는 집단적인 심리라는 측면에서 보았을 때, 오늘날 우리가 가진 정치·생태·영성적인 문제들은 예전과 마찬가지이다. 먼 옛날 조상들이 가졌던 두려움과 탐욕, 어리석음이 금방 눈에 띌 정도로 부인하기 힘든 결과를 가져왔다면 이제는 그것이 우리가 마법사의 도제로 과학기술을 연마하는 동안 거대하고 전 지구적인 규모로 커졌을 뿐이다. 우리가 개인으로서 성장하고 그저 보이는 것 아래 감추어진 스스로에 대해 알려고 하지 않은 그 결과가 끔찍하게 커졌다는 것 이외에는, 신화적이고 원형적인 상징 드라마 자체는 거의 변하지 않았다.

꿈과 현대 신화가 우리에게 자주 보여 주는 것은 약 4백5십만 년 전 처음으로 똑바로 서서 언어를 사용하고 엄지가 다른 손가락들을 마주 보게 됐던 이들과 같은 종류의 인간이다. 우리가 하나의 종으로서는 여러모로 발전하고 변화해 왔지만, 우리가 깊이 공유하고 있는 인류 무의식의 근원은 근본적으로 남아 있다.

모든 사람이 꿈을 꾼다. 꿈을 꾸지 않는 사람이 없다는 건 실험실에서 얻은 증거가 뒷받침한다. "저는 꿈을 안 꿔요"라고 얘기하는 사람은 살아 있으며 자기인식을 하는 지극히 보편적이고 중요한 이 체험을 습관적으로 잊어버린다는 것을 자백하는 것일 뿐이다.

사실 인간만 꿈을 꾸는 것이 아니라 모든 온혈 태생 고등동물도 꿈을 꾼다. 꿈을 꾸는 것은 진화한 고등생물들 사이에선 보편적인 현상이다. 꿈을 꾸는 것이 한 생명체에게 얼마나 위험할 수 있는가를 보면 특히 의미심장하다. 우리가 잠들어 꿈을 꾸는 동안 신경 억제제가 모든 자율신경을 마비시켜 꿈꾸는 이를 움직이지 못하게 하기 때문에 위험에 쉽게 노출된다. 심지어 꿈과 연관된 신경 억제제가 미숙아들에게서 자주 일어나는 유아 돌연사 증후군의 원인으로 볼 수도 있다.

하지만 이런 위험에도 그리고 수많은 포유류가 다양한 환경에서 생존 확률을 높이기 위해 갖가지 방식으로 적응했음에도, 이런 꿈꾸는 버릇을 버린 포유류는 없다. 이런 증거를 놓고 볼 때 꿈을 꾸는 이 이

례적인 행위는 분명 위험하고 불리함을 훨씬 능가하는, 개인이나 집단이 생존하는 데 이득이 되는 면이 있다고 가정할 수밖에 없게 된다.

우리의 먼 조상들이 꿈 상태에서 마취되어 누워 있는 동안 말을 하는 꿈을 꾸었기 때문에, 그래서 말을 하는 데 필요한 신경학상의 경로와 연결을 만들었기 때문에 인류가 오늘날 '인간적'이라고 인식하는 조건으로 진화해 왔음을 가리키는 추론도 있다.

뇌파를 보아도 증거는 분명하다. 뇌는 꿈을 꾸는 동안 '가공의' 체험에 실제로 일어나는 것처럼 반응한다. 꿈에 대한 반응으로 자율신경계가 반응하려는 충동을 분리해 내고 무효화시키는 신경 억제제 덕분에 우리가 꿈을 꾸는 동안 물리적인 행동으로 옮기지 않을 뿐이다. 미숙아의 경우 태아에게서 마지막에 발달하는 '자율 충동'과 '비자율 충동' 사이의 구분이 필요한 만큼 충분히 개발되지 못해서라는 주장도 있다. 아이가 잠에 빠져 꿈을 꾸기 시작하면, 꿈꾸는 수면 상태에서 작동하는 신경 억제제가 '너무 효과적'이어서 심장과 횡격막을 자극하는 비자율 신경계까지도 막아 버려 아이가 숨이 막히게 된다. 꿈꾸는 수면 상태에서 자연스럽게 작동하는 신경 억제제는 아무런 흔적도 남기지 않기 때문에 이것이 유아 돌연사 증후군의 원인이라는 것을 입증하는 것은 불가능하다. 하지만 현재로서는 가장 유력한 용의자이다.

내가 주로 인용한 마법에 걸린 개구리의 타이 판은 라마 2세와 궁정 시인들이 쓰고 페른 잉게솔Fern Ingersoll이 번역한 《상통 - 타일랜드의 춤극Sang Thong - A Dance Drama from Thailand》(Rutland and Tokyo: Charles Tuttle, 1973)이다.(마법에 걸린 왕자역으로 니그리토 배우이자

댄서인 케낭이 등장하면서 생긴 소란에 대한 이야기는 41~46쪽에 나와 있다.)

이런 '개구리와 결혼한 여인' 이라는 원형적인 모티프가 틀링깃Tlingit족 이야기에서는 한 사회 전체가 이런 마법에 걸린 개구리와 만났을 때 어떻게 되는지를 보여 준다. 이 매력적인 이야기는 조셉 브루크악Joseph Bruchac이 쓴《북미 인디언이 전하는 동물 이야기Native American Animal Stories》(Golden, colorado, Fulcrum Publishing, 1992, 53~56쪽)에 실려 있다.

## 2장

이 장을 여는 제임스 진 경의 고무적인 글귀는 버지니아 베이스Virginia Bass가 편집한 인용문을 모은 매력적인 책《남자들의 영혼의 차원Dimensions of Man' s Spirit》(Los Angeles: Science of Mind Publications, 1975, 225쪽)에서 발견했다.

잠과 죽음을 각각 사후 세계와 꿈과 같이 다룬 셰익스피어의 글귀는 템피스트와 햄릿에서 왔다. 티베트 불교의 글귀는 에반스 웬츠W. Y. Evans-Wentz가 모으고 편집한 소위《티베트 사자의 서》(Oxford University Press, 1960)라 불리는 *Bardo Thodol*에 나오는 것을 내 식으로 정리한 것이다. 가마 체인지Garma C. C. Change가 번역하고 주해를 단《티베트 요가의 가르침》(Hyde Park: University Books, 1963)도 참고하였다.

인류학자 루시엔 레비-브륄Lucien Levy-Bruhl은 꿈과 사후에 몸을 떠난 영혼이 체험하는 것 사이에 존재하는 깊은 원형적인 연관성에 대한 증거를 다음과 같은 말로 요약한다. "꿈이라는 매개를 통해 살아 있는 사람은 [sic] 세상을 떠난 사람들과, 그리고 신비한 힘들과 가장 간단하고 쉽게 대화한다."《원시 정신Primitive Mentality》[Boston: Beacon Press, 1966], 160쪽) 이 문구는 드로쿠쿠drokuku라는 서아프리카 단어의 어원이기도 하다.

차이와 비슷함에 대한 모든 인식의 주관적인 상대성에 관한 곽상Kuo Hsiang의 지혜로운 말들은 존 페르구손John Ferguson이 지은《종교의 신비와 비밀 백과사전Encyclopedia of Mysticism and Mystery Religions》(New York: Crossroad, 1982, 101쪽)에서 왔다.

위대한 시인 찰스 올슨Charles Olson은 알코올 중독으로 찌들었던 생애 말년에 특정한 신화와 꿈, 원형의 상징태들이 특정 신체 기관들과 직접적으로 연관이 되어 있을 가능성까지 탐색하였고, '췌장의 꿈'이니 '간과 창자의 신화'에 대해 얘기하곤 했다.

투사에 대해 '피할 수 없는 미끼'라고 한 융의 말은《융 저작집》(Princeton University Press, 1979)의 13권에 실린 'The Spirit Mercurius'라는 글의 문단 253에서 왔다.

존 맥John E. Mack이 쓴《납치: 외계인과의 만남Abduction: Human Encounters with Aliens》(New York: Scribner's/Macmillan, 1994)에는 외계인에 납치되어 실험대상이 되었던 사람들의 흥미진진하고 유사한 이야기들을 기록하고 있다. 이런 체험에서 뭔가 더 큰 존재와 연결된 느낌을 갖는 부분은 이 책의 82쪽에서 인용했다. 이들 체험에 뭔가 원형적인 유형이 있다는 가능성을 맥 박사가 다루지는 않았지만, 내가 보기엔 그들의 이야기가 진실이건 아니건 자료 자체만으로도 그런 분석이 필요한 것 같다. 나라면 그런 가능성을 기꺼이 고려해 볼 것 같다. 존 맥은 (미확인비행물체에 관심 갖기 이전에 출간한) 《악몽과 인간의 갈등Nightmares and Human Conflicts》(Boston: Houghton Mifflin, 1970)으로도 유명한데, 이 책은 악몽과 꿈 일반에 관한 연구에 중요한 기여를 했다.

융의 《비행접시: 하늘에 보이는 것들에 대한 현대의 신화Flying Saucers: A Modern Myth of Things Seen in the Sky》는 원래 1958년 독일에서 출간되고 영어판으로는 1969년 New York Library에서 출판되었다. 인용된 꿈은 '꿈에 등장한 미확인비행물체UFO's in Dreams' (35~84쪽)라는 장에서 인용하고 깊이 있게 다룬 여러 꿈들 중 하나이다.

그 유명한 장자의 '나비 꿈'은 여러 문헌에 조금씩 다르게 실려 있다. 나는 여러 번역본을 참조해 이 책에 실린 형태로 만들었는데 보스톤 왓슨Boston Watson이 쓴 《장자 전집Complete Works of Chuang Tzu》(Oxford University Press, 1968)을 주로 참고했다. 데카르트가 꾼 유명한 꿈에 관한 뛰어난 논의는 마리 루이제 폰 프란즈Marie Louise Von Franz가 쓴 《꿈Dreams》(Shambala, 1991, 107~191쪽)에 실린 '데카르트의 꿈'을 참조하기 바란다.

대부분의 민담과 신화, 민속, 인류학자들은 일반적으로 한 버전의 신화나 민속의 습관만 '원시적'으로 보고 집중하는 것을 선호해 왔다. '가장 오래된' 그래서 가장 '순수하고 훼손되지 않은' 텍스트나 공연을 찾는 데 엄청난 에너지를 쏟아 왔다. 그리고 다른 판본들은 '파생

된' 것이거나 '변질된' 것으로 등급을 매겼다. 이런 지적 편력은 전 세계에서 역사상 다른 시기에 나타난 다양한 판본들을 들여다봐야지만 원형의 상징과 주제를 가장 분명하게 느끼고 감상할 수 있다는 기본적인 점을 놓치거나 흐리게 하는 경향이 있다. 이런 태도로 인해 위대한 원형의 이야기와 주제가 동시대에 새롭게 표현된 것을 무시하게 된다. 사실 따지고 보면 바로 이런 현대판 이야기에서 그런 것들이 현재 상황에도 상관이 있음을 가장 설득력 있게 보여 준다.

전 세계 신화와 민담에서 되풀이해 등장하는 주제를 연구하는 데 기본이 되는 책은 안티 아르네Anti Aarne과 스티스 톰슨Stith Thompson이 쓰고 1961년 재판이 나온《민담의 유형: 분류와 참고 문헌The Types of the Folktale: A Classification and Bibliography》(Helsinki, Folk Lore Fellows Communication #184)이긴 하지만, 보기가 불편해서 원전을 찾아보는 출발점으로만 쓰이고 있다. 최근에 아주 재미있고 주해가 달린《세계의 민담: 가장 사랑받는 세계의 민담 60여 편World Folktales: A Treasure of Over Sixty of the World's Best-Loved Folktales》(New York: Scribner's, 1980, 편집: Atelia Clarkson과 Gilbert B. Cross)이 보급판으로 재출간되었다. 이 책에는 다른 문화권에서 온 다양한 버전을 학술적으로 분류하고 상호 참조할 수 있도록 했을 뿐 아니라 전 세계에서 모은 잘 만들어진 대표적인 이야기들을 광범위하게 싣고 있다.

사실 인간 정신과 조건에 공유한 보편적인 성질이 있다는 중요한 증거 중 하나가 바로 이들 다양한 버전들에서 동일한 원형적 요소가 오늘날까지 끈질기게 반복되고 있다는 점이다. 신화와 꿈은 어떤 한 개인이나 사회가 속한 특정한 주변환경과 상관없이 인간이 체험하는 바로 이 보편적인 층위에서 자라나오고 호소한다.

제인 구달이 침팬지가 흰개미 집에서 흰개미를 낚시하듯 잡아내는 것을 관찰하고 나뭇가지를 부러뜨려 시행착오를 통해 개미를 잡는 데 최적의 길이로 다듬는 것을 기록하면서 도구를 사용하고 만드는 것이 인간만이 할 수 있는 것이란 생각에 종지부를 찍었다. 고릴라 코코에게 표준 수화로 대화하도록 가르친 프란신 패터슨Francine Patterson의 연구와 같이 영장류와 고래류를 대상으로 한 지속적인 연구 또한 언어가 '보는 사람 눈에 달린 것'으로 인간만이 할 수 있는 능력이나 활동이 아님을 분명하게 해 주었다.

매튜 폭스Matthew Fox의 연구들도 모두 뛰어나고 현명하며 변화시킬 힘을 가지고 있다. 모든 형태의 중독과 실패한 영성적 갈구 사이의 깊은 연관성에 대한 언급은 그의 책 《창조 영성Creation Spirituality》(San Francisco: Harper & Row, 1991)에 가장 쉽게 설명되어 있다.

### 3장

이자나기와 이자나미의 이야기는 영어판으로 다양한 버전이 있다. 내가 사용한 것은 베질 챔버레인Basil H. Chamberlain이 번역한 《코지키기The Kojiki: Records of Ancient Matters》과 에스톤W. G. Aston이 번역한 《니혼기: 서기 697년까지의 일본 연대기Nihongi: Chronicles of Japan from the Earliest Times to A.D. 697》인데, 두 책 모두 샤를 터틀Charles Tuttle 출판사에서 1972년과 1981년에 각각 출간되었다. 코지키에서 특히 성적으로 노골적인 부분에 이르면 챔버레인은 기발하게도 고대 일본어 원문을 영어 대신 라틴어로 번역했다. 일본의 신화와 성스러운 내러티브 전통에 대한 입문서로 내가 지금껏 발견한 가장 매력적이고 동의할 수 있는 책은 줄리엣 피곳Juliet Piggott이 쓴 《일본 신화Japanese Mythology》(London and New York: Paul Hamlyn, 1969)이다.

이자나기/이자나미에서 그려진 원형적인 아니무스/아니마 불안을 보여 주는 또 다른 예로 북극 에스키모인들에게 전해 오는 착한 거인 이누그파수수크Inugpasugssuk 이야기가 있다. 거인이 인간 친구에게 '아내 교환'을 제의하는데, 거인이 인간 여자와 사랑을 나눌 때 그의 거대한 발기에 여자가 '활짝 쪼개'진다. 남자는 거인 여자와 사랑을 나누려다가 그녀의 질 속으로 빠져 버린다. 남자는 거인의 몸 안에서 녹아내려 그의 뼈는 그녀의 오줌으로 빠져나온다. 자기의 제안으로 이런 불행한 결과가 온 데 망연자실한 이누그파수수크는 속죄하려고 인간의 아이를 입양해 기른다.(샘 길Sam Gill과 이레네 설리반Irene Sullivan이 쓴 《원주민 신화 사전Dictionary of Native American Mythology》(〔Santa Babara, Denver, and Oxford: ABC-CLIO, 1992〕 참조) 일본에서 북극에 이르는 '문화 전파'가 가능하긴 하겠지만, 그렇더라도 이런 특정한 성적 환상에 대한 보편적인 관심이라는 특성을 약화시키진 않는다. 원형적인 상징의 물질이 의식으로 떠오를 때를 기호화하는 것이 바로 매력이다.

큰 판본에 아름다운 삽화들을 실은 햄린Hamlyn의 신화 입문서 시리즈 모두를 권한다.

남성 성기가 한때 여성의 일부였다가 남성에게 빌려준 것이라는 생각에 대한 더스틴 호프만의 텔레비전 인터뷰는 흥미롭고 교훈적이다. 성기에 따로 '애칭'을 주는(그 자체로 성기를 '타자'로 체험하는 불안을 가리키는) 남성들의 원형적인 버릇에 대해 애기를 하다가, 호프만은 몸을 앞으로 내밀고 더 강한 눈빛으로 바라보며 "있잖우, 미친 놈이랑 같이 사는 것 같다니까요!"라고 말했다.

올더스 헉슬리Aldous Huxley는 '모호한' 융/원형적인 사고와 분석 방법에 대해 신랄하게 비판했다.

> 융 심리학의 문헌들은 흔들리는 거대한 수렁 같다. 조심스레 한 걸음 내디딜 때마다 독자는 전문용어와 일반화의 더미 속으로 가라앉는다. 그 끝없이 광대하게 펼쳐진 세계에서 단단한 구체적인 사실이라는 구원이 될 만한 지적인 기반으로 가는 길이라곤 하나도 없다.(메클Meckle과 무어Moore가 편집한 《자아와 해방Self and Liberation》에서 피터 비숍Peter Bishop이 그의 에세이 "융, 동양종교, 상상의 언어"에서 인용.)

불행하게도 헉슬리를 그토록 짜증나게 한 주관성과 지적인 불확실성은 어떤 학파냐에 상관없이 상징태 자체를 분석하는 데 내재적인 것이다. 상징을 이해하는 것은 언제나 '단단한 구체적 사실'로 만들어진 모양의 표면 아래와 그 너머에 놓인 유형들을 발견하고 해석하는 것에 달려 있다. 해석이 흥미롭고 사실적이며 설득력이 있다거나 없다고 하는 것은, 어느 학파의 상징에 대한 생각이 '과학적'이고 다른 것은 그렇지 않다고 얘기할 수 없다는 것을 말한다.

원형적인 이미지들은 견고하지 않고 하나가 다른 것으로 서로 녹아들기에 상호 배타적인 정의를 내릴 수 없게 만든다. 이런 지적인 이해를 어렵게 하는 원형적인 이미지들이 가진 성향은 인간 의식과 상징적인 형태들 자체가 가진 본성에 따른 문제이다. 이 문제를 피하거나 부인하려는 학파는 (마르크스 주의와 객관주의, 논리 실증주의의 거의 대부분 형태들처럼) 불행하게도 가장 파괴적인 종류의 부인과 자기기만을 지지하게 된다.

융 자신이 1959년 죠지스 듀플레인Georges Duplain에게 한 말이다.

> 진리의 형태는 다양합니다. 위대한 진리를 표현할 단순한 말을 찾아야 하지요. 사물들 뒤에 살아 있는 진리에 접근해야 합니다. 그게 인류의 가장 위대한 노력이지요. 우리 시대에 어둠을 만드는 것은 바로 지성입니다. 지성이 너무 큰 자리를 차지하도록 했기 때문이지요. 의식은 모순되는 것들을 분별하고 판단하고 분석하고 강조합니다. 그런 작업은 어느 지점까지는 필요해요. 하지만 분석은 죽음이고 통합은 생명입니다. 어떻게 하면 모든 것이 다시 다른 모든 것과 관계를 맺을 수 있을지 그 방법을 찾아야만 합니다. 지성주의의 목소리에 저항하고 우리가 이해만 할 수 없다는 점을 이해해야만 합니다.(맥과이어McGuire와 훌Hull이 편집한《융의 인터뷰와 만남들C. G. Jung Speaking: Interviews and Encounters》에서 인용.)

그리고 이런 말도 했다.

오래된 무의식의 기본 원칙은 그 자체로 알아볼 수는 있지만 너무도 많은 인용문 때문에 말로 표현할 수는 없습니다. 분별을 해야 하는 지성의 입장에서는 당연히 단일한 의미를 찾으려 계속 노력하겠지만 그렇게 해서는 중요한 점을 놓치게 됩니다. 왜냐하면 무엇보다 그들이 가진 일관된 본성 한 가지는 그들이 가진 여러 겹의 의미에다 참고 문헌이 거의 끝없이 많아서 우리는 어떤 단면적인 공식화가 불가능하다는 것을 알 수 있게 됩니다.(《융 저작집Collected Works of C.G. Jung》〔Princeton University Press, 1968〕, vol. 9, p. i.)

데마리스 웨어Demaris Wehr는 그녀의 뛰어난 책 《융과 여성주의: 원형의 해방Jung and Feminism: Liberating Archetypes》(Boston: Beacon Press, 1987)과 로버트 호프케Robert Hopke는 혁신적인 책 《남자의 꿈, 남자의 치유》(Boston and London: Shambala, 1990)에서 융이 공식화한 그림자와 아니무스, 아니마의 개념이 너무 억압적이고 동시대인들의 꿈에서 체험하는 것이나 고대인들의 신화적인 서사와 상응하지 않는다고 주장하는데, 내가 보기에는 꽤 설득력 있다. 이들은 둘 다 이런 이유에서 고전적인 융의 형식을 재형성해야 한다고 주장한다. '원형'이라는 기본 개념은 폐기하거나 버리기에는 집단 정신에서 일어나는 실제 상황을 묘사하는 데 너무 유용하고 적절하기 때문이다.

보가드짐브리의 이야기는 여러 군데서 등장한다. 나는 파멜라 알라디스Pamela Allardice가 쓴 《신화와 신과 환상Myths, Gods, and Fantasy》

(Bridgeport: Prism Press, 1991, 40쪽)과 베로니카 아이온Veronica Ions이 쓴《색깔 있는 세계의 신화The World' s Mythology in Colour》(London: Hamlyn, 1974, 299쪽)와《세계신화백과Encyclopedia of World Mytholody》를 참고했는데, 책마다 보가드짐브리 신화를 (이름 표기뿐 아니라) 조금씩 다르게 소개하고 있다.

아이를 갖게 해 달라고 신에게 조르는 거북과 인간의 이야기는 여러 버전이 있다. 내가 주로 참고한 것은 울리 베이르Ulli Beir가《삶과 죽음의 기원: 아프리카 창조신화The Origin of Life and Death: African Creation Myths》에서 전하는 버전이다.

세상을 창조하는 일을 두고 대지의 창조주와 코요테가 다투는 이야기는 윌리엄 시플리William Shipley가 편집하고 번역한《마이두 인디언의 신화The Maidu Indian Myths and Stories from Hanc' ibyjim》(berkeley: Heyday Books, 1991, 49~52쪽)에서 가져왔다.

숫자에 담긴 상징과 은유를 상상해 보고 구별하는 게 내게는 상대적으로 어렵다. 오랫동안 숫자에 관한 이론과 특정 숫자에 담긴 깊은 원형적인 유형을 보려고 노력해 왔다. 단어나 이미지와 마찬가지로 숫자에도 다원 결정적이고 공명하는 상징이 있다는 것을 알기 때문이다. 하지만 그런 확신을 가지고도 숫자에 담긴 상징을 보고 이해하는 것이 내게는 힘들다. 본문에 실린 성/죽음에 대한 창조 이야기에서 나오는 숫자 '2'와 '쌍둥이'에 담긴 상징적인 함의에 관한 논의는 광범위한 자료에서 뽑아낸 것이다.

숫자에 관한 원형적인 상징을 가장 간명하게 설명한 최고의 입문서는 설롯J. E. Cirlot이 쓴 《상징 사전Dictionary of Symbols》(New York: Philosophical Library, 1962, 여러 번 재판)에 실린 '숫자' 편과 쿠퍼J. C. Cooper가 쓴 《상징의 변화에 나타난 그림 백과사전An Illustrated Encyclopedia of Transformational Symbols》(London: Thames & Hudson, 1978, 최근 보급판으로 재발간)이다. 꿈에 등장한 특정한 상징에 담긴 원형적인 울림을 탐색하기(융이 '확충'이라고 부른 꿈 작업 기법) 시작할 때 이 두 책은 같이 사용하면 아주 좋은 출발점이 되어 줄 것이다.

꿈의 의미 탐색을 위해 꿈과 상징 사전을 사용하는 기본 요령은 여러 개를 보는 것이다. 꿈과 꿈에 나타난 상징들은 다원 결정적이어서 항상 여러 겹의 의미와 중요성을 담고 있다. 꿈꾼 이가 하게 되는 '아하' 인식이 꿈에 담긴 진정한 의미를 알아보는 유일한 시금석이다. 나는 개인적으로 신화와 신성한 이야기와 예술에 담긴 상징을 해석하고 분석하는 데도 마찬가지라고 확신하게 되었다. 이를 염두에 두면 엄청난 권위가 있는 꿈/상징 사전이건 아니건 아주 만족스런 '아하'를 이끌어 낼 수 있다. 특히 꿈꾼 사람이 어떤 이유에서건 다른 사람들과 함께 꿈 작업을 할 수 없어 혼자 내면작업을 할 수밖에 없을 때라면 더더욱 그렇다. 사용할 수 있는 꿈 상징 책이 많을수록 또 더 많은 다양한 전통들을 접할수록 모임으로 꿈 작업할 때처럼 다양한 생각들과 투사를 듣는 것과 같아진다.

벌거벗은 두 팀의 남녀가 서로를 때리는 중국 기우제 이야기는 울프람 에버하드Wolfram Eberhard의 《중국 상징 사전Dictionary of Chinese Symbols》(London and New York: Routledge, 1986, 203쪽)에 간단하게

나와 있다. 주역에서 나온 문구의 조금 다른 번역본은 같은 책의 262쪽에 나와 있다.

자기 꿈에 '고릴라맨과 맨 앞줄에서' 라는 제목을 붙인 여성처럼 꿈을 기록할 때 제목을 다는 것은 아주 좋은 생각이다. 제목을 선택하는 순간은 늘 어떤 통찰을 하게 되고 그래서 꿈에 담긴 더 큰 의미와 암시에 대한 '아하' 가 절로 일어나곤 한다. 더 중요하게는 기억한 꿈에 짧고 기억하기 쉬운 제목을 다는 버릇을 들이게 되면 나중에 다시 되돌아와 기록한 것을 단번에 기억해 내기가 쉬워진다. 나무 하나하나를 보는 대신 숲 전체의 모양을 보게 될 가능성이 훨씬 더 커지기도 한다. 꿈 작업의 초보 단계에서 중급 내지는 고급 단계로 가는 주요한 방법이기도 하다. 이 꿈이 뭘 의미하고 예고하는지를 묻는 대신 꿈꾼 사람은 지난 몇 달, 몇 년 동안 내 꿈이 전반적으로 나아가고 있는 방향과 진로는 무엇인지를, 그리고 내 꿈에 반복되는 주제와 모티프들이 시간이 지나고 경험이 쌓이면서 어떻게 진화해 가고 있는지를 묻게 된다.

꿈 제목이 그 기능을 제대로 하려면 꿈에서 한 기본적인 체험을 잘 떠올리게 해야 한다. 좋은 제목은 몇 달, 몇 년이 지난 꿈도 꿈에서 체험한 내용을 되살려 준다. 꿈이 선물한 통찰과 창의적인 에너지는 어느 정도 시간이 지나야 제대로 그 진가를 알게 되곤 한다. 따라서 '고릴라맨과 맨 앞줄에 앉아서' 라는 제목이 꿈에 담긴 주된 메시지이더라도 '나의 아니무스 받아들이기' 보다 훨씬 더 좋은 제목이다. 일반적으로 꿈 작업에서 얻은 '통찰 요약' 은 부제로 다는 것이 가장 좋다.

에릭 노이만Eric Neumann이 쓴 《아모르와 프시케 – 여성성의 심리적

인 발달: 아풀레이우스 이야기에 대한 주해Amor and Psyche – the Psychic Development of the Feminine: A Commentary on the Tale by Apuleius》(Bollingen Foundation Serious LIV, Princeton University Press, 1956, 1971년에 재판된 보급판)은 '황금당나귀The Golden Ass' 이야기의 가장 뛰어난 재현 중 하나이다. 다이안 울크스타인Diane Wolkstein과 새무엘 노아 크라머Samuel Noah Kramer가 쓴 《이나나Innana》는 선사시대 모계 중심 전통에서 지금까지 기록으로 남아 있는 얼마 되지 않는 더 오래된 메소포타미아의 신화를 잘 전하고 있다.

### 4장

켈트/웨일즈 여신의 이름은 대개 'Geridwen'으로 아들은 'Afagad-du'이나 'Moorna'로 전해진다. 어린 구이온은 대개 'Gwion Bach'로 전해지는데, 여기서 bach는 '어린' 혹은 '크기가 작은'을 의미하는 형용사이다. Gooyithno는 흔히 'Gwyddno'로 전한다.

나는 여기서 복잡한 웨일즈 철자법을 피하고 오래된 이름을 사용하되 원래 발음에 가깝도록 바꿨다. 소수의 고대 웨일즈의 정서법과 금석학 학자들에게만 남겨 두기엔 이 이야기는 너무 생동감 있고 보편적으로 중요하다고 생각한다.

에릭 노이만의 《태모The Great Mother》(Princeton University Press, 1955)는 고고학과 이 원형의 심리학 모두에서 아주 뛰어난 학문적 연구이다. 최근 들어 이 원형태를 보다 여성주의적 관점에서 연구한 책들이 많이 나왔다. 개인적으로 좋아하는 책은 앤 바링Anne Baring과 줄리 캐시포드Jules Cashford가 쓴 《여신 신화: 이미지의 진화The Myth of the Goddess: Evolution of an Image》(Penguin Books/Viking Arcana, 1991)이다. 이 책에는 방대한 참고 문헌 목록도 담겨 있다. 《고대 유럽의 여신들과 남신들, 신화와 컬트 이미지들The Goddesses and Gods of Old Europe, Myths and Cult Images》(University of California, 1982)과 《여신의 언어The Language of Goddess》(Harper & Row, 1989)와 같은 마리아 김부타스Marija Gimbutas의 저작들은 선사시대 유럽에서 태모 경배에 관해 특히나 명쾌하고 포괄적이다. 제프리 비비Geoffrey Bibby의 뛰어난 책 《4천 년 전에: 기원전 2000년의 세계 파노라마Four Thousand Years Ago: A World Panorama of Life in the Second Millennium B.C.》(Alfred Knopf, 1961)은 선사시대에서 역사시대로 넘어가던 시기의 고대 세계에서 (원형적인) 종교와 문화 발달에 관한 최고의 개괄서이다.

메소포타미아의 여신 토난찐에 대한 묘사는 존 비어홀스트John Bierhorst의 《배고픈 여인: 아즈텍의 신화와 전설The Hungry Women: Myths and Legends of the Aztecs》(New York: William Morrow, 1984, 10과 23쪽)에서 인용했다. 그 책에서 아즈텍 제국의 멸망 직후 메소포타미아 사람들을 기독교인으로 '개종' 시킨 스페인 신부들이 코덱스에 남겨진 아즈텍의 신앙을 직접 기록한 보다 이전의 프랑스 작품을 인용하고 있다.

아이가 어떻게 생기는지 몰랐던 남자들에 관한 이야기는 말리노스키Malinowski가 쓴 《원시사회에서의 아버지The Father in Primitive Society》(W. W. Norton, 1927, 14와 95쪽)에서 가져왔다.

성경에서 윤회를 가리키는 부분에 대한 각색은 마태복음 16:14과 마가복음 8:29, 누가복음 9:19을 참고했다. 이런 이야기를 주고받는 게 예수가 베드로에게 "너는 내가 누구라 말하겠느냐?"라는 예상치 못한 질문을 던지는 것 바로 앞에 나온다는 건 주목할 만하다. 베드로는 처음으로 소리 내어 "저는 당신이 구세주 그리스도 기름부음을 받은 자 메시아임을 믿습니다……"고 고백한 사람이 된다. 용기가 없어 예전엔 아무도 하지 못했던 말을 담대하게 하는 베드로에게 감동받은 예수는 "좋아. 교외에 숨어 지내는 건 충분히 했어. 타고 갈 당나귀를 가져오게. 이제 도시로 가자구"라고 말하게 된다.

'마리 루이스Mari Lwyd' 크리스마스 전통은 존John 과 케이틀린 매튜Caitllin Mathew가 쓴 《브리튼 제도와 아일랜드 신화 안내서The Aquarian Guide to British and Irish Mythology》(Wellingborough: Aquarian Press, 1988, 114쪽)에 간략하게 소개되어 있다.

**5장**

교황 사절이 보인 냉담한 반응은 여러 군데 보고되어 있다. 내가 이 이야기를 처음 알게 된 건 스테픈 호왈스Stephen Howarth의 흥미롭고도 심각한 책 《성당 기사단The Knights Templar》(New York: Barnes & Noble, 1993, 191쪽)을 통해서였다. 교황 사절은 헨리Henry와 마가렛 루스Margaret Reuss가 지은 《미지의 남프랑스The Unknown South of France》(Boston: Harvard Common Press, 1991, 108쪽)에 그 이름이 밝혀져 있다.

"사람들을 위해 태양을 훔친 갈가마귀" 이야기는 영어로 여러 판본이 있다. 여기 소개한 이야기를 위해 다음 책들을 참고했다. 피터 굿차일드Peter Goodchild가 모으고 편집한 《갈가마귀 이야기: 원주민들에게 전해지는 이야기Raven Tales: Tranditional Stories of Native Peoples》(Chicago: Review Press, 1991)와 크리스티 해리스Chiristie Harris가 지은 《먼 옛날 토템에는Once Upon a Totem》(New York: Atheneum, 1968), 빌 라이드Bill Reid와 로버트 브링허스트Robert Bringhurst가 지은 《갈가마귀 빛을 훔치다The Raven Steals the Light》(Seatle: University of Washington Press, and Toronto: Douglas & McIntyre, 1984), 킹J. C. H. King이 쓴 《북서 해안 지역의 얼굴 마스크Portrait Masks from the Northwest Coast of America》(London: Thames & Hudson 〔Blacker Calman Cooper Ltd.〕, 1979), 프란 마틴Fran Martin이 지은 《9개 갈가마귀 이야기9 Tales of Raven》(New York: Harper & Brothers, 1951), 엘라 E. 클락Ella E. Clark이 지은 《태평양 북서부의 인디안 전설Indian Legends of the Pacific Northwest》(Berkeley: University of California, 1953), 폴 라딘Paul Radin이 쓴 《트릭스터: 미국 인디언 신화》(New York: Bell Publishing, 1956), 그리고 이 마지막 책이 특히 흥미로운데 칼 케레냐이Karl Kerenyi가 쓴 《그리스 신화와의 관계에서 본 트릭스터The Trickster in Relation to Greek Mythology》와 카를 융이 쓴 《트릭스터 인물의 심리에 관하여On the Psychology of the Trickster Figure》라는 아주 중요한 글 두 편이 실려 있다. 또 라딘은 몇몇 주요 미국 원주민 트릭스터 신화를 간략하게 소개하여 분석하고 그와 관련된 의례와 의식들도 소개하고 있

다. 태평양 북서부보다 물이 부족한 남동쪽에 살던 원주민들 문화에서는 갈가마귀가 늙은 추장에게서 훔쳐 오는 것이 (생명의) 물이란 점이 주목할 만하다.

우리의 제한된 관점에서 인간이라는 종은 우주가 의식의 발전을 실험하는 주된 대상인 것 같다. 우리는 막 우주에서 다른 '생명체의 신호'를 찾는 초보적인 탐색을 시작했다. 아직은 외계 생명체의 존재를 가리키는 아무 증거도 찾지 못했지만 그건 놀라운 일이 아니다. 하지만 우리가 우주의 유일한 실험이라고—더 나쁘게는 그런 실험이 가능한 유일한 대상이라고—생각하는 건 오만과 자기기만의 극치일 것이라 나는 믿는다. 무한해 보이는 우주에서 우리가 지닌 가능성과 체험들을 만들어 주는 원형적인 원칙들과 양상들은 진화 과정 중에 있는 우리의 의식적인 자기인식을 보호 보존하고 확장시키는 데 관심이 많아 보이니 말이다.

'계시록'은 아직 완성되지 않았고, 완성되었다고 주장하는 것은 (의식 그 자체인) 원형의 트릭스터를 불러내 우리가 틀렸음을 증명하도록 부추기는 것이나 다름없다.

나는 선율이 아름다운 영국 민요 "벚꽃 나무 캐럴"에 나오는 '이집트로의 도주' 이야기를 특히 좋아한다. 노래에서는 도망치던 마리아가 기력이 떨어져 길가에 쉬는 동안 기운을 차리게 요셉에게 버찌를 따다 달라고 한다.

요셉이 화가 나 말했어

화를 내며 말했지
"아기 아버지에게
버찌를 따 달라고 하구려!"

그러자 어머니 마리아의 자궁 안에서
아기 예수가 말했네
"거기 제일 큰 벚나무야 고개를 숙이렴
어머니가 좀 드시게!"

그러자 가장 큰 벚나무가
땅에 닿을 듯 고개를 숙였네
요셉이 지켜보는 동안
마리아는 버찌를 따 모았어……

여기에도 짧지만 정교한 신성한 아이 이야기를 보게 된다. 몇 줄 안 되는 이 노래에서 요셉이 떨쳐 버리지 못하고 있던 의심과 불만이 해결되고 사라지며 그의 세상은 영원히 바뀌게 된다. 신성한 아이가 신비한 힘을 발휘하자 천지만물이 답을 하고 세상이 새로워진다.

나는 내 전작의 제목을 《사람이 날아다니고 물이 거꾸로 흐르는 곳 – 꿈 작업을 통한 무의식의 지혜 탐색》(동연, 2007)이라 붙였다. 그것은 내가 날아다니는 것과 '중력을 거스른다'는 은유와 그 창의성에 깊은 관심을 가지고 있었기 때문이었다. 또 우리가 개인으로서 또 집단으로서 직면한 문제들에 대한 새롭고도 획기적인 해결책을 제시하는 창의적인 에너지와 가능성을 반영하고 설명하려는 경향 때문이기도 하다.

나는 특히 노자가 《도덕경》에서 '인습'에 대해 말한 부분이 마음에 든다. 여러 번역본으로 읽은 후 나는 이렇게 표현하게 되었다.

> 인습은 충성과 명예가 부패하기 시작할 때 생겨난다. 인습은 혼란으로 가는 길이다.

**6장**

오이디푸스 이야기가 그리스에서 온 것은 대부분 동의하지만, 제일 큰 스핑크스는 이집트에 있으며 또한 이집트에는 '테베 왕국'이 있었고 왕족 간의 근친결혼이 기록으로 남아 있다. 이마뉴엘 벨리코프스키Immanuel Velikovsky는 오이디푸스 '신화'가 실제로 유일신을 믿었던 이단적인 파라오 아크헤나텐Akhenaten의 생애를 살짝 허구화한 것이라고 주장하는 흥미로운 책을 썼다.(《오이디푸스와 아크헤나텐: 신화와 역사》[New York: Doubleday, 1960]) 그는 마리너 우주 탐사선이 측정하기 훨씬 이전에 금성의 표면 온도를 정확하게 예측했던 학계의 이단아이기도 하다.(금성과 달이 태양과 지구의 중력장에 붙잡혀 태양계에 뒤늦게 합류했다는 주장도 했다.)

오이디푸스와 요카스타가 낳은 아이들이 겪게 되는 비극은 《테베에 저항한 일곱Seven Against Thebes》과 《안티고네》에 잘 기록되어 있다.

소포클레스와 다른 곳에서는 오이디푸스가 자신의 아버지와 싸워 죽이게 되는 교차로가 '세 갈래 길이 하나로 만나는 곳'으로 되어 있다. 프로이트는 이것이 아들과 아버지 사이의 갈등의 진짜 원인인 여성의 생식기를 상징적으로 묘사한 것이라고 강하게 주장한다.

프로이트가 집단 무의식의 실재와 중요성에 대해 인정하는 놀라운 글은《심리분석 개요Outline of Psychoanalysis》(28쪽)에서 왔다. (앤 만코비쯔Ann Mankowitz가 쓴《삶의 변화: 꿈과 완경기에 대한 심리학적 연구Change of Life: A Psychological Study of Dream and the Menopause》〔Toronto: Inner City Books, 1984〕, 31쪽에 인용된)를 처음 읽었을 때 나는 정말 충격을 받았었다. 프로이트가 집단 무의식이란 생각을 '비과학적'이라며 융을 공격한 것을 알고 있었기에 더 그랬다. 분명히 프로이트가 '계통발생학적'이고 '고태적'이라고 부르고 개인의 체험에 앞서는 것이라 정의한 무의식의 삶과 융이 '집단 무의식' 또는 '객관 정신'이라 부른 개념 사이에 별다른 차이는 없다고 본다.

게자 로하임Geza Roheim은 자신의 작품 전반에서 프로이트의 이론을 광범위하게 적용했다. 알란 던즈Alan Dundes가 편집하고 소개한《용의 불과 기타 민담에 대한 정신분석학적 평론Fire in the Dragon and Other Psychoanalytic Essays or Folklore》(Princeton University Press, 1992)을 특히 추천하고 싶다.

어느 원형의 에너지를 제일 중요하다고 선택하고 그 원형을 중심으로 일관된 양상을 끌어내느냐는 것이 '미학적인 문제'라고 말했는데, 그게 사소하거나 중요하지 않은 문제란 의미는 아니다. 내가 볼 때 미학적인 질문, 즉 뭐가 아름답다고 생각하고 뭐가 추하다고 생각해 거부하고 피하느냐는 것은 가장 중요한 철학적·윤리적·심리 영성적인 질문이다. '아름다움'과 '의미'는 동전의 양면으로, 궁극적으로는 가장 중요한 미학적 질문의 다른 측면일 뿐이다.

가장 의미 있게 구조화하는 것은 그 정의상 가장 아름다운 것일 수밖에 없다. 진정한 아름다움은 그 의미의 깊이와 모든 것을 포함하는 성질에 의해 정의된다. 의미 없어 보이는 것만이 진정으로 추하다.(그리고 자세히 들여다보면 의미 없는 것은 아무것도 없다.)

오이디푸스 드라마가 모든 다른 심리 영성적인 체험을 비추어 볼 기준이라는 프로이트의 주장이 지닌 기본 문제점은 한편으로는 여성들의 체험을 무시하고 폄하한다는 것이고, 또 한편으로는 의미와 심리 영성적인 질문들을 보다 기본적이고 본능적이며 '동물의' 생물학적 충동을 가리기 위해 쓴 '마스크'에 불과하다는, 자기기만의 일종으로 격하시킨다는 점이다. 프로이트의 견해로는 이들 '원시적인 욕구들'이 자기인식이 깊어지면서 점점 더 의식적이고 심오한 표현으로 바뀌어 가는 건 보다 진정하고 진실한 (짐승 같은) 본능들이 '승화'되는 것에 불과하다고 한 융의 눈에는 의미로 가득한 우주가 점점 더 스스로를 인식해 가는 방향으로 진화해 가는 것에 대한 표현이다. 이 과정에서 우주는 인류를 이용하기도 하고 인류 자신이 그런 진화를 하게끔 하기도 한다.

분명히 그런 기본적인, 원시적/성적 충동은 언제나 존재하고 인간의 체험에 담긴 의미와 중요성의 깊이에 정직하게 다가가려면 이런 면을 반드시 고려해야만 한다. 하지만 이들 충동이 존재한다는 사실만으로 인간의 활동과 행위를 결정하는 주된 요인이 된다고 할 수는 없다. '그저 무의식적인 (동물적) 존재'에서 성장해 나오는 것은 인간만이 할 수 있는 것이고, 인간에게만 고유한 것이고, 유기체로서 번식하고 생존하려는 욕구를 넘어서 조화와 집단적으로 화해하려는 (원형적인) 유형과 의미 있고 의식적인 관계를 맺고자 하는 특별한 것이다.

제2차 세계대전 전에 인도유럽인들은 '아리안족' 또는 '인도아리안족'이라 불렸다. 1925년 이들의 기원에 대해 처음으로 방대한 고고학적 연구를 한 사람은 V. 고든 칠드V. Gorden Childe였다. 그의 책《아리안족: 인도유럽인의 기원에 관한 연구The Aryans: A Study in Indo-European Origins》(New York: Dorset Press, 1987)는 아직도 재판을 계속 찍고 있다.

나치가 '지배자 민족'의 선조인 자신들의 '영예롭고 인종적으로 우월한 조상'을 아리안이라 부르면서 비독일권 학계에서는 그 단어를 쓰지 않게 되고 대신 인도유럽인이란 표현이 유행이 되었다. 보다 최근 '코카시안' 조상들과 그들의 종교와 사회에 대한 원형적인 유형 연구에 (내가 보기엔) 두 가지 중요한 연구가 덧붙여졌다. 하나는 콜린 렌프루Colin Renfrew가 지은《고고학과 언어: 인도유럽의 기원에 관한 수수께끼Archeology and Language: The Puzzle of Indo-European Origins》(Cambridge University Press, 1990)이고, 다른 하나는 브루스 링컨Bruce Lincoln이 지은《신화와 우주와 사회: 인도유럽에서 창조와 파괴의 문제Myth, Cosmos, and Society: Indo-European Themes of Creation and Destruction》(Harvard University Press, 1987)이다.

모헨조다로 유적에 관한 흥미로운 고고학적 발견의 사실들은 야쿠에따 혹스Jacquetta Hawkes가 쓴 《고대 고고학의 아틀라스Atlas of Ancient Archeology》(New York: McGraw Hill, 1974)에 잘 요약되어 있다. 이 책은 전 세계 고대인들의 종교와 사회생활에 관한 고고학적 증거를 이해하는 데 아주 소중한 책이다.

성경에 나오는 다비드와 골리앗의 이야기는 가부장적인 사고에 익숙한 이들은 상상도 하기 힘든 사회 조직의 가능성의 일면을 보여 준다. 모계 중심으로 산 필리스틴Philistine 사람들은 자신들이 지정한 챔피언을 내세워 한판승으로 자신들과 유목하는 이스라엘 사람들 사이의 문제를 해결하고자 했다. 하지만 골리앗이 패배하면서 적보다 수도 더 많고 무장이 더 잘 되었음에도 후퇴하게 된다. 성서의 이야기꾼은 이스라엘인들이 신의 우월함에 '두려움'을 갖고 있어 들판을 버렸다고 전하지만 다른 자료에서 보면 그건 합의에 의한 것이고, 필리스틴인들이 신성한 사회계약을 지켜 자기네 챔피언이 졌을 때 자신들 식으로 '문명화된 행동'을 한 것이다.

아일랜드 서사시 《쿨리의 소 떼》에서 얼스터의 영웅 쿠훌란은 미이브 여왕이 이끄는 침략군의 챔피언들과 한 명씩 차례차례 싸운다. 자신의 챔피언들이 하나씩 쿠훌란에게 지는 일이 반복되어도 여왕은 화가 나고 낙담하면서 한 번도 전군을 동원해 공격할 생각을 하지 않고 그저 군대와 함께 몇 날 며칠 전투를 지켜보고만 있다. 이 '생각도 할 수 없는' 행동은 선사시대 극동에서 아일랜드에 이르는 고대 모계사회 전반에 걸친 전쟁에서 지켜진 사회적 계약에 대한 또 다른 추론적 증거이다.

자신이 지지하는 팀이 졌다고 관중석의 지지자들이 운동장에 내려와 이긴 팀을 때려눕히는 일이 생긴다면 오늘날의 스포츠 해설가들은 뭐라고 할까? 이기는 게 아무리 대단한 일이라 해도 '문명인답지 않은' 행동으로 취급할 것이다. 모계사회 사이에 갈등을 다스리는 데 적용된 사회적 계약이 이런 게 아니었을까 싶다.

인도유럽인들이 정복에 대한 정당화를 위해 이동하는 동물 무리를 따른다는 '핑계'를 사용했다는 또 다른 흥미로운 추론적 증거가 있다. 12세기 아일랜드의 《던 카우의 책Book of the Dun Cow》에 보면 소를 더 가지려고 서로 전쟁하다 흥하고 망하는 고대 왕국의 이야기가 여럿 나오는데, 전사들이 암소 한 마리를 풀어놓고 암소가 가는 데로 따라가 전투를 했다고 묘사되어 있다. 이 이야기 모두 어느 방향으로 가든 '신의 뜻'으로 알고 '소 떼를 따라가는' 고대 인도유럽인들 전통의 일부라고 강하게 주장하고 있다. '신성한 소'라는 개념과 현대 힌두인들이 소를 신성하게 여기는 것 또한 이런 인도유럽인들의 심리 영성적인 유산을 보여 주는 좋은 예들이다.

헤르메스의 탄생 신화와 그로 인해 고대 인도유럽 사회가 변화하는 데 헤르메스 신화가 미치는 영향에 대해서는 나의 첫 번째 책 《꿈으로 들어가 다시 살아나라》(성바오로출판사, 2006) 15장에 보다 자세하게 소개되어 있다.

영국 제도에서는 누군가를 심하게 놀릴 때 '그래 돼지도 날 수 있지' 라는 표현을 쓴다. 선사시대 이 지역의 모계 중심 시대에 여신이 거대한 암퇘지로 변장하고 하늘을 날면서 자신에게 특히나 신성한 지역에 돼지 새끼를 떨어뜨리는 신화가 있다. 여신을 위한 신전에서 돼지를 키우는 관행이 일반적이었음을 보여 주는 강력한 고고학적 증거가 있다. 이 어구에 담긴 조롱조와 이 말을 할 때 담긴 정서적인 격렬함을 보면 (그것도 감정 분출이 그리 풍부하지 않은 곳에서) 인도유럽의 가부장들이 자신들이 찬탈한 모계사회의 신성한 서사를 문자 그대로 해석하면서 조롱했음을 암시한다. 날아다니는 돼지와 남성의 도움 없이 아이를 낳는 여성들을 다 같이 업신여기고 조롱했던 것이다.

보스톤의 갬빗Gambit 출판사에서 1969년 처음 양장본으로 출간했던 《햄릿의 맷돌Hamlet' s Mil》은 보급판으로 두 번 재판이 나왔다. 좀 과장된 투로 저자들은 자신들이 원형과 같이 주관적이고 '비과학적인' 무언가를 다루고 있을 가능성에 끔찍해 했다. 그럼에도 불구하고—고대에서 완전히 분리된 문화에서 나온—신성한 서사에 반복되어 나타나는 유형을 발견하고 보인 것 자체가 원형적인 형태에 대한 기능적인 정의가 될 것이다.

'분점의 세차운동' 은 지구의 자전축이 수천 년 동안 한 치의 오차도 없이 천천히 움직이는 모습에 따라 관찰되는 현상을 가리킨다. 지구의 자전축은 ('황도면' 으로 알려진) 지구가 태양 주위를 움직이는 면에 수직이지 않다. 이렇게 기울어져 있어서 (수직에서 28도) 지구 위에 있는 우리는 지구가 태양 주위를 도는 동안 계절 변화를 겪게 된다. 한 번은 북반구에 태양이 더 강하게 내려 쬐고 그 다음엔 남반구에, 다시 북반구에 끊임없이 계속 자전하는 지구가 태양 주위를 완전하게 한 바퀴 도는 데는 일 년(365와 1/4일)이 걸린다. 기울어진 자전축 때문에 남반구에 해가 더 쪼여 봄과 여름일 때 북반구에 사는 사람들은 가을과 겨울을 겪게 된다.

겨울에 북극권에서는 태양이 지평선 위로 떠오르지 않는다. 실제 지리적으로 지구 그림자 때문에 태양이 지평선 위로 6개월 동안 떠오르지 않는 지역을 북극권이라 했다. 그동안 반대편 남극엔 끝없이 낮만 계속되는데, 해가 지지 않고 6개월 동안 지평선 위에 떠 있다.

지구가 정해진 경로를 따라 태양 둘레를 여행하는 동안 자전축의 기울기가 황도면에서 정확하게 90도에 가 있는데, 그날 하루만 북반구와 남반구가 같은 양의 태양을 받게 된다. 남극과 북극에서 보면 지구가 360도 한 바퀴 자전을 하는 동안 지평선이 태양을 딱 절반으로 갈라놓게 된다. 적도에서 보면 여름에 태양은 정오에 적도 북쪽에, 겨울엔 적도 남쪽에 위치하게 되는데 이 날은 태양이 정확하게 머리 위에 있게 된다. 북회귀선과 남회귀선은 적도 북쪽과 남쪽에서 태양이 적도에서 가장 멀리 떨어졌다가 계절이 바뀌면서 '되돌아오는' 지점을 가리킨다.

이렇게 남북반구에 똑같은 양의 빛이 떨어지는 날이 일 년에 두 번 있는데, 한 번은 가을 한가운데, 다른 한 번은 봄이 한창일 때이다. 이 순간을 우리는 어느 위도에 있든 간에 밤낮의 길이가 같은 것으로 체험하게 된다. 그래서 분점equinoxes 즉 '똑같은 밤'이라는 뜻의 라틴어 이름이 붙었다. 분점을 하루만 지나도 한쪽 반구가 다른 쪽보다 빛을 더 많이 받아 낮이 그만큼 길어지게 되고, 태양빛을 받는 양이 주기적으로 달라짐으로 해서 생기는 계절 변화는 그렇게 계속된다.

지구가 분점에서 태양 주위를 4분의 1 더 돌게 되면 우리는 일 년 중 날이 가장 길거나 짧은 날을 맞게 되는데 이를 하지, 동지라고 한다. 이 또한 그 계절의 한가운데 있다.

로마인들은 강제로 달력을 조금 돌려서 분점과 하지, 동지가 각 계절의 시작과 일치하도록 했는데, 이건 분명히 우리가 체험하는 것과는 다를 수밖에 없다. 셰익스피어가 한 해에 밤이 가장 짧은 날을 여름의 첫날밤이 아니라, 한-여름밤이라 붙인 건 제대로 한 것이다. 우리가 살면서 느끼는 계절적인 감각에 맞게 이름 붙이는 게 아니라 계절의 시작과 끝을 알기 쉽게 편하게 붙인 건 로마인들이 전형적으로 하는 일이다. 이것은 사실 우리가 그 유산을 나눠 받은 인도유럽인들의 남성 우월적인 방식이기도 하다. 북반구에서 명멸한 왕조들을 특징짓는 달력들을 살펴보면 가부장제의 종교적이고 영성적인 이데올로기를 보다 오래된 물리 세계와의 본능적이고 체험적인 관계, 그리고 여신 전통에서 기념한 계절의 주기와 조화시키려는 노력이 계속되었음을 알 수 있다.

춘분과 추분에 태양이 뜨고 지는 배경이 되는 '고정된' (즉 엄청나게 멀리 있는) 별들을 살펴보면 그 별들이 매년 똑같다는 걸 알 수 있다. 하지만 실제로는 지구 자전축이 기울어져 회전하고 있기 때문에 매년 아주 미세하게 조금씩 배경 별이 바뀌고 있다. 단지 이 변화가 아주 미세해서 우리가 한 생을, 혹은 몇 생을 사는 동안 그 차이를 알아볼 수 없을 뿐이다.

이 자전축의 회전을 설명하는 데 자주 쓰이는 비유는 아이들이 갖고 노는 팽이가 속도를 잃어 쓰러지려고 할 때이다. 어릴 때 팽이를 가지고 논 기억이 있을 텐데, 팽이가 넘어지려고 할 때 원심력 때문에 나선을 그리며 넘어진다. 그래서 팽이의 회전축이 비틀거리며 조금씩 더 큰 원을 그리게 된다. 지구 자전축의 경우에는 이 회전의 속도가 엄청나게 더 느린 속도로 일어나서 한 바퀴를 다 도는 데 2만 6천 년 정도가 걸린다는 것이다. 다른 말로 인간이 한 주기를 다 관측할 수 있으려면 1만 3천 년 정도가 걸린다는 것이다.(떠도는 수렵 채집민들과 모계사회의 농부들 또한 이를 보지 못한 것이 당연하다.)

시간을 명확히 하고 정확하게 측정하기 위해 지구 표면에 사는 우리는 하늘을 12구역으로 나눴다. 한 구역이 대략 1달에 해당하고, 각 구역엔 황도면을 따라 놓인 12개의 고정된 별자리 하나씩이 놓여 있다. 행성이란 단어는 그리스어 '떠돌이'라는 말에서 왔는데, 행성들이 황도면을 변덕스레 (알고 보면 아주 예측 가능하게) '떠돌아' 다니는 것처럼 보이는 데서 그렇게 이름 지은 것이다.

분명히 이 별자리들은 인간 의식이 임의적으로 만들어 낸 것이긴 하지만 일단 그 경계가 정해지자 누구나 쉽게 알아볼 수 있게 되었다. 춘분날 아침의 배경 별이 '고정된' 것처럼 보이기 때문에 그 별들은 달력을 만들 때 전통적으로 '시작점'이 되었다. 이것은 농업사회에서 문화적, 종교적으로 중요할 뿐 아니라 봄에 씨를 뿌리는 시기를 정하는 데에 엄청나게 중요한 시점이기 때문이다.(이 시기를 놓치면 먹을 게 없다!)

농업을 발명한 모계사회의 수장들은 달력을 춘분점에 맞춰 언제 씨를 뿌릴까 하는 문제를 해결했다. (서구 산업 사회에도 많이 있을) 침략하여 승리한 가부장들도 농업 달력에 의존하게 되었다. 이것은 농업 문화임에도 불구하고 유목의 가부장 문화가 뒤늦게 관계되었다는 것을 말한다.

춘분날 배경 별이 (인간의 수명이란 관점에서 봤을 때) 아주 느리지만 엄연히 바뀌는 것이기 때문에 배경의 별자리는 고정된 게 아니고, 그래서 2천여 년마다 이전보다 1/12만큼씩 바뀌게 된다. 전통적으로는 태양이 어느 별자리를 배경으로 떠오를 것이라 예측되어 있는데, 어느 날 태양이 떠오를 때 배경이 되는 별자리가 다음 별자리로 바뀌게 되는 것이다.

이 현상은 '분점의 세차운동' 으로 알려져 있다. 사람들이 '물병자리 시대의 시작' 을 얘기할 때 가리키는 것이 바로 이것이다. 지난 2천여 년 동안 춘분날 태양은 물고기자리를 배경으로 떠올랐다. 그래서 그리스도 이후 현 시대를 '물고기자리 시대' 라 부른다. (우리가 밤하늘에서 보는 별자리의 경계가 임의로 만들어진 것이라 로마력으로 정하는 건 불가능하지만) 어느 시점에 춘분날 해가 떠오르는 배경에 보이는 별자리가 물고기자리가 아니라 물병자리인 때가 있을 것이다. 그 순간 사람들은 '물병자리의 시대' 가 '밝았다' 고 얘기할 것이다.(그림 20)

대략 2천 년인 이 주기를 '플라톤년' 이라 하는데, 이것이 지난 2천 년 동안 지배적인 영성적/철학적 견해가 새로운 세계관으로 교체되는 주기라고 주장한 사람이 플라톤이기 때문이다.

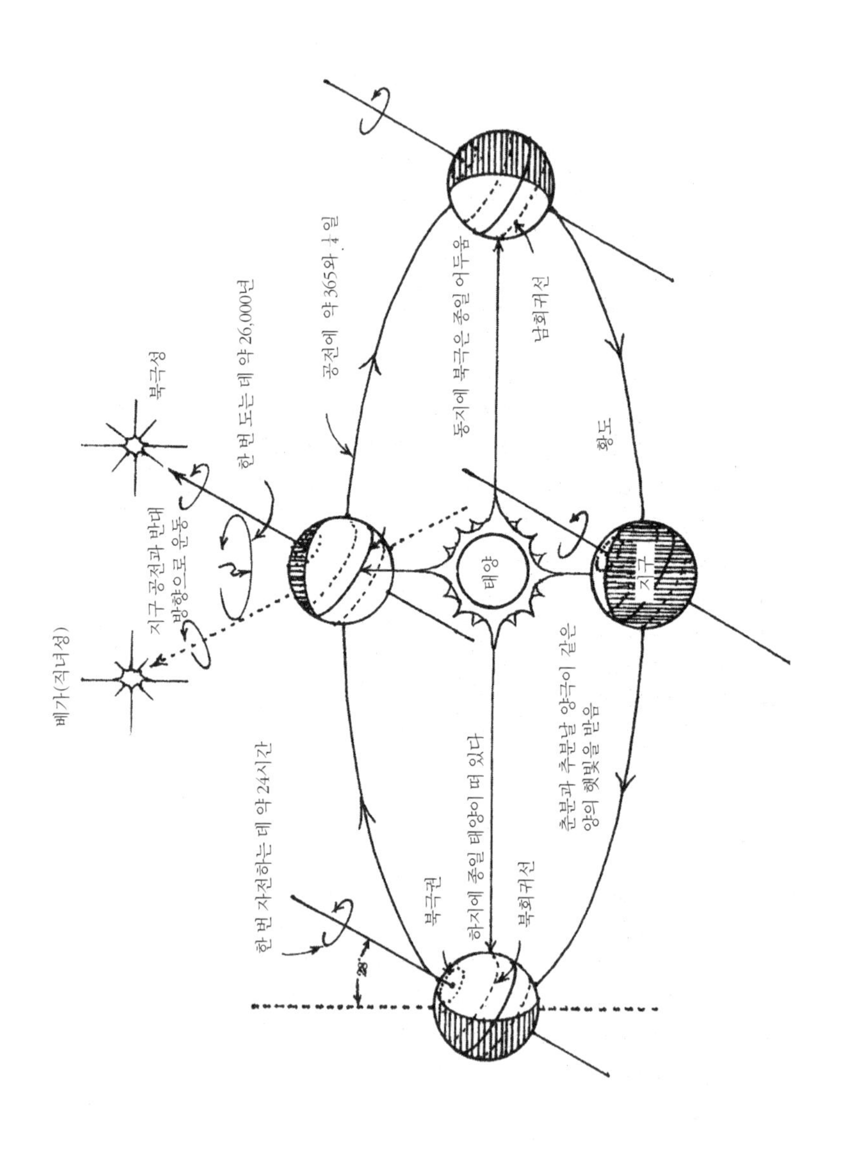


**그림 20** (전 세계) 멀리 있어 밤하늘에 '고정된' 별을 배경으로 지구의 공전을 보여 주는 그림. '분점의 세차운동'으로 알려진 현상을 보여 준다.

물병자리는 태양력에서 물고기자리보다 앞에 있다. 그래서 (계절에 따라 시간이 '앞으로' 움직이는 것과 관련하여) 배경의 '고정된' 별이 '뒤로' 느리지만 불가피하게 '밀려나는' 것을 세차(전진)운동이라 부른다.

융이 로렌스 반 데 포스트Laurens van der Post와 사후에 삶이 있을 가능성과 살아남은 자들의 슬픔이라는 정서적·심리적 문제에 관해 얘기하면서 "의미를 믿으세요. 가장 큰 의미를 주는 것을 믿으세요……"라고 했다고 한다.

폴 라딘이 (프란시스 우드만 클리브스Francis Woodman Cleaves가 영어로 번역한 것에 근거해) 쓴 흥미진진한 서사시 《몽고 비사－칭기즈 칸의 태생The Secret History of the Mongols－The Origin of Chingis Khan》은 아마도 몽고어로 쓰인 첫 번째 원고일 것이다. 원래 1227년 칭기즈 칸이 사망한 직후 신원을 알 수 없는 왕족에 의해 쓰인 이 이야기에는 많은 민속 신화적인 자료들이 포함되어 있다. 그중에 '가축을 이끌지' 못하게 된 나이 든 가부장을 계승하기 위해 '어린 신들'이 서로 싸우는 이야기가 나온다. 이 책에는 몽고인들의 사회생활과 종교의 원형적인 유형들에 대한 증거가 풍성하다. 많은 부분 이 이야기는 켈트족의 소 떼 습격 서사시와 비슷하다. 개인적으로 친구와 가족에게 충실하려고 하지만 왕국과 신에 대한 충성 사이에서 갈등하고, 결국 실패할 줄 알면서도 최선의 노력과 희생을 요구하는 비극적/영웅적 삶의 태도를 보인다는 면에서 그렇다.

해롤드 코랜더Harold Courlander가 오스매인 사코Ousmane Sako와 함

께 지은 《느고니의 심장: 아프리카 세구 왕국의 영웅들The Heart of the Ngoni: Heroes of the African Kingdom of Segu》(New York: Crown Publishers, 1982)에서도 기본적으로 동일한 가부장제 유목인들의 종교 관습과 비극적/영웅적 세계관의 원형을 찾아볼 수 있다.

### 7장

오이디푸스 이야기를 여성주의적 시각으로 다시 구성한 이야기가 여성이 아닌 남성에게 채널링되어 왔다는 게 이상하진 않더라도 좀 아이러니하게 보일 수 있다. 내 생각에는 현대인의 성에 관한 갈등을 만족스럽게 해결하려면 상대가 누구든 '타자'의 내면에서 벌어지는 정서적이고 직관적인 면에 대한 의식적인 이해를 높여야 함을 가리키는 또 다른 예가 아닐까 싶다. 우리 모두는 성별화된 욕망과 태도가 혼합된 존재이다. 내면에서 체험하는 모든 것을 우리가 의식에서 제대로 인정하지 않는다면 우리와 달라 보이는 이들의 인간성을 제대로 받아들일 수 없게 된다.

내 주변에 의례와 전례를 꾸리는 일을 전문으로 하는 여성들 일부가 '요카스타 여왕'*을 자신들의 작업에서 사용하는 성스러운 이야기에 일부로 채택했다. 이 이야기가 남자에게 채널링되어 온 것이란 게 밝혀지면 많은 이들이 놀란다고 한다.(얘기했듯이 나 자신도 꽤 놀랐다.) 나는 우리 모두가, 개인으로나 하나의 종으로서, 서로를 아주 깊이 있

* 요카스타 여왕Queen Jocasta, 그리스 신화에서 오이디푸스가 자기 아들인 줄 모르고 결혼한 테베의 여왕 – 옮긴이 주.

게 이해하고 그렇게 이해한 것을 치유의 힘이 있는 예술의 형태로 되돌릴 수 있는 능력이 있다고 확신하게 되었다. '요카스타 여왕'이 그런 역할을 할 수 있기를 바란다.

이 이야기를 세상으로 퍼트리고 있는 모든 분께 깊이 감사드린다. 이 텍스트를 어떤 형태로든 여러분이 원하고 끌리는 대로 창의적으로 사용하셨으면 좋겠다.(이 작품으로 공연을 하고 입장료를 받으신다면 제게 10% '저작권료'를 내셔야 합니다. 그럴 경우에는 제 출판사로 송금해주시면 됩니다. 주소: Paulist Press, 997 Macarthuer Boulevarad, Mahwah, New Jersey 07430.)

### 8장

이 장의 시작에 나오는 폴 라딘Paul Radin의 말은 그가 쓴 뛰어난 책 《트릭스터: 미국 인디언 신화에 관한 연구The Trickster: A Study in American Indian Mythology》(New York: Schocken Books, 1979)에 나온다. 트릭스터 원형의 본성에 관한 융의 말은 라딘의 책에도 나오는데, '트릭스터 인물의 심리에 관하여On the Psychology of the Trickster Figure'라는 글에서 인용한 것이다.

아마테라쭈와 스사노우, 우주메에 관한 이야기에도 여러 버전이 있다. 3장에서처럼 배질 챔버레인Basil H. Chamberlain이 지은 《코지키: 고대 세계의 기록The Kojiki: Records of Ancient Matters》과 에스톤W. G. Aston이 번역한 《니혼기: 서기 697년의 이른 시기의 일본 연대기Nihongi: Chronicles of Japan from the Earliest Times to A.D. 697》를 많이 인

용했는데 두 권 모두 찰스 터틀Charles Tuttle이 1981년과 1972년에 각각 출간했다.

《아메리카 원주민 신화사전Dictionary of Native American Mythology》에 실린 트릭스터에 관한 학계의 이견을 둘러싼 논쟁은 아주 흥미롭고 유익하다. 특히 〈사운딩즈: 학제 간 학술지Soundings: An Interdisciplinary Journal〉(67권 3호 1984)에 실린 앤 도우에이히Ann Doueihi의 글이 흥미롭고 설득력이 있다. 그녀는 트릭스터를 둘러싼 학계의 논쟁이 "서구 남성들이 가진 향수와 동경에 들어맞도록 인디언들을 왜곡하고 욕하는…… (더 큰) 권력 담론의 일부이자…… (더 오래된) 인디언들을 원시적인 야만인이나 퇴폐적인 이교도로 보려는 것"이라고 꽤 설득력 있게 주장하고 있다. 도우에이히는 미국 원주민들의 신성한 서사 연구에서 중심 주제로서만 트릭스터를 둘러싼 논쟁을 다루고 있지만, 어디서 등장하건 트릭스터가 '발달의 원시 단계'에 있는 존재라는 융의 주장도 슬프고 소모적이긴 마찬가지이다.

코끼리 머리를 한 인도의 신 가네샤는 남성의 개입 없이 여신 파르바티의 피부 부스러기에서 태어났다고 전해진다. 이 점은 가네샤가 베다 이전의 태모 종교와 연관이 있음을 분명하게 보여 준다. 유럽의 헤르메스 신처럼 가네샤도 양과 소의 신으로 '동물의 제왕'이다. 어머니에게 줄 선물을 주려고 하자 가네샤도 스사노우와 같은 딜레마를 만나게 된다. 어머니께 드릴 새롭고 유일무이한 무언가를 찾아 그도 가슴으로 손을 밀어넣어 열어젖힌다. 그의 경우엔 밤하늘의 별들이 피처럼 쏟아져 나온다. 많은 힌두인들은 은하수를 가네샤가 기꺼이 열어젖혀

'희생한' 가슴에서 처음 용솟음치듯 터져 나온 별들의 잔해라고 믿고 있다.(그림 21)

똑똑한 랍비와 종교 재판관들에 관한 이야기는 오사블Ausable이 지은《유대인 전설Legends of the Jews》에 나온다. '오늘날에도 종교 재판

**그림 21** (인도) 가네샤가 위대한 여신이신 어머니에게 드릴 선물을 찾느라 자기 가슴을 열고 안을 들여다보다 밤하늘의 별들을 발견한다. 그동안 그의 동물인 쥐 수브라무니온Subramunion이 경이롭게 경탄하며 지켜본다.(만(卍)자는 20세기 들어 독일의 국가사회당이 채택하기 훨씬 전에 수천 년 동안 가네샤와 관련이 있었다. 불을 만드는 것에서부터 사랑을 나누는 것, 예술과 과학에서 일어나는 모든 형태의 창의적인 표현에 이르는 모든 층위에서의 창의력을 상징한다.)

관' 들이 있다는 내 말이 지나치다고 여긴다면 지난 20년 동안 남미와 아프리카에서 (외국인은 말할 것도 없고) 미국 시민들을 고문하고 살해한 자신들의 역할이 폭로된 것에 대한 CIA와 국가안보위원회의 심의 보고서를 한 번 보라고 권하고 싶다.

'토끼와 첫 번째 북' 이야기를 나눠주신 저명한 민속음악학자로 현재 (나의 모교인) 버팔로에 있는 뉴욕 대학의 교수 찰스 카일Charles Keil 박사에게 특히 감사드린다. (내 생각에 1950년대) 그는 나이지리아의 티브 족과 하우사 족, 팔라니 족에 대한 민속학 연구 노트를 직접 나눠주셨다.

내가 알고 있는 보다 아이러니한 현대의 트릭스터 이야기는 CIA와 관련된 것으로 이 기관이 LSD의 향정신성 효과와 개인과 대규모 인구에 미치는 영향을 연구했던 이야기이다. 거창한 심문자 입장에서 LSD가 다양한 성격 유형에 미치는 영향이 어떤 것인지 알아보기 위해 '맹목' 실험을 하기로 했다. 이 실험의 일부로 스탠포드 대학 의료센터에 있는 정신과 병동에 있는 직원용 정수기에 몰래 LSD를 넣었다.

당시 그 정신과 병동에는 스탠포드 대학의 영어창작과에서 공부하던 대학원생 켄 키지Ken Kesey가 주경야독으로 학위를 마치려고 애쓰고 있었다. 그는 뜻하지 않게—더운 여름이라—알려지지 않은 양의 LSD를 먹고, 강박적인 생각들과 폭발할 것 같은 감정들, '사람들이 자신을 엿보고 있다(!)' 는 '피해망상' 에 시달리며 자신이 미쳐 가고 있다고 생각하기 시작했다.

그는 자신의 '영혼을 구하려' 고 글을 쓰기 시작했다. 자신을 집어삼키려는 감정과 비전들을 글로 변환시키려 한 것이다. 그 결과물이 바로 유명한《뻐꾸기 둥지 위로 날아간 새》이다. 그의 차기 작품에는 무의식에서 불러온 날 것의 에너지를 형상화하기 위한 눈물어린 노력들이 곳곳에 나타나기도 하는데, 그것은 CIA가 동의 없이 저지른 부도덕적인 실험인 '마인드 컨트롤' 때문이라는 평가도 있다.

그래서 아이러니하게도 개인과 보다 많은 사람들을 조작하고 통제하는 데 훨씬 더 효과적인 화학물을 찾는 오만하고 냉담한 연구를 하다가, CIA는 영어권이 배출한 가장 탁월한 무정부주의와 개인의 자기결정에 관한 대변인을 해방시키게 되었다. 트릭스터를 활성화하고 결과적으로 '트릭스터의 복수' 라는 원형적인 드라마가 연출되는 것이 바로 이런 아이러니이다.

자신도 모르는 사이 냉담한 CIA의 마약 실험의 대상이 되어 인위적으로 유도된 '영혼의 어두운 밤' 을 겪으며 켄 키지처럼 창의적인 성공을 이룬 다른 사람들이 있었던가? 그랬을지도 모른다. 하지만 키지의 경우처럼 언론의 관심을 받은 이야기는 없다. 이들 '실험' 으로 영구적으로 다치거나 쇠약해진 이들의 가족들에게 '법정 밖에서 합의' 를 본 사례들에 관한 소문만 무성할 뿐이다.

■ 옮긴이의 글

# 가슴을 열어 자기 안을 들여다보라

책을 번역하고 다듬으면서 제게 가장 와 닿았던 부분은 갈가마귀가 태양을 찾아가는 대목입니다(5장). 어머니에게 잡아먹힐 뻔하다 태양을 찾아오겠다는 약속으로 위기를 넘긴 갈가마귀는 깜깜한 어둠 속에서 태양을 가진 노인이 사는 곳이 북쪽이라는 말을 듣습니다. 아무것도 보이지 않는데 어떻게 북쪽을 찾아갈지, 살다 보면 어디로 가야 할 지 한 치 앞도 보이지 않는 그런 순간을 맞이할 때가 있는데 이 이야기에선 어떤 해결책을 제시할지 참 궁금했습니다. 갈가마귀는 '북쪽이 어떤 느낌인지 자기 내면에서 찾아보고' 그 방향으로 날아갑니다. 또 다른 이야기에서 가네샤는 위대한 여신이신 어머니께 드릴 선물을 찾느라 자기 가슴을 열고 안을 들여다보다가 밤하늘의 별들을 발견합니다. 살다가 막막한 순간 이들처럼 가슴을 열고 그 느낌을 따라가다 보면 갈가마귀가 그랬던 것처럼 의식의 여명을 밝힐 태양을 찾아내고 가네샤처럼 내 안에 있는 별을 발견하게 될 것이란 얘기이겠지요.

그런데 어떻게 하면 이 내면의 소리를 들을 수 있을까요? 제레미 선생님은 꿈이 우리를 건강과 온전함으로 이끌기 위해 오며, 꿈에 담긴 의미와 메시지를 탐색하는 꿈 작업을 통해 각자 내면의 힘을 인식할 수 있을 거라 말합니다. 그리고 꿈의 주요한 의미를 꿈꾼 사람은 놓칠 수 있으니 (무의식의 문제는 무의식적이라는 데 있다고 하죠) 여럿이 모여 각자 자기 삶의 체험과 지혜를 가지고 꿈을 나누며 탐색하라고 권합니다.

이 책에서 제레미 선생님은 이런 원형의 드라마가 오래전부터 집단에 전해 온 신화와 민담뿐 아니라 현대인들의 꿈에서도 펼쳐지고 있다는 것을, 그렇게 우리의 성장과 진화를 돕고 있다는 것을 보여 주고 있습니다. 책을 읽다 보면 소개된 원형의 드라마 하나하나가 내 삶 속에서 펼쳐지고 있고, 그 드라마를 우리 모두가 공유하고 있다는 것을 느끼게 되는 순간도 있습니다. 나아가 나 자신 속의 무지와 차별, 소외를 다루며 내 개인의 의식을 확장시키고 성장시켜 나갈 때 인류 의식의 진화에도 기여할 수 있다는 희망도 품게 됩니다.

가슴을 열어 자기 안을 들여다보라.

이 책을 번역하면서 저는 매일 밤 찾아오는 꿈을 소중하게 들여다보고 그 과정에서 저 자신에 대해 알아가는 것이 바로 그렇게 하는 길이 아닐까 다시 한 번 확신하게 되었습니다. 제레미 선생님의 혜안과 메시지가 여러분께 큰 도움이 되기 바랍니다.

2009년 10월

인왕산 자락에서 이정규 모심